Walter Scott
Der Talisman

Erzählung aus der Zeit der Kreuzfahrer

Der Talisman

von

Walter Scott

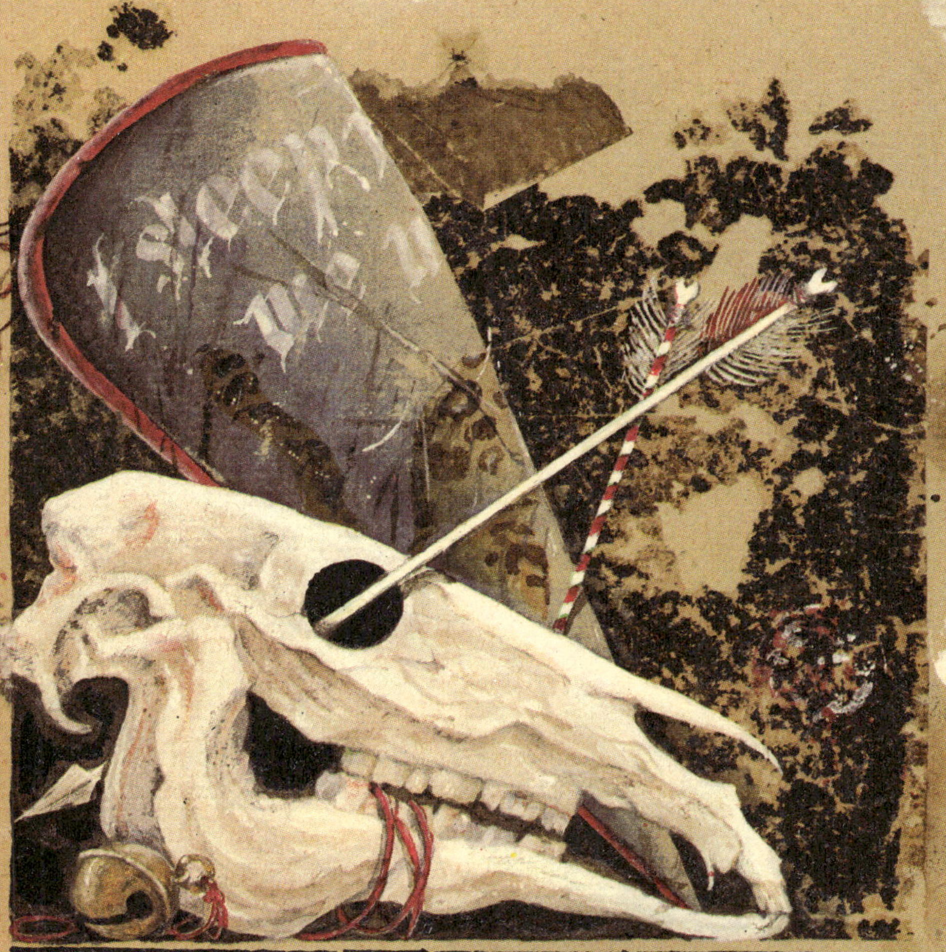

Verlag Neues Leben Berlin

Titel des englischen Originals:
„The Talisman"
Nach einer alten Übersetzung bearbeitet

Illustrationen von
Uwe Häntsch

Jaffa
Richard Löwenherz 1189–1199
SIEGEL RICHARD I.
EVERS

1. Kapitel
Kalender

Sultan Saladin

RICHARD
MARSEILLE
RÖM. DEUTSCHES KAISERREICH
ARAGON
KORSIKA
SARDINIEN
FLOTTE
MESSINA
SIZILIEN
TUNIS
OCCIDENS
MERIDIES

SEPTENTRIO
ORIENS
ZYPERN
KRETA
RICHARD I.
AKKON
SVBS
Jerusalem
1189

Johanniterorden
1)
Orden des heiligen Grabes
Templer
2)

51 cm

Reliquar

Grundriß der Kirche des heiligen Grabes
Älteste Bauten
Kreuzfahrerbauten
Felsen
Heiliges Grab
0 5 10 20 Meter

Kapitel
Karmeliternonne
Engaddi

Maschinen zum Abschießen von Pfeilen
B
B'
A'
Feuer
Belagerungsturm

Göttliche Minne
12. Kapitel
Edith

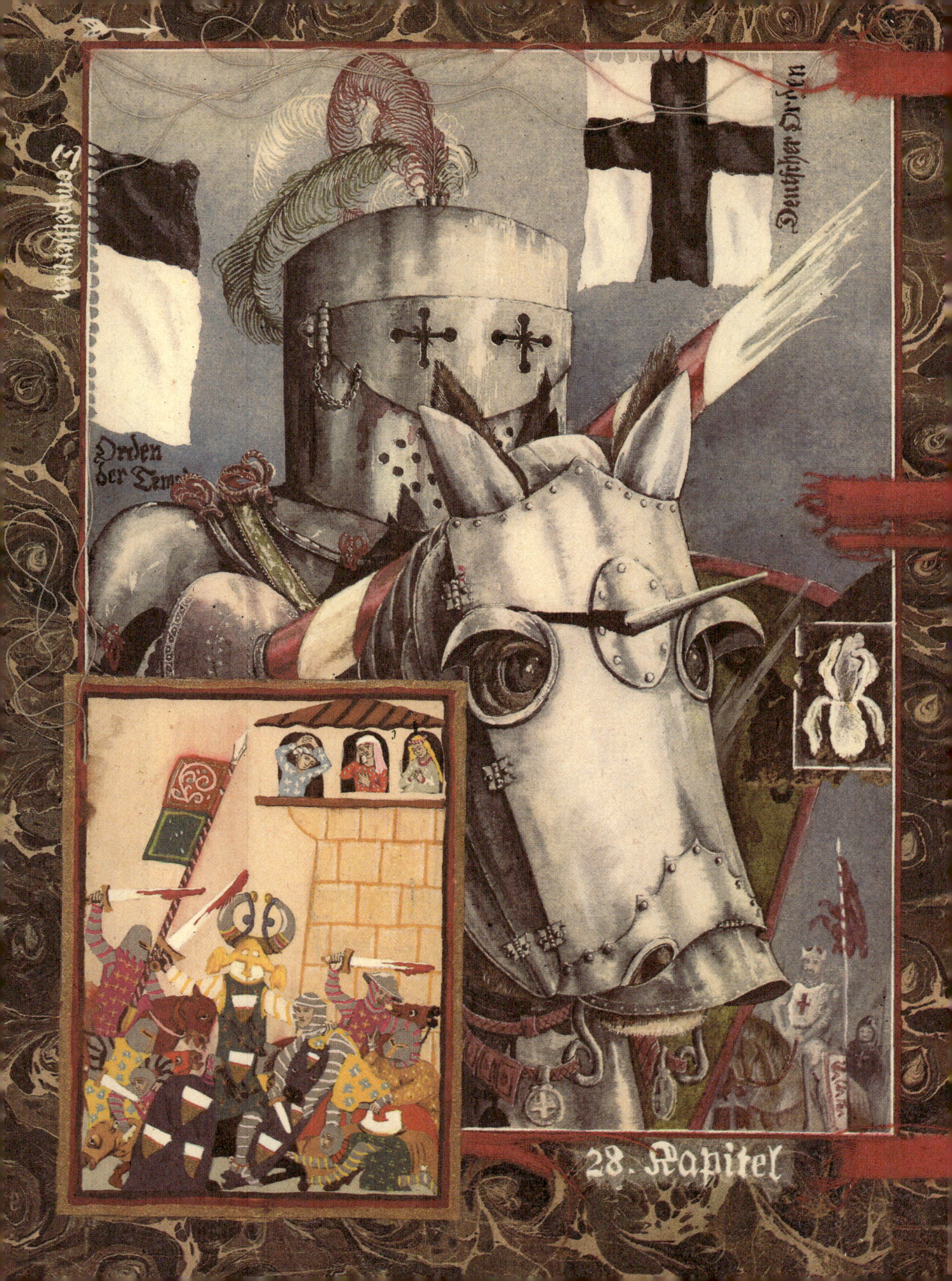
Deutscher Orden
Orden der Temp
28. Kapitel

Johanniterritter
QUEEN BERENGARIA
Dame 12.
Sakristeischrank
Schrank 12.Jh.
magister
Templariorum

Vera Cruz

Erstes Kapitel

Die brennende Sonne Syriens hatte noch nicht ihren höchsten Stand erreicht, da zog ein Ritter vom Roten Kreuz, der seine Heimat weit im Norden hinter sich gelassen hatte und zum Heer der Kreuzfahrer in Palästina gehörte, in gemächlichem Schritt durch die Sandwüste unfern des Toten Meeres.

Den frühen Morgen hatte sich unser streitbarer Pilger über Klippen und Abgründe gequält; später, als er aus den gefährlichen Felsschluchten heraus war, hatte er, schon reichlich müde, die große Ebene betreten, wo frevlerische Städte in vergangenen Tagen die unmittelbare und furchtbare Rache des Allmächtigen auf sich gezogen hatten.

Mühe, Durst und die Gefahren des Weges waren vergessen, als der Wanderer des schrecklichen Strafgerichtes gedachte, welches das fruchtbare Tal Siddim in eine dürre, grauenvolle Wildnis verwandelte. Dieses Tal, einst wohlbewässert wie der Garten des Herrn, war heute nur noch eine versengte, ausgebrannte, zu ewiger Unfruchtbarkeit verdammte Einöde.

Der Wanderer bekreuzigte sich, als er das Gewoge der dunklen Fluten sah, die sich von jedem anderen See unterschieden; ihm schauderte bei der Vorstellung, daß unter diesen trägen Wogen jene stolzen Städte lägen, die vom Donner des Himmels oder vom Feuer des Abgrunds begraben worden waren und deren Trümmer in dem See lagen, in dem kein Fisch lebte und auf dem kein Boot schwamm, einem See, der seine Wasser nicht in den Ozean schickt, weil sein grauenvolles Bett der einzige würdige Aufenthalt für sein düsteres Gewässer zu sein scheint. Aber nicht nur das Wasser war tot. Alles Land ringsumher war wie in den Tagen Mosis »Schwefel und Salz; es sei nicht besät, nicht befruchtet, kein

Gräschen wächst darauf«. Nicht einmal Vögel gab es hier, der Gestank von Pech und Schwefel hatte sie verscheucht. Schlammige und schwefelhaltige Schlieren zogen träge auf den trüben, düsteren Wogen dahin und brachten ständig aufs neue Nebeldünste hervor, ein furchtbares Zeugnis für die Wahrheit der biblischen Geschichte.

Auf dieses Bild der Trostlosigkeit schien die Sonne mit unerträglichem Glanz. Nur ein einsamer Wanderer mühte sich mit seinem Pferd durch den weichenden Sand. Die Kleidung des Reiters und das Geschirr seines Pferdes waren für die Reise in diesem Land äußerst unbequem. Ein Ringelpanzer mit langen Ärmeln, mit Eisen überzogene Handschuhe und ein Brustharnisch aus Stahl genügten dem Ritter offensichtlich nicht, deshalb trug er noch einen dreieckigen Schild, der ihm um den Hals hing, einen vergitterten Helm, einen geketteten Helmkragen, der den Raum zwischen Harnisch und Helm bedeckte. Seine Beine waren wie der Körper mit Ringelpanzerstücken bekleidet; die Füße steckten in eisenbeschlagenen Schuhen. Ein langes, breites, gerades, doppelt geschliffenes Schwert mit einem Kreuzgriff hing ihm an der linken, ein tüchtiger Dolch an der rechten Seite. Außerdem führte er eine lange Lanze mit stählerner Spitze bei sich, seine eigentliche Waffe, deren Ende auf dem Steigbügel stand; das Fähnlein an der Lanzenspitze bauschte sich zuweilen im Wind. Zu dieser schweren Rüstung kam noch ein gestickter Waffenrock hinzu, freilich schon arg verbraucht und abgewetzt, doch insofern sehr nützlich, als er die brennenden Sonnenstrahlen, die die Rüstung unerträglich gemacht haben würden, von ihr fernhielt. Das Wappen auf dem Waffenrock war kaum noch zu erkennen. Es schien ein liegender Leopard zu sein mit dem Wahlspruch: Ich schlafe – wecke mich nicht. Ein Umriß derselben Wappenfigur mochte den Schild geziert haben; aber Streich und Stoß hatten das Bild ausgelöscht. Das platte Vorderteil des zylindrischen Helms war ohne jeden Schmuck. Es sah so aus, als ob die Kreuzfahrer aus dem Norden mit ihrer schwerfälligen Rüstung die Natur des Landes herausfordern wollten, in das sie gekommen waren, um dort Krieg zu führen.

Das Rüstzeug des Pferdes war kaum weniger schwer und unbequem als das des Reiters. Das Tier trug einen mit Blech überzogenen Sattel, der sich vorn mit einem Brustharnisch verband und hinten mit einem Panzer, der die Lenden schützte. Dazu kam eine Axt oder ein Hammer aus Stahl, Streitkolben genannt. Der Stirnriemen des Zaums war eine Stahlplatte mit Öffnungen für Augen und Nüstern, aus deren Mitte eine kurze, scharfe Spitze hervorragte.

Das Tragen dieser Rüstung war sowohl dem Ritter als auch seinem stattlichen Roß zur zweiten Natur geworden. Es ist wahr, viele Krieger starben, ehe sie sich an das heiße Klima in Palästina gewöhnen konnten.

Aber es gab auch andere, denen dieses Klima nichts ausmachte, und zu ihnen gehörte unser einsamer Reitersmann.

Die Natur hatte seinen Körper nach einem außergewöhnlichen Maß geformt, und er trug den Kettenpanzer mit so viel Leichtigkeit, als wären's die Maschen eines Spinngewebes. Seine gute Gesundheit trotzte fast jedem Klimawechsel sowie allen anderen Beschwerden und Entbehrungen. Große Stärke, Festigkeit und Tatkraft zeichneten diesen Ritter aus, und unter dem Anschein von Ruhe und Gleichmut hatte er viel von jener feurigen Ruhmbegierde, die man den Normannen nachsagte.

Das Glück hatte nicht jedem aus diesem Stamm solche Eigenschaften verliehen, aber alles, was der einsame Ritter während seines zweijährigen Feldzuges in Palästina erlangen konnte, bestand allein in weltlichem Ruhm und, wie man ihn zu glauben gelehrt hatte, in geistlichen Vorzügen. Oftmals war seine geringe Barschaft zu einem Nichts zusammengeschmolzen, weil er nicht wie andere Kreuzfahrer Geschenke von den unglücklichen Eingeborenen für die Verschonung ihres Eigentums erpreßte. Außerdem hatte er die Gelegenheit, vornehme Gefangene loszukaufen, ungenutzt gelassen. Das kleine Häuflein, das ihm aus dem Vaterland gefolgt war, hatte sich in dem Grad vermindert, als die Mittel zu seinem Unterhalt schwanden, und den einzigen ihm verbliebenen Knappen mußte er schließlich krank zurücklassen. Aber das war nicht von Bedeutung für unseren Kreuzfahrer, der sein gutes Schwert als seine sicherste Begleitung wußte.

Doch die Natur stellte ihre Forderungen von Erfrischung und Ruhe selbst an den kräftigen Körper des Ritters vom schlafenden Leoparden. Um Mittag, als er sich vom Toten Meer bereits entfernt hatte, begrüßte er voll Freude den Anblick von zwei oder drei Palmen, die nahe bei einer Quelle standen. Sie schienen ihm als Ruheplatz für den Mittag geeignet. Auch sein treues Roß, das sich vorwärts gearbeitet hatte mit der ausdauernden Geduld seines Herrn, hob nun den Kopf, dehnte die Nüstern und beschleunigte seinen Schritt, als röche es aus weiter Ferne das fließende Wasser. Doch Arbeit und Gefahr sollten sich noch einstellen, ehe Roß und Reiter ihr Ziel erreichten.

Als der Ritter vom schlafenden Leoparden genauer zur noch entfernten Palmengruppe sah, kam es ihm vor, als wenn sich etwas zwischen den Bäumen bewegte. Eine ferne Gestalt, die zum Teil noch von den Bäumen verdeckt wurde, kam plötzlich dem Ritter mit einer Geschwindigkeit entgegen, die einen Reitersmann erkennen ließ, dessen Turban, langer Speer und grüner Kaftan ihn als einen sarazenischen Reiter auswiesen. In der Wüste, sagt ein morgenländisches Sprichwort, begegnet man keinem Freund. Dem Kreuzfahrer war es gleichgültig, ob der Ungläubige auf diesem stattlichen Berberpferd als Freund oder Feind käme – vielleicht zog er wegen seines Gelübdes als Kreuzkämpfer das letztere vor. Er machte seine Lanze vom Sattel frei, faßte sie mit der rechten Hand, setzte sie in den Lanzenschuh mit halbaufgesteckter Spitze, ergriff die Zügel mit der linken Hand, spornte sein Pferd an und ritt dem Fremdling mit dem Selbstvertrauen eines Mannes entgegen, der aus so manchen Kämpfen als Sieger hervorgegangen war.

Der Sarazene kam im Galopp eines arabischen Reiters heran; er lenkte sein Roß mehr mit den Beinen und den Bewegungen des Körpers als mit den Zügeln, die schlaff in seiner linken Hand hingen. So war er nicht behindert, einen leichten, runden, mit silbernen Schleifen verzierten Schild aus Rhinozerosfell zu schwingen, als gälte es, dieses schwache Rund dem Angriff der westlichen Lanze entgegenzusetzen. Sein Speer war nicht eingelegt und gerichtet nach der Weise seines Gegners, sondern mit der rechten Hand in der Mitte gefaßt und auf Armlänge über den Kopf erhoben. Als der Reiter in vollem Lauf heransprengte, hatte er erwartet, daß der Ritter vom Leoparden sein Pferd in Galopp setzen und auf ihn zubewegen würde. Aber der christliche Ritter, wohlvertraut mit der Kampfart der Morgenländer, wollte sein gutes Roß nicht durch eine unnötige Anstrengung schwächen; er blieb stehen, weil er sicher war, daß seine eigene Schwere und die seines stattlichen Streitrosses von Vorteil sein würden. Der sarazenische Reiter begriff diese Haltung, und als er dem Christen auf zwei Speerlängen nahe gekommen war, schwenkte er plötzlich seinen Hengst mit unnachahmlicher Behendigkeit nach links und ritt zweimal um seinen Gegner herum, der sich auf der Stelle im Kreis drehte und es ihm deshalb unmöglich machte, an einer unbewachten Seite anzugreifen. Der Sarazene mußte sein Pferd schwenken und sich auf eine Entfernung von hundert Schritt zurückziehen. Zum zweitenmal, gleich dem Habicht, der sich auf den Reiher stürzt, erneuerte der Heide den Angriff, und wieder mußte er sich zurückziehen. Er nahte sich zum drittenmal auf diese Weise, da ergriff der christliche Ritter, begierig, dieses trügerische und auf die Dauer ermüdende Gefecht zu beenden, den am Sattelbogen hängenden Kolben und schleuderte ihn mit starker Hand und gezielt gegen den Kopf des Sarazenen. Der war aber aufmerksam genug, noch schnell seinen leichten Schild zwischen dem Kolben und seinem Kopf erheben zu können; aber die Gewalt des Wurfs drängte den Schild auf den Turban nieder und warf den Sarazenen vom Pferd. Ehe der Christ diesen Unfall ausnutzen konnte, sprang sein flinker Feind vom Boden auf; er rief sein Pferd, und als er im Sprung, ohne den Steigbügel zu berühren, wieder auf ihm saß, war er im Vorteil, um den ihn der Ritter vom Leoparden bringen wollte. Dieser hatte sich wieder seines Kolbens bemächtigt, und der morgenländische

Reiter, der nun von der Stärke und Geschicklichkeit seines Gegners wußte, hielt sich behutsam außerhalb des Bereiches dieser Waffe. Der Sarazene bereitete den Kampf mit seinen Wurfgeschossen vor. Als er seinen langen Speer in einiger Entfernung vom Kampfplatz in den Sand gesteckt hatte, spannte er mit großer Kenntnis einen kurzen Bogen und setzte sein Pferd erneut in Galopp. Er umkreiste den Kreuzritter zwei- oder dreimal, und während des Reitens schoß er sechs Pfeile auf den Christen mit so großer Fertigkeit, daß nur die Qualität der Rüstung den Ritter davor bewahrte, verwundet zu werden. Der siebente Pfeil traf vermutlich auf eine weniger feste Stelle der Rüstung, denn der Christ sank vom Pferd herab. Aber wie groß war das Erstaunen des Sarazenen, als er sich, nachdem er vom Pferd gestiegen war, um den Zustand seines erlegten Feindes zu untersuchen, plötzlich in der Gewalt des Europäers befand. Der hatte diese List nur angewandt, um den Feind in seinen Bereich zu locken! Auch in diesem tödlichen Handgemenge wurde der Sarazene durch seine Gewandtheit und Geistesgegenwart gerettet. Er löste den Schwertgürtel, woran der Ritter vom Leoparden ihn festhielt, bestieg sein Pferd und ritt wieder davon. Aber der Sarazene hatte Schwert und Köcher verloren. Beide waren an dem Gürtel befestigt, den er im Stich lassen mußte. Auch seinen Turban hatte er eingebüßt. Diese Nachteile schienen den Muselmanen zu einem Waffenstillstand zu bewegen, denn er näherte sich dem Christen mit ausgestreckter Rechten.

»Es ist Waffenstillstand zwischen unseren Nationen«, sagte er in der Lingua franca, deren man sich im allgemeinen bediente, um sich mit den Kreuzfahrern zu verständigen. »Warum sollte Krieg sein zwischen mir und dir? – Laß Frieden sein zwischen uns.«

»Ich bin einverstanden«, antwortete der vom schlafenden Leoparden, »aber was für eine Sicherheit bietest du mir, daß du den Waffenstillstand halten wirst?«

»Das Wort eines Nachfolgers des Propheten ist noch nie gebrochen worden«, antwortete der Muselman. »Von dir vielmehr, braver Nazarener, müßte ich Sicherheit fordern, wenn ich nicht wüßte, daß Verrat und Mut selten beisammen wohnen.«

Das Vertrauen des Muselmanen beschämte ihn wegen seiner eigenen Zweifel.

»Bei meinem Kreuz und meinem Schwert«, sprach er und hielt, während er redete, die Hand an die Waffe, »ich will dir ein treuer Geselle sein, Sarazene, solange wir in Gesellschaft bleiben.«

»Bei Mohammed, dem Propheten Gottes, und bei Allah, dem Gott des Propheten«, erwiderte der Sarazene, »ich trage gegen dich keinen Verrat im Herzen. Und nun laß uns zu jener Quelle eilen: Die Stunde der Rast ist da, und das Wasser hatte kaum meine Lippen berührt, als ich durch dein Erscheinen zum Kampf gerufen wurde.«

Der Ritter vom schlafenden Leoparden gab freundlich seine Zustimmung ohne einen falschen Blick oder eine verdächtige Bewegung.

Zweites Kapitel

Der Christ und der Sarazene, die erst kürzlich ihr möglichstes zur gegenseitigen Vernichtung getan hatten, ritten nun in nachlässigem Schritt auf die Palmenquelle zu. Beide waren in ihre Gedanken versunken, und auch ihre Rosse schienen sich über die Erholung zu freuen. Das Pferd des Sarazenen jedoch litt unverkennbar weniger an Ermüdung als das Streitroß des europäischen Ritters. Der Schweiß stand noch auf seinen Gliedern, während das edle Pferd des Arabers bereits völlig trocken geworden war, die Schaumflocken auf Zaum und Decke ausgenommen. Der lose Boden vermehrte noch die Not vom Pferd des Christen, das von seiner eigenen Rüstung und dem Gewicht seines Reiters beschwert war. Deshalb sprang dieser vom Sattel, um sein Streitroß durch den tiefen Staub des lehmigen Bodens zu führen, der von der Sonne zu feinstem Sand gedörrt worden war. So verschaffte er dem Roß Erleichterung auf Kosten großer eigener Anstrengung, denn mit seiner eisernen Rüstung sank er bei jedem Schritt in den nachgiebigen Boden.

»Du hast recht«, sagte der Sarazene, und dies war das erste Wort, das sie seit dem Abschluß des Waffenstillstandes miteinander sprachen, »dein Pferd verdient deine Sorgfalt. Aber was tust du in der Wüste mit einem Tier, das bei jedem Schritt über das Hufhaar einbricht, als wollte es den Fuß so tief wie den Dattelbaum in die Erde pflanzen?«

»Du redest gescheit«, sagte der christliche Ritter, mißvergnügt über den Ton, mit dem der Ungläubige sein Lieblingspferd beurteilt hatte, »gescheit, das heißt nach deinem Verstand und deiner Erfahrung. Aber mein gutes Roß hat mich in meinem Land über einen See getragen, der so groß ist wie der, den du hinter uns sehen kannst, und doch hat es kein Haar über seinem Huf naß gemacht.«

Der Sarazene staunte, zeigte dem anderen gegenüber aber nur ein verächtliches Lächeln, das durch den dichten Bart, der seine Oberlippe bedeckte, kaum zu bemerken war. »Es ist wahr gesprochen«, sagte er nun ernst, »hör auf einen Franken, und du hörst eine Fabel.«

»Es ist nicht fein von dir, Ungläubiger«, sprach der Kreuzfahrer, »an dem Wort eines echten Ritters zu zweifeln, und sprächest du nicht aus Unkenntnis und in keiner bösen Absicht, so würde der Frieden zwischen uns enden, ehe er recht angefangen hat. Glaubst du, daß ich lüge, wenn ich dir sage, daß wir, fünfhundert Reiter, meilenweit geritten sind auf Wasser, das so fest war wie Kristall und zehnmal weniger spröde?«

»Was willst du mir erzählen?« entgegnete der Muselmane, »jener Landsee vor deinen Augen hat das Eigentümliche, daß er durch einen besonderen Fluch von Gott nichts in seinen Fluten sinken läßt, sondern es fortschwemmt und ans Ufer wirft; aber weder das Tote Meer noch ein anderes von den sieben Meeren, welche die Erde umgeben, haben die Kraft, den Tritt eines Pferdefußes auszuhalten, ebensowenig als das Rote Meer den Zug des Pharao und seines Heeres aushalten konnte.«

»Du redest, wie du es kennst, Sarazene«, sprach der christliche Ritter, »aber sei versichert, daß das, was ich dir sage, keine Lüge ist. Die Hitze des Klimas verwandelt den Boden hier in ein Ding, das so schwankend wie Wasser ist, und bei mir zu Haus verwandelt der Frost oft das Wasser in eine Masse so hart wie Stein. Sprechen wir nicht weiter davon, denn die Erinnerung an den milden blauen Glanz eines Wintersees, der bei Stern- und Mondlicht schimmert, macht mir die Qualen dieser verbrannten Wüste nur unerträglicher, wo, wie mir scheint, sogar die Luft, die wir atmen, dem Qualm eines feurigen, siebenmal geheizten Ofens gleicht.«

Der Sarazene betrachtete ihn mit einer Aufmerksamkeit, als wollte er ergründen, wie er die Worte verstehen sollte, deren Inhalt Rätseln oder Märchen ähnelte.

»Du bist«, sagte er, »von einem Volk, das gern lacht, und ihr treibt Scherz mit euch selbst und anderen, indem ihr Dinge erzählt, die unmöglich sind, und Geschichten, die sich nie ereigneten. Du bist einer von den Rittern aus Frankreich, die aus Zeitvertreib von Taten schwatzen, die über des Menschen Vermögen gehen. Es wäre falsch von mir, dich zu tadeln, weil Prahlerei deinem Charakter natürlicher ist als Wahrheit.«

»Ich bin weder ihres Landes noch ihrer Art«, sagte der Ritter, »die sich, wie du richtig bemerktest, darin äußert, von Dingen zu schwatzen, die sie nicht zu unternehmen wagen oder nicht vollenden können. Aber ich habe ihre Torheit nachgeahmt, braver Sarazene, während ich dir von Dingen sprach, die du nicht begreifen kannst. In deinen Augen bin ich in den Verdacht eines Prahlers gekommen, obgleich ich nur die reine Wahrheit berichtet habe; also tu mir den Gefallen und schlag meine Rede in den Wind.«

Sie waren nun an der Palmengruppe mit der Quelle angekommen. Dieses schöne Plätzchen mitten in der dürren Wüste erschien wie ein kleines Paradies. Irgend jemand hatte, ehe die schlimmen Tage für Palästina begannen, die Quelle ummauert und überwölbt, um zu verhindern, daß sie von der Erde aufgesogen oder vom Flugsand verschüttet würde. Das Gewölbe war jetzt baufällig, zum Teil eingestürzt, aber es schirmte die Quelle noch genügend von den heißen Sonnenstrahlen ab, während alles umher glühte. Das unter dem Gewölbe wegfließende Wasser wurde aufgefangen von einem Marmorbecken, das sehr beschädigt war und bezeugte, daß dieser Platz schon lange als Raststätte diente. Der müde, durstige Wanderer wird ermutigt, wenn er ahnt, daß andere gleiche Beschwerden erduldet und sich auf demselben Fleck erholt haben. Das kaum sichtbare Rinnsal nährte die wenigen Bäume an dieser Quelle, und da, wo das Wasser im Boden verschwand, wurde seine Nähe durch einen samtweichen Rasenteppich angekündigt.

An diesem Ort machten die beiden Krieger halt, und jeder begann sein Roß von Sattel und Zaum zu befreien; sie ließen die Tiere aus dem Becken trinken, ehe sie sich selbst an der Quelle erfrischten. Die Pferde konnten dann frei herumlaufen, da sie sich wohl kaum vom frischen Wasser und vom Gras entfernen würden.

Der Christ und der Sarazene setzten sich nebeneinander auf den Rasen, und jeder holte seinen geringen Eßvorrat hervor. Ehe sie jedoch ihr karges Mahl begannen, betrachtete einer den anderen mit einer großen Neugierde, und sie erinnerten sich an den harten und zweifelhaften Kampf. Jeder war begierig, die Stärke und den Charakter seines Gegners kennenzulernen, und beide mußten sich eingestehen: Wenn er in dem Kampf bezwungen worden wäre, so nur durch eine würdige Hand.

Die Krieger waren im Aussehen sehr gegensätzlich und konnten als Musterbilder ihrer Nationen angesehen werden. Der Franke war ein gewaltiger Mann mit lichtbraunem Haar, das dicht und üppig wuchs, und sein Gesicht hatte in dem heißen Klima eine dunklere Farbe bekommen. Er hatte tiefblaue Augen und einen dichten Oberlippenbart. Seine Nase war wohlgeformt, der Mund etwas zu breit, aber voller schöner weißer Zähne. Er war noch nicht dreißig Jahre alt, wirkte aber durch die Beschwerden und das Klima einige Jahre älter. Seine Gestalt war schlank, aber kräftig und athletisch. Seine Hände zeigten sich, nachdem er die Blechhandschuhe ausgezogen, lang, schön und wohlgebildet. Kriegerische Kühnheit und ein unbekümmerter Ausdruck prägten Rede und Bewegungen; seine Stimme hatte den Ton eines Mannes, der gewohnt war zu befehlen und der seine Gesinnung bewußt und rücksichtslos aussprach, sooft er dazu aufgefordert wurde.

Der Sarazene bildete einen auffallenden und strengen Gegensatz zu dem Kreuzfahrer. Sein Wuchs war in der Tat über der Mittelgröße, aber er war doch mindestens drei Zoll kleiner als der Europäer, dessen Größe riesenhaft wirkte. Seine schmalen Glieder und seine langen, mageren Hände und Arme versprachen beim ersten Anblick nicht die Kraft und Wendigkeit, wovon der Emir erst kürzlich Beweis gegeben hatte. Betrachtete man ihn genauer, so sah man nichts als Knochen, Muskeln und Sehnen. Dieser Körper ertrug Anstrengungen und Beschwerden weit besser als der eines stämmigen Mannes. Der Sarazene trug natürlich den Stempel des morgenländischen Stammes, aber er sah ganz anders aus als in übertriebenen Schilderungen der Minstrels. Sein Gesicht war schmal, fein und stark gebräunt von der östlichen Sonne; er trug einen langen schwarzen Bart, der mit großer Sorgfalt beschnitten zu sein schien. Die Nase war gerade, die Augen scharf, schwarz und glühend, die Zähne glichen der Farbe des Elfenbeins. Der Emir war in der Blüte des Alters und konnte schön genannt werden, ungeachtet seiner nach europäischen Schönheitsbegriffen allzu großen Magerkeit des Körpers.

Das Benehmen des östlichen Kriegers war ernst und anmutig, zeigte jedoch in Einzelheiten den angenommenen Zwang, den sich Männer von hitzigem, cholerischem Temperament auflegen.

Das hohe Selbstgefühl war vielleicht auch dem Europäer eigen, aber es äußerte sich auf andere Weise. Beide waren höflich; aber die Höflichkeit des Christen floß aus einer wohlwollenden Beachtung, die man andern schuldig ist, während die des Muselmanen ihren Ursprung hatte in der Rücksichtnahme auf das, was andere von ihm erwarteten.

Der Vorrat, den beide zu ihrer Erfrischung brauchten, war einfach. Aber das Mahl des Sarazenen war enthaltsam. Eine Handvoll Datteln und ein Stück grobes Gerstenbrot genügten ihm, den Hunger zu stillen; seine Erziehung hatte ihn zu Reisen in der Wüste vorbereitet. Etwas Wasser aus der Quelle, wo sie verweilten, beschloß nun sein Essen. Das des Christen, obschon gering, war köstlicher. Trockenes Schweinefleisch, der Abscheu des Muselmanen, war seine Hauptspeise, und sein Trank aus der ledernen Flasche bestand in etwas Besserem als bloßem Wasser. Er aß mit größerer Begierde, er trank mit größerem Vergnügen, als dem Sarazenen zur Befriedigung eines körperlichen Bedürfnisses anständig schien. Und die geheime Verachtung, die einer gegen den andern als Anhänger einer fremden Religion hegte, wurde vergrößert durch den auffallenden Unterschied in Lebensweise und Sitten. Aber jeder von ihnen hatte die Armkraft des Gegners gefühlt, und die gegenseitige Achtung genügte, andere und geringfügigere Unstimmigkeiten hinzunehmen. Der

Sarazene jedoch konnte es nicht lassen, alles zu bemerken, was ihm an dem Christen mißfiel, und als er eine Zeitlang schweigend der großen Eßlust des Ritters zusah, die noch fortdauerte, als er selbst längst fertig war, sprach er ihn an: »Tapferer Nazarener, ziemt es sich, daß einer, der wie ein Mann ficht, wie ein Hund oder ein Wolf ißt? Selbst ein ungläubiger Jude würde schaudern vor der Speise, die du mit großem Behagen zu essen scheinst, als wär's die Frucht von den Bäumen des Paradieses.«

»Tapferer Sarazene«, antwortete der Christ, indem er mit Befremden bei diesem unerwarteten Vorwurf hochschaute, »wisse, daß ich meine christliche Freiheit ausübe, wenn ich das mache, was den Juden verboten ist, die, wie sie selbst sagen, unter der Knechtschaft des Gesetzes Mosis stehen. Wir, Sarazene, merke es dir, haben eine bessere Versicherung für das, was wir tun. ›Ave Maria!‹ danken wir.« Und gleich, als wollte er die Gewissenszweifel seines Gefährten herausfordern, sprach er ein kurzes lateinisches Dankgebet und tat einen kräftigen Zug aus der ledernen Flasche.

»Das nennt ihr auch noch einen Teil eurer Freiheit«, sagte der Sarazene, »und so wie ihr gleich den Tieren eßt, so würdigt ihr euch zu Tieren herab, weil ihr ein Gift trinkt, das selbst jene verschmähen!«

»Wisse, törichter Sarazene«, antwortete der Christ ohne Zögern, »daß du die Gaben Gottes lästerst, wie auch Ismael sie gelästert hat. Der Rebensaft ist jedem vergönnt, der klug mit ihm umgeht; denn er erfreut das Herz des Menschen nach Beschwerden, erquickt ihn bei dürrer Hitze, und er tröstet ihn in Trübsal. Wer diese Himmelsgabe so genießt, darf Gott für den Becher Wein danken wie für das tägliche Brot. Wer Mißbrauch damit treibt, ist in seinem Rausch kein größerer Tor als du in deiner Enthaltsamkeit.«

Das Auge des Sarazenen funkelte bei diesem Stich, und seine Hand suchte das Heft des Dolches. Als er aber die Stärke des Kämpfers in Erwägung zog und sich an den verzweifelten Kampf erinnerte, dessen Wirkung er noch in allen Gliedern spürte, besann er sich.

»Deine Worte«, sagte er, »könnten Ärgernis erregen, wenn deine Unwissenheit nicht Nachsicht forderte. Siehst du denn nicht, daß die Freiheit, mit der du prahlst, beschränkt ist dadurch, was für des Mannes Glück und häusliches Leben das wichtigste ist, und daß dein Gesetz, wenn du's befolgst, dich in der Ehe an eine einzige bindet, sei sie krank oder gesund, fruchtbar oder verschlossen und bringe sie Lust oder Behagen, Zank oder Streit? Dies, o Nazarener, nenne ich wahrhaftige Knechtschaft; wogegen der Prophet die Freiheit unseres Stammvaters Abrahams und Salomos, des weisesten Mannes, jedem Gläubigen für das Erdenleben gestattet, hier einen fortwährenden Genuß der Schönheit und jenseits des Grabes die schwarzäugigen Huris des Paradieses zu haben.«

»Nun, bei dem Namen dessen, den ich am meisten verehre im Himmel«, sagte der Christ, »und bei den Frauen, denen ich huldige auf Erden, du bist nichts als ein blinder und verirrter Ungläubiger! – Das diamantene Siegel, das du am Finger trägst, hat es nicht für dich einen unschätzbaren Wert?«

»Balsora und Bagdad haben nicht seinesgleichen«, antwortete der Sarazene. »Aber was hat das mit unserem Gespräch zu schaffen?«

»Sehr viel, wie du gleich sehen wirst. Nimm meine Streitaxt und zerschlag diesen Stein in zwanzig Stücke. Würde jedes Stück soviel wert sein wie der ganze Stein, oder würden sie alle zusammen nur den zehnten Teil seines Wertes haben?«

»Das ist eine kindische Frage«, antwortete der Sarazene. »Die Stücke eines solchen Juwels würden nicht den hundertsten Teil soviel wert sein wie der ganze Edelstein.«

»Sarazene«, erwiderte der Christ, »die Liebe, die einen Ritter an ein schönes und treues Weib bindet, ist mit dem ganzen Edelstein zu vergleichen, und die Gefühle, die du unter deine zu Sklaven gemachten Weiber und zu Weibern gemachten Sklavinnen verteilst, sind im Vergleich ebenso wertlos wie die schimmernden Stückchen des zerschlagenen Diamanten.«

»Nun, bei der heiligen Kaaba«, sagte der Emir, »du bist ein Wahnwitziger, der seine eiserne Kette liebt, als wäre sie aus Gold. Betrachte einmal die Sache genauer. Mein Ring würde die Hälfte seiner Schönheit verlieren, wäre das Siegel nicht umgeben und eingefaßt von diesen geringeren Brillanten. Der Diamant in der Mitte ist der Mann, stark und ganz. Und dieser Kreis von geringeren Juwelen sind die Frauen. Sie entlehnen von ihm ihren Glanz, und er verteilt ihn unter sie nach Lust und Wohlgefallen. Nimm den mittleren Stein vom Siegelring, und der Diamant wird so kostbar bleiben wie zuvor, während die kleineren Edelsteine immer von geringem Wert sein werden. Und das ist die richtige Auslegung deiner Parabel.«

»Sarazene, du sprichst wie einer, der nie ein würdiges Weib gesehen hat. Glaub mir, sähest du die Frauen von Europa, denen wir Ritter neben Gott Treue und Ergebenheit geloben, du würdest für immer die Sklavinnen deines Harems verschmähen. Der Reiz unserer Schönen spitzt unsere Lanzen und schärft unsere Schwerter, und ihre Worte sind unser Gesetz.«

»Ich habe von dieser Tollheit gehört«, sagte der Emir, »und ich habe sie immer für ein weiteres Zeichen jener Gehirnkrankheit gehalten, die euch hierherführt, um ein leeres Grab zu erobern. Die Franken, mit denen ich zusammen gewesen, haben jedoch die Schönheit ihrer Frauen so hoch beschrieben, daß es mir Vergnügen machen würde, mit meinen Augen jene Reize zu sehen, wodurch so tapfere Krieger in Spielzeug des Vergnügens verwandelt werden.«

»Tapferer Sarazene«, sagte der Ritter, »wäre ich nicht auf einer Wallfahrt zum Heiligen Grab, es würde mir eine Ehre sein, dich zum Lager Richards von England zu bringen. Und obwohl ich arm und ohne Gefolge bin, so habe ich doch Einfluß genug, dir Achtung und Ehre zu verschaffen. Dann würdest du einige der reizendsten Schönheiten von Frankreich und England kennenlernen, deren Glanz zehntausendmal den Schimmer einer Diamantgrube übertrifft, worin alle Steine so groß sind wie deiner da.«

»Nun, bei dem Eckstein der Kaaba«, sagte der Sarazene, »ich will deine Einladung gern annehmen, wenn du dein jetziges Vorhaben verschieben würdest. Denn nach Jerusalem zu reiten ohne einen Paß, das hieße, dein Leben absichtlich aufs Spiel zu setzen.«

»Ich habe einen Paß«, erwiderte der Ritter, ein Pergament hervorziehend, »von Saladins Hand und mit seinem Siegel.«

Der Sarazene verneigte sich, als er Siegel und Schrift des berühmten Sultans von Ägypten und Syrien erkannte, und als er das Pergament mit großer Ehrfurcht geküßt hatte, drückte er es gegen die Stirn und gab es dann dem Christen mit den Worten zurück: »Unbesonnener Franke, du hast gegen dein und mein Blut gesündigt, daß du mir das nicht gezeigt hast, als wir zusammentrafen.«

»Du kamst mit erhobenem Speer«, sagte der Ritter, »wäre es eine ganze Schar Sarazenen gewesen, dann hätte ich den Paß des Sultans hervorgeholt, aber einem einzelnen gegenüber – nein.«

»Und doch genügte ein einzelner«, sagte der Sarazene stolz, »deine Reise zu unterbrechen.«

»Das ist wahr, Muselman, aber es gibt nur wenige deinesgleichen.«

»Du läßt mir nur Gerechtigkeit widerfahren«, sagte der Sarazene, offensichtlich über dieses Kompliment erfreut. »Es war gut für mich, daß ich dich nicht getötet habe, da du einen Schutzbrief des Königs der Könige bei dir trägst. Es ist gewiß, daß der Strick oder der Säbel eine solche Tat gerächt hätte.«

»Es beruhigt mich, daß mir dieses Pergament von Vorteil sein wird«, sagte der Ritter, »denn ich habe gehört, daß der Weg von Räuberhorden belagert wird, die nichts achten, wenn sich eine Gelegenheit zum Plündern zeigt.«

»Man hat dir die Wahrheit berichtet, tapferer Christ, aber ich schwöre dir bei dem Turban des Propheten, solltest du in irgendeinem Schlupfwinkel dieser Elenden umkommen, so will ich selbst mit fünftausend Reitern deine Rache übernehmen; ich würde alle Männer töten und ihre Weiber in so entlegene Gefangenschaft bringen, daß der Name ihres

Stammes nicht mehr bekannt ist auf fünfhundert Meilen in Umkreis von Damaskus. Ich würde den Grund ihres Dorfes mit Salz bestreuen, und kein lebendiges Wesen sollte darin wohnen können.«

»Es wäre mir lieber, wenn die Mühe, mich zu rächen, einer anderen, wichtigeren Person gälte. Ich wäre dir sehr verbunden, wenn du mir für diesen Abend ein Nachtlager verschaffen könntest.«

»Das«, sagte der Sarazene, »kannst du im Zelt meines Vaters finden.«

»Diese Nacht«, antwortete der Christ, »muß ich in Gebet und Buße zubringen, in Gesellschaft eines heiligen Mannes, Theoderich von Engaddi, der in dieser Wildnis haust und sein Leben dem Dienst Gottes weiht.«

»Nun gut, ich will dich wenigstens bis dorthin bringen«, sagte der Sarazene.

»Das wäre eine angenehme Begleitung für mich«, antwortete der Christ, »jedoch könnte es die Sicherheit des guten Vaters gefährden, denn die grausamen Hände eures Volkes sind rot gewesen vom Blut der Diener des Herrn. Darum sind wir hierhergekommen in Panzer und Rüstung, um den Weg zum Heiligen Grab zu schaffen und um die erwählten Heiligen und Einsiedler zu beschützen, die noch in diesem Land der Verheißung wohnen.«

»Nazarener«, sagte der Muselmane, »in dieser Sache hat man uns verleumdet. Dem Wort des Nachfolgers des Propheten, Abubeker Alwakel, haben wir gehorcht. ›Zieh hin‹, sprach dieser zu einem berühmten Feldherrn, ›um Syrien den Ungläubigen zu entreißen, aber zeigt euch als Männer im Kampf. Tötet weder Greise noch Kranke, Weiber oder Kinder. Verwüstet nicht das Land, verderbt nicht Korn und Fruchtbäume; es sind Geschenke Allahs. Findet ihr heilige Männer, die mit ihren Händen arbeiten und Gott in der Wüste dienen, so tut ihnen kein Leid an und zerstört ihre Wohnungen nicht. Aber wenn ihr Heuchler findet, dann ruht nicht, bis sie gläubig oder zinspflichtig werden.‹ Wir haben getan, wie uns befohlen, und diejenigen, die unser gerechtes Schwert getroffen hat, waren nur Priester des Satans. Aber die frommen Männer, die aufrichtig an die Lehre von Issa Ben Mariam glauben, haben wir in Ruhe gelassen. Und der, den du suchst, ist ein solcher, und er wird von mir nur Liebe, Gunst und Achtung erfahren, obgleich das Licht des Propheten ihn noch nicht erreicht hat.«

»Der Einsiedler«, sagte der Pilger, »ist, wie ich gehört habe, kein Priester, aber wäre er von diesem geweihten Stand, so würde ich meine Lanze gegen Heiden und Ungläubige erheben.«

»Fordern wir einander nicht zum Kampf, Bruder«, unterbrach ihn der Sarazene. »Dieser Theoderich wird von Türken und Arabern beschützt, und obgleich er von Zeit zu Zeit in einem seltsamen Zustand ist, so beträgt er sich doch gut als Nachfolger seines Propheten.«

»Ha, bei Unserer Lieben Frau, Sarazene«, rief der Christ, »wag es und nenne mir im gleichen Atem den Kameltreiber von Mekka ...«

Wie ein elektrischer Schlag durchzuckte das Wort den Emir, aber er antwortete mit Würde und Vernunft: »Verachte den nicht, den du nicht kennst, um so mehr, da wir den Stifter deiner Religion verehren und nur die Lehre verdammen, die eure Priester aus jener gesponnen haben. Ich selbst will dich zur Höhle des Einsiedlers führen, die du sicher ohne meine Hilfe nicht finden würdest.«

Drittes Kapitel

Die beiden Krieger erhoben sich, und während sie ihren Tieren das Geschirr wieder anlegten, half einer dem anderen.

Bevor sie ihre Reise fortsetzten, tauchte der Ritter die Hände noch einmal in die fließende Quelle und trank daraus.

»Wie gern möchte ich den Namen dieser Quelle kennen, denn nie hat Wasser einen brennenderen Durst gestillt, als ich heute erlitten habe.«

»Der Name in der arabischen Sprache dafür bedeutet: Diamant der Wüste.«

»Sie verdient diesen Namen«, versetzte der Christ. »In meiner Heimat gibt es unzählige Quellen, aber an keine werde ich mich so gern erinnern wie an diese einsame in der Wüste.«

Sie stiegen auf und setzten ihre Reise fort. Der Mittag war vorbei, und ein sanfter Wind linderte ein wenig die Qualen der Hitze, obwohl er einen feinen Staub heranwehte, aus dem sich der Sarazene wenig machte, während sein schwergerüsteter Gefährte ihn kaum ertrug. Er hängte seinen Helm an den Sattelbogen und setzte sich die leichte Reiterkappe auf. Eine Zeitlang ritten sie stillschweigend nebeneinander. Aber es war noch keine halbe Stunde vergangen, als der Sarazene eine Unterhaltung begann.

»Du hast mich«, sagte er, »nach dem Namen einer Quelle gefragt. Erlaube mir, mich nach deinem Namen zu erkundigen, der gewiß nicht unbekannt ist.«

»Er ist noch nicht wert, bekannt zu sein«, sagte der Christ. Wisse jedoch, daß ich unter den Streitern des Kreuzes Kenneth genannt werde – Kenneth vom schlafenden Leoparden. Zu Hause habe ich andere Titel, die aber hart klingen würden im Ohr eines Morgenländers. Darf ich nun auch fragen, welchem arabischen Stamm du angehörst und unter welchem Namen du bekannt bist?«

»Sir Kenneth«, sagte der Muselman, »es ist mir lieb, daß ihr einen Namen habt, den meine Zunge leicht aussprechen kann. Ich bin kein Araber. Wisse, Sir Ritter vom Leoparden, daß ich Scheerkohf bin, der Löwe des Gebirges, und daß es in Kurdistan, woher ich stamme, keine Familie gibt, die edler wäre als die der Seldschuken.«

»Ich habe gehört«, antwortete der Christ, »daß euer großer Sultan aus demselben Stamm kommt.«

»Gelobt sei der Prophet, daß er aus dem Schoß unserer Berge den sandte, dessen Wort Sieg ist«, sprach der Heide. »Ich bin nur ein Wurm vor dem König von Ägypten und Syrien, aber doch vermag mein Name etwas in meinem Land. – Fremdling, mit wieviel Mann bist du in diesen Krieg gekommen?«

»Bei meiner Ehre«, sagte Sir Kenneth, »es war mir schwer, zehn wohlgerüstete Lanzen zu stellen mit vielleicht fünfzig Mann, Schützen und Knechte eingerechnet. Einige haben mein unglückliches Banner verlassen – etliche sind im Kampf gefallen – andere sind an Krankheit gestorben – und ein einziger treuer Knappe, für dessen Leben ich diese Wallfahrt unternehme, liegt auf dem Siechenbett.«

»Christ«, sagte Scheerkohf, »ich habe hier fünf Pfeile in meinem Köcher. Wenn ich einen davon zu meinen Zelten sende, so steigen tausend Streiter zu Pferd – sende ich einen andern, so erheben sich ebenso viele – mir stehen fünftausend Mann zur Verfügung – und wenn ich will, so erbebt die Wüste unter dem Gestampf von zehntausend Reitern. Und du bist gekommen, ein Land anzugreifen, worin ich einer der Geringsten bin!«

»Nun«, entgegnete der westliche Streiter, »du solltest aber wissen, daß ein stählerner Handschuh eine ganze Handvoll Hornissen zu zerdrücken vermag.«

»Gewiß, aber erst muß er sie in der Faust haben«, sagte der Sarazene mit einem Lächeln. »Und ist denn Tapferkeit so hoch geachtet bei den christlichen Fürsten, daß du, mit so wenig Mitteln und Leuten versehen, dich mir als Schutz und Schirm in dem Lager deiner Brüder anbieten konntest?«

»Wisse, Sarazene, daß der Name eines Ritters und das Blut eines Edelmannes das Recht verleihen, sich mit den Fürsten ersten Ranges gleichzusetzen in allem, was nicht königliche Machtvollkommenheit und Herrschaft betrifft. Würde Richard von England die Ehre eines Ritters kränken, der so arm wäre, wie ich es bin, er könnte ihm, ohne die Gesetze des Rittertums zu verletzen, den Zweikampf nicht verbieten.«

»Es würde mich freuen, ein so seltsames Schauspiel zu sehen«, sagte der Emir, »wo ein lederner Gürtel und ein paar Sporen den Ärmsten auf die gleiche Stufe mit dem Mächtigen stellen.« Dann fragte er: »Und mischt ihr euch ebenso frei unter die Frauen eurer Häuptlinge und Fürsten?«

»Gott behüte«, sagte der Ritter vom Leoparden, »daß es dem ärmsten Ritter der Christenheit nicht freistehen sollte, seine Hand und sein Schwert, seine Taten und seine Liebe der schönsten Prinzessin zu widmen!«

»Aber erst vorhin hast du die Liebe als das Höchste beschrieben – sie muß dir ohne Zweifel in einem hohen und edlen Stand gewährt worden sein?«

»Fremdling«, antwortete der Christ, der während seiner Rede tief errötete, »es genüge dir, zu wissen, daß es ist, wie du sagst. Aber wenn du von Liebe und gebrochenen Lanzen hören willst, dann wage dich in das Lager der Kreuzfahrer, und du wirst Beschäftigung finden.«

Der östliche Krieger antwortete, indem er sich im Steigbügel aufrichtete und seine Lanze erhob: »Ich fürchte, daß ich schwerlich einen mit bekreuzter Schulter finden werde, der mit mir den Wurf versuchen wollte.«

»Dafür stehe ich nicht«, entgegnete der Ritter, »obgleich im Lager Spanier sind, die sich recht gut auf das morgenländische Spiel verstehen.«

»Hundesöhne!« rief der Sarazene. »Was fällt diesen Spaniern ein, daß sie hierherkommen, um die wahren Gläubigen zu bekriegen? Mit ihnen möchte ich in keinem Kampf zusammentreffen.«

»Hüte dich, daß nicht spanische Ritter deine Rede vernehmen«, sagte Sir Kenneth, »aber wenn du Lust hast, mit einer Streitaxt zu kämpfen, so fändest du unter den westlichen Kriegern viele Bereitwillige.«

»Bei dem Bart meines Vaters, Sir«, sagte der Sarazene und versuchte zu lachen, »dies Spiel ist zu gefährlich für bloßen Scherz. In der Schlacht werde ich's nie scheuen, aber mein Kopf« – er preßte die Hand gegen die Stirn – »wird mir für einige Zeit nicht erlauben, aus Spaß zu kämpfen.«

»Ich wollte, du sähest die Axt von König Richard«, antwortete der westliche Krieger, »meine ist federleicht dagegen.«

»Wir hören viel von diesem Inselkönig«, sagte der Sarazene. »Bist du einer von seinen Untertanen?«

»Ich bin ihm auf diesem Feldzug gefolgt«, antwortete der Ritter, »und ich bekleide Ehrenstellen in seinem Dienst; aber ich bin nicht sein geborener Untertan, obwohl ich ein Eingeborener der Insel bin, auf der er herrscht.«

»Wie meinst du das? Habt ihr denn zwei Könige auf eurer Insel?«

»Du sagst es. Ich bin Schotte, und die beiden Teile der Insel stehen in unaufhörlichem Krieg miteinander. Trotzdem kann das Land, wie du siehst, ein Heer aufstellen, das ausziehen soll, um die unheilige Gewalt zu erschüttern, die dein Herr den Städten von Zion auferlegt hat.«

»Beim Barte Saladins, Nazarener, das ist doch eine kindische Torheit. Ich muß lachen über den Unverstand deines Sultans, der hierherkommt, um Wüsten und Felsen zu erobern von einer zehnfach größeren Macht, während er einen Teil seiner kleinen Insel einem anderen Zepter zurückläßt. Ihr und eure Landsleute habt euch also der Herrschaft König Richards unterworfen, bevor ihr euer gespaltenes Geburtsland verlassen habt?«

Schnell und stolz war Kenneth' Antwort: »Nein. Der König von England hatte den Kreuzzug nicht eher begonnen, bis er auch Herr von Schottland geworden war.«

So weit hatte er gesprochen, als er sich schnell besann und murmelte: *»Mea culpa! Mea culpa!* Was habe ich, ein Soldat des Kreuzes, mit der Erinnerung an den Krieg zwischen Christen zu schaffen?«

Die Äußerung seiner Gefühle und die eigene Zurechtweisung des Ritters entgingen nicht der Aufmerksamkeit des Muselmanen, der, wenn er auch nicht alles begriff, doch so viel sah, daß auch unter Christen Gefühle von persönlichem Haß und Zerwürfnisse vorhanden waren. Aber der Sarazene ließ sich nichts von seinen Gedanken anmerken und machte kein Aufhebens von der Unsicherheit Sir Kenneth', in dessen Charakter der Schotte und der Kreuzfahrer sich widersprachen.

Sie waren ein gutes Stück vorangekommen, und die Gegend umher hatte sich verändert. Sie befanden sich im Osten und hatten die steile und kahle Hügelkette erreicht, die der Landschaft ein anderes Ansehen verlieh. Spitze, felsige Höhen erhoben sich ringsumher, und tiefe Abhänge und steile Wege mit schmalen Pfaden wurden sehr gefährlich für die Wanderer. Schwarze Höhlen und Grotten öffneten sich furchterregend zwischen den Felsen zu beiden Seiten des Wegs. Der schottische Ritter erfuhr vom Emir, daß hier wilde Tiere lebten und Menschen Unterschlupf gefunden haben, die durch den unaufhörlichen Krieg und von Erpressungen durch das Kreuz wie durch den Halbmond zur Verzweiflung und zum Räuberleben getrieben wurden.

Der schottische Ritter hörte zunächst mit Gleichgültigkeit von Verwüstungen der wilden Tiere und der verwilderten Menschen, aber ein geheimes Schaudern befiel ihn, als er sich plötzlich der furchtbaren Wildnis bewußt wurde. Mit weniger Aufmerksamkeit hörte er dem ungläubigen Krieger an seiner Seite zu, und er wünschte sich in dieser Wildnis, wo sich böse Geister aufhielten, einen besseren Gesellen als gerade diesen ungläubigen Heiden.

Dieses Gefühl beengte ihn um so mehr, als des Sarazenen Aufregung mit der Reise zu wachsen schien und, je weiter sie in die düsteren Schluchten des Gebirges vordrangen, die Unterhaltung immer ausgelassener wurde. Da der Ritter schwieg, begann der Sarazene schließlich zu singen. Sir Kenneth verstand genug von den morgenländischen Sprachen, um zu verstehen, daß es Liebeslieder waren, in denen Dichter frei und unverhüllt aussprachen, was sie meinten, und widersprüchlich erschien ihm, daß der Sarazene auch Lieder zum Lob des Weins sang. Seine Fröhlichkeit wurde auf die Dauer dem christlichen Ritter, dessen Gemüt ganz anders gestimmt war, unerträglich. Es kam dem Kreuzfahrer vor, als hätte er an seiner Seite eine Art munteren, bösen Feind, der seine Seele durch Eingebung eitler Gedanken an irdische Lust verunsichern will, um auf diese Weise seinen Glauben und sein Pilgergelübde auf die Probe zu stellen. Er war sehr beunruhigt und wußte nicht, was er tun sollte. Endlich unterbrach er den Sarazenen heftig.

»Sarazene«, sagte der Kreuzfahrer ernsthaft, »du solltest wissen, daß es Orte gibt, die heilig sind, und Orte, wo das Böse außergewöhnliche Macht hat über sündhafte Menschen. Ich will dir den wichtigen Grund nicht nennen, warum sich gerade hier der Satan und seine Engel befinden. Genug, daß weise und heilige Männer, denen die unheilige Gegend wohlbekannt war, mich vor ihr gewarnt haben. Darum, Sarazene, laß ab von deiner törichten Lustigkeit und wende deine Gedanken Dingen zu, die diesem Ort angemessener sind, selbst wenn es mir leid tut, daß auch dein bestes Gebet nur Lästerung und Sünde sein kann.«

Der Sarazene hörte dem Ritter mit Befremden zu, dann antwortete er mit einer Lustigkeit, die nur, soweit es die Höflichkeit verlangte, versteckt war: »Guter Sir Kenneth, du handelst ungerecht gegen deinen Gefährten, oder die Höflichkeit wird nur unvollkommen gelehrt bei euren westlichen Stämmen. Ich nahm keinen Anstoß, als ich dich Schweinefleisch essen und Wein trinken sah. Warum nun ärgert es dich, wenn ich mir einen traurigen Weg mit einem lustigen Lied verkürze? Was sagt der Dichter: ›Gesang gleicht dem Tau des Himmels in der Mitte der Wüste; er kühlt den Pfad des Wanderers.‹«

»Freund«, sagte der Christ, »ich tadle nicht deine Liebe zum Gesang. Aber Gebete und heilige Psalmen sind angemessener als Trink- und Liebeslieder, wenn man durch dieses Tal des Schattens und des Todes wandert, das voll ist von bösen Geistern und Dämonen, die ehemals in den Menschen wohnten.«

»Sprich nicht so von den Geistern, Christ«, antwortete der Sarazene, »denn du redest mit einem, dessen Stamm und Volk ihren Ursprung von jenen Unsterblichen herleiten, die eure Religion fürchtet und lästert.«

»Ich dachte es mir«, entgegnete der Kreuzfahrer, »daß euer Geschlecht vom Teufel abstammen müsse, ohne dessen Hilfe ihr es nie geschafft hättet, dieses Gelobte Land gegen so viele Streiter Gottes zu behaupten. Ich spreche nicht von dir, Sarazene, sondern allgemein von deinem Volk und deiner Religion. Jedoch wundert es mich, daß ihr euch des bösen Geistes rühmt.«

»Von wem könnte man seinen Stamm würdiger herleiten als von dem finsteren Geist, der es vorzog, vor der Gewalt zu fallen, als sein Knie freiwillig zu beugen?«

Magie war die Lehre dieser Zeit, und Sir Kenneth hörte den Sarazenen von seiner satanischen Herkunft reden, ohne auch nur daran zu zweifeln, doch er fühlte ein gewisses Schaudern, in dieser furchtbaren Gegend mit einem Gesellen zusammen zu sein, der solch eine Abstammung offen bekannte. Aber furchtlos, wie er war, bekreuzigte er sich und bat den Sarazenen um Auskunft über das Geschlecht, dem er angehörte. Dieser antwortete bereitwillig und erzählte eine ehrwürdige Sage aus Persien, in der einst ein König im Bund mit finsteren Mächten stand. Sie für seine Pläne günstig zu stimmen, forderte er vom ganzen Land Menschenopfer, die er ihnen darbrachte. Einmal holte sein räuberischer Sklavenhaufen sieben wunderschöne Schwestern in die Opfergrotten, um sie hinschlachten zu lassen. Plötzlich jedoch öffnete sich unter Donnergrollen die Felswand, und sieben mächtige Geister der Unterwelt, denen man Grausamkeit und Unbarmherzigkeit nachsagte, traten im Gewand der Jäger hervor. Sie beruhigten die Mädchen, indem sie versicherten, daß ihre bösen Eigenschaften nur hervorträten, wenn man sie beschimpfte, und versprachen ihnen, sie gegen die Überlassung von je einer schönen Locke an einen sicheren Ort zu führen. Alsbald war der Tausch vollzogen, und die Schwestern befanden sich auf einem Schloß in Kurdistan, für immer der Welt entrückt. Nach langer Zeit aber tauchten in den kurdischen Tälern sieben stolze Jünglinge auf, erfahren im Kampf und in der Jagd, die die Stammväter der sieben Kurdenstämme wurden, deren Heldenmut bekannt ist in der ganzen Welt.

Der christliche Ritter hatte mit Verwunderung dieser seltsamen Erzählung zugehört, und nach einem kurzen Bedenken sagte er: »In der Tat, Sarazene, du hast gut gesprochen, deine Abstammung mag gefürchtet und gehaßt werden, aber man kann sie nicht verachten. Auch wundere ich mich nicht mehr über deine Hartnäckigkeit in einem falschen Glauben, denn ohne Zweifel ist sie ein Teil der Gemütsverfassung, die du von deinen Vorfahren, den höllischen Jägern, geerbt hast. Auch soll es mich nicht länger befremden, daß deine Stimmung aufgeregt und schwärmerisch wird und sich in Versen und Tönen äußert, wenn du dich den Orten mit den Schlupfwinkeln der bösen Geister näherst. Das muß in dir jenes angenehme Gefühl erwecken, das andere verspüren, wenn sie sich dem Land ihrer Väter nähern.«

»Bei meines Vaters Bart, ich glaube, du hast recht«, sagte der Sarazene, mehr erheitert als gekränkt über die Offenheit, mit der der Christ seine Meinung geäußert hatte. »Obwohl der Prophet – gelobt sei sein Name – die Saat eines besseren Glaubens unter uns ausgestreut hat, so sind wir doch nicht geneigt, unsere erhabenen und mächtigen Urgeister zu verdammen, deren Geschlecht wir angehören. Sie sind nicht alle verworfen, sondern noch auf dem Weg der Prüfung und haben in der Zukunft Lohn oder Strafe zu erwarten. Genug, daß bei uns die Verehrung jener Geister durch das, was wir aus dem Koran gelernt haben, noch nicht ganz beseitigt werden konnte und daß viele von uns noch immer zur Erinnerung an den alten Glauben der Väter Verse singen.«

Daraufhin begann er Verse zu singen, die ihrem Bau und ihrer Sprache nach sehr alt sein mußten und die von einigen für das Werk der Verehrer des bösen Wesens gehalten werden.

Auf Sir Kenneth vom Leoparden machte das Lied einen Eindruck, als klänge es wie eine dem Erzfeind selbst dargebrachte Huldigung. Er überlegte still, ob er dem Sarazenen seinen Abscheu für die Lästerung durch einen plötzlichen Abschied zu erkennen gäbe oder ob er nicht den Ungläubigen auf der Stelle zum Kampf herausfordern müßte und ihn dann den Tieren der Wildnis zur Speise ließe. Plötzlich wurde seine Aufmerksamkeit durch eine unerwartete Erscheinung gefesselt.

Der Tag ging zu Ende, doch konnte der Ritter noch sehen, daß sie beide nicht allein im Wald waren und daß sie von einer großen und mageren Gestalt genau beobachtet wurden, die mit Leichtigkeit über Felsen und Büsche sprang. Da nun der ehrliche Schotte nie einen Augenblick daran gezweifelt hatte, die Götter der alten Heiden für Teufel zu halten, so zögerte er jetzt auch nicht, anzunehmen, daß die gotteslästernde Hymne des Sarazenen einen höllischen Geist beschworen hatte.

»Was hilft's«, sagte Sir Kenneth herzhaft zu sich, »nieder mit dem bösen Feind und seinen Verehrern!«

Seine Hand hatte die Streitaxt gefaßt. Doch der schottische Ritter wurde bewahrt vor einer Tat, die ein schwarzer Fleck auf seinem Wappenschild gewesen wäre. Die Erscheinung, die seine Augen eine Zeitlang wahrgenommen hatten, schien, hinter Felsen und Büschen versteckt, dem Pfad der Wanderer zu folgen, indem sie die Unregelmäßigkeiten des Bodens mit großer Geschicklichkeit ausnutzte und übersprang. Endlich aber, gerade als der Sarazene zu singen aufhörte, packte eine Männergestalt in Ziegenfellen die Zügel vom Pferd des Sarazenen, so daß es unfähig war, den unvermuteten Angreifer loszuwerden, sich aufrichtete und rückwärts auf seinen Herrn fiel, der jedoch der Gefahr entging, indem er sich schnell auf die Seite drehte.

Der Angreifer packte nun die Kehle des Reiters. Er warf sich über den

Sarazenen und hielt ihn am Boden fest, indem er seine Arme um die des Gefangenen schlang, der zornig und doch halb lachend ausrief: »Hamako – Rasender – laß mich los – du nimmst dir zuviel heraus – laß mich los, oder ich gebrauche meinen Dolch.«

»Deinen Dolch – Heidenhund! Halt ihn fest, wenn du kannst!« Und im Nu griff er nach der Waffe und schwang sie über dem Haupt des Sarazenen.

»Hilfe, Nazarener!« schrie Scheerkohf, nun ernstlich beunruhigt. »Hilfe, oder der Hamako tötet mich.«

»Tötet dich!« wiederholte Hamako, »und wohl hast du den Tod verdient für deine Lästerlieder, die du nicht nur singst zum Lob deines falschen Propheten, sondern auch zum Lob des Vaters des Bösen selbst.«

Der christliche Ritter hatte bis jetzt verblüfft zugesehen. Endlich jedoch fühlte er, daß er seinem in Gefahr schwebenden Begleiter helfen mußte, und sprach zum Mann im Ziegenfell: »Wer du auch sein magst, ich bitte darum, laß den Sarazenen aufstehen, oder ich werde mit dir kämpfen.«

»Das wäre ein eigenartiger Kampf für einen Kreuzfahrer«, antwortete Hamako, »wegen eines ungetauften Hundes einen Mitgenossen seines heiligen Glaubens zu bekriegen. Bist du in die Wüste gekommen, um für den Halbmond und gegen das Kreuz zu fechten? Du bist ein trefflicher Streiter Gottes, da du auf die hörst, die das Lob des Satans singen!«

Als er so sprach, ließ er den Sarazenen aufstehen und gab ihm seinen Dolch zurück.

»Du siehst, in welcher Gefahr deine Vermessenheit dich gebracht hat«, fuhr er fort, »und durch welch schwache Mittel deine geübte Geschicklichkeit und gerühmte Gewandtheit überwältigt werden können, wenn's des Himmels Wille ist. Darum, Ilderim, nimm dich in acht, denn wisse: Wir beide wären nicht auseinandergekommen, bis ich dir die Kehle zerrissen hätte, die kurz zuvor Lästerungen gesungen.«

»Hamako«, sagte der Sarazene ganz unverdrossen, »nimm dich in acht, daß du deine Freiheit nicht überschreitest, denn auch wenn ich als guter Muselman diejenigen verehre, denen der Himmel den Verstand geraubt hat, so will ich doch keines Fremden Hände weder am Zaum meines Pferdes noch an meinem eigenen Leib dulden. Reden kannst du, wie du willst, ohne Furcht, daß ich dir böse werden möge; aber begreife, daß, wenn du wieder eine Gewalttat gegen mich beginnen solltest, ich dir dein zottiges Haupt von den mageren Schultern hauen werde. Und dir, Freund Kenneth«, fuhr er fort, als er sein Roß wieder bestiegen hatte, »muß ich auch sagen, daß ich von einem Gefährten in der Wüste hilfreiche Taten lieber habe als schöne Worte. Es wäre besser gewesen, wenn du mir eine schnellere Hilfe geleistet hättest im Kampf mit diesem Hamako, der in seinem Wahnsinn mich fast umgebracht hätte.«

»Bei meiner Ehre«, sagte der Ritter, »ich war ein wenig langsam, dir augenblicklich Beistand zu leisten, aber die Sonderbarkeit des Angreifers, die Raschheit des Vorfalls – mir war, als ob dein tolles, schlechtes Lied den Teufel zwischen uns gerufen hätte – und meine Bestürzung war so groß, daß zwei oder drei Minuten vergingen, ehe ich meine Waffe fassen konnte.«

»Du bist ein kalter, bedachtsamer Freund«, sagte der Sarazene, »und wäre der Hamako wütender gewesen, so hätte er mich erschlagen, obwohl du dabei warst, beritten und bewaffnet.«

»Auf mein Wort, Sarazene«, sagte der Christ, »wenn du die Wahrheit hören willst: Ich hielt diese seltsame Gestalt für den Teufel, und da er mit dir verwandt ist, so wußte ich nicht, ob ihr euch nicht irgendein Familiengeheimnis mitteiltet, als ihr euch so freundschaftlich im Sand herumwälztet.«

»Dein Spott ist keine Antwort, Bruder Kenneth«, sagte der Sarazene, »denn merk es dir, wäre mein Angreifer wirklich der Fürst der Finsternis gewesen, auch dann hättest du zum Vorteil deines Gefährten kämpfen müssen. Und alles, was der Hamako Widriges oder Teuflisches an sich haben mag, ist mehr dir verwandt als mir; denn dieser Hamako ist der Einsiedler, den zu besuchen du hierhergekommen bist!«

»Dieser!« sagte Sir Kenneth, die athletische, doch abgezehrte Gestalt vor seinen Augen betrachtend, »dieser! – Du scherzest, Sarazene, das kann der ehrwürdige Theoderich nicht sein!«

»Frag ihn selbst, wenn du mir nicht glauben willst«, antwortete Scheerkohf, und ehe Kenneth fragen konnte, gab der Einsiedler Antwort.

»Ich bin Theoderich von Engaddi«, sagte er, »ich bin der Wanderer in der Wüste – ich bin der Freund des Kreuzes und die Geißel aller Ungläubigen, Ketzer und Teufelsverehrer. Fort mit euch, fort mit euch! – Nieder mit Mohammed und seinen Anhängern!« So sprechend, zog er unter seiner haarigen Bekleidung eine Art von Geißel oder Prügel hervor, den er mit einer seltsamen Fertigkeit um sein Haupt schwang.

»Da siehst du deinen Heiligen«, sagte der Sarazene, anfangs lachend über das sichtbare Erstaunen, womit Sir Kenneth die abenteuerlichen Bewegungen und das wunderliche Gemurmel Theoderichs beobachtete, der, nachdem er seine Geißel nach allen Richtungen geschwungen hatte, endlich eine Probe seiner Stärke und der Festigkeit seiner Waffe gab, indem er einen großen Stein, der in der Nähe lag, in Stücke schlug.

»Das ist ein Verrückter«, sagte Sir Kenneth.

»Nichtsdestoweniger aber ein Heiliger«, entgegnete der Muselman, der nach der bekannten Meinung des Morgenlandes glaubte, daß Verrückte unter dem Einfluß unmittelbarer Begeisterung ständen. »Merke dir, Christ, wenn das eine Auge erblindet ist, so wird das andere schärfer – wenn eine Hand verstümmelt ist, wo wird die andere stärker, und wenn unser Verstand verwirrt und zerstört ist, dann wird unser Blick gen Himmel um so schärfer und vollkommener sein.«

In diesem Augenblick wurde die Stimme des Sarazenen von der des Einsiedlers übertönt, der laut aufzuschreien begann in einer wunderlichen Gesangsweise: »Ich bin Theoderich von Engaddi. Ich bin die Geißel der Ungläubigen! Der Löwe und der Leopard sollen meine Gesellen sein und nahe bei meiner Zelle Herberge machen; und die Ziege wird sich nicht fürchten vor ihren Krallen. Ich bin die Fackel und die Leuchte. – Kyrie eleison!«

Er beendete seinen Gesang mit einem kurzen Lauf und machte dann drei Sprünge vorwärts, die ihm großes Ansehen in einer gymnastischen Akademie verschafft hätten, die aber zu seinem Einsiedlercharakter so wenig paßten, daß der schottische Ritter zugleich beschämt und verwirrt darüber war.

Der Sarazene schien ihn besser zu verstehen. »Du siehst«, sagte er, »er erwartet, daß wir ihm zu seiner Zelle folgen, die in der Tat die einzige Zuflucht ist, die uns für diese Nacht bleibt. Du bist der Leopard, ich bin der Löwe, was auch mein Name bedeutet, und unter der Ziege versteht er sich selbst, indem er auf seine Kleidung anspielt. Doch wir müssen ihn im Auge behalten, denn er ist flüchtig wie ein Dromedar.«

Diese Aufgabe war schwer, denn obgleich der Einsiedler von Zeit zu Zeit innehielt und mit der Hand winkte, ihm zu folgen, so führte er doch, mit allen Wegen der Wüste vertraut, die beiden Ritter durch Klüfte und auf Fußpfaden dahin, wo selbst der leichtbewaffnete Sarazene mit seinem wohldressierten Berber in großer Gefahr schwebte und wo der eisengerüstete Europäer und sein überladenes Roß in echter Not waren. Endlich standen sie am Eingang einer Höhle, und der Einsiedler hielt eine große Fackel, die flackerndes Licht auswarf und von starkem Schwefelgeruch begleitet war. Unerschrocken vom erstickenden Dampf schwang sich der Ritter vom Pferd und trat in die Höhle ein. Die Zelle war in zwei Bereiche abgeteilt; in dem äußeren befand sich ein steinerner Altar und ein aus Rohr gemachtes Kruzifix. Dieser Teil diente als Kapelle. Der Einsiedler war inzwischen beschäftigt, das innere Gemach zum Empfang seiner Gäste in Ordnung zu bringen, und diese gesellten sich jetzt zu ihm. Im Hintergrund der äußeren Höhle führte eine mit einer rauhen Brettertür verschlossene kleine Öffnung in das Schlafgemach des Einsiedlers, das bequemer eingerichtet war. Der Fußboden war durch die Arbeit des Bewohners geebnet und dann mit weißem Sand bestreut worden, den er täglich mit Wasser aus einer kleinen Quelle besprengte, die in einer Ecke aus dem Felsen sprudelte. Matratzen, aus Binsen geflochten, lagen an den Wänden, die gleich dem Fußboden rauh bearbeitet und mit Kräutern und Blumen mancher Art behangen waren. Zwei Wachskerzen, die der Einsiedler anzündete, gaben dem Ort ein heiteres Ansehen, und Wohlgeruch und Kühlung machten ihn angenehm. In der einen Ecke lag Arbeitsgerät, in der anderen befand sich eine Nische für ein Bild der Heiligen Jungfrau. Der Tisch und zwei Stühle waren die Arbeit des Einsiedlers selbst. Jener war nicht nur mit Schilf und Hülsenfrüchten gedeckt, sondern auch mit gedörrtem Fleisch, das die Eßlust seiner Gäste reizte. Die Haltung des Einsiedlers war nun angemessen, und auffallend war nur die fromme Demut, die seinen abgemagerten Zügen den Ausdruck des Edlen und Majestätischen nahm. Er ging in seiner Zelle umher wie einer, der geboren war, um über Menschen zu herrschen, und der dieser Herrschaft entsagt hatte, um ein Diener des Himmels zu werden. Jedoch muß zugegeben werden, daß sein riesiger Wuchs, die Länge seines ungeschorenen Bartes und Haares und das Feuer in seinen tiefen, lebhaften Augen eher die Merkmale eines Kriegers als eines Mönchs waren.

Selbst der Sarazene schien den Einsiedler mit einer gewissen Ehrfurcht zu betrachten, und er flüsterte leise Sir Kenneth zu: »Der Hamako ist nun in seiner guten Laune, aber bevor wir gegessen haben, wird er nicht reden – das ist sein Gelübde.«

Folglich geschah es nur stillschweigend, daß Theoderich dem Schotten vorschlug, auf einem der ärmlichen Stühle Platz zu nehmen, während sich Scheerkohf nach der Sitte seines Volkes auf ein Strohpolster setzte. Der Einsiedler hob die Hände, als wollte er die seinen Gästen vorgesetzten Erfrischungen segnen. Sie begannen schweigend zu essen. Der Christ dachte über den Unterschied im Verhalten Theoderichs nach: einmal wütende Bewegung, lautes Geschrei und Gewalttätigkeit und nun die ernsthafte und würdevolle Beflissenheit. Seine Lage kam ihm seltsam vor.

Als das Mahl beendet war, räumte der Einsiedler, der selbst noch keinen Bissen gegessen hatte, die Reste vom Tisch, und indem er vor den Sarazenen einen Krug Sorbet setzte, bestimmte er dem Schotten eine Flasche Wein.

»Trinkt, meine Kinder«, sagte er. Es waren die ersten Worte, die er sprach. »Die Gaben Gottes sind da, daß man sich ihrer erfreue, wenn man dabei des Gebets gedenkt.«

Dann zog er sich in die vordere Zelle zurück und ließ seine Gäste in dem hinteren Raum beisammen, wo Sir Kenneth sogleich begann, Scheerkohf zu fragen, was er vom Einsiedler wisse. Es war mehr als bloße Neugier, denn für ihn war es schwer, das ausgelassene Betragen des Einsiedlers bei seinem ersten Erscheinen mit seinem gegenwärtigen Benehmen in Einklang zu bringen. Es schien unvereinbar mit dem hohen Ansehen, in dem, wie Sir Kenneth wußte, dieser Einsiedler bei den ausgezeichnetsten Geistlichen der Christenheit stand. Theoderich hatte in der Eigenschaft des Eremiten von Engaddi mit Päpsten und Konzilien in Briefwechsel gestanden, und seine Briefe hatten mit feuriger Beredsamkeit die Unterdrückung der Christen durch Ungläubige im Heiligen Land beschrieben. Und nun in einem so verehrungswürdigen und verehrten Mann das rasende Benehmen eines verrückten Fakirs anzutreffen, ließ den christlichen Ritter zögern, ihm wichtige Mitteilungen zu machen, wozu er von einigen Führern des Kreuzzugs den Auftrag erhalten hatte.

Von dem Emir war kein großer Aufschluß zu erwarten; der Inhalt seiner Mitteilungen war folgender: Der Einsiedler sei, wie er gehört habe, vormals ein braver und tapferer Krieger gewesen, weise im Rat und siegreich im Kampf. In Jerusalem sei er nicht in der Eigenschaft eines Pilgers erschienen, sondern als einer, der das Gelübde getan, den Rest seines Lebens im Heiligen Land zuzubringen. Kurz darauf habe er seinen bleibenden Aufenthalt in der Wüste gewählt, wo sie ihn heute gefunden und wo er Achtung bei den Christen genieße wegen seiner strengen Frömmigkeit und bei den Türken und Arabern wegen der Zeichen von Wahnsinn, die sie der Begeisterung zuschrieben. Darum hätten ihm jene auch den Namen Hamako gegeben, was in der türkischen Sprache einen solchen Charakter bezeichne. »Hamako ist«, sagte er, »ein weiser Mann gewesen und konnte stundenlang Vorträge über Tugend und Weisheit halten, ohne den geringsten Anschein von Unverstand zu zeigen. Zu einer anderen Zeit war er wild und heftig, doch noch nie habe ich ihn in einer so heillosen Stimmung erlebt, wie es vorhin der Fall gewesen war. Seine Wut wurde meistens durch irgendeine Beschimpfung seiner Religion hervorgerufen; und man erzählt eine Geschichte von einigen wandernden Arabern, die seinen Gottesdienst verspottet und seinen Altar geschändet hatten und die er aus diesem Grund angriff und mit seiner Geißel erschlug, die er immer mit sich führt. Diese Tat hat großen Lärm gemacht, und es war ebensosehr die Furcht vor der eisernen Geißel des Einsiedlers als auch die Scheu vor seinem Charakter, was die Räuberstämme bewog, seine Wohnung und seine Kapelle zu ehren. Sein Ruf hatte sich so weit verbreitet, daß Saladin zu seinem Schutz und Schirm eigens den Befehl gegeben hat. Mehr als einmal haben er und andere vornehme Muselmanen von Rang die Grotte besucht, teils aus Neugier, teils in der Absicht, von einem so gelehrten Mann einige Einsicht in die Geheimnisse der Zukunft zu erlangen. – Er hat«, fuhr der Sarazene fort,

»eine Sternwarte von beträchtlicher Höhe, bestimmt zur Beobachtung der Himmelskörper und hauptsächlich des Planetensystems, nach deren Bewegung und Einfluß, wie Christen und Muselmanen glauben, der Lauf menschlicher Begebenheiten sich richtet und vorausgesagt werden kann.«

Dies war die Auskunft, die Emir Scheerkohf geben konnte und die Sir Kenneth im Zweifel ließ, ob der Wahnsinn des Einsiedlers ein von Zeit zu Zeit wiederkehrender überspannter Schwärmereifer sei oder ob er nicht gänzlich auf Verstellung beruhe um der Freiheiten willen, die man dann hat. Es schien jedoch, wenn man den Fanatismus der Mohammedaner, in deren Mitte er als erklärter Feind ihres Glaubens lebte, in Betracht zog, als hätten die Ungläubigen ihre Gefälligkeit ihm gegenüber ungewöhnlich weit ausgedehnt. Auch glaubte Sir Kenneth, daß zwischen dem Einsiedler und dem Sarazenen eine genauere Bekanntschaft bestehe. Und es war ihm nicht entgangen, daß der Einsiedler den Sarazenen bei einem ihm unbekannten Namen genannt hatte. Alle diese Erwägungen bedeuteten Vorsicht, wenn nicht Argwohn. Er beschloß, seinen Wirt zu beobachten und sich mit der Mitteilung des ihm anvertrauten wichtigen Auftrags nicht zu beeilen.

»Sarazene«, sagte er, »es kommt mir vor, als wenn der Einsiedler sich geirrt hätte. Dein Name ist Scheerkohf, und er hat dich vorhin anders genannt.«

»Unter dem Zelt meines Vaters war mein Name Ilderim, und so nennen mich immer noch viele. Im Feld und bei den Kriegern bin ich bekannt als der Löwe des Gebirges, ein Name, den mir mein gutes Schwert erkämpft hat. – Doch still, der Hamako kommt – er wird uns heißen, zur Ruhe zu gehen – ich kenne seine Gewohnheit – niemand darf ihn beobachten bei seinen Nachtwachen.«

Der Einsiedler trat herein, und indem er die Arme über die Brust legte, sagte er mit feierlicher Stimme: »Gesegnet sei der Name dessen, der es so geordnet hat, daß die stille Nacht folge dem geräuschvollen Tag und daß der ruhige Schlaf die müden Glieder erfrische und die bekümmerte Seele befriedige!«

Beide Krieger antworteten »Amen!« und standen vom Tisch auf, um zu ihren Lagerstätten zu gehen, die ihnen ihr Wirt durch ein Winken mit der Hand gezeigt hatte. Der Einsiedler zog sich nun wieder aus dem Gemach zurück.

Der Ritter vom Leoparden legte seine schwere Rüstung ab, sein sarazenischer Gefährte half ihm freundlich, Gürtel und Spangen zu lösen, bis er endlich in der engen Bekleidung aus Gemsenleder dastand, die Ritter und Gewappnete unter ihrer Rüstung trugen. Hatte der Sarazene die Stärke seines Gegners bewundert, als er in Stahl gehüllt war, so war er jetzt nicht weniger erstaunt über diese nervige und wohlgebaute Gestalt. Der Ritter wiederum konnte nicht begreifen, wie der schmal und schmächtig gebaute Körper des Sarazenen imstande gewesen war, soviel Kraft im Kampf zu entfalten.

Jeder der beiden Krieger verrichtete sein Gebet, ehe er sich auf sein Lager hinstreckte. Der Muselman wandte sich dabei gegen die Kebla, den Punkt, nach dem die Gebete aller Nachfolger des Propheten gerichtet werden, während der Christ sein großes, mit einem Kreuzgriff versehenes Schwert aufrecht stellte und, vor ihm als dem Zeichen der Erlösung niederkniend, seinen Rosenkranz mit einer Andacht hersagte, die gesteigert wurde durch die Erinnerung an die Gegenden, durch die er heute gekommen, und an die Gefahren, denen er entgangen war. Beide Krieger, von Mühe und Anstrengung erschöpft, waren bald fest eingeschlafen.

Viertes Kapitel

Kenneth, der Schotte, wußte nicht, wie lange er schon geschlafen hatte, als er durch einen Druck auf der Brust geweckt wurde. Er schlug seine Augen auf, bemerkte den Einsiedler, der mit einem irren und wilden Blick an seinem Lager stand und die rechte Hand auf des Ritters Brust drückte, während die linke eine kleine silberne Lampe hielt.

»Schweig«, sagte der Einsiedler, »ich habe dir Dinge zu sagen, die dieser Ungläubige nicht hören darf.«

Er sprach französisch.

»Steh auf«, fuhr er fort, »häng deinen Mantel um – sprich nicht, tritt leise auf und folge mir.«

Sir Kenneth stand auf und nahm sein Schwert.

»Du hast es nicht nötig«, flüsterte ihm der Einsiedler zu, »wir gehen an einen Ort, wo nur geistige Waffen viel vermögen.«

Der Ritter legte sein Schwert wieder zurück, und nur mit einem Dolch bewaffnet, von dem er sich in diesem gefährlichen Land niemals trennte, folgte er dem Mann voller Ungewißheit.

Der Einsiedler bewegte sich langsam, und der Ritter fragte sich, ob nicht die vor ihm her schleichende Gestalt nur das Geschöpf eines unterbrochenen Traumes sei.

Ohne den Emir aufzuwecken, erreichten sie das äußere Gemach. Vor dem Kreuz und dem Altar brannte fortwährend eine Lampe; ein Meßbuch war aufgeschlagen, und auf dem Boden lag eine Geißel von dünnen Stricken und Draht, die ganz frische Blutspuren an sich trug, ein deutliches Zeichen von der strengen Buße des Einsiedlers. Hier kniete Theoderich nieder und forderte den Ritter auf, neben ihm Platz zu nehmen auf den harten Kieseln, die absichtlich hierhergebracht worden waren, um die Haltung der Ehrfurcht so unbequem wie möglich zu machen; er sprach mehrere Gebete der katholischen Kirche und sang mit gedämpfter Stimme drei Bußpsalmen. Diese begleitete er mit Seufzern, Tränen und krampfhaften Zuckungen, was ein tiefes religiöses Gefühl bekundete. Der schottische Ritter nahm Anteil an der Andacht. Jetzt änderte er die Meinung über seinen Wirt und überlegte, ob er ihn nicht wegen seiner strengen Buße als einen Heiligen betrachten müsse; und als sie sich vom Boden erhoben, stand er mit einer Ehrfurcht vor ihm wie ein Zögling vor einem verehrten Lehrer. Der Einsiedler war einige Minuten lang still.

»Sieh, mein Sohn«, sagte er, nach der anderen Ecke der Zelle weisend, »dort wirst du einen Schleier finden – bring ihn hierher.«

Der Ritter gehorchte, und in einer schmalen, in die Wand gehauenen, mit einer Tür aus Weiden versehenen Öffnung fand er den verlangten Schleier. Als er ihn ans Licht brachte, bemerkte er, daß er zerrieben und an einigen Stellen von dunklen Flecken beschmutzt war. Der Einsiedler blickte auf ihn mit einer tiefen, aber unterdrückten Rührung und stöhnte, bevor er sprechen konnte.

»Du bist nun auf dem Weg, die köstlichsten Schätze zu sehen, welche die Erde besitzt«, sagte er endlich; »wehe mir, daß meine Augen unwürdig sind, nach ihnen zu schauen! Ach, ich bin nur das schlechte, verachtete Schild, das dem müden Wanderer eine sichere Herberge bietet. Umsonst bin ich in Felsen und Wüste geflohen. Mein Feind hat mich gefunden – gerade der, den ich verleugnet habe, ist mir in meine Feste gefolgt!«

Er hielt wiederum inne und sagte mit finsterer Stimme: »Du bringst mir einen Gruß von Richard von England?«

»Ich komme von der Versammlung der christlichen Fürsten«, sagte der Ritter, »da aber der König von England nicht anwesend war, ist mir nichts von ihm befohlen worden.«

»Dein Zeichen?« fragte der Einsiedler.

Sir Kenneth zögerte – sein früherer Argwohn, die Merkmale von Wahnsinn, die der Einsiedler vorhin gegeben hatte, fielen ihm auf einmal wieder ein; aber wie mochte er in Rücksicht eines Mannes argwöhnisch bleiben, dessen Sitten so heilig waren? – »Mein Losungswort«, sagte er endlich, »ist dieses: Könige bettelten bei einem Bettler.«

»Es ist richtig, ich kenne dich wohl; aber die Schildwache auf dem Posten – und der meine ist ein wichtiger – ruft Freund wie Feind an.«

Hierauf ging er zurück zu dem Platz, den sie verlassen hatten. Der Sarazene lag noch immer auf seinem Bett und schlief.

»Er schläft«, sagte der Einsiedler, »und darf nicht geweckt werden.

Sein Schlaf ist tief, und er schläft im Finstern, aber es wird ein Morgen für ihn kommen. O Ilderim, die Gedanken deines Wachens sind noch so eitel und närrisch wie diejenigen, die im flüchtigen Tanz dein schlafendes Gehirn umkreisen; aber die Trompete wird spielen, und dein Traum wird verschwinden.«

Als er dem Ritter ein Zeichen gegeben hatte, ihm zu folgen, sah der Einsiedler kurz zum Altar hin und drückte dann auf eine Feder, die geräuschlos aufsprang und eine kleine Eisentür in der Wand freigab. Ehe der Einsiedler es wagte, die Tür völlig zu öffnen, goß er einige Tropfen vom Öl seiner Lampe auf die Angeln. Eine schmale, in den Felsen gehauene Treppe war zu sehen, als die Eisentür endlich ganz offen war.

»Nimm den Schleier, den ich hier habe«, sagte der Einsiedler schwermütig, »und verbinde mir die Augen; denn ich kann den Schatz, den du nun sehen wirst, ohne Sünde und Vermessenheit nicht sehen.«

Der Ritter verhüllte den Kopf des Einsiedlers mit dem Schleier und folgte ihm die Treppe hinauf. Endlich hielten sie in einem engen Gewölbe von unregelmäßiger Form. Hier hörte die Treppe auf, während es in einem anderen Winkel eine zweite Treppe gab. In einem dritten Winkel war eine mit Säulen und Schnitzwerk verzierte gotische Tür zu sehen, die von einem mit Eisen und großen Nägeln beschlagenen Pförtchen geschützt war. Hierhin wandte der Einsiedler seine Schritte, die, als er sich näherte, zu wanken schienen.

»Zieh deine Schuhe aus«, sagte er zu seinem Begleiter, »der Boden, auf dem du stehst, ist heilig. Verbanne aus deinem innersten Herzen jeden weltlichen und fleischlichen Gedanken. Solche an diesem Ort zu hegen wäre eine Todsünde.«

Der Ritter legte seine Schuhe ab und klopfte dann, wie ihm der Einsiedler befahl, dreimal an das Pförtchen. Die Tür öffnete sich von selbst, wenigstens sah Sir Kenneth keinen Menschen, und seine Sinne wurden sogleich von einem starken Licht und einem fast erstickenden Duft überfallen. Er trat etwas zurück, und es dauerte eine Minute, ehe er den Eindruck des plötzlichen Übergangs aus der Dunkelheit zum Licht ertragen konnte.

Als er in den Raum hineingetreten war, bemerkte er eine Menge silberner Lampen, die, mit dem reinsten und wohlriechendsten Öl angefüllt, an silbernen Ketten von der Decke einer kleinen gotischen Kapelle hingen. Während an jedem anderen Platz, den Sir Kenneth gesehen hatte, der Fels einfach und unvollendet bearbeitet war, trug diese Kapelle alle Zeichen von Erfindungsgeist der geschicktesten Baukünstler. Die Decke wölbte sich von beiden Seiten über sechs Säulen, die auf das kunstvollste gearbeitet waren; die gotischen Spitzbogen waren miteinander verbunden durch angemessene Verzierungen im feinsten Geschmack der Baukunst jener Zeit. In Übereinstimmung mit der Säulenreihe befanden sich zu beiden Seiten sechs reichgearbeitete Nischen, von denen jede ein Bild eines der zwölf Apostel enthielt.

Auf dem erhöhten Ende der Kapelle stand der Altar, hinter dem ein sehr reicher und schwer mit Gold gestickter Vorhang von persischer Seide Licht verbarg, das ohne Zweifel irgendein Bild oder eine Reliquie von ungemeiner Heiligkeit enthielt. Der Ritter näherte sich dem Altar, und als er sich davor niedergekniet hatte, betete er mit Inbrunst. Doch mitten in der Andacht wurde seine Aufmerksamkeit auf den Vorhang gelenkt, der plötzlich aufgehoben oder vielmehr auf die Seite gezogen wurde. Wie und durch wen es geschah, konnte er nicht sehen; aber in der Nische, die nun zu sehen war, bemerkte er einen Schrank von Silber und Ebenholz mit einer Flügeltür, der das Bild einer gotischen Kirche darstellte.

Plötzlich taten sich auch die beiden Flügel auf und ließen ein großes Holz sehen, auf das die Worte gemalt waren: *»Vera crux«*; gleichzeitig hörte er Gesang von weiblichen Stimmen. In dem Augenblick, da der Gesang aufhörte, schloß sich der Schrein, und der Ritter konnte seine Andacht fortsetzen. Er tat das mit einem tiefen Eindruck, hatte er doch mit eigenen Augen ein ehrwürdiges Zeugnis für die Wahrheit seines Glaubens gesehen. Es verging einige Zeit, ehe er mit dem Gebet fertig war. Endlich stand er auf und sah sich nach dem Einsiedler um. Er erblickte ihn, wie er, immer noch verschleiert, gleich einem ausgescholtenen Hund auf der Schwelle der Kapelle lag, und es war augenscheinlich, daß er es nicht wagte, sie zu überschreiten. Die heiligste Scheu drückte sich in dieser Haltung aus. Es schien dem Schotten, daß nur das aufrichtigste Gefühl von Buße und Demütigung imstande sein konnte, einen Menschen wie den Einsiedler in solchem Maß niederzudrücken.

Er nahte sich ihm und wollte ihn ansprechen. Aber der Einsiedler kam ihm zuvor, indem er in dumpfen Tönen murmelte: »Bleib, bleib – Heil dir, daß du bleiben darfst – die Erscheinung ist noch nicht vorüber.« Er richtete sich vom Boden auf und schloß die Tür der Kapelle, das Schnappen des Riegels hallte durch den Raum.

Kenneth konnte nur mit Mühe die Stelle zeigen, wo sich die Öffnung befand. Er war nun allein in der Kapelle, ohne andere Waffen als seinen Dolch.

Ungewiß, was nun kommen würde, aber entschlossen, den Lauf der Ereignisse abzuwarten, durchschritt Sir Kenneth die einsame Kapelle bis zum frühen Morgen. In dieser stillen Stunde hörte er, von welcher Seite konnte er nicht entdecken, das Klingen einer kleinen silbernen Schelle. Die Zeit und der Ort machten diesen Klang feierlich-furchtbar, und der Ritter, obwohl kühn, zog sich in das andere Ende der Kapelle gegenüber dem Altar zurück, um die Folgen dieses unerwarteten Zeichens beobachten zu können.

Es dauerte nicht lange, als der seidene Vorhang abermals weggezogen wurde und die heilige Reliquie wiederum zu sehen war. Er hörte die Töne des Lobgesangs, womit in der katholischen Kirche der Frühgottesdienst beginnt, von weiblichen Stimmen gesungen wie vorhin. Der Ritter bemerkte bald, daß die Töne aus unterschiedlicher Entfernung zu hören waren, daß sie sich der Kapelle näherten und lauter wurden. Auf einmal öffnete sich eine Tür an der anderen Seite des Gewölbes und bot dem Chorgesang größeren Raum.

Mit atemloser Beklommenheit sah der Ritter nach dieser Tür, und kniend erwartete er den Verlauf der Dinge. Eine Prozession schien sich durch die Tür zu nahen. Vier schöne Knaben, deren Arme, Nacken und Beine bloß waren und deren braune, morgenländische Farbe von schneeweißen Leibröcken, die sie trugen, abstach, traten paarweise in die Kapelle ein. Das erste Paar trug Rauchfässer, welche sie hin- und herschwangen. Das andere Paar streute Blumen.

Nun folgte ein Frauenchor. Die sechs vorangehenden Frauen schienen Nonnen vom Orden des Berges Karmel zu sein, und die anderen sechs mit den weißen Schleiern gaben sich als Novizinnen zu erkennen. Sie bewegten sich wie bei einer Prozession durch die ganze Kapelle, ohne auf Kenneth zu achten, der immer noch kniete. Als der Chor wieder zu singen begann, zweifelte der Ritter nicht mehr, daß er sich in einem Kloster befand. Die Überraschung, die plötzliche Erscheinung dieser Geweihten und die geisterartige Weise, wie sie sich bewegten, ließen ihn denken, daß diese Geschöpfe nicht aus der irdischen Welt kommen konnten. Als sie zum zweitenmal an ihm vorbeigingen, ließ eine der weißgekleideten Jungfrauen aus dem Rosenkranz, den sie trug, eine Perle aus der Hand fallen. Der Ritter zuckte erschrocken zusammen, als hätte ihn plötzlich ein Pfeil getroffen. Aber dann dachte er daran, daß es auch ein Zufall gewesen sein könnte und keinerlei Bedeutung haben mußte.

Während die Frauen zum drittenmal die Kapelle durchschritten, beobachtete Kenneth ausschließlich die Novizin, die eben die Perle hatte fallen lassen. Ihr Gang, ihr Ansehen und ihr Wuchs unterschieden sie nicht von den übrigen Chorsängerinnen, und doch schlug Kenneth' Herz bei ihrem Anblick, als wollte es ihm einen Hinweis geben.

Es schien dem Ritter wie eine Ewigkeit, bis sie endlich zum drittenmal an ihm vorbeizog. Ein Teil einer kleinen und schönen Hand stahl sich heimlich aus dem sie verhüllenden Seidenschleier hervor, und wiederum lag eine Perle vom Rosenkranz zu den Füßen des Ritters vom Leoparden.

Dieser zweite Wink konnte nicht zufällig sein – ebensowenig die Ähnlichkeit dieser schönen Frauenhand mit einer, die seine Lippen schon einmal geküßt hatten, die Hand einer Frau, der er einst Ergebenheit schwor. Außerdem hatte er den unvergleichlich schönen und wertvollen Rubinring erkannt. Es war die Dame seiner Liebe! Aber wie kam sie hierher in diese wilde Wüste – unter Nonnen, die nur heimlich in Höhlen ihren christlichen Ritus ausüben konnten? Es mußte ein Traum sein – eine täuschende Einbildung. Während dieser Gedanken verschwanden Chorknaben und Nonnen allmählich durch die offene Tür. Als die ihm bekannte Nonne hindurchging, drehte sie ihren Kopf ein wenig, aber doch bemerkbar zu ihm hin und verschwand. Die Tür fiel laut ins Schloß, und Sir Kenneth blieb allein im Dunkeln zurück. Aber Einsamkeit und Finsternis und die Ungewißheit seiner Lage kümmerten ihn nicht. Er dachte nur an die so flüchtige Erscheinung und an die Zeichen der Gunst, die sie ihm überlassen hatte, und als er die Perlen küßte, überkam ihn eine heftige Leidenschaft. Es war unter Rittern nicht üblich, selbst bei der heißesten Leidenschaft, der Frau ihrer Liebe nachzuspüren oder gar zu folgen. Für ihn war sie eine Gottheit, er kannte keinen anderen Zweck im Leben, als ihre Befehle auszuführen und ihren Ruhm durch den Glanz seiner Taten zu erhöhen.

So lautete die Regel des Rittertums und der Liebe. Und Sir Kenneth war als armer schottischer Ritter gezwungen, seine Liebe aus großer Entfernung zu verehren, denn die angebetete Dame Edith Plantagenet war höheren Standes als er. Doch sie spürte die Zuneigung des Ritters sehr wohl und mußte sich eingestehen, daß auch sie Zuneigung für ihn empfand und ihn auf eine Art liebte, wie es sich für ein dem Thron von England nahestehendes Mädchen nicht ziemte. Sie hatten sich bisher nie gesprochen, gehemmt auch durch die Ahnung der Schwierigkeiten und Gefahren, auf die ihre Liebe bei weiterer Entwicklung notwendigerweise stoßen mußte, und so blieb ihnen nur stilles Einverständnis.

Fünftes Kapitel

Länger als eine Stunde kniete Sir Kenneth nun schon in der einsamen und finsteren Kapelle, um dem Himmel zu danken für die Gnade, die er erfahren hatte. Seine eigene Sicherheit und sein Schicksal waren ihm in diesem Augenblick völlig gleichgültig. Er war in der Nähe von Lady Edith; er hatte Zeichen ihrer Gunst empfangen; er befand sich an einem Ort, der durch Reliquien von größter Heiligkeit geweiht war. Ein christlicher Streiter oder ein ergebener Liebhaber fürchtet nichts, denkt an nichts als an die Pflicht gegen den Himmel oder an die Schuldigkeit gegen seine Dame.

Plötzlich hörte er ein gellendes Pfeifen durch die Kapelle klingen. Es war ein unangenehmer Ton, der Sir Kenneth daran erinnerte, wie nötig es sei, auf der Hut zu sein. Er sprang hoch und griff nach seinem Dolch. Ein Knarren ließ sich hören, und ein schmaler Lichtschein, von einer Öffnung im Boden herkommend, zeigte, daß eine Falltür aufgezogen worden war. Es dauerte keine Minute, und ein langer, dünner Arm, halb nackt, halb von einem roten Samtärmel bedeckt, kam, eine Lampe aufwärts haltend, aus der Öffnung heraus, und eine Gestalt stieg Stufe für Stufe zur Kapelle herauf. Das Wesen, nun deutlich zu erkennen, glich einem häßlichen Zwerg. Er hatte einen dicken Kopf, eine mit drei Pfauenfedern phantastisch geschmückte Mütze und rotsamtne Kleidung, die mit goldenen Armbändern und einem weißseidenen Gürtel verziert war, an dem er einen Dolch mit goldenem Heft trug. Der ganze Reichtum seiner Kleidung machte die Häßlichkeit dieses Zwerges nur noch deutlicher. Er hielt in seiner linken Hand eine Art von Besen. Sobald er völlig aus der Öffnung herausgestiegen war, stand er still und bewegte, als wollte er sich besser zeigen, die Lampe langsam über Gesicht und Körper. Obgleich mißgestaltet, fehlte es dem Zwerg doch nicht an Stärke und Gewandtheit. Als Sir Kenneth ihn betrachtete, erinnerte er sich an das, was der Volksglaube von Gnomen und Erdgeistern erzählt, die in unterirdischen Höhlen wohnen sollen. Die Gestalt, die er sah, entsprach so sehr dem Bild, das er sich von jenen Wesen gemacht hatte, so daß er den Zwerg zwar ohne Furcht, aber doch mit einer Scheu ansah, die sich bei der Erscheinung eines übernatürlichen Wesens regt.

Der Zwerg pfiff wieder und rief damit einen Begleiter zu sich, der noch unten war. Diesmal war es ein weiblicher Arm, der die Lampe aus dem unterirdischen Gewölbe emporhielt, und es war eine weibliche, dem Zwerg an Wuchs und Bildung gleiche Gestalt, die jetzt erschien. Ihre Kleidung war ebenfalls aus rotem Samt, phantastisch zugeschnitten und verziert. Mit der gleichen Bedächtigkeit wie ihr Vorgänger ließ sie das Licht der Lampe auf Gesicht und Körper fallen, und beides war so häßlich wie bei dem Männchen. Doch trotz dieser Häßlichkeit lag in ihren Gesichtern etwas, was Aufgewecktheit und Verstand verriet.

Sir Kenneth blieb wie verzaubert stehen, während das seltsame Paar, sich nahe beieinander haltend, in der Kapelle mit den Besen herumkehrte. Da sie sich nur einer Hand bedienten, so wurde der Fußboden nicht besonders sauber von ihrer Arbeit, die sie mit so wunderlichen Gebärden verrichteten. Als sie dem Ritter nahe gekommen waren, hörten sie auf zu kehren, und indem sie sich Sir Kenneth gerade gegenüberstellten, hielten sie wiederum die Lampen so, als wollten sie ihn einladen, ihre Gesichter näher zu betrachten. Dann leuchteten sie den Ritter an, und sie brachen in so lautes Gelächter aus, daß ihm die Ohren weh taten. Sir Kenneth fuhr auf und fragte hastig im Namen Gottes, wer sie seien, die diesen heiligen Ort durch so ungehörige Gebärden und unheiligen Lärm entweihten.

»Ich bin der Zwerg Nectabanus«, sagte der Zwerg mit krächzender Stimme.

»Und ich bin Guenevra, seine Dame und Geliebte«, fügte die Zwergin hinzu.

»Warum seid ihr hier?« fragte der Ritter weiter.

»Ich bin«, antwortete der Zwerg mit Ernst und Würde, »ich bin Mohammed, der Leiter und Führer der Gläubigen. Ich bin der, der Zeugnis geben wird, und diese hier ist eine von meinen Huris.«

»Du lügst!« schrie das Weibchen, »ich bin keine von deinen Huris, und du bist kein Ungläubiger wie der Mohammed, von dem du sprichst. Möge mein Fluch auf seinem Sarge ruhen! – Ich sage dir, du Esel, du bist König Arthur von Britannien, den die Feen weggestohlen haben, und ich bin die Dame Guenevra, berühmt durch Schönheit.«

»Nein, edler Herr«, sagte das Männlein, »in Wahrheit sind wir unglückliche Fürsten, die unter dem Schutz des Königs von Jerusalem wohnten, bis er von den Ungläubigen vertrieben wurde – des Himmels Donner erschlage sie!«

»Still«, sagte eine fremde Stimme, »still, ihr Narren, und packt euch, euer Geschäft ist vollendet.«

Die Zwerge bliesen ihre Lampen aus, und es wurde augenblicklich wieder dunkel.

Der Ritter fühlte sich durch das Verschwinden dieser unglücklichen Geschöpfe erleichtert. Einige Minuten später öffnete sich langsam die Tür, durch die der Ritter eingetreten war, und er sah ein schwaches Licht, das von einer auf der Schwelle stehenden Laterne kam. Er erkannte vor dem Eingang in der hingestreckten dunklen Gestalt den Einsiedler, der sich noch in derselben demütigen Haltung befand und ohne Zweifel während der ganzen Zeit, die er in der Kapelle war, diese Lage beibehalten hatte.

»Alles ist vorüber«, sagte der Einsiedler, als er die Schritte des Ritters hörte. Der schottische Ritter stellte keine Fragen, denn seine feierliche Stimmung brachte selbst die ungestüme Neugier zum Schweigen. Sie gingen den Weg durch die verschiedenen Gänge und über die Stufen zurück, wie sie gekommen waren, und endlich kamen beide in der äußeren Zelle der Einsiedlergrotte an.

»Der verurteilte Verbrecher ist wieder in seinem Gefängnis, bis endlich sein furchtbarer Richter die Vollstreckung des wohlverdienten Urteils ansetzt.«

Als der Einsiedler diese Worte gesprochen hatte, legte er den Schleier ab, mit dem seine Augen verbunden waren. Hastig und dringend forderte er von seinem Begleiter: »Fort – fort – zur Ruh – zur Ruh. Ihr mögt schlafen – ich mag und kann es nicht.«

Der Ritter zog sich zur inneren Zelle zurück, aber als er sich noch einmal umdrehte, sah er den Einsiedler mit wahnsinnigem Eifer die zottige Bekleidung ausziehen, und er hörte dann das Klatschen der Geißel und das Stöhnen des Mannes, der an sich selbst die Strafe vollzog. Kalter Schauder überlief den Ritter, als er an die furchtbaren Gewissensqualen dachte, die eine so strenge Buße weder erleichtern noch lindern konnte. Er betete seinen Rosenkranz und warf sich auf sein hartes Lager, nachdem er dem noch immer schlafenden Muselmanen einen Blick zugeworfen hatte, und von den Erlebnissen ermüdet, schlief er bald fest und ruhig ein.

Sechstes Kapitel

Im Lager des Königs Richard von England zwischen Jean d'Arcre und Ascalon hielt sich auch das Heer auf, mit dem König Richard – genannt Löwenherz – seinen Siegeszug nach Jerusalem unternehmen wollte. Das wäre vermutlich auch gelungen, wenn nicht die Eifersucht der christlichen Fürsten, ihr Unwillen über seinen unbeugsamen Stolz und seine Geringschätzung gegenüber den Bruderfürsten, die ihm an Rang gleich, an Mut, Tapferkeit und Kriegstalent aber weit unterlegen waren, ihn daran gehindert hätten. Solche Zwietracht, hauptsächlich zwischen Richard von England und Philipp von Frankreich, verursachte Streitigkeiten und Widersprüche, die jede von Richard vorgesehene Maßnahme vereitelten, während sich die Reihen der Kreuzfahrer täglich lichteten durch den Abzug einzelner und durch die Weigerung anderer, am Kampf teilzunehmen.

Der Einfluß des Klimas war für die nördlichen Krieger verderbenbringend, um so mehr, als ihre zügellosen Ausschweifungen, die mit den Grundsätzen des Kreuzzugs im Widerspruch standen, sie noch mehr als üblich ermatteten. Hinzu kam noch das starke Schwert des Feindes, denn je mehr das Heer der Kreuzfahrer zusammenschmolz, desto häufiger und kühner wurden die Unternehmungen des Sultans in diesem Krieg. Das Lager der Kreuzfahrer war umzingelt und fast eingeschlossen von einer Menge leichter Reiter Saladins. Daher kam es zu unaufhörlichen Gefechten auf Vorposten und beim Fouragieren, wobei sinnlos Blut vergossen wurde, ohne daß man irgendeinen Erfolg erzielte. Die Kreuzfahrer waren gezwungen, unter Einsatz ihres Lebens sich den nötigen Unterhalt zu verschaffen. König Richard war immer zur Stelle, wo sich Gefahr zeigte, so daß er nicht nur oft unerwartet den Christen Hilfe brachte, sondern häufig den Ungläubigen den Sieg entriß, wenn sie schon fest mit ihm gerechnet hatten. Aber selbst der starke Körper des Löwenherz konnte bei diesen Anstrengungen nicht ohne Schaden den Wechsel des ungesunden Klimas vertragen. Er wurde von einem schleichenden und verzehrenden asiatischen Fieber befallen, und bald darauf konnte er sogar dem Kriegsrat nicht mehr beiwohnen, den die Kreuzritter von Zeit zu Zeit hielten. Die persönliche Untätigkeit machte ihn ärgerlich und unerträglich, und es war schwer zu sagen, ob ihn der Beschluß des Kriegsrats, mit Saladin einen dreißigtägigen Waffenstillstand abzuschließen, noch ärgerlicher machte oder nicht. War Richard einerseits über den Aufschub erbittert, so tröstete er sich andererseits mit der Vorstellung, daß die anderen keine Lorbeeren erringen konnten, während er untätig im Krankenbett lag.

Doch was Löwenherz am wenigsten entschuldigen konnte, war die allgemeine Untätigkeit, die sich im Lager der Kreuzfahrer breitmachte. Berichte gaben ihm zu verstehen, daß der Mut des Heeres durch seine Krankheit gesunken sei und daß die Zeit des Waffenstillstands nicht genutzt werde, um die Lücken des Heeres zu füllen und um einen entschlossenen Zug auf die heilige Stadt vorzubereiten. Vielmehr begannen die Krieger, Verteidigungsanlagen herzurichten, statt selbst anzugreifen.

Der englische König geriet bei diesen Berichten in Zorn. Von Natur hitzig und heftig, wütete er in seiner Aufgeregtheit gegen sich selbst. Er wurde seiner Umgebung lästig, und selbst die Ärzte scheuten sich, ihn aufzusuchen. Ein einziger treuer Baron, Thomas de Multon, vielleicht wegen seines ähnlichen Charakters dem König ergeben, wagte es, ihm ruhig und fest entgegenzutreten, weil er seines Monarchen Ehre und Leben mehr achtete als die Gunst, die er aufs Spiel setzte.

Sir Thomas war Lord von Gilsland in Cumberland, und in einer Zeit, als Beinamen und Titel noch unwichtig waren, wurde er von den Normannen Lord de Vaux genannt und von den Sachsen, die ihrer englischen Sprache treu blieben, Ton Thom of the Gills.

Dieser Heerführer hatte sich in fast allen Kriegen zwischen England und Schottland und zwischen verschiedenen einheimischen Parteien, die damals das Land zerrissen, erprobt und ausgezeichnet. Er war in vieler Hinsicht ein rauher Kriegsmann, derb und rücksichtslos in seinem Betragen, wortkarg, ja fast mürrisch im Umgang, und es sah so aus, als hätte er Bildung und Höflichkeit vergessen. Viele glaubten, daß er, indem er des Königs derbes und dreistes Wesen annahm, dessen Gunst gewinnen wollte. Aber niemand hatte Lust, seine Pläne, vorausgesetzt, daß er sie hatte, zu durchkreuzen, und die gewöhnlichen Krieger, wenigstens im englischen Heer, waren im allgemeinen der Meinung, daß de Vaux den König wie einen Kameraden verpflege mit der ehrlichen und uneigennützigen Freundschaft, die sich zwischen denen bildet, die täglich Gefahren miteinander teilen.

Es war an einem Abend, als sich König Richard auf seinem Krankenbett von einer Seite auf die andere warf, bald die Decken an sich zog und bald wieder von sich schleuderte. Sein Gesicht zeigte den deutlichen Fortgang einer zehrenden und schweren Krankheit.

Zur Seite des Bettes stand Thomas de Vaux, äußerlich das ganze Gegenbild des leidenden Monarchen. Er war groß, hatte helle braune Augen, gepflegtes Haar und nach normannischer Sitte einen dichten Oberlippenbart. Sein Gesicht mochte einst angenehm gewesen sein, ehe es von Narben entstellt wurde. Seit mehr als drei Nächten hatte er das Büffelwams mit dem Kreuz auf der Schulter nicht ausgezogen, und er hatte nur wenig Ruhe gefunden aus Sorge um den König. Der Baron veränderte seine Stellung nur, wenn er dem König eine Arznei oder einen Trunk reichte, die der ungeduldige Monarch von keinem anderen seines Gefolges annehmen wollte.

Das Zelt, in dem sie sich befanden, war, wie es der Zeit und dem Charakter Richards zukam, mehr kriegerisch als prächtig oder königlich ausgestattet. Waffen zum Angriff und zum Schutz, teils von fremder und teils von neuer Arbeit, lagen unordentlich im Zelt umher oder waren an die Pfosten gelehnt. Felle von getöteten Tieren bedeckten den Boden oder lagen längs der Wände, und auf einem Haufen Jagdtrophäen streckten sich drei große schneeweiße Windspiele. Ihr gelangweiltes Strecken und ihr Gähnen ließen deutlich erkennen, wie sehr sie über die nicht gewohnte Untätigkeit befremdet und betrübt waren. Auf einem kleinen Tisch dicht am Bett lagen ein dreieckiges Stahlschild mit drei schreitenden Löwen darauf, daneben der goldene Stirnreifen, das Zeichen der Oberherrschaft von England, und, wie zur Verteidigung des Zeichens königlicher Würde, die mächtige Streitaxt, die jeden anderen Arm als den von Richard Löwenherz ermüdet haben würde.

In einer anderen Abteilung des Zeltes warteten drei Offiziere des königlichen Hauses, niedergeschlagen und bekümmert wegen des Zustands ihres Herrn und nicht minder wegen ihrer eigenen Zukunft, falls jener sterben würde. Ihre trübe Stimmung teilte sich den Wächtern draußen mit, die traurig und still auf und ab gingen oder starr, auf ihre Hellebarde gestützt, dastanden.

»So bringst du mir keine besseren Nachrichten von draußen, Sir Thomas?« fragte der König nach langem Schweigen. »Alle unsere Ritter werden Weiber, unsere Damen Nonnen ... Kein Fünkchen von Heldenmut und Liebe will das Lager erhellen, das den Kern der europäischen Ritterschaft enthält!«

»Der Waffenstillstand, Mylord«, sagte de Vaux gelassen, wie er schon zwanzigmal diese Erklärung gegeben hatte, »der Waffenstillstand verhindert, uns als tatkräftige Männer zu zeigen. Und was die Damen betrifft, ich bin kein großer Höfling, wie Eure Majestät wissen, und selten vertausche ich Stahl und Büffelhaut gegen Samt und Gold – aber so viel weiß ich, daß unsere gepriesenen Schönheiten die Königin und die Prinzessin auf einer Wallfahrt zum Kloster von Engaddi begleitet haben, wo sie ihr Gelübde für Euer Hoheit Genesung erfüllen.«

»Also ist es wahr«, sagte Richard mit der Ungeduld eines Fieberkranken, »daß königliche Frauen und Fräulein sich in eine Gegend wagen, wo die Hunde, die das Land durchstreifen, ihnen gefährlich werden können?«

»Allerdings, Mylord«, sagte de Vaux, »haben sie Saladins Wort für ihre Sicherheit.«

»So so!« rief Richard, »und ich habe dem heidnischen Sultan unrecht getan – ich bin ihm Genugtuung dafür schuldig. – Wollte Gott, daß ich sie ihm selbst bieten könnte zwischen zwei Heeren, damit Christenheit und Heidenwelt es sähen!«

Als Richard so sprach, streckte er seinen rechten, bis zur Schulter nackten Arm aus dem Bett, und indem er sich schwerfällig vom Lager erhob, machte er mit geballter Faust eine Bewegung, als ob er Schwert oder Streitaxt über dem Turban des Sultans schwingen würde. Nicht ohne Nachdruck nötigte de Vaux seinen königlichen Herrn, sich wieder hinzulegen.

»Du bist eine scharfe Wärterin, wenn auch eine gutmeinende, de Vaux«, sagte der König, verbittert lachend. »Eine Haube müßte dir so gut stehen wie mir ein Kindermützchen. Wir wären eine Amme und ein Kindchen, um kleine Mädchen zu erschrecken!«

»Wir haben Männern das Fürchten gelehrt, mein Fürst«, sagte de Vaux, »und ich hoffe, wir werden noch lange genug leben, es wieder zu tun. Was ist ein Fieberanfall, daß wir nicht ein wenig geduldig sein sollten, um ihn bald loszuwerden.«

»Fieberanfall!« schrie Richard heftig. »Du magst nicht unrecht haben, daß es sich bei mir nur darum handelt. Aber was ist mit allen anderen Christenfürsten: mit Philipp von Frankreich, mit dem plumpen Österreich, mit dem von Montserrat, mit denen vom Hospital, mit den Templern. Was ist mit ihnen? Ich will dir's sagen, es ist eine Lähmung, eine Krankheit, die sie der Sprache und der Tat beraubt – ein Krebs, der bei ihnen alles Edle, Ritterliche und Mannhafte wegfrißt, der sie untreu macht an dem heiligsten Gelübde, mit dem sich Ritter verpflichtet haben!«

»Um Himmels willen, mein Fürst«, sagte de Vaux, »seid nicht so heftig. Man könnte Euch vor der Tür hören und dadurch Zwietracht und

Hader im Christenheer erzeugen. Bedenkt, daß Eure Krankheit ihre Unternehmungen verhindert. Eher würde eine Wurfmaschine ohne Rad und Hebel wirken als das Christenheer ohne König Richard.«

»Du schmeichelst mir, de Vaux«, sagte Richard. Aber Thomas de Vaux war kein Höfling. Die Äußerung, die er getan hatte, war spontan gekommen, und er wollte nicht das gefällige Thema fortsetzen. Darum schwieg er, bis der König, der wieder in seine mürrische Laune versank, ihm hastig sagte: Das sind gute Worte, einen kranken Mann zu besänftigen. Aber darf ein Bund von Fürsten, eine Vereinigung der ganzen Ritterschaft von Europa, bei der Krankheit eines einzelnen zusammenbrechen, und wenn es auch der König von England selbst ist? Wie sollte meine Krankheit oder mein Tod den Marsch von dreißigtausend Mann hemmen können? Warum vereinigen sich nicht die Mächte zur Wahl irgendeines anderen, dem man die Führung des Heeres anvertraut?«

»Ich weiß allerdings, daß Beratungen in dieser Hinsicht unter den königlichen Anführern stattgefunden haben«, sagte de Vaux.

»Was!« schrie Richard, dessen Eifersucht erwachte. »Bin ich bei meinen Verbündeten vergessen, ehe ich das letzte Sakrament empfangen habe? Halten sie mich schon für tot? Aber nein, nein – sie haben ja recht. Und wen wählen sie zum Führer des Christenheeres?«

»Rang und Würde«, sagte de Vaux, »deuten auf den König von Frankreich.«

»Warum nicht«, antwortete Richard, »Philipp von Frankreich und Navarra – Montjoie, Saint-Denis – Seine Allerchristliche Majestät! – Aber es ist zu befürchten, daß er, statt auf Jerusalem loszugehen, uns nach Paris zurückführt. Sein politischer Kopf ist zur Einsicht gelangt, daß durch Unterdrückung der Vasallen und durch Plünderung der Verbündeten mehr zu gewinnen ist, als wenn man mit den Türken um das Heilige Grab ficht.«

»Sie können den Erzherzog von Österreich wählen«, sagte de Vaux.

»Was! Weil er stämmig ist wie du, Thomas, weil sein Kopf fast ebenso dick ist? Er hat zwar deine Kaltblütigkeit, nur leider nicht deine Lebendigkeit, die man für solch eine Aufgabe braucht. Fort mit ihm? Er ein Anführer der Ritterschaft zu großen Taten! – Laßt ihn eine Flasche Rheinwein stechen mit seinen Bärenhäutern und Lanzknechten.«

»Wir haben noch den Großmeister der Templer«, fuhr der Baron fort, zufrieden, die Aufmerksamkeit seines Herrn von der Krankheit auf andere Gegenstände gelenkt zu haben. »Er ist unerschrocken, erfahren, tapfer im Kampf und weise im Rat, er hat kein Königreich, das seine Tatkraft bei der Eroberung des Heiligen Landes zerstreuen könnte. – Was hält Eure Majestät davon, wenn man ihn zum Anführer des Christentums wählte?«

»Hm«, antwortete der König, »an ihm kann nichts ausgesetzt werden. Er versteht es, eine Schlacht zu leiten und an der Spitze zu fechten, wenn sie beginnt. Aber, Sir Thomas, wäre es schön, das Heilige Land dem Heiden Saladin zu entreißen und es dem zu übergeben, der ein schlimmerer Heide ist – ein Götzendiener – ein Teufelsverehrer – ein Schwarzkünstler?!«

»Der Großmeister, der Ritter von St. Johannes von Jerusalem, ist weder wegen Ketzerei noch Zauberei berüchtigt«, sagte Thomas de Vaux.

»Aber ist er nicht ein elender Geizhals?« fragte Richard hastig. »War er nicht verdächtig – ja mehr als verdächtig –, den Ungläubigen alle die Vorteile verkauft zu haben, die sie nie mit bloßer Macht bekommen hätten? Schweig von ihm. Besser wäre es, das Heer an die venetianischen Schiffer und die lombardischen Krämer zu verkaufen, als es dem Großmeister von St. Johannes anzuvertrauen.«

»Nun, so bliebe mir nur noch ein Vorschlag übrig«, sagte der Baron de Vaux. »Was haltet Ihr von dem stattlichen Marquis von Montserrat, den Klugheit, Geschmack und Ritterlichkeit auszeichnen?«

»Klugheit? Verschmitztheit, willst du sagen. Er hat Geschmack im Zimmer einer Dame, wenn du willst. Ja freilich, Conrad von Montserrat – wer kennt nicht den Windbeutel? Schlau und gewandt wird er euch so oft seine Pläne wechseln wie die Verzierungen seines Wamses, und ihr werdet nie imstande sein, die Farbe zu erraten, die seine Kleider auf der Kehrseite haben. Und Ritterlichkeit – ja, er sitzt schön zu Pferde, er zeigt viel Mut, wo Schärfe und Spitze der Schwerter abgestumpft sind, wo die Speere mit Holzstücken statt mit Stahlspitzen versehen sind. Warst du nicht bei mir, als ich zu diesem munteren Marquis sagte: ›Wir sind hier drei gute Christen, und auf jener Ebene dort schwärmt ungefähr ein Schock Sarazenen. Was meint Ihr, wenn wir sie frisch angreifen? Es kommen nur zwanzig ungläubige Heiden auf jeden frommen Ritter.‹«

»Ich erinnere mich, daß der Marquis antwortete«, sagte de Vaux, »daß seine Glieder von Fleisch und nicht von Eisen seien und daß er vorziehe, das Herz eines Menschen zu haben als das eines Tieres, wäre es auch das des Löwen. Aber ich sehe nun, wie's steht – wir werden aufhören, wie wir angefangen haben, ohne Hoffnung, am Heiligen Grab zu beten, bevor der Himmel die Gesundheit König Richards hergestellt hat.«

Bei dieser ernsten Bemerkung brach Richard in ein lautes Gelächter aus, das erste seit langer Zeit. »Sieh, welch ein Ding das Gewissen ist«, sagte er, »daß durch seine Einmischung ein so hartköpfiger nordischer Lord, wie du bist, seinen König zum Bekenntnis seiner Torheit zwingen kann! Wahrhaftig, wenn sie nicht fähig sind, meinen Feldherrnstab zu halten, so sollte es mich wenig kümmern, die seidene Bedeckung dieser Puppen zu lüpfen, die du mir hintereinander gezeigt hast. Was kann mir daran liegen, in welchen Brokatkleidern sie sich blähen, solange sie nicht meine Nebenbuhler sind in dem ruhmreichen Unternehmen, dem ich mich geweiht habe? Ja, de Vaux, ich bekenne meine Schwachheit und die Unerträglichkeit meines Ehrgeizes. Im Christenlager sind ohne Zweifel mehr als ein Ritter, die besser sind als Richard von England, und es wäre klug und gerecht, dem Besten von ihnen die Führung des Heeres zu übergeben – aber«, fuhr er fort, indem er sich im Bett aufrichtete, »würde ein solcher Ritter das Kreuzbanner auf den Tempel von Jerusalem stecken, während ich verhindert bin, so sollte er, sobald ich die Lanze einzulegen imstande bin, mir im tödlichen Zweikampf dafürstehen, daß er meinen Ruhm geschmälert hat und mir in der Erreichung meines Zieles vorangeeilt ist. – Aber horch! Was für Trompeten hört man aus der Ferne?«

»Die von König Philipp, wie ich vermute, mein Fürst«, sagte der stämmige Engländer.

»Du hörst schlecht, Thomas. Bei Gott, die Türken sind im Lager – ich höre ihr Feldgeschrei!«

Er versuchte wiederum, aus dem Bett zu steigen, und de Vaux war gezwungen, zugleich die Kämmerer aus dem inneren Zelt zu Hilfe zu rufen, um ihn zu bändigen.

»Du bist ein Verräter, de Vaux«, sagte der wütende Monarch, als er sich atemlos und erschöpft der größeren Stärke fügen mußte. »Ich wollte, ich wäre so stark, um dir das Hirn mit meiner Streitaxt zerschmettern zu können!«

»Ich wollte, Ihr hättet diese Stärke, mein Fürst«, sagte de Vaux, »auch auf die Gefahr hin, daß Ihr sie so anwendetet. Der Gewinn wäre auf seiten der Christenheit, wenn Thomas de Multon tot und Löwenherz wieder er selbst wäre.«

»Mein ehrlicher, treuer Diener«, sagte Richard, indem er seine Hand ausstreckte, die der Baron ehrerbietig küßte, »verzeihe der Ungeduld deines Herrn. Es ist die Fieberhitze, die dich beschimpft hat, und nicht dein gnädiger Fürst, Richard von England. Doch ich bitte, geh und berichte mir, was für Fremde im Lager sind, denn diese Klänge kommen nicht von Christen.«

Mit diesem Auftrag verließ de Vaux das Zelt und ließ die Kämmerer, Pagen und Diener unter dem Befehl zurück, auf den König doppelt wachsam zu achten – ein Umstand, der ihre Ängstlichkeit, die sie bei der Pflichterfüllung zeigten, eher vermehrte als verminderte, denn gleich nach dem Zorn des Monarchen selbst fürchteten sie den des strengen und unerbittlichen Lords von Gilsland.

Siebentes Kapitel

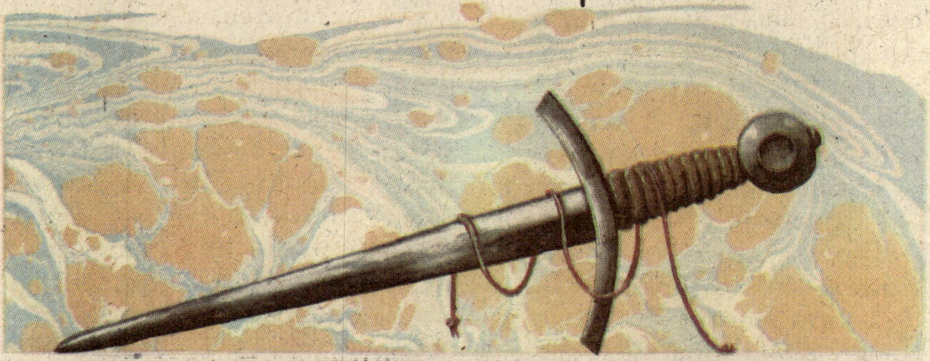

Eine beträchtliche Anzahl schottischer Krieger hatte sich den Kreuzfahrern angeschlossen und sich natürlich unter den Oberbefehl des englischen Monarchen gestellt, da die meisten von ihnen wie die Engländer sächsischen oder normannischen Ursprungs waren, dieselbe Sprache redeten und sowohl englische als auch schottische Besitztümer hatten. Doch spornte ihr Nationalstolz beide Völker an, sich im Kampf um eine gemeinsame Sache und gemeinsam fechtend sich voreinander auszuzeichnen und zu erheben.

Die Gerechtigkeit Richards, der keinen Unterschied machte zwischen seinen eigenen Untertanen und denen Wilhelms von Schottland, war sehr geeignet, die Krieger beider Völker zu befreunden. Aber durch seine Krankheit und die dadurch mißliche Lage brachen die Gegensätze zwischen beiden von selbst wieder auf.

Schotten und Engländer, gleichermaßen eifersüchtig, hochfahrend und äußerst empfindlich, fingen an, während des Waffenstillstands innere Streitigkeiten auszutragen. Gleich den Feldherren des alten Roms wollten die Schotten keinen Vorgesetzten anerkennen, und ihre südlichen Nachbarn wollten keine Gleichheit zulassen. Es gab Vorwürfe und Beschuldigungen, und einfache Krieger sowie Führer und Befehlshaber grollten in der Zeit des Unglücks gegen die, deren gute Kameraden sie zur Zeit des Sieges gewesen waren, obgleich Einigkeit in diesem Augenblick nötiger war denn je. Uneinigkeit zeigte sich auch zwischen Franzosen und Engländern, zwischen Italienern und Deutschen, ja selbst zwischen Dänen und Schweden. Von allen englischen Edlen, die ihrem König nach Palästina folgten, war de Vaux am meisten gegen die Schotten eingenommen. Sie waren seine nächsten Nachbarn, mit denen er häufig in persönlicher oder öffentlicher Fehde stand und denen er manchen Schaden zugefügt hatte, so wie er auch von ihrer Seite manches Unheil erleiden mußte. Die Liebe und Ergebenheit zu seinem König machten ihn finster und unzugänglich für alle anderen, selbst für solche, gegen die er nichts hatte, aber sie machten ihn rauh und gefährlich gegen die, denen er nicht traute. De Vaux fühlte immer Eifersucht und Mißfallen, wenn sein König den Schotten irgendein Zeichen von Gunst oder Wohlgefallen gab, und er bezweifelte das Gelingen des Kreuzzugs, bei dem sie geduldet wurden, weil de Vaux sie für nur wenig besser als die Sarazenen hielt.

Obgleich de Vaux diese Gefühle unterdrückte, vermied er jedes Zusammentreffen mit seinen schottischen Waffenbrüdern, und wenn er gelegentlich mit ihnen zusammentraf, schwieg er trotzig. Die schottischen Barone und Ritter waren nicht die Männer, diesen Trotz unbeachtet hinzunehmen, und es kam so weit, daß er als der entschiedene Feind von ihnen angesehen wurde. Wenn er auch die Schotten nicht liebte, so half er ihnen doch in der Not. Sein Reichtum verschaffte ihm Überfluß an Mundvorrat und Arzneien, und ein Teil davon floß gewöhnlich durch geheime Kanäle in das Lager der Schotten. Seine mürrische Mildtätigkeit ging von dem Grundsatz aus, daß gleich nach dem Freund der Feind die wichtigste Person für einen Mann sei.

Diese Erklärung ist notwendig, damit der Leser versteht, was wir nun erzählen wollen.

Thomas de Vaux hatte sich von der Tür des königlichen Zeltes nur wenige Schritt entfernt, als er feststellte, daß die Musik tatsächlich von Pfeifen, Zinken und Pauken der Sarazenen herrührte. Am Ende einer Zeltgasse, die zu Richard führte, sah er zahlreiche Krieger den Platz fast in der Mitte des Lagers umringen, von dem die Musik herkam. Zu seinem großen Erstaunen sah er neben den Helmen von unterschiedlicher Form, die die Kreuzfahrer der verschiedenen Völker trugen, weiße Turbane und lange Speere der Sarazenen und die Köpfe einiger Kamele, die mit ihren langen Hälsen über die Menge hinausragten.

Befremdet und ärgerlich über einen so unerwarteten und seltsamen Anblick, schaute der Baron sich um, ob nicht jemand käme, den er nach der Ursache dieses beunruhigenden Ereignisses fragen könnte.

Die erste Person, die auf ihn zukam, hielt er für einen Spanier oder Schotten, und als sie sich ihm genähert hatte, murmelte er: »Es ist ein Schotte – der vom Leoparden. Ich habe ihn sich ziemlich gut schlagen sehen – für einen aus seinem Land.«

Keineswegs geneigt, auch nur eine Frage an Sir Kenneth zu richten, war er im Begriff, mit finsterer und mürrischer Miene an ihm vorüberzugehen. Doch dieser ging gerade auf ihn zu und sprach ihn mit angemessener Höflichkeit an: »Mylord de Vaux von Gilsland, ich habe den Auftrag, mit Euch zu reden.«

»Was? Mit mir? Doch sagt Euer Anliegen, wenn's kurz ist – ich bin in des Königs Auftrag unterwegs.«

»Das meinige geht König Richard noch weit mehr an«, antwortete Sir Kenneth. »Ich bringe ihm, hoffe ich, Genesung.«

Der Lord von Gilsland maß den Schotten mit ungläubigen Blicken, »Ihr seid, scheint mir, kein Arzt, Herr Schotte – ich würde ebenso leicht glauben, daß Ihr dem König von England Geld bringt.«

Sir Kenneth, obwohl über des Barons Antwort verdrossen, entgegnete ruhig: »Genesung für Richard ist Ruhm und Glück für die Christenheit. – Doch meine Zeit drängt. Ich bitte Euch, kann ich den König sehen?«

»Nein, Sir«, sagte der Baron, »nicht bevor Ihr Euer Anliegen näher erklärt. Fürstliche Krankenzimmer sind keine nordischen Wirtshäuser, die jedem, der es wünscht, sich öffnen.«

»Mylord«, sagte Kenneth, »das Kreuz, das ich wie Ihr trage, und die Wichtigkeit meines Auftrags zwingen mich jetzt, ein Benehmen zu übersehen, das ich mir zu anderer Zeit nicht gefallen lassen könnte. So wißt denn, daß ich einen maurischen Arzt bringe, der die Heilung König Richards bewirken will.«

»Einen maurischen Arzt!« sagte de Vaux. »Und wer bürgt, daß er nicht Gift statt Arznei bringt?«

»Sein eigenes Leben, Mylord – sein Kopf, den er zum Pfand anbietet.«

»Ich habe schon manchen entschlossenen Bösewicht gekannt«, sagte de Vaux, »der sein Leben hoch bewertete und der doch so leichtfüßig dem Galgen zulief, als wollte er mit dem Henker einen Tanz aufführen.«

»Aber die Sache verhält sich so, Mylord. Saladin, der als edler und tapferer Feind bekannt ist, hat diesen Arzt hierhergesandt mit einer Ehrenwache und einem Gefolge, wie sie dem Ansehen, das el Hakim bei dem Sultan genießt, angemessen sind. Er kommt zugleich mit Früchten und Erfrischungen für des Königs Haushalt und mit einer Botschaft, die ihn bittet, sich von seinem Fieber heilen zu lassen, damit er bald den Besuch des Sultans erhalten kann, der zu ihm kommen will mit blankem Säbel und hunderttausend Mann zu Pferd. So laßt denn, da Ihr zu des Königs vertrautem Rat gehört, diese Kamele entladen und den Empfang des gelehrten Arztes vorbereiten.«

»Seltsam«, sagte de Vaux, als spräche er zu sich selbst. »Und wer wird für die Ehre Saladins einstehen in einem Fall, wo Treuebruch ihn von seinem mächtigsten Feind befreien würde?«

»Ich selbst«, versetzte Sir Kenneth, »will für ihn bürgen mit Ehre, Leben und Vermögen.«

»Sonderbar!« platzte de Vaux heraus, »der Norden bürgt für den Süden – der Schotte für den Türken! Darf ich Euch fragen, Herr Ritter, wie Ihr in diese Sache verwickelt worden seid?«

»Ich war auf einer Wallfahrt, bei der ich eine Botschaft an den heiligen Einsiedler von Engaddi auszurichten hatte.«

»Kann ich sie nicht erfahren, Sir Kenneth, und auch die Antwort, die der heilige Mann gegeben hat?«

»Das geht nicht, Mylord.«

»Ich bin im vertrauten Rat von England«, sagte der Engländer stolz.

»Diesem Land bin ich keine Untertänigkeit schuldig«, antwortete Kenneth. »Obgleich ich in diesem Krieg freiwillig dem persönlichen Glück des Herrschers von England gefolgt bin, so wurde ich von dem allgemeinen Rat der Könige, Fürsten und obersten Leiter des Kreuzfahrerheers beauftragt, und ihnen allein erstatte ich Bericht.«

»Ha! Wie sprecht Ihr?« fragte der stolze Baron de Vaux ärgerlich. »Aber mögt Ihr auch der Gesandte von Königen und Fürsten sein, kein Arzt soll sich dem Bett Richards von England nähern ohne meine Genehmigung, und denen soll es schlecht bekommen, die es wagen, sich dagegenzustellen.«

Stolz wollte er davoneilen, als der Schotte, ihm in den Weg tretend, ihn mit ruhiger, jedoch ein stolzes Selbstgefühl verratender Stimme fragte, ob ihn der Lord von Gilsland als einen Edelmann und guten Ritter achte.

»Alle Schotten sind adlig durch Geburtsrecht«, antwortete Thomas de Vaux ein wenig spöttisch, aber er fügte hinzu: »Zu bezweifeln, daß Ihr ein guter Ritter seid, wäre Sünde, wenigstens für jeden, der Euch rechtschaffen Eure Pflicht hat tun sehen.«

»Gut denn«, sagte der schottische Ritter, über die Offenheit dieses Zugeständnisses erfreut, »so schwöre ich Euch, Thomas von Gilsland, so wahr ich ein echter Schotte und Ritter bin, daß ich nichts mehr wünsche als die Heilung von Richard Löwenherz, wenn ich den Dienst des muselmanischen Arztes empfehle.«

Der Engländer war betroffen über die Feierlichkeit dieser Beteuerung, und er antwortete mit mehr Herzlichkeit, als er bisher gezeigt hatte: »Sagt, Herr Ritter vom Leoparden, wenn Ihr auch selbst, woran ich nicht zweifle, in dieser Sache völlig sicher seid, würde ich gut daran tun, wenn ich in einem Land, wo Giftmischen so verbreitet ist wie Kochen, einen unbekannten Arzt mit seinen Mitteln zu einem Kranken ließe, dessen Leben der Christenheit so teuer ist?«

»Mylord«, versetzte der Schotte, »ich kann Euch nur entgegenhalten, daß mein Knappe, der einzige meines Gefolges, den mir Krieg und Krankheit übrigließen, vor kurzem an demselben Fieber gefährlich erkrankt war. Dieser Arzt, el Hakim, hat ihm Arzneien gegeben, und es waren keine zwei Stunden vergangen, und er ist in einen erquickenden Schlaf gefallen. Daß der Arzt die Krankheit, die so hartnäckig ist, heilen kann, bezweifle ich nicht, und daß er es auch will, ist, glaube ich, dadurch verbürgt, daß er vom Sultan gesandt wird, der so offenherzig und blind ist, wie ein Ungläubiger nur sein kann. Und was den Erfolg betrifft, muß die Gewißheit der Belohnung im Fall des Gelingens oder der Strafe im Fall verschuldeten Fehlschlagens eine hinlängliche Bürgschaft sein.«

Der Engländer hörte mit gesenkten Blicken zu wie einer, der zweifelt, ohne jedoch abgeneigt zu sein, sich belehren zu lassen. Endlich sah er hoch und sagte: »Kann ich Euren kranken Knappen sehen, guter Sir?«

Der schottische Ritter zögerte und errötete. »Jawohl, Mylord von Gilsland, aber Ihr müßt bedenken, wenn Ihr mein schlechtes Quartier seht, daß die schottischen Ritter und Edelleute nicht so gut leben, nicht so bequem schlafen und sich um die Pracht ihrer Wohnung nicht so kümmern wie ihre südlichen Nachbarn. – Ich wohne ärmlich, Mylord von Gilsland«, fügte er nachdrücklich hinzu, während er den Weg zu seinem derzeitigen Wohnort einschlug.

Welche Vorurteile de Vaux gegen die Nation seines neuen Bekannten auch hatte und obgleich wir nicht leugnen, daß ihr Ursprung in der sprichwörtlichen Armut der Schotten lag, so war doch der Engländer zu edel, als daß er sich an der Beschämung eines Menschen, dem es peinlich war, eine Dürftigkeit zu bekennen, belustigt hätte.

»Schande über den Kreuzfahrer«, sagte er, »der auf weltlichen Glanz und üppige Bequemlichkeit Wert legt. Sei unser Leben auch noch so hart, wir werden es dennoch besser haben als die Schar der Märtyrer und Heiligen, die vor uns auf diesem Boden lebte.«

Das war in einer Sprache gesagt, die man an Thomas von Gilsland nicht gewohnt war, um so weniger, da sie nicht seine wirkliche Meinung ausdrückte, denn er war dem Wohlleben und einer bequemen Pracht keineswegs abgeneigt. Sie hatten die Gegend des Lagers erreicht, wo der Ritter vom Leoparden wohnte.

Es sah tatsächlich so aus, als ob Armut und Entbehrung herrschten. Ein Platz für ungefähr dreißig Zelte war teilweise leer, denn aus Stolz hatte der Ritter einen der Größe seines ursprünglichen Gefolges angemessenen Raum verlangt. Vereinzelt standen elende Hütten, die in der Eile aus Zweigen errichtet und mit Palmblättern gedeckt waren. Diese Wohnungen schienen völlig verlassen, und einige davon waren zerfallen. Die mittlere Hütte, das Zelt des Anführers, zeichnete sich durch ihr doppelt gezacktes Fähnlein aus, das, an der Spitze einer Lanze befestigt, schlaff zur Erde herunterhing. Aber weder Pagen noch Knappen, nicht einmal ein Wächter waren bei diesem Sinnbild der Feudalherrschaft und der Ritterwürde aufgestellt.

Sir Kenneth sah traurig umher, trat in die Hütte und winkte dem Baron von Gilsland, ihm zu folgen. Auch er blickte prüfend, doch verächtlich, neigte aber seinen stattlichen Helmbusch und trat in eine niedrige Hütte ein.

Im Innern befanden sich zwei Betten. Das eine war leer, aber ordentlich mit gesammelten Blättern aufgehäuft und mit einem Antilopenfell bedeckt. Waffen, die an seiner Seite lagen, und ein silbernes Kruzifix, das darüber hing, ließen es als das Lager des Ritters erkennen. Das andere war das des Kranken, von dem Sir Kenneth gesprochen hatte, eines stark gebauten Mannes mit derben Zügen, der, wie man sah, das mittlere Lebensalter hinter sich hatte. Sein Lager war weicher bereitet als das seines Herrn. In einer vorderen Abteilung der Hütte, die der Baron sehen konnte, befand sich ein Knabe, gekleidet mit Stiefeln von Hirschleder, blauer Mütze und einem Wams. Er kniete vor einem mit Holzkohlen gefüllten Becken und war damit beschäftigt, auf einer Eisenplatte Gerstenkuchen zu backen, die damals schon eine Lieblingsspeise der Schotten waren. Ein großes Windspiel, edler von Gestalt als Richards Hund, lag da und sah zu, wie die Kuchen gebacken wurden. Das verständige Tier hatte bei ihrem Eintritt leise geknurrt, aber als es seinen Herrn erkannte, wedelte es freundlich mit dem Schwanz.

Neben dem Bett saß auf einem Fellpolster der maurische Arzt mit gekreuzten Beinen nach morgenländischer Art. Das wenige Licht ließ nicht viel von ihm sehen, außer daß ein Teil seines Gesichts von einem langen schwarzen Bart bedeckt wurde, der bis über seine Brust herunterreichte, daß er einen hohen Tolpach trug (eine aus Lammwolle gefertigte Tartarenmütze) von derselben dunklen Farbe und daß sein weiter Kaftan oder sein türkischer Rock ebenfalls schwarz waren. Der englische Lord stand ehrfürchtig still, denn ungeachtet seiner Rauheit machte doch das Bild eines geduldeten Mangels einen tieferen Eindruck auf Thomas de Vaux als der glänzende Pomp eines königlichen Thronsaals, wenn es nicht der Thronsaal von König Richard selbst war. Lange hörte man nichts als das langsame, regelmäßige Atmen des schlafenden Kranken.

»Er hat sechs Nächte nicht geschlafen«, sagte Sir Kenneth.

»Wackerer Schotte! Das muß besser werden – Euer Knappe ist zu schlecht genährt und gepflegt.«

Die letzten Worte sprach Thomas de Vaux mit starker Stimme, wodurch der Kranke im Schlaf gestört wurde.

»Mein Herr«, murmelte er im Traum, »edler Sir Kenneth, kommt Euch nicht wie mir das Wasser der Clyde kühl und erfrischend vor im Vergleich zu den salzigen Quellen von Palästina?«

»Er träumt von seiner Heimat und fühlt sich glücklich«, sagte Sir Kenneth leise zu de Vaux; aber kaum hatte er diese Worte gesprochen, als der Arzt sich erhob und, nachdem er den Puls des Leidenden gefühlt hatte, auf die beiden Ritter zuging, jeden beim Arm nahm und sie zum Ausgang der Hütte führte.

»Im Namen des Issa Ben Mariam«, sagte er, »stört nicht die Wirkung der gesegneten Arznei, die er genommen hat. Würde er jetzt erwachen, so wär's für ihn Tod oder Verlust des Verstandes. Zur Stunde, wo der Muezzin vom Minarett zum Abendgebet in die Moschee aufruft, kommt wieder, und ich verspreche Euch, daß dieser fränkische Krieger, wenn er bis dahin nicht gestört wird, imstande ist, eine kurze Unterhaltung mit Euch zu führen.«

Die Ritter zogen sich aufgrund der nachdrücklichen Ermahnung des Arztes zurück.

An der Tür der Hütte blieben sie nebeneinander stehen: Sir Kenneth, als wenn er erwartete, daß sein Besuch Abschied nehmen würde, und de Vaux, als wenn er etwas auf dem Herzen hätte, was ihn daran hinderte. Der Hund kam auch aus dem Zelt geschlichen und drückte nun seinen Kopf gegen die Hand seines Herrn. Kaum hatte er eine Liebkosung erhalten, als er, um seine Dankbarkeit und seine Freude über die Rückkehr seines Herrn zu zeigen, in aller Eile davonsprang und erst nach einiger Zeit wieder neben ihm Platz nahm. Beide Ritter betrachteten ihn mit Vergnügen.

»Ein vortrefflicher Hund«, sagte der Baron. »Ich glaube, werter Sir, König Richard hat kein Windspiel, das mit ihm verglichen werden kann, wenn er ebensogut spürt, wie er springt. Aber in aller Güte und Achtung frage ich Euch: Kennt Ihr nicht die Verordnung, wonach niemand unter Grafenrang innerhalb König Richards Lager Jagdhunde halten darf ohne seine Erlaubnis, die, wie ich glaube, Euch nicht erteilt worden ist? – Ich spreche als Stallmeister.«

»Und ich antworte als freier schottischer Ritter«, sagte Kenneth mit Ernst. »Ich folge dem Banner von England, aber ich kann mich weder entsinnen, mich je den Forstgesetzen dieses Königreichs unterworfen zu haben, noch achte ich sie so viel, um es tun zu können. Wenn die Trompete zu den Waffen ruft, so ist mein Fuß als erster im Steigbügel, wenn sie zum Angriff bläst, ist meine Lanze nie die letzte, die eingelegt wird. Aber was meine freien Stunden angeht, so hat König Richard kein Recht, meine Erholungen zu beschränken.«

»Aber es ist töricht, der königlichen Verordnung zu trotzen – also, wenn Ihr es wünscht, will ich, da ich mit dieser Sache beauftragt bin, Euch die Erlaubnis erteilen.«

»Ich danke Euch«, sagte der Schotte kalt. Plötzlich änderte er seinen

Ton: »Mylord, ich danke Euch herzlich. – Des Königs Reiter oder Jäger könnten Roswal überraschen und ihm ein Leid zufügen, das ich gezwungen wäre zu rächen. Ihr habt so viel von meinem Haushalt gesehen, Mylord«, fügte er mit einem Lächeln hinzu, »daß ich mich nicht zu schämen brauche, Euch zu sagen, daß der Hund unser wichtigster Versorger ist, und ich hoffe fest, daß unser Löwe Richard nicht dem Löwen in der Fabel gleichen wird, der auf die Jagd ging und die ganze Beute für sich behielt. Ich kann nicht glauben, daß er einem armen Edelmann, der ihm treu gedient, das kurze Jagdvergnügen und das bißchen Wildbret neidet, um so mehr, da andere Nahrung schwer zu haben ist.«

»Bei meiner Ehre, Ihr laßt dem König Gerechtigkeit widerfahren – und doch«, sagte der Baron, »liegt in den Worten Forst und Wildbret etwas, was unseren normannischen Fürsten den gesunden Verstand verdreht.«

»Wir haben neulich von Sängern und Pilgern gehört«, sagte der Schotte, »daß Eure geächteten Sassen in den Landschaften von York und Nottingham große Banden gebildet haben, an deren Spitze der verwegene Schütze Robin Hood steht mit seinem Leutnant, dem kleinen John. Es wäre wirklich besser, wenn Richard seine Forstgesetze in England ein wenig milderte, statt sie dem Heiligen Land aufzwingen zu wollen.«

»Das ist eine eigene Sache, Sir Kenneth«, sagte de Vaux, die Schulter zuckend wie einer, der ein gefährliches oder verdrießliches Gespräch vermeiden will, »eine tolle Welt, Sir. – Doch ich muß jetzt Abschied nehmen und zu des Königs Zelt zurückkehren. Zur Vesperzeit, wenn Ihr's erlaubt, kehre ich wieder, um mit dem ungläubigen Arzt zu sprechen. Inzwischen möchte ich Euch, wenn Ihr es nicht übelnehmt, sehr gern etwas schicken, was Eurer Küche dienen könnte.«

»Ich danke Euch, Sir, aber ich habe nichts nötig. Roswal hat bereits meine Speisekammer für vierzehn Tage gefüllt, denn wenn die Sonne in Palästina Krankheiten erzeugt, so ist sie auch gut, Wildbret zu trocknen.«

Die beiden Krieger waren bei ihrem Abschied nun bessere Freunde, und der schottische Ritter übergab de Vaux das Empfehlungsschreiben Saladins für König Richard.

Achtes Kapitel

Eine sonderbare Geschichte, Sir Thomas«, sagte der kranke Monarch, als er den Bericht des Barons von Gilsland vernommen hatte. »Bist du sicher, daß dieser Schotte ein ehrenhafter Mann ist?«

»Das kann ich nicht sagen, Herr. Ich wohne den Schotten ein wenig zu nahe, als daß ich viel Ehrlichkeit bei ihnen gefunden hätte. Ich habe sie immer für prahlerisch und falsch gehalten. Aber das Wesen dieses Mannes ist ehrenhaft, und wär er der Teufel selbst, das muß ich ehrlich bekennen.«

»Und was sagst du von seinem Verhalten als Ritter, de Vaux?«

»Eurer Majestät kommt es mehr zu als mir, der Männer Verhalten zu beurteilen. Ich bin überzeugt, Ihr habt das Verhalten dieses Mannes vom Leoparden beobachtet. Es ist viel gerühmt worden.«

»Und mit Recht, Thomas«, sagte der König. »Wir selbst waren Augenzeugen, denn es ist nämlich unsere Absicht, wenn wir uns immer an die Spitze des Treffens stellen, zu sehen, wie unsere Lehensleute und Verbündeten ihre Pflicht erfüllen, und keineswegs, wie manche glauben, Ruhm für uns selbst zu gewinnen. Wir kennen die Nichtigkeit menschlichen Ruhms, der nur ein Rauch ist, und wir legen unsere Rüstung zu anderen Zwecken an. Ja, ich habe in der Tat bemerkt, wie dieser Ritter seine Pflicht erfüllt. Mein Feldherrnstab wäre keine Narrenkappe wert, wäre er meinem Auge entgangen. Er hätte früher als jetzt unsere Güte kennengelernt, doch ich habe auch seinen vermessenen und anmaßenden Stolz bemerkt.«

»Mein Fürst«, sagte der Baron von Gilsland, da er sah, daß der König das Gesicht verzog, »ich fürchte, Eure Vollmacht dadurch überschritten zu haben, daß ich ihm in seiner Anmaßung behilflich gewesen bin.«

»Wie – du, de Multon?« fragte der König zornig. »Du wärst seiner Anmaßung behilflich gewesen? – Das kann nicht sein.«

»Doch, Eure Majestät verzeihe mir, wenn ich Euch erinnere, daß ich durch mein Amt das Recht habe, Edelleuten die Erlaubnis zu erteilen, einen oder zwei Hunde innerhalb des Lagers zu halten, und es wäre eine Sünde, ein so edles Geschöpf wie den Hund des Edelmanns zu verletzen oder zu verstümmeln.«

»Hat er denn einen so schönen Hund?« fragte der König.

»Das vollkommenste Geschöpf unter dem Himmel«, sagte der Baron leidenschaftlich, »von der reinsten Rasse, langbrüstig, schwarz und auf Brust und Beinen gefleckt, stark genug, um einen Büffel niederzuwerfen, und schnell, um eine Antilope hinter sich zu lassen.«

Der König lachte über den Eifer dieser Schilderung. »Gut, du hast ihm Erlaubnis erteilt, den Hund zu halten, somit hat die Sache ein Ende. Sei aber nicht so freigebig mit dieser Gunst gegen fahrende Ritter, die keinen Fürsten oder Führer haben. Sie sind unlenkbar und lassen kein Wild in Palästina übrig. – Aber was jenen gelehrten Heiden betrifft – du sagst, daß der Schotte ihm in der Wüste begegnete?«

»Nein, mein Fürst, der Schotte erzählt es so: Er sei abgeschickt worden zu dem alten Einsiedler von Engaddi, von dem man so viel ...«

»Tod und Hölle!« rief Richard auffahrend. »Von wem abgeschickt und wozu? Wer wagt es, jemanden dorthin zu senden, während sich die Königin auf einer Wallfahrt für unsere Genesung im Kloster von Engaddi befand.«

»Der Rat des Kreuzzugs hat ihn gesandt, Herr«, antwortete der Baron de Vaux. »Zu welchem Zweck – hat er mir zu sagen verweigert. Ich glaube, daß man es kaum im Lager weiß, daß sich Eure königliche Gemahlin auf einer Wallfahrt befindet – und selbst die Fürsten können es schwerlich wissen, weil die Königin von aller Gesellschaft abgeschlossen lebt, seit ihre Pflege von Euch aus Furcht vor Ansteckung verweigert wurde.«

»Gut, ich werde alles erfahren«, sagte Richard. »Also dieser Schotte, dieser Gesandte, traf den reisenden Arzt in der Grotte von Engaddi – nicht wahr?«

»Nein, mein Fürst, aber er traf, wie ich glaube, nahe bei diesem Ort einen sarazenischen Emir, dem er einige Beweise seiner Stärke zeigte, und als er ihn seiner Gesellschaft würdig befunden hatte, gingen sie zusammen zur Grotte von Engaddi.«

Hier hielt de Vaux inne, denn er war keiner von denen, die eine lange Geschichte in einem Atem erzählen.

»Und trafen sie dort den Arzt?« fragte der König ungehalten.

»Nein, mein Fürst. Der Sarazene erbot sich – als er von Eurer schweren Krankheit hörte – zu versuchen, ob Euch Saladin seinen eigenen Arzt mit Zeugnissen ausgezeichneter Geschicklichkeit zusenden würde, und hierauf erst kam der Arzt in die Grotte, nachdem der schottische Ritter länger als einen Tag auf ihn gewartet hatte. Er ist mit einem Gefolge gekommen wie ein Fürst: Trommeln und Pauken, Diener zu Fuß und zu Pferd. Und er bringt ein Beglaubigungsschreiben von Saladin mit.«

»Hat es Giacomo Loredani geprüft?«

»Ich habe es dem Übersetzer gezeigt, ehe ich es hierherbrachte, und hier ist sein Inhalt auf englisch.«

Richard nahm eine Pergamentrolle, die folgende Worte enthielt: »›Der Segen Allahs und seines Propheten Mohammed . . .‹

Pfui!« rief Richard mit verächtlicher Miene aus. »›Saladin, der König der Könige, das Licht und die Zuflucht der Erde, an den großen Melech Ric, Richard von England Gruß. Da man uns benachrichtigt hat, daß die Hand der Krankheit schwer auf Dir liegt, unser königlicher Bruder, und daß Du nur nazarenische und jüdische Ärzte um Dich hast, die da ohne den Segen Allahs und seines heiligen Propheten wirken, so haben wir zu Deiner Pflege und Wartung unseren eigenen Leibarzt abgesandt – Adonbec el Hakim, bei dessen Anblick der Todesengel Azrael die Flügel ausbreitet und das Krankenzimmer verläßt. Er kennt die Kräfte der Pflanzen und Gestirne, die Kreise der Sonne, des Mondes und der Sterne, und er kann den Menschen heilen von allem, was nicht auf seiner Stirn geschrieben steht. Wir bitten Dich herzlich, seine Geschicklichkeit zu ehren und Gebrauch davon zu machen, nicht allein deshalb, daß wir Deiner Ehre und Würde eine Gunst erweisen, sondern daß wir den Streit, der uns gegenwärtig trennt, zu Ende bringen, sei's durch ehrenvolle Übereinkunft, sei's durch offene Waffenentscheidung auf dem Schlachtfeld. Denn es geziemt weder Deiner Würde noch Deinem Mut, den Tod eines Sklaven zu sterben, der von seinem Zuchtmeister mit Arbeit überladen worden ist, so wie es unserem Ruhm nicht zuträglich wäre, wenn ein so braver Gegner von einer solchen Seuche unserem Säbel entrissen würde. Und darum möge der heilige . . .‹«

»Genug davon!« sagte Richard, »ich will mit diesem Propheten nichts mehr zu tun haben! Es peinigt mich, zu denken, daß dieser tapfere und würdige Sultan an einen Toten glauben soll. – Ja, ich will seinen Arzt sehen. Ich will mich der Behandlung dieses Hakim unterwerfen, ich will dem edelmütigen Sultan seine Großmut vergelten, ich will ihn aufsuchen in der Schlacht, wie er so würdig vorschlägt, und er soll keine Ursache haben, Richard von England einen Undankbaren zu nennen. Ich will ihn zu Boden werfen mit meiner Streitaxt, und ich will ihn zur Heiligen Kirche bekehren mit Streichen, wie er sie nie zuvor gespürt hat. Er soll seine Irrtümer abschwören vor meinem Kreuzschwert, und ich will, daß man ihn auf dem Schlachtfeld tauft aus meinem eigenen Helm, wäre auch das Taufwasser mit dem Blut von uns beiden gemischt. – Eile dich, de Vaux. Warum willst du ein so fröhliches Ende verzögern? Bring den Hakim hierher.«

»Herr«, sagte der Baron, der in diesem übergroßen Zutrauen einen Fieberanfall sah, »bedenkt, der Sultan ist ein Heide, und Ihr seid sein furchtbarster Feind . . .«

»Ebendarum hat er um so mehr Grund, mir diesen Dienst zu erweisen, damit nicht ein elendes Fieber dem Streit zwischen zwei Königen unserer Art ein Ende macht. Ich sage dir, er liebt mich, wie ich ihn liebe, wie edelmütige Feinde sich immer lieben – bei meiner Ehre, es wäre Sünde, an seiner Treue und seinem Glauben zu zweifeln!«

»Nichtsdestoweniger, Herr, wäre es gut, die Wirkung abzuwarten, die diese Arzneien auf den schottischen Knappen haben«, sagte der Lord von Gilsland. »Mein eigenes Leben steht hier auf dem Spiel, denn ich wäre wert, wie ein Huhn zu sterben, wenn ich in dieser Sache rasch handelte und das Wohl der Christenheit Schiffbruch erleiden müßte.«

»Ich habe dich noch nie aus Furcht vor dem Tod so bedenklich gefunden«, sagte Richard vorwurfsvoll.

»Auch jetzt würde ich's nicht sein«, entgegnete der Baron, »stände nicht Euer Leben wie meins auf dem Spiel.«

»Gut, du argwöhnischer Mensch«, antwortete Richard, »geh und betrachte die Wirkung dieser Arznei. Mir ist's einerlei, ob sie mich heilt oder tötet; denn ich bin's überdrüssig, hier wie ein an der Viehseuche sterbender Ochse zu liegen, wenn draußen Trommeln wirbeln, Rosse stampfen und Trompeten klingen.«

Der Baron ging eilig weg, jedoch mit dem Entschluß, die ganze Sache Geistlichen vorzutragen, denn er fühlte sein Gewissen durch den Gedanken beunruhigt, das Leben seines Fürsten einem Ungläubigen anzuvertrauen.

Der Erzbischof von Tyrus war der erste, dem er seine Zweifel mitteilte, da er dessen Anhänglichkeit an König Richard kannte. Der Bischof hörte die Zweifel an und sprach: »Ärzte haben sich wie die Arzneien oft nützlich erwiesen. Es ist erlaubt«, fuhr er fort, »in der Not zu Heiden und Ungläubigen zu gehen, und man kann den Grund ihrer Duldung auf Erden darin finden, daß sie den wahren Christen nützlich sein sollen. – Also können wir gesetzmäßig unsere heidnischen Gefangenen zu Sklaven machen. Ferner kann man nicht in Abrede stellen, daß sich die ersten Christen der Hilfe nichtbekehrter Heiden bedienten. Zum Beispiel waren auf dem Schiff von Alexandrien, mit dem der heilige Apostel Paulus nach Italien fuhr, die Schiffsleute ohne Zweifel Heiden. Doch was sagt die Heilige Schrift, als die Hilfe dieser Leute nötig wurde? *Nisi hi in navi manserint, vos salvi fieri non potestis.* Wenn diese nicht im Schiff bleiben, könnt ihr nicht gerettet werden. – Und die Juden sind so gut Ungläubige wie die Mohammedaner. Doch gibt es hier im Lager wenige Ärzte außer den Juden, und man bedient sich ihrer ohne Ärgernis und Gewissensbisse. Also darf man sich auch unter den Umständen der Mohammedaner bedienen, *quod erat demonstrandum.«*

Dieser Schluß beseitigte völlig die Gewissenszweifel von Thomas de Vaux, der besonders durch die lateinischen Worte beeindruckt war, obwohl er nichts davon verstand.

Der Bischof kam aber, als er die Möglichkeit in Betracht zog, daß der Sarazene mit böser Absicht handeln könne, zu keiner schnellen Entscheidung. Der Baron zeigte ihm das Beglaubigungsschreiben. Er las es mehrmals, und er verglich die Urschrift mit der Übersetzung.

»Das ist eine für den Gaumen des Königs gutzubereitete Lockspeise«, sagte er, »und dieser feine Sarazene kommt mir verdächtig vor. Sie verstehen sich auf die Giftmischerei, und sie können die Gifte so zubereiten, daß diese wochenlang still wirken, während der Verbrecher Gelegenheit findet, sich davonzumachen. Sie können Tuch und Leder, selbst Papier und Pergament mit den feinsten Giftstoffen versehen. – Die Heilige Jungfrau verzeih mir's! – Nehmt das Papier, Sir Thomas, nehmt es schnell.«

Er reichte es mit ausgestrecktem Arm und deutlicher Hast dem Baron. »Aber kommt, Mylord de Vaux, gehen wir zu dem Zelt des kranken Knappen. Dort wollen wir sehen, ob dieser Hakim wirklich die Kunst zu heilen besitzt, wie er vorgibt, ehe wir überlegen, ob es ratsam ist, ihn seine Kunst an König Richard ausüben zu lassen. Doch halt! Laßt mich zuerst meine Riechbüchse mitnehmen, denn dieses Fieber steckt an wie eine Seuche. Ich rate Euch, in Essig getauchten trockenen Rosmarin zu nehmen, Mylord. Ich verstehe mich unter anderem ein wenig auf Heilkunde.«

»Ich danke Eurer bischöflichen Gnaden«, sagte Thomas von Gilsland, »aber wäre ich für das Fieber empfänglich, ich würde es schon längst an dem Bett meines Herrn bekommen haben.«

Als sie vor der armseligen Hütte von Sir Kenneth standen, sagte der Bischof: »Es ist wahr, Mylord, diese schottischen Ritter sind weniger besorgt um ihr Gefolge als wir um unsere Hunde. Hier haben wir einen Ritter, man nennt ihn tapfer im Kampf, und man hält ihn für tauglich zur Besorgung wichtiger Aufgaben während des Waffenstillstands, und doch ist sein Waffenträger schlechter als in dem geringsten englischen Hundestall beherbergt. Was sagt Ihr von Euren Nachbarn?«

»Daß ein Herr gut an seinem Diener handelt, wenn er ihn nicht schlechter wohnen läßt als sich selbst«, sagte de Vaux und trat in die Hütte.

Der Bischof folgte ihm nicht ohne sichtbaren Widerwillen, denn obwohl es ihm in gewisser Hinsicht nicht an Mut fehlte, so war er doch mit einer großen Ängstlichkeit um seine eigene Sicherheit besorgt. Als er jedoch daran dachte, daß er hier war, um die Geschicklichkeit des arabischen Arztes zu prüfen, trat er mit einer stolzen Haltung in die Hütte, wodurch er dem Fremden Achtung abzunötigen glaubte.

Der Prälat war in der Tat eine auffallende, gebieterische Gestalt. Die Ringe an seiner Hand waren eine schöne Baronie wert, und die Mütze, die er wegen der Hitze nach hinten geschoben trug, hatte Bügel aus reinem Gold, womit sie um den Hals und unter dem Kinn befestigt werden konnte. Sein langer silberweißer Bart reichte bis über die Brust. Der eine von den jungen Begleitern, die ihm folgten, hielt einen Schirm von Palmblättern über sein Haupt, während der andere dem hochwürdigen Herrn mit einem Fächer aus Pfauenfedern Kühlung zuwehte.

Als der Bischof von Tyrus in die Hütte des schottischen Ritters trat, war dieser abwesend, und nur der maurische Arzt saß an der Seite des Kranken im Raum. Der Bischof stellte sich stillschweigend zwei oder drei Minuten vor ihn hin, als würde er einen ehrerbietigen Gruß von dem Sarazenen erwarten. Aber Adonbec el Hakim beachtete ihn nicht, und als ihn der Prälat in der Lingua franca endlich grüßte, erwiderte er mit dem gewöhnlichen morgenländischen Gruß *»Salam alaïkum!* – Friede sei mit dir!«.

»Bist du ein Arzt, Ungläubiger?« fragte der über den kalten Empfang gekränkte Bischof. »Ich möchte mit dir über deine Kunst sprechen.«

»Wenn du etwas davon verstündest«, antwortete el Hakim, »so würdest du wissen, daß Ärzte keine Unterredung und Beratung im Zimmer eines Kranken halten. Höre«, fügte er hinzu, »selbst der Hund kann dich Vernunft lehren. Sein Instinkt gebietet ihm, sein Gebell vor dem Kranken zu unterdrücken. – Komm aus dem Zelt, wenn du mir etwas zu sagen hast.«

Ungeachtet der Einfachheit seines Anzugs und der Unansehnlichkeit seiner Gestalt im Vergleich mit dem langen Prälaten und dem riesigen englischen Baron, hatte der sarazenische Arzt in seinem Wesen und Benehmen etwas Achtunggebietendes, was den Bischof von Tyrus hinderte, sein Mißfallen, das er über den erhaltenen Verweis fühlte, offen auszusprechen. Als sie außerhalb der Hütte waren, betrachtete er Adonbec einige Zeit schweigend, ehe er die beste Art, das Gespräch fortzuführen, finden konnte.

Der Prälat brach endlich das Schweigen, indem er den Araber fragte, wie alt er sei.

»Die Jahre gewöhnlicher Menschen«, sagte der Sarazene, »werden nach Runzeln gezählt, die der Weisen nach Studien. Ich wage nicht, mich für älter als hundert zu halten.«

Der Baron von Gilsland, der die Antwort wörtlich als hundert Jahre verstand, blickte den Prälaten fragend an. Der Bischof bemühte sich erneut, wichtig zu erscheinen, als er Adonbec die Frage stellte, was er für Beweise von seiner ärztlichen Geschicklichkeit bringen könne.

»Ihr habt das Wort des mächtigen Saladin, ein Wort, das nie gebrochen wurde gegen Freund und Feind. – Was, Nazarener, verlangst du mehr?«

»Ich möchte mit meinen Augen einen Beweis deiner Kunst sehen«, sagte der Baron, »wenn nicht – so kannst du dich dem Bett von König Richard nicht nähern.«

»Der Ruhm des Arztes«, sagte der Araber, »liegt in der Genesung seines Kranken. Betrachte diesen Krieger, sein Blut war heiß durch das Fieber, das euer Lager mit Toten anfüllte und gegen das die Kunst eurer nazarenischen Ärzte nichts ausrichten konnte. Sieh seine Finger und Arme an, sie sind abgezehrt wie die Füße und Beine des Kranichs. Der Tod hätte ihn diesen Morgen geholt, wenn ich nicht an seinem Bett gewesen wäre. Belästige mich nicht mit weiteren Fragen, sondern erwarte die Krisis und bewundere im stillen den Erfolg.«

Der Arzt zog nun sein Astrolabium zu Rate, das Orakel morgenländischer Weisheit, und nachdem er mit strenger Pünktlichkeit den Augenblick des Abendgebets erwartet hatte, fiel er auf die Knie, das Gesicht nach Mekka gewandt, und betete. Der Bischof und der englische Baron sahen einander mit Zeichen von Verachtung und Ärger an, aber keiner von ihnen hielt es für schicklich, el Hakim in seiner Andacht zu stören, so unheilig sie ihnen auch vorkommen mußte.

Der Araber erhob sich vom Boden und nahm, als er in die Hütte getreten war, aus einer kleinen silbernen Büchse einen Schwamm, der eine stark duftende Substanz verströmte, denn als er ihn an die Nase des Schlafenden hielt, nieste dieser, erwachte und schaute mit irren Blicken umher. Ein gräßliches Schauspiel bot sich dar, als er sich von seinem Lager erhob und Knochen und Knorpel so deutlich zu erkennen waren, als wenn sie nie mit Fleisch bedeckt gewesen wären. Sein Gesicht war lang und mit Runzeln überzogen, aber sein Blick wurde nach und nach ruhiger, er schien seine vornehmen Besucher zu bemerken, denn er machte den schwachen Versuch, sein Haupt zu entblößen, um seine Ehrfurcht zu zeigen, und er erkundigte sich mit bescheidener und untertäniger Stimme nach seinem Herrn.

»Kennst du uns, Vasall?« fragte der Lord von Gilsland.

»Nicht ganz, Mylord«, erwiderte der Knappe leise. »Mein Schlaf war lang und voller Träume. Doch Ihr müßt ein großer englischer Lord sein, wie Euer rotes Kreuz zeigt, und dieser ein würdiger Prälat, dessen Segen ich für mich armen Sünder erflehe.«

»Du sollst ihn haben – *benedicto Domini sit vobiscum«*, sagte der Prälat, das Zeichen des Kreuzes schlagend, ohne jedoch dem Bett des Kranken näher zu treten.

»Eure Augen bezeugen's«, sagte der Araber, »das Fieber ist überwunden – er spricht mit Ruhe und Überlegung – sein Puls geht regelmäßig. Prüft selbst!«

Der Prälat vermied es, die Probe zu machen, aber Thomas von Gilsland überzeugte sich entschlossen, daß das Fieber wirklich gesunken war.

»Das ist höchst wunderbar«, sagte der Ritter zu dem Erzbischof, »dieser Mann ist ganz sicher geheilt. Auf der Stelle muß ich diesen Arzt zum Zelt Richards führen.– Was glauben Eure Hochwürden?«

»Bleibt – laßt mich eine Heilung vollenden, ehe ich eine andere anfange«, sagte der Araber. »Ich werde mit euch gehen, wenn ich dem Kranken hier die zweite Schale dieses heilsamen Elixiers gegeben habe.«

Er holte eine silberne Schale, füllte sie mit Wasser, nahm dann einen kleinen, aus Silber geflochtenen Beutel, dessen Inhalt die Umstehenden nicht erkennen konnten, und tauchte ihn schweigend fünf Minuten lang in diese Schale. Den beiden Zeugen kam es vor, als wenn eine Gärung entstünde.

»Trink«, sagte der Arzt zum Kranken, »schlaf und erwache frei von Krankheit.«

»Und mit diesem einfachen Trunk willst du einen Monarchen heilen?« fragte der Bischof von Tyrus.

»Ich habe einen Bettler geheilt, wie ihr sehen konntet«, antwortete der Weise. »Sind die Könige aus besserem Stoff gemacht als der geringste ihrer Untertanen?«

»Führen wir ihn gleich zum König«, sagte der Baron von Gilsland. »Er hat bewiesen, daß er das Geheimnis besitzt, das Richards Gesundheit herstellen kann. Schafft er es nicht, dann will ich ihn selbst dahin bringen, wo es mit ärztlicher Hilfe vorbei ist.«

Als sie die Hütte verlassen wollten, rief der Kranke mit einer so lauten Stimme, wie seine Schwachheit es ihm erlaubte: »Ehrwürdiger Vater, edler Ritter und Ihr, guter Arzt, wenn ihr wollt, daß ich schlafe und mich erhole, so sagt mir um Gottes willen, was aus meinem lieben Herrn geworden ist.«

»Er ist auf einer weiten Reise, Freund«, sagte der Prälat, »auf einer ehrenvollen Gesandtschaft, die ihn einige Tage aufhalten kann.«

»Nein«, widersprach der Baron von Gilsland, »warum den armen

Mann täuschen? – Freund, dein Herr ist wieder angekommen im Lager, und du wirst ihn bald sehen.«

Der Kranke hielt, als wollte er dadurch seinen Dank ausdrücken, seine abgezehrten Hände gegen den Himmel und sank dann, dem Schlaftrunk nicht länger widerstehend, auf sein Lager.

»Ihr seid ein besserer Arzt als ich, Sir Thomas«, sagte der Prälat. »Eine angenehme Lüge ist besser in einem Krankenzimmer als eine unangenehme Wahrheit.«

»Wie meint Ihr das, ehrwürdiger Herr?« fragte de Vaux heftig. »Glaubt Ihr, daß ich lüge, auch wenn ich das Leben von Dutzenden dadurch retten könnte?«

»Ihr sagtet«, entgegnete der Bischof mit sichtbarer Unruhe, »Ihr sagtet, des Knappen Herr sei zurück – der vom schlafenden Leoparden?«

»Ja, er ist zurück«, antwortete de Vaux. »Ich habe vor einigen Stunden mit ihm gesprochen. Dieser gelehrte Arzt ist in seiner Gesellschaft angekommen.«

»Heilige Jungfrau, warum habt Ihr mir nichts von seiner Rückkehr gesagt?« rief der Bischof bestürzt.

»Habe ich es Euch nicht gesagt? Ich glaubte es getan zu haben«, sprach de Vaux gleichgültig. »Aber was hat seine Rückkehr mit der Geschicklichkeit des Arztes und der Heilung seiner Majestät zu schaffen?«

»Viel, Sir Thomas – sie hat viel damit zu schaffen. Aber wo mag er jetzt hingegangen sein – dieser Ritter? Gott sei mit uns – hier muß irgendein schlimmer Irrtum vorliegen.«

»Jener Knecht draußen«, sagte de Vaux nicht ohne Befremden über des Bischofs Unruhe, »kann uns vermutlich sagen, wohin sein Herr gegangen ist.«

Der Knabe wurde gerufen und gab ihnen in einer Sprache, die sie kaum verstanden, endlich die Auskunft, daß ein Offizier seinen Herrn in das königliche Zelt gerufen habe. Die Angst des Bischofs schien zu steigen und wurde selbst für de Vaux sichtbar, der weder ein scharfer Beobachter noch argwöhnischen Gemüts war. Aber mit dieser Ängstlichkeit schien auch der Wunsch zu wachsen, sie zu verheimlichen. Der Bischof nahm hastig Abschied von de Vaux, der ihm mit Erstaunen nachblickte und den arabischen Arzt zum Zelt König Richards führte.

Neuntes Kapitel

Der Baron von Gilsland ging langsam und ängstlich zum königlichen Zelt. Ihm kam es im höchsten Grad befremdend vor, daß des Bischofs Aufmerksamkeit auf einmal von der wunderbaren Heilung, die so viel für die Genesung Richards versprach, abgelenkt worden war durch eine so gleichgültig scheinende Nachricht vom Kommen eines armen schottischen Ritters. Der Baron wollte der Sache auf den Grund gehen.

Endlich kam er auf den Gedanken, daß das Ganze eine Verschwörung gegen König Richard sei, die von dem Lager der Verbündeten ausging und an der der Bischof, den einige für einen politischen Schwindler hielten, wahrscheinlich Anteil hatte. Er wußte, daß es immer das Schicksal eines Herrn war, ebensoviel Tadel und Mißgunst als Anerkennung und Ergebenheit zu finden, und es war ihm nicht unbekannt, daß es Fürsten gab, die Richard von England verderben oder wenigstens demütigen wollten.

Darum, dachte der Baron, ist es nicht unmöglich, daß es dieser el Hakim mit seiner Kur nur auf eine List abgesehen hatte, wobei ihm der vom Leoparden behilflich war und der Bischof von Tyrus trotz seines Prälatenstandes einigen Anteil hatte.

Diese Vermutung konnte jedoch nicht leicht mit der Unruhe des Bischofs in Zusammenhang gebracht werden. Aber de Vaux war von seinen allgemeinen Vorurteilen beherrscht, die ihn fest glauben ließen, daß von einem verschmitzten italienischen Priester, einem falschen Schotten und einem ungläubigen Arzt nichts Gutes, sondern alles Übel zu erwarten sei. Er entschloß sich, seine Zweifel dem König vorzulegen.

Aber einige Ereignisse widersprachen den Vermutungen Thomas de Vaux'. Kaum hatte er das königliche Zelt verlassen, als Richard, dessen natürliche Unruhe durch das Fieber gesteigert wurde, über sein Ausbleiben zu murren begann. Er hatte alles versucht, sich dieser unruhigen Stimmung zu entziehen. Er ermüdete seine Diener, indem er Zerstreuung von ihnen verlangte. Endlich, etwa zwei Stunden vor Sonnenuntergang und lange bevor er einen Bericht über den Erfolg der Kur des Arabers haben konnte, sandte er einen Boten, der den Ritter vom Leoparden zu ihm holen sollte. Er hoffte, seine Unruhe zu beschwichtigen durch die umfangreichen Mitteilungen, die ihm Sir Kenneth von den Umständen seines Zusammentreffens mit dem Arzt machen würde.

Dieser Aufforderung folgend, trat der schottische Ritter in das königliche Gemach wie jemand, der sich an solch einem Ort nicht fremd fühlt. Er war dem König von England kaum bekannt, obwohl er aus Eifersucht auf seinen Rang und aus Liebe für die Dame seines Herzens stets dann anwesend war, wenn die englische Gastlichkeit den königlichen Hof allen öffnete, die einen gewissen Grad in der Ritterschaft besaßen. Der König sah Sir Kenneth fest an. Dieser beugte einen Augenblick das Knie und erhob sich dann.

»Dein Name«, sagte der König, »ist Kenneth vom Leoparden. – Von wem hast du den Ritterschlag erhalten?«

»Von dem Schwert Wilhelms des Löwen, des Königs von Schottland«, antwortete der Schotte.

»Ein Schwert«, sagte der König, »das würdig ist, Ehre zu erteilen, auch hat es nicht die Schulter eines Unwürdigen berührt. Wir haben dich ritterlich in der Schlacht kämpfen sehen, und wir müssen dir nicht erst sagen, daß uns deine Dienste bekannt sind. Aber deine Anmaßung in anderer Hinsicht war so groß, daß nur deine Verdienste ihr Verzeihung brachten. Was sagst du dazu? Sprich!«

Kenneth war unfähig, sich deutlich auszudrücken. Das Wissen über seine anmaßende Liebe zu Edith und der scharfe Blick, womit Löwenherz ihn ansah, genügten, um ihn zu verwirren.

»Und doch«, sagte der König, »möchten wir einem braven Ritter eine größere Schuld erlassen: einen Hund zu halten, obgleich es unserem Befehl zuwider ist.«

Richard sah den Schotten fest an und bemerkte mit innerem Lachen die Erleichterung, die er durch diese Wendung dem Angeklagten verschafft hatte.

»Eure Majestät mag uns Edelleuten von Schottland in dieser Sache etwas zugute halten. Wir sind arm an Einkommen, und wir können uns nicht, wie Eure reicheren Edelleute, Kredit bei den Lombarden holen. Die Sarazenen sollen aber unsere Streiche desto härter fühlen, wenn wir von Zeit zu Zeit ein Stück trockenes Wildbret mit unseren Kräutern und Gerstenkuchen essen.«

»Du bedarfst meiner Erlaubnis nicht weiter«, sagte Richard, »seit Thomas de Vaux dir bereits die Vergünstigung zur Hetz- und Falkenjagd erteilt hat.«

»Zur Hetzjagd allein, wenn Ihr verzeiht«, sagte der Schotte. »Aber wenn es Eurer Majestät gefiele, mir auch Erlaubnis zur Falkenjagd zu erteilen, so wollte ich Euren königlichen Tisch mit manchem schönen Wasservogel versorgen.«

»Ich fürchte, wenn du den Falken schon hättest«, sagte der König, »würdest du nicht lange auf die Erlaubnis warten. Man sagt von uns, daß wir einen Verstoß gegen unser Forstgesetz wie Hochverrat an unserer Krone bewerten. Braven und würdigen Männern jedoch könnten wir ein solches Vergehen verzeihen. – Aber genug davon. Ich wünsche, von Euch, Herr Ritter, zu erfahren, mit welchem Zweck und mit welcher Vollmacht Ihr neulich in die Wüste des Toten Meeres und nach Engaddi gereist seid.«

»Auf Befehl des fürstlichen Rates des heiligen Kreuzzuges«, antwortete der Ritter.

»Und wer wagte es, Euch diesen Befehl zu geben, da ich nichts davon wußte?«

»Es stand mir nicht zu, Eure Hoheit«, sagte der Schotte, »mich nach den Einzelheiten zu erkundigen. Ich bin ein Krieger des Kreuzes, der ohne Zweifel für jetzt unter Eurem Banner dient, aber ich bleibe dennoch immer einer, der verpflichtet ist, ohne Widerrede dem Befehl der Fürsten und Anführer zu gehorchen, von denen das heilige Unternehmen geleitet wird. Daß Eure Hoheit durch Krankheit verhindert wurde, beklage ich mit der gesamten Christenheit. Aber als Krieger muß ich gehorchen.«

»Gut gesprochen«, sagte König Richard, »und der Vorwurf trifft nicht dich, sondern jene, mit denen ich, sobald es Gott will, eine strenge Rechnung zu begleichen habe. Was war der Inhalt deines Auftrags?«

»Ich meine, mit Eurer Hoheit Erlaubnis«, sprach Sir Kenneth, »Ihr möchtet dies am besten von denen erfragen, die mich gesandt haben.«

»Macht mir keine Ausflüchte, Herr Schotte – es wäre nicht zu Eurem Vorteil«, sagte der Monarch gereizt.

»Mein Vorteil, Herr, ist mir gleichgültig, ich habe mehr mein ewiges Heil als mein zeitliches Glück im Auge.«

»Beim Sakrament«, sagte König Richard, »du bist ein braver Geselle! Hört, Herr Ritter, ich liebe die Schottländer. Sie sind tapfer, obgleich unfreundlich und halsstarrig, aber ich glaube, sie sind im ganzen aufrichtige Leute. Ich verdiene einige Liebe von ihrer Seite, denn ich habe ihnen aus freien Stücken gewährt, was sie nie durch Waffen von mir würden erzwungen haben. Wir haben die Festungen Roxburgh und Berwick wieder aufgebaut, die an England verpfändet sind – ich habe ihre alten Grenzen hergestellt – und endlich habe ich ihnen die Huldigung an die englische Krone erlassen, die man nach meiner Meinung mit Unrecht von ihnen forderte. Ich habe Freunde gewinnen wollen, wo die früheren Könige von England nur abgeneigte und widersetzliche Vasallen zu bändigen versuchten.«

»Ja, das alles habt Ihr getan, Herr König«, sagte Sir Kenneth, sich verbeugend, »das alles habt Ihr getan in Eurem königlichen Vertrag mit unserem Landesherrn zu Canterbury. Dafür habt Ihr mich und viele bessere Schottländer in dem Krieg gegen die Ungläubigen unter Eurem Banner, während wir sonst Eure Grenzen in England beunruhigen würden. Wenn ihre Zahl gegenwärtig nur gering ist, so liegt es daran, daß sie ihr Leben mutig eingesetzt haben.«

»Das stimmt«, sagte der König, »und um der Wohltaten willen, die ich Eurem Lande erzeigt habe, fordere ich Euch auf, zu bedenken, daß ich als eins der ersten Mitglieder des Christenbundes ein Recht habe, die Unterhandlungen meiner Mitverbündeten zu kennen. Darum seid so gut und teilt mir das mit, was ich ein Recht habe zu erfahren.«

»Herr«, sagte der Schotte, »da Ihr mich nötigt, will ich die Wahrheit sprechen, denn ich bin fest überzeugt, daß Ihr hinsichtlich des Hauptzwecks unseres Feldzugs aufrichtiger, redlicher und besser seid, als ich von anderen Mitgliedern des Bundes zu behaupten wage. Es gefalle Euch darum, zu erfahren, daß es mein Auftrag gewesen ist, durch die Vermittlung des Einsiedlers von Engaddi, eines heiligen, angesehenen und von Saladin selbst beschützten Mannes, den Vorschlag zu ...«

»Zu der Verlängerung des Waffenstillstands ohne Zweifel«, unterbrach ihn Richard hastig.

»Nein, bei St. Andreas, mein Fürst, sondern den Vorschlag zur Gründung eines dauernden Friedens und zum Abzug unserer Heere aus Palästina zu machen.«

»St. Georg!« sagte Richard voll Erstaunen. »Ich habe immer eine schlechte Meinung von ihnen gehabt, aber ich ließ mir nicht träumen, daß sie sich zu solcher Schmach erniedrigen konnten. Sagt, Sir Kenneth, mit welcher Gesinnung habt Ihr diese Botschaft besorgt?«

»Mit recht guter, Herr«, sagte Kenneth, »denn wenn wir unseren edlen Feldherrn verlieren würden, unter dessen Führung ich einzig auf Sieg hoffe, so sehe ich keinen mehr, der uns zur Eroberung führen könnte. Und unter solchen Umständen hielt ich es für gut, eine völlige Niederlage zu vermeiden.«

»Und unter welchen Bedingungen sollte dieser Frieden geschlossen werden?« fragte König Richard, mit Mühe seinen Zorn verbergend.

»Das ist mir nicht anvertraut worden, Herr. Ich habe das Schreiben versiegelt dem Einsiedler überliefert.«

»Und was haltet Ihr von diesem ehrwürdigen Einsiedler? Ist er ein Tor, ein Wahnsinniger, ein Schurke oder ein Heiliger?« fragte Richard.

»Seine Tollheit, Sir«, antwortete der schlaue Schottländer, »halte ich für angenommen, um die Gunst und Verehrung der Heiden zu gewinnen, die die Tollen als Begeisterte des Himmels feiern; wenigstens kam es mir vor, als wenn er sie nur gelegentlich zeige.«

»Klug beobachtet«, sagte der Monarch, sich auf sein Lager ausstrekkend. »Nun, und seine Buße?«

»Seine Buße«, fuhr Kenneth fort, »scheint mir aufrichtig zu sein und auch die Furcht vor irgendeinem Verbrechen, für das ihn sein eigenes Gewissen verdammt.«

»Und seine Staatsweisheit?« fragte König Richard.

»Ich denke, Herr, er zweifelt an dem Glück von Palästina wie an seinem eigenen, wenn nicht ein Wunder geschieht.«

»Und darum gleicht er diesen elenden Fürsten, die sich nur dann zu einem Entschluß erheben können, wenn es sich um Rückzug handelt, und die es vorziehen, zu fliehen, statt einem bewaffneten Sarazenen entgegenzugehen.«

»Darf ich mir die Freiheit nehmen, Euch zu warnen, Herr König? Dieses Gespräch reizt nur Eure Krankheit, die ein gefürchteterer Feind der Christenheit ist als die bewaffneten Heere der Ungläubigen.«

Das Gesicht König Richards war dunkler, seine Bewegungen waren fieberhaft heftiger geworden. Trotzdem sprach er weiter. »Ihr könnt schmeicheln, Herr Ritter«, sagte er, »aber Ihr entwischt mir nicht. Ich muß mehr von Euch wissen, als Ihr mir erzählt habt. Saht Ihr meine königliche Gemahlin bei Engaddi?«

»Soviel ich weiß, nein, Herr«, antwortete Sir Kenneth in großer Verlegenheit, denn er dachte an die mitternächtliche Prozession in der Felsenkapelle.

»Ich frage Euch, ob Ihr nicht in der Kapelle der Karmeliternonnen zu Engaddi wart und dort Berengaria, Königin von England, und die Damen ihres Hofes gesehen habt?«

»Herr«, sagte Sir Kenneth, »ich will Euch die Wahrheit bekennen, als wär's im Beichtstuhl. In einer unterirdischen Kapelle, in die der Einsiedler mich führte, sah ich einen Chor von Damen. Aber da ich ihre Gesichter nicht sehen und ihre Stimmen nur im Chorgesang hören konnte, so weiß ich nicht zu sagen, ob die Königin von England dabei war.«

»Und war Euch keine dieser Damen bekannt?«

Sir Kenneth schwieg.

»Ich frage Euch«, sagte Richard, sich auf seinen Ellbogen stützend,

»als einen Ritter und Edelmann, und nur aus Eurer Antwort werde ich ersehen, wie hoch Ihr beides schätzt.– Kanntet Ihr eine Dame unter der Schar der Andächtigen?«

»Herr«, sagte Kenneth nicht ohne Zögern, »ich möchte vermuten.«

»Und ich möchte auch vermuten«, sagte der König ernst. »Aber genug davon. Hütet Euch vor der Klaue des Löwen. Höret: Sich in den Mond zu verlieben, das wäre nur eine Torheit – aber von den Zinnen eines hohen Turms zu springen in der Hoffnung, ihn zu erreichen, das wäre selbstmörderische Raserei.«

In diesem Augenblick hörte man im Vorgemach einigen Lärm, und der König, der wieder ruhig war, sagte: »Genug, eile zu de Vaux und schick ihn hierher mit dem arabischen Arzt. Mein Leben für die Treue Saladins! Wollte er nur seinem falschen Glauben abschwören, ich würde ihm mit meinem Schwert helfen, diesen Abschaum von Franzosen und Österreichern aus seinen Staaten wegzujagen.«

Der Ritter vom Leoparden zog sich zurück, und unmittelbar darauf meldete der Kammerherr dem König eine Gesandtschaft des Konziliums.

»Es ist schön von ihnen, daß sie mich noch für lebendig halten«, war seine Antwort. »Wer sind die ehrwürdigen Gesandten?«

»Der Großmeister der Templer und der Marquis von Montserrat.«

»Unser Bruder von Frankreich liebt keine Krankenbetten«, sagte Richard, »doch wäre Philipp krank gewesen, ich hätte schon längst an seinem Lager gestanden. – Jocelyn, bring mein Bett in Ordnung, es ist zerwühlt wie eine stürmische See – reich mir dort den Stahlspiegel – kämme mir das Haar und den Bart. Sie gleichen wirklich der Mähne eines Löwen. Bring Wasser.«

»Herr«, sagte der zitternde Kämmerer, »die Ärzte sagen, daß kaltes Wasser gefährlich sein könnte.«

»Zum Teufel mit den Ärzten!« rief der Monarch. »Wohlan«, sagte er, nachdem er sich gewaschen hatte, »laß die ehrwürdigen Gesandten hereintreten; jetzt werden sie es hoffentlich kaum mehr merken, daß die Krankheit Richard nachlässig gegen seine eigene Person gemacht hat.«

Der berühmte Großmeister der Templer war ein großer, magerer, durch seine Feldzüge mitgenommener Mann mit ruhigen Augen. Er stand an der Spitze jener sonderbaren Bruderschaft, der der Orden alles und das eigene Ich nichts war, die nach Machtvergrößerung strebte selbst auf Gefahr des Verlustes der Religion, zu deren Schutz die Bruderschaft ursprünglich gegründet worden war. Inzwischen war sie der Ketzerei und Zauberei bezichtigt und der geheimen Verbindung mit dem Sultan verdächtigt. Der ganze Orden und der persönliche Charakter seines Vorstehers oder Großmeisters waren ein Rätsel. Der Großmeister trug seine weiße Festkleidung, er hielt den Abakus, einen mystischen Ehrenstab, dessen eigentümliche Form zu so sonderbaren Vermutungen Anlaß gegeben hat, daß sich der berühmte christliche Ritterorden unter dem unheiligsten Bild des Heidentums verbrüdere.

Conrad von Montserrat dagegen war gefälliger als der finstere und geheimnisvolle Priestersoldat. Er war ein schöner Mann mittleren Alters, kühn in der Schlacht, verständig im Rat, lustig und einnehmend bei festlichen Gelegenheiten. Aber man beschuldigte ihn der Unzuverlässigkeit, einer engherzigen Selbstsucht, eines Strebens, sein eigenes Fürstentum zu vergrößern ohne Rücksicht auf das Wohl des Königreichs von Palästina, und des Jagens nach eigenem Vorteil durch Privatunterhandlungen mit Saladin zum Nachteil der christlichen Verbündeten.

Nachdem man sich auf höfische Art begrüßt hatte, begann der Marquis von Montserrat die Gründe ihres Besuchs vorzubringen. Sie seien, sagte er, von den besorgten Königen und Fürsten des Kreuzfahrerrats geschickt worden, um sich nach der Gesundheit ihres edelmütigen Verbündeten, des tapferen Königs von England, zu erkundigen.

»Wir kennen den Wert, den die Fürsten des Rates auf unsere Gesundheit legen«, antwortete der englische König, »und wir wissen wohl, wieviel sie gelitten haben müssen, als sie vierzehn Tage lang ihre Neugier unterdrückten, unsere Krankheit durch Zeigen ihrer Ängstlichkeit zu verschlimmern.«

Da der Redefluß des Marquis durch diese Antwort gehemmt war, führte sein strengerer Begleiter die Unterhaltung weiter. Mit so viel Trockenheit und Kürze, wie in Gegenwart des Königs erlaubt war, erklärte er, daß sie gekommen seien, ihn im Namen der Christenheit zu bitten, seine Heilung nicht einem ungläubigen Arzt anzuvertrauen, der behaupte, von Saladin geschickt zu sein. Der Rat wolle erst alles prüfen.

»Großmeister des heiligen und tapferen Ordens der Tempelritter und Ihr, hochedler Marquis von Montserrat«, sagte Richard, »wenn es Euch gefällt, in das angrenzende Gemach zu gehen, so sollt Ihr bald sehen, welchen Wert ich auf die zärtlichen Ratschläge unserer königlichen und fürstlichen Verbündeten lege.«

Der Marquis und der Großmeister zogen sich zurück, und sie waren erst wenige Minuten allein, als der morgenländische Arzt, begleitet von Sir Kenneth, hereintrat. Der Baron kam etwas später dazu.

Der Araber grüßte beide Männer nach morgenländischer Art, die allerdings verächtlich den Gruß erwiderten. Der schottische Ritter wartete noch auf de Vaux, denn er wollte nicht auf eigenen Entschluß das Zelt des Königs von England betreten. In dieser Zeit fragte der Großmeister den Muselman in strengem Ton: »Ungläubiger, hast du den Mut, deine Kunst an einem gesalbten König des christlichen Heeres auszuüben?«

»Allahs Sonne scheint über Nazarener wie über die wahren Gläubigen«, antwortete der Weise, »und Allahs Diener sollte einen Unterschied zwischen beiden machen, wenn er aufgefordert wird, die Heilkunst auszuüben?«

»Ungläubiger Hakim«, sagte der Großmeister, »weißt du auch, daß du von wilden Pferden zerrissen werden sollst, wenn König Richard unter deiner Behandlung stirbt?«

»Das wäre eine harte Strafe«, antwortete der Arzt, »denn ich kann nur menschliche Mittel aufbieten, und der Erfolg steht geschrieben im Buch der Sterne.«

»Nein, ehrwürdiger und tapferer Großmeister«, sagte der Marquis von Montserrat, »bedenkt, daß dieser gelehrte Mann mit unserem Beschluß nicht vertraut sein kann. – Würdiger Arzt, das Beste, was du tun kannst, ist, vor dem erlauchten Rat unseres heiligen Bundes zu erscheinen und dort anderen weisen und gelehrten Ärzten Auskunft zu geben über die Mittel, die du anwenden willst. So wirst du aller Gefahr entgehen, in die du leicht geraten könntest, solltest du unüberlegt in so wichtiger Sache unter eigener Verantwortlichkeit handeln.«

»Ihr Herren«, sagte el Hakim, »ich verstehe euch wohl. Aber die Wissenschaft hat ihre Helden so gut wie euer Ritterstand, ja, manchmal hat sie ihre Märtyrer so gut wie die Religion. Ich habe von meinem Herrscher, dem Sultan Saladin, den Befehl erhalten, diesen nazarenischen König zu heilen. Und mit dem Segen des Propheten will ich diesem Befehl gehorchen. Gelingt mir's nicht – ihr tragt Schwerter, die nach dem Blut der Gläubigen dürsten, und ich biete meinen Leib euren Waffen an. Aber ich will mit niemandem über die Kraft der Heilmittel streiten, die mir durch die Gnade des Propheten bekannt sind, und ich bitte euch, mich nicht an der Ausübung meiner Pflicht zu hindern.«

»Wer spricht von hindern?« fragte der Baron de Vaux, plötzlich in das Zelt tretend. »Wir haben schon zuviel Zeit verloren. – Ich grüße Euch, Mylord von Montserrat, und Euch, tapferer Großmeister. Aber jetzt muß ich mit diesem gelehrten Arzt zu dem Bett meines Herrn gehen.«

»Mylord«, sprach der Marquis, »wißt Ihr nicht, daß wir von dem Rat der Monarchen und Fürsten des Kreuzzugs gekommen sind, um Bedenken gegen die gefährliche Erlaubnis anzumelden, die eine so wertvolle Gesundheit wie die Eures Herrn einem ungläubigen morgenländischen Arzt überläßt?«

»Edler Herr Marquis«, antwortete der Engländer, »ich kann weder viel Worte machen, noch liebe ich, sie zu hören, und es fällt mir weniger schwer, zu glauben, was meine Augen gesehen als was meine Ohren gehört haben. Ich bin überzeugt, daß dieser Heide die Krankheit König Richards heilen kann, und ich habe das Vertrauen, daß er sie heilen will.

Die Zeit ist kostbar. Wenn Mohammed selbst an der Tür dieses Zeltes stünde mit einem so guten Vorsatz wie dieser Adonbec el Hakim, ich würde es für Sünde halten, ihn eine einzige Minute warten zu lassen. So Gott befohlen, meine Herren.«

»Nicht doch«, sagte Conrad von Montserrat, »der König selbst hat erklärt, daß wir zugegen sein sollen, wenn ihn dieser Arzt in seine Behandlung nimmt.«

Der Baron sprach leise mit dem Kämmerer, vermutlich, um zu erfahren, ob der Marquis die Wahrheit gesagt habe, und erwiderte darauf: »Meine Herren, wenn Ihr Euch ruhig verhalten wollt, so könnt Ihr mit uns hineingehen, aber wenn Ihr durch Handlung oder Drohung diesen trefflichen Arzt in seinem Geschäft stört, so wißt, daß ich Euch ungeachtet Eures hohen Ranges zwingen werde, Richards Zelt zu verlassen. Ich bin so fest von den wirksamen Heilmitteln dieses Arztes überzeugt, daß ich den König zwingen würde, diese Arznei zu nehmen, möge er wollen oder nicht. – Geh hinein, el Hakim.«

Der Arzt gehorchte augenblicklich. Der Großmeister blickte zornig, aber nachdem er mit dem Marquis einen Blick gewechselt hatte, beruhigte er sich, so gut er konnte, und beide folgten de Vaux und dem arabischen Arzt in das innere Zelt, wo Richard bereits ungeduldig wartete. Sir Kenneth, dessen Gegenwart weder gefordert noch verbeten war, fühlte sich durch die Umstände berechtigt, diesen hohen Würdenträgern zu folgen, aber er hielt sich während der ganzen Zeit abseits.

Bei ihrem Erscheinen im Gemach rief Richard aus: »Sieh da! Eine artige Gesellschaft kommt, Richards Sprung ins Dunkle zu sehen. – Meine edlen Verbündeten, ich grüße euch als die Abgeordneten unseres Bundes; Richard wird bald wieder mit seinem vorigen Wesen unter euch erscheinen, oder ihr werdet das, was von ihm übrigbleibt, zu Grabe tragen müssen. – De Vaux, dein König, mag er leben oder sterben, dankt dir. – Da ist ja noch einer – aber das Fieber hat meine Sicht geschwächt – was, der kühne Schotte, der ohne Leitern in den Himmel klettern möchte? Auch er ist willkommen. – Beginnt, Sir Hakim, ans Werk, ans Werk!«

Der Arzt fühlte den Puls des Kranken mit großer Aufmerksamkeit, während alle anderen schweigend und in atemloser Erwartung herumstanden. Hierauf füllte der Weise eine Schale mit Quellwasser und tauchte den kleinen Beutel hinein, den er vorher aus seinem Gewand gezogen hatte. Als ihm der Trunk kräftig genug erschien, wollte er ihn dem König anbieten, doch dieser kam ihm zuvor und sagte: »Halt, einen Augenblick. – Du hast meinen Puls gefühlt – laß mich auch deinen fühlen. – Ich verstehe mich auch ein wenig auf die Heilkunde.«

Der Araber reichte seine Hand ohne Zögern dar, und seine langen und dünnen Finger wurden für einen Augenblick von der großen Hand Richards umschlossen und fast völlig bedeckt.

»Sein Blut fließt ruhig wie das eines Kindes«, sagte der König, »so fließt nicht das Blut derjenigen, die Fürsten vergiften. De Vaux, ob wir leben oder sterben, entlasse diesen Hakim in Ehren und in Sicherheit. – Empfehle uns, Freund, dem edlen Saladin. Sterbe ich, so sei es ohne Argwohn gegen seine Tugend. – Lebe ich, so will ich ihm danken, wie er als Held es wünschen muß.«

Danach erhob er sich im Bett, nahm die Schale in die Hand und wandte sich an den Marquis und den Großmeister: »Merkt, was ich euch sage, und laßt meine königlichen Brüder darauf Zyperwein trinken: Auf den unsterblichen Ruhm des Kreuzfahrers, der zuerst mit Lanze oder Schwert an das Tor von Jerusalem klopft, und ewige Schmach und Schande dem, der das Werk verläßt, an das er die Hand gelegt hat!«

Er leerte die Schale völlig, gab sie dem Araber zurück und sank erschöpft auf das Kissen. Mit stillen, aber ausdrucksvollen Zeichen befahl hierauf der Arzt, daß alle außer de Vaux das Zelt verlassen sollten.

Zehntes Kapitel

Der Marquis von Montserrat und der Großmeister der Tempelritter standen vor dem königlichen Zelt und beobachteten alles, was den schlafenden Monarchen stören konnte, um es in gehöriger Entfernung zu halten. Die Krieger waren niedergeschlagen, still und düster wie bei einem Leichenzug. Sie bewegten sich mit einer solchen Behutsamkeit, daß man weder ein Schild klappern noch ein Schwert klirren hörte. Sie neigten ihre Waffen in tiefer Ehrfurcht, als die beiden Würdenträger durch ihre Reihen schritten.

»Der Saus und Braus dieser Inseldoggen hat sich geändert«, sagte der Großmeister zu Conrad, als sie an der Wache Richards vorbei waren. »Welch fürchterliches Getümmel und Lärmen waren sonst vor diesem Zelt, nichts als Stangengeschwirr, Wirbeln des Balls, Balgerei, Liedergebrüll, Tönen der Weinkrüge und Flaschengegurgel hörte man bei diesen aufgeschwemmten Trabanten, als feierten sie ein Kirchweihfest und als wäre das königliche Banner in ihrer Mitte ein Maibaum.«

»Englische Doggen sind treue Tiere«, sagte Conrad, »und der König, ihr Herr, hat ihre Liebe dadurch gewonnen, daß er mehr balgt, schreit und lärmt als sie, wenn ihm danach ist.«

»Er ist launisch«, sagte der Großmeister. »Habt Ihr den Trinkspruch behalten, den er uns statt eines Gebets gab?«

»Wäre Saladin doch den anderen Türken ähnlich«, sagte der Marquis. »Aber er strebt nach Treue und Glauben, nach Ehre und Edelmut, als wenn es einem ungetauften Hund zukäme, die Tugenden eines christlichen Ritters anzurühren! Man sagt, er habe sich bei Richard beworben, um in die Ritterschaft aufgenommen zu werden.«

»O Gott«, rief der Großmeister aus, »dann wäre es Zeit, Herr Conrad, daß wir Gürtel und Sporen wegwerfen, unsere Wappenbilder vernichten und dem Helm entsagen, wenn die höchste Würde der Christenheit einem unchristlichen Türken verliehen würde.«

Sie waren nun in die Nähe ihrer Pferde gekommen, die in einiger Entfernung vom königlichen Zelt standen, als Conrad von Montserrat nach einer Weile den Vorschlag machte, die eingetretene Abendkühle zu genießen und durch die langen Zeltgassen des Christenlagers zu Fuß heimzukehren. Der Großmeister stimmte zu, und sie setzten ihren Spaziergang fort, indem sie die bevölkerten Teile der Leinwandstadt vermieden, um sich ungestört unterhalten zu können, ohne von jemandem gehört zu werden.

Sie sprachen eine Zeitlang über militärische Dinge und über Verteidigungsvorbereitungen, aber das Gespräch erschöpfte sich endlich, und es folgte ein langes Schweigen. Da blieb der Marquis von Montserrat plötzlich stehen und sagte: »Wenn's mit Eurer Würde und Heiligkeit vereinbar ist, ehrwürdiger Herr Giles Amaury, so möchte ich Euch bitten, das düstere Visier, das Ihr tragt, diesmal abzulegen und offen mit einem Freund zu sprechen.«

Der Templer lächelte.

»Es gibt ebenso farbige Masken«, sagte er, »und die einen verbergen das wahre Gesicht so gut wie die anderen.«

»Mag sein«, sagte der Marquis, indem er die Hand ans Kinn führte und so tat, als nähme er eine Maske ab. »Und nun, was erwartet Ihr von diesem Kreuzzug zum Vorteil Eures eigenen Ordens?«

»Darauf zu antworten hieße, meine Gedanken zu offenbaren, bevor Ihr mir Eure enthüllt«, sagte der Großmeister. »Doch ich will Euch mit einer Parabel antworten, die mir ein Derwisch der Wüste erzählt hat. – Ein gewisser Bauer bat den Himmel um Regen und murrte, weil er nicht kam. Seine Ungeduld zu bestrafen, sandte Allah den Euphrat über das Feld des Bauern, und dieser ging zugrunde mit allem, was er hatte, gerade durch die Erfüllung seiner eigenen Wünsche.«

»Sehr wahr gesprochen«, sagte der Marquis Conrad. »Ich wollte, das Meer hätte fast alle Rüstungen dieser westlichen Fürsten verschlungen. Der Rest wäre den schwachen Überbleibseln des lateinischen Königreichs Jerusalem hilfreicher. Uns selbst überlassen, hätten wir Saladin gezwungen, unsere Macht anzuerkennen und uns Frieden und Schutz unter billigen Bedingungen zu gewähren. Aber nun, da dieser furchtbare Kreuzzug den Sultan äußerst bedroht, können wir nicht annehmen, daß, wenn die Gefahr vorüber ist, der Sarazene irgendeinen von uns in seinen syrischen Besitzungen lassen wird, noch weniger aber das Bestehen christlicher Ritterorden duldet, durch die er so manchen Schaden erlitten hat.«

»Freilich«, sagte der Templer, »aber diese fremden Kreuzfahrer können siegen und das Kreuz erneut auf die Wälle von Zion pflanzen.«

»Und was für einen Vorteil hätte der Tempelorden oder Conrad von Montserrat davon?« fragte der Marquis.

»Ihr könnt einen Vorteil davon haben«, meinte der Großmeister. »Conrad von Montserrat kann König von Jerusalem werden.«

»Das klingt, als wär's was«, sagte der Marquis, »und doch ist's nur ein leerer Schall. Großmeister, ich gestehe es Euch, mir gefällt die morgenländische Regierungsform. Eine reine und einfache Monarchie sollte nur aus König und Untertanen bestehen. Das ist die natürliche und ursprüngliche Ordnung – ein Hirt und éine Herde. All diese Mittelglieder des Feudalstaats sind künstlich und erzwungen, und ich ziehe es vor, lieber den Stab meines armen Marquisats mit fester Hand zu halten als ein Königszepter, das sich beugt nach dem Willen eines jeden stolzen Feudalbarons, der nach den Assisen von Jerusalem seine Ländereien besitzt. Ein König muß frei auftreten können, Großmeister, und darf nicht von allen Seiten beschränkt werden. Mit einem Wort, ich weiß, daß der Anspruch auf den Thron, den Guy von Lusignan geltend macht, meinem vorgezogen würde, falls Richard gesund wird und etwas bei der Wahl zu sagen hat.«

»Genug«, sagte der Großmeister, »du hast mich von deiner Offenheit überzeugt. Andere mögen dieselbe Meinung haben, aber wenige wagen es wie Conrad von Montserrat, frei zu bekennen, daß sie die Wiederherstellung des Königreichs Jerusalem nicht wünschen, sondern es vorziehen, einen Teil davon uneingeschränkt zu besitzen.«

»Willst du meine Ansicht verraten?« fragte Conrad, ihn scharf und argwöhnisch anschauend. »Sei versichert, daß meine Zunge meinen Kopf nicht in Gefahr bringt und daß meine Hand nicht zögert, beide zu verteidigen. Klage mich an, wenn du willst – ich bin bereit, mich in den Schranken gegen den besten Templer zu verteidigen.«

»Du erschrickst ein wenig zu schnell«, sagte der Großmeister. »Jedoch schwöre ich dir bei dem heiligen Tempel, zu dessen Verteidigung unser Orden verpflichtet ist, daß ich mich als treuer Freund mit dir beraten will.«

»Bei welchem Tempel?« fragte der Marquis von Montserrat, dessen Spottsucht oft die Höflichkeit außer acht ließ. »Schwörst du bei dem auf Berg Zion, der von Salomo erbaut wurde, oder bei jenem bildlichen, von dem, wie es heißt, in den Versammlungshallen eurer Ritterhöfe die Rede ist, als wenn er das Gedeihen deines tapferen und ehrwürdigen Ordens bewirke?«

Der Templer sah ihn drohend an, aber er antwortete gelassen: »Bei welchem Tempel ich auch schwören mag, sei versichert, Herr Marquis, mein Schwur wird mir heilig sein. Ich wollte, ich wüßte, wie ich dich zu gleicher Treue verpflichten könnte.«

»Ich will dir die Treue schwören«, sagte der Marquis lachend, »bei dieser Grafenkrone, die ich vor Ende dieses Krieges in etwas Besseres zu verwandeln hoffe. Dieses leichte Ding sitzt mir zu kühl auf der Stirn, ein herzoglicher Hut würde mich besser gegen den Nachtwind, der in diesem Augenblick bläst, schützen, und eine Königskrone noch viel besser, da sie mit Hermelin und Samt gefüttert ist. Mit einem Wort, unser Vorteil verbindet uns, denn glaube nicht, Herr Großmeister, daß, wenn diese verbündeten Fürsten Jerusalem einnehmen und einen König ihrer Wahl einsetzen, euer Orden und mein elendes Marquisat die Unabhängigkeit behalten werden. Nein, bei Unserer Lieben Frau! Wenn es soweit kommt, dann müssen die stolzen Johanniterritter wieder Pflaster auflegen und Pestbeulen behandeln in den Spitälern, und ihr großmächtigen und ehrwürdigen Tempelritter müßt zu eurem Kriegshandwerk zurückkehren, zu dritt auf einer Pritsche schlafen und zu zweit auf einem Pferd reiten, wie es das Bild eures einstigen Siegels zeigt.«

»Der Rang, die Freiheiten und der Reichtum unseres Ordens werden ihn vor so großer Herabwürdigung bewahren«, sagte der Templer stolz.

»Gerade das ist euer Verderben, und Ihr wißt so gut wie ich, verehrter Großmeister, daß, wenn die verbündeten Fürsten in Palästina siegreich wären, es ihr erster Staatsstreich sein würde, die Unabhängigkeit eures Ordens zu vernichten, was ohne den Schutz des Papstes und ohne die Notwendigkeit eurer Beihilfe zur Eroberung Palästinas längst erfolgt wäre.«

»In Euren Worten mag einige Wahrheit liegen«, sagte der Templer, finster lächelnd, »aber was wäre, wenn die Verbündeten ihre Macht aus Palästina zurückzögen und das Land in den Klauen Saladins ließen?«

»Dem Sultan würde es einige ansehnliche Provinzen wert sein, um eine Schar gutgespitzter fränkischer Lanzen unter seinem Befehl zu haben. In Ägypten und in Persien würden ihm hundert solcher Bundesgenossen, zusammen mit seiner eigenen Reiterei, gegen die furchtbarste Übermacht den Sieg verschaffen. Diese Abhängigkeit bestünde vielleicht nur so lange, wie dieser Sultan lebt, und wenn uns diese Monarchen nicht mehr hinderlich sind, was könnten wir dann alles schaffen!«

»Ihr habt recht, Herr Marquis«, sagte der Großmeister, »aber wir müssen vorsichtig sein; Philipp von Frankreich ist ebenso klug wie tapfer.«

»Das stimmt, aber ebendarum wird er leicht von einem Unternehmen abgebracht werden können, zu dem er sich, aus Schwärmerei oder von seinen Edlen genötigt, voreilig verpflichtete. Er ist eifersüchtig auf König Richard, seinen ständigen Feind, und er sehnt sich nach der Rückkehr, um Eroberungspläne in größerer Nähe von Paris zu verfolgen als in Palästina. Irgendein guter Vorwand würde ihm helfen, sich von einem Schauplatz zurückzuziehen, wo er nur die Kräfte seines Königreichs vergeudet.«

»Und der Herzog von Österreich?« fragte der Templer.

»Oh, was den Herzog betrifft«, versetzte Conrad, »so bringen sein Eigendünkel und seine Torheit die gleichen Ergebnisse wie Philipps Staatskunst und Weisheit. Er glaubt, und Gott erhalte ihm den Glauben, daß man ihm mit Undank begegnet, weil die Leute, selbst seine eigenen Minnesänger, voll sind vom Lob König Richards, den er fürchtet und haßt. Ich sage dir das alles, damit du meinen aufrichtigen Wunsch erkennst, diesen Bund aufgelöst und das Land von den Heeren dieser großen Monarchen befreit zu sehen. Du weißt selbst, wie alle die Fürsten, einen einzigen ausgenommen, begierig sind, mit dem Sultan zu verhandeln.«

»Ich gebe es zu«, sagte der Templer, »daß nur ein Blinder es nicht in ihren letzten Beratungen gesehen hätte. Aber lüfte die Maske noch etwas mehr und sag mir den wahren Grund, warum jener Schotte – der Ritter vom Leoparden – die Vertragsvorschläge überbringen sollte?«

»Es war ein politischer Grund«, antwortete der Italiener. »Daß er ein geborener Brite ist, war hinreichend, Saladin zu befriedigen, während seine schottische Abstammung und sein persönlicher Groll es sehr unwahrscheinlich machten, daß unser Gesandter bei der Rückkehr irgendeine Verbindung mit Richard aufnehmen würde.«

»Das ist zu klug gedacht!« sagte der Großmeister. »Seht Ihr nicht, daß der Gesandte, den Ihr so bedächtig gewählt habt, uns mit diesem Arzt jemanden gebracht hat, der den löwenherzigen, halsstarrigen Engländer aufrichten und zur Fortsetzung des Kreuzzugs bewegen wird. Stürmt er erst wieder voran – wer von den Fürsten wagt es dann, hinten zu bleiben? – Sie müssen ihm ehrenhalber folgen, ob sie wollen oder nicht.«

»Beruhige dich«, sagte Conrad von Montserrat, »ehe dieser Arzt die Heilung vollenden kann, wird es möglich sein, einen offenen Bruch herbeizuführen zwischen dem Franzosen und mindestens zwischen dem Österreicher und ihren englischen Bundesgenossen, so daß der Zwiespalt unversöhnlich wird. Richard mag dann vom Lager aufstehen, um vielleicht seine eigenen Truppen anzuführen, aber nie mehr, um die Gesamtmacht des Kreuzzugs zu bewegen.«

»Du bist ein williger Schütze«, sagte der Templer, »aber Conrad von Montserrat, dein Bogen ist zu schlaff, um einen Pfeil ins Ziel zu bringen.«

Er hielt plötzlich inne, blickte sich argwöhnisch um, ob niemand lauschte, und sagte langsam, während er dem Italiener ins Gesicht schaute: »Richard darf nie wieder von seinem Lager aufstehen!«

Der Marquis von Montserrat erschrak. »Was! Wie sprichst du!« Er wurde bleich, und seine Knie zitterten, während er sprach. Der Templer sah ihn mit verächtlichem Lächeln an.

»Weißt du, wem du in diesem Augenblick gleichst, Herr Conrad? – Nicht dem staatsklugen und tapferen Marquis von Montserrat, der den Rat der Fürsten lenken und das Schicksal der Reiche bestimmen möchte, sondern dem Zauberlehrling, der eine Formel aufgestöbert hat und nun vor der dämonischen Erscheinung zitternd und bebend dasteht.«

»Ich gebe es zu«, sagte Conrad, sich fassend, »daß in diesem Fall nicht ein sicherer Weg gefunden werden kann, um schnell zum Ziel zu kommen. Aber, heilige Maria! Fluch würde über uns sein, verflucht und verwünscht wären wir von jedermann, vom Papst bis zum Bettler an der Kirchentür, der sich glücklich preisen wird, daß er weder Giles Amaury noch Conrad von Montserrat ist.«

»Wenn du es so siehst«, sagte der Großmeister kaltblütig, »so laß uns annehmen, es wäre hier nichts zwischen uns vorgefallen und wir hätten im Traum miteinander gesprochen.«

»Es war aber kein Traum«, antwortete Conrad.

»Ja, denn das Streben nach Herzogshüten und Königskronen haftet zu fest in der Einbildung«, versetzte der Großmeister.

»Also gut«, antwortete Conrad, »laß mich zuerst den Versuch machen, den Frieden zwischen Österreich und England zu stören.«

Sie trennten sich. – Conrad blieb stehen und sah das weiße, fliegende Gewand des Templers nach und nach im Dunkel der morgenländischen Nacht verschwinden.

»Ich habe«, fuhr er im leisen Selbstgespräch fort, »wirklich den Teufel heraufbeschworen! Wer hätte geglaubt, daß dieser streng-tugendhafte Großmeister mehr zur Vergrößerung seines Ordens zu tun bereit ist als ich zu meinem eigenen Vorteil? Ich wollte diesen tollen Kreuzzug hemmen, aber ich wage nicht, an jenes Hilfsmittel zu denken, das dieser entschlossene Pfaffe mir vorgeschlagen hat, obgleich es das sicherste, vielleicht das ungefährlichste ist.«

Eine Stimme in feierlichem Ton unterbrach sein Gespräch: »Gedenkt des Heiligen Grabes!«

Diese Ermahnung lief von Posten zu Posten, denn es war die Pflicht der Schildwachen, den Ruf regelmäßig zu erheben, damit das Heer der Kreuzfahrer immer den Zweck des Krieges im Gedächtnis behielt. Die mahnende Stimme hatte Conrad gewaltig erschreckt, als wollte sie ihn vor seinen bösen Absichten warnen. Er schaute ängstlich um sich, als wenn er irgendein Opfer suchte, das er seinem Ehrgeiz bringen könnte. Plötzlich erblickte er das große englische Banner, das sich schwer im matten Abendwind bewegte. Es wehte fast in der Mitte des Lagers auf einem künstlichen Erdhügel, den die Kreuzfahrer den Hügel des Ritters St. Georg nannten. Das englische Banner stand im Vergleich zu den anderen adligen und königlichen Fahnen höher und sah so wie ein Zeichen der Oberherrschaft aus.

Da hatte Conrad eine Idee. Ein einziger Blick auf die Standarte schien seine Ungewißheit zu zerstreuen. Er ging seinem Zelt mit dem schnellen und festen Schritt eines Mannes zu, der einen Plan gefaßt hatte. Er entließ das Gefolge, und als er sich auf sein Lager streckte, murmelte er leise vor sich hin: »Morgen sitze ich an der Tafel des Erzherzogs von Österreich – wir wollen sehen, was getan werden kann, ehe wir die schwarzen Eingebungen dieses Templers befolgen.«

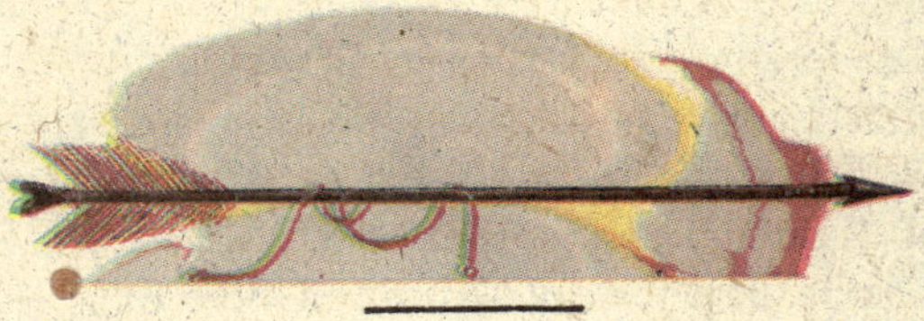

Elftes Kapitel

Leopold, Erzherzog von Österreich, war der erste Beherrscher dieses schönen Landes, dem der Fürstenrang erteilt wurde. Er war zum Herzog des Deutschen Reichs erhoben worden wegen seiner Verwandtschaft mit Kaiser Heinrich VI. Sein Verhalten steht in der Geschichte als Schande da, dessen Grund in den Begebenheiten, die sich im Gelobten Land ereigneten, gesucht werden muß. Dennoch entsprach die schändliche Gefangennahme Richards, als er nach dem Kreuzzug allein und verkleidet durch des Herzogs Staaten zurückkehrte, eigentlich nicht Leopolds Wesen. Er war eher ein schwacher und eitler als ein ehrgeiziger und tyrannischer Fürst. Er war groß, stark und schön, und sein blondes Haar fiel in langen Locken herab. Aber seine Haltung zeigte eine Unbeholfenheit, die glauben ließ, daß es ihm an innerer Kraft fehle, einen solchen Körper zu bewegen. Es fiel ihm oft schwer, dort Würde zu bewahren, wo es nötig gewesen wäre, und er versuchte sie häufig durch Gewalt zur falschen Zeit geltend zu machen.

Diese Mängel waren nicht nur den anderen sichtbar, sondern der Erzherzog selbst war sich zuweilen nicht sicher, ob er wirklich geeignet sei, den hohen Rang, den er bekleidete, auszufüllen und zu behaupten. Dazu kam der starke und gerechtfertigte Argwohn den anderen gegenüber.

Zu Beginn des Kreuzzugs, dem er sich mit einem großen, fürstlichen Gefolge anschloß, hatte Leopold das Vertrauen und die Freundschaft Richards gesucht und zu diesem Zweck so viel Zuvorkommenheit gezeigt, daß der König von England aus Klugheit darauf hätte eingehen sollen. Obwohl der Erzherzog tapfer war, stand er an Heldenmut weit unter Löwenherz, der die Gefahr wie eine Braut liebte, so daß ihn der König bald mit Verachtung betrachtete. Ebenso verachtete Richard den

Hang des Deutschen zu Vergnügungen der Tafel und vor allem seine Unmäßigkeit im Genuß des Weines. Aus diesen und anderen persönlichen Gründen behandelte der König von England den österreichischen Fürsten mit Geringschätzung, die folglich bald vom argwöhnischen Leopold mit tiefer Feindschaft beantwortet wurde. Der Zwiespalt zwischen ihnen wurde vertieft durch die schlauen und geheimsten Künste Philipps von Frankreich, eines der klügsten Monarchen seiner Zeit, der den feurigen und ungestümen Charakter Richards fürchtete und der sich durch dessen befehlshaberisches Verhalten, obwohl er ihn für seine Lehen auf dem Festland für einen Vasallen Frankreichs hielt, beleidigt fühlte. Er versuchte ständig, seinen eigenen Anhang zu vergrößern und den von Richard zu schwächen, indem er die kleineren Fürsten des Kreuzzugs zum Widerstand gegen die vermeintlich angemaßte Gewalt des Königs von England anspornte.

So standen die Dinge, als Conrad von Montserrat es unternahm, die Eifersucht des Erzherzogs gegen England als Mittel zu gebrauchen, um den Bund der Kreuzfahrer aufzulösen oder wenigstens zu schwächen.

Für seinen Besuch wählte er die Mittagsstunde und den Vorwand, den Herzog mit seinem ausgewählten Zyperwein, der ihm neulich zugekommen sei, zu beschenken und dessen Vorzüge durch einen Vergleich mit den Rhein- und Ungarweinen beurteilen zu lassen. Ein solcher Vorschlag wurde natürlich durch eine höfliche Einladung zur erzherzoglichen Tafel beantwortet, und man bot alles auf, um das Mahl dem Glanz eines regierenden Fürsten anzupassen. Jedoch sah der feine Geschmack des Italieners in der Verschwendung der Gerichte, unter denen sich die Tafel bog, mehr Überladung als feine Wahl und Glanz. Die Grundsätze und Gebräuche des Rittertums wurden von den Deutschen zu keiner so hohen Verfeinerung gebracht wie unter den französischen und englischen Rittern, und an der Tafel des Erzherzogs sitzend, wurde Conrad sofort betäubt und belustigt durch das Getöse teutonischer Laute, die von allen Seiten her auf ihn eindrangen. Ihre Kleidung kam ihm ebenfalls auffallend vor: Viele der Österreicher hatten lange Bärte, und fast alle trugen kurze Jacken von verschiedenen Farben, deren Schnitt, Stikkerei und Besatz von der westeuropäischen Mode abwichen.

Untergeordnete Diener, die in dem Zelt waren, mischten sich von Zeit zu Zeit in das Gespräch, empfingen von ihren Herren die Reste des Essens und verschlangen sie stehend hinter dem Rücken der Gäste. Narren, Zwerge und Minnesänger waren in ungewöhnlicher Zahl erschienen und zeigten sich lärmender und vorlauter, als es ihnen in einer besseren Gesellschaft erlaubt worden wäre. Da sie nach Belieben den Wein, der in Strömen floß, trinken konnten, wurde ihr Lärmen nur noch ausgelassener.

Im Verlauf dieses lautstarken Festessens wurde der Erzherzog mit einer Umständlichkeit und Zeremonie bedient, die zeigten, wie besorgt er um seinen Stand und seine Würde war. Er wurde nur von niederknienden Pagen aus edlem Geschlecht bedient, er speiste von Silbergeschirr, und er trank seinen Tokaier und Rheinwein aus einem goldenen Becher. Sein herzoglicher Mantel war reich mit Hermelin verziert, sein Kopfschmuck mochte eine Königskrone wert sein, und seine Füße, von Samtschuhen bedeckt, ruhten auf einem silbernen Schemel. Zur Charakterschilderung des Mannes reicht es aus, zu sagen, daß er sich zwar bemühte, dem Marquis von Montserrat gegenüber höflich zu sein, daß er aber dennoch größere Aufmerksamkeit seinem Spruchsprecher schenkte, der rechts hinter ihm stand.

Diese Person war gut gekleidet; Mantel und Wams waren aus schwarzem Samt, und das Wams war mit verschiedenen Silber- und Goldmünzen verziert, zum Andenken an die freigebigen Fürsten, die sie verliehen hatten. Er hielt einen kurzen Stab in der Hand, woran ebenfalls eine Menge Silbermünzen befestigt war, und er rasselte damit, um Aufmerksamkeit zu erregen, wenn er etwas Würdiges sagen wollte. Der Rang dieser Person am Hofe des Erzherzogs lag etwa zwischen dem Minnesänger und dem Rat. Er war abwechselnd Schmeichler, Dichter und Redner. Und alle, die sich um die Gunst des Herzogs bemühten, suchten natürlich die Zuneigung des Spruchsprechers zu gewinnen.

Damit jedoch die Weisheit dieses Bediensteten nicht langweilig wurde, stand auf der anderen Seite des Herzogs sein Hofnarr Jonas Schwanker, der mit den Schellen und Rasseln seiner Narrenkappe fast ebensoviel Lärm machte wie der Spruchsprecher mit seinem Stab.

Diese beiden Personen gaben abwechselnd ernste und lustige Einfälle zum besten, während ihr Herr lachend oder klatschend seinem Gast aufmerksam ins Gesicht sah, um zu beobachten, welchen Eindruck der Ritter vom Erguß österreichischen Witzes hatte. Conrad nahm sich jedoch sehr in acht, daß sein Gesicht nichts anderes ausdrücke als Beifall, und er lachte oder klatschte anscheinend so eifrig wie der Erzherzog selbst. In der Tat war er aufmerksam, ob der eine oder der andere etwas vorbringen würde, was ihm zu seinem Vorhaben paßte.

Es dauerte auch nicht lange, und der Narr erwähnte den König von England, indem er ihn Richard von Pfriemenkraut anstatt Richard Plantagenet nannte. Das gefiel Conrad sehr, und er bemerkte: »Die *planta genista* oder das Pfriemenkraut war ein Sinnbild der Demut, und es wäre gut, wenn die, die es führen, sich daran erinnerten.«

Die Anspielung auf das Sinnbild der Plantagenet wurde nun handgreiflich, und Jonas Schwanker bemerkte, daß die, die sich dadurch erniedrigt hätten, ganz gewaltig erhöht worden wären.

»Ehre, dem Ehre gebührt!« antwortete der Marquis von Montserrat. »Wir alle haben unseren Anteil an diesen Schlachten, und auch andere Fürsten dürfen ein wenig von dem Ruhm genießen, den Richard von England bei Minstrels und Minnesängern findet. Weiß keiner der hier anwesenden Sänger einen Lobgesang auf den königlichen Erzherzog von Österreich, unseren fürstlichen Wirt?«

Drei Minnesänger traten wetteifernd mit Gesang und Harfenspiel hervor. Zwei andere wurden mit Mühe durch den Spruchsprecher zum Schweigen gebracht, der als Meister des Gelages zu handeln schien, und man hörte endlich dem bevorzugten Poeten zu, der folgende hochdeutsche Reime sang:

Wer soll Führer sein der Streiter,
Die bekreuzet ziehn vom Leder?
Besten Rosses bester Reiter,
Höchsten Hauptes schmuckste Feder.

Der Spruchsprecher, seinen Stab schüttelnd, unterbrach hier, um der Gesellschaft mitzuteilen, daß ihr fürstlicher Wirt gemeint sei, und ein voller Humpen ging im Kreis herum unter dem Jubelgeschrei: »Hoch lebe der Herzog Leopold!« Eine andere Strophe folgte:

Fragt nicht, warum Österreichs Banner
Über alle andern ragt:
Denn man fragt ja nicht den Adler,
Wenn er sich zum Himmel wagt.

»Der Adler«, sagte der Sprecher, »ist das Wappen unseres edlen Herrn Erzherzogs – unserer Königlichen Gnaden, wollt ich sagen –, und der Adler fliegt von allen Vögeln am höchsten und der Sonne am nächsten.«

»Der Löwe hat dem Adler den Vorsprung abgenommen«, bemerkte Conrad trocken.

Der Erzherzog errötete und sah den Marquis fest an, während der Spruchsprecher nach kurzer Überlegung antwortete: »Der Herr Marquis verzeihe mir – ein Löwe kann keinen Adler überflügeln, weil er keine Flügel hat.«

»Ausgenommen der Löwe von St. Markus«, antwortete der Narr.

»Das ist das venetianische Banner«, sagte der Herzog, »aber solche Zwittergeschöpfe, halb Edelleute, halb Krämer, werden es nicht wagen, ihren Rang mit unserem zu vergleichen.«

»Ich habe nicht vom venetianischen Löwen gesprochen«, entgegnete der Marquis von Montserrat, »sondern von den drei schreitenden Löwen von England – vormals, sagt man, waren es Leoparden, aber nun sind sie in jeder Beziehung Löwen geworden und nehmen den Vorrang bei den Tieren ein, oder Unheil und Weh treffen den, der sich widersetzt.«

»Meint Ihr das ernst, Herr?« fragte der Österreicher, von Wein glühend, »glaubt Ihr, daß Richard von England irgendeinen Vorrang beansprucht über die freien Fürsten, die in diesem Kreuzzug freiwillig seine Bundesgenossen geworden sind?«

»Ich kann es nur aus gewissen Umständen schließen«, sagte Conrad. »Sein Banner steht allein in der Mitte des Lagers, als wenn er der König und Oberfeldherr des ganzen Christenheeres wäre.«

»Und wenn Ihr darunter leidet, warum sprecht Ihr davon so kalt?«

»Warum nicht?« antwortete Conrad. »Es kommt dem armen Marquis von Montserrat nicht zu, sich gegen eine Ehrenkränkung aufzulehnen, der sich so mächtige Fürsten wie Philipp von Frankreich und Leopold von Österreich geduldig unterwerfen. Eure Schande kann für mich keine Schmach sein.«

Leopold ballte die Faust und schlug mit aller Kraft auf den Tisch.

»Ich habe mit Philipp darüber gesprochen«, sagte er, »ich habe ihm oft gesagt, daß es unsere Pflicht ist, die kleineren Fürsten gegen die Anmaßung dieses Inselherrschers zu beschützen, aber er antwortete mir immer mit kaltem Hinweis auf ihr Lehensverhältnis und daß es unklug von ihm sein würde, zu dieser Zeit einen offenen Bruch herbeizuführen.«

»Die Welt weiß, daß Philipp klug ist«, sagte Conrad, »und sie wird seine Unterwerfung für politisch notwendig halten. – Eure aber, Herr, kann nur von Euch allein begründet werden, aber ich zweifle nicht, daß auch Ihr wichtige Gründe habt.«

»Ich mich unterwerfen?« rief Leopold zornig, »ich, der Erzherzog von Österreich, ein so wichtiges und vornehmes Glied des Heiligen Römischen Reichs! Ich mich unterwerfen diesem König einer halben Insel – diesem Enkel eines normannischen Bastards! – Nein, beim Himmel! Das Lager, die ganze Christenheit sollen sehen, daß ich mein Recht zu behaupten verstehe und daß ich keinen Zollbreit diesem englischen Kettenhund weiche. – Auf, meine Vasallen und Spaßmacher, auf und folgt mir! Wir wollen, ohne einen Augenblick zu verlieren, den Adler von Österreich an eine Stelle pflanzen, wo er so hoch schweben soll wie das Wappen von König oder Kaiser.«

Als er dies gesagt hatte, stand er auf, und umgeben von dem lärmenden Schwarm seiner Gäste und seines Gefolges, ergriff er sein eigenes Banner, das vor dem Eingang des Zeltes aufgepflanzt war.

»Nein, Herr«, sagte Conrad, als ob er vermitteln wollte, »es wäre nicht ratsam, wenn Ihr zu dieser Stunde Lärm im Lager schlagen würdet, und vielleicht ist es besser, Euch der Anmaßung Englands ein wenig länger zu fügen, als . . .«

»Keine Stunde – keinen Augenblick länger«, schrie der Herzog, und in der Hand das Banner, von jauchzenden Gästen und Dienern begleitet, schritt er hastig der Höhe zu, auf der das englische Banner wehte, und legte die Hand an den Schaft der Standarte, als wollte er sie aus dem Boden reißen.

»Mein Fürst, mein gnädiger Fürst!« sagte Jonas Schwanker, seinen Arm um den Herzog schlingend, »macht keine Sachen – der Leu hat einen Rachen!«

»Und der Adler hat Krallen!« sagte der Herzog, den Schaft des Banners noch immer fest haltend, jedoch zögernd, ihn auszureißen.

Der Spruchsprecher hatte trotz seines Amtes Augenblicke von gesunder Vernunft. Er rasselte mit seinem Stab, und Leopold wandte sich ihm zu.

»Der Adler ist König unter den Vögeln«, sagte der Spruchsprecher, »wie es der Löwe unter den Tieren des Feldes ist, beide haben ihre Reiche, die so weit voneinander sind wie England und Deutschland. Entehre nicht, edler Adler, den fürstlichen Löwen, sondern laßt eure Banner friedlich nebeneinander wehen.«

Leopold zog die Hand von dem Fahnenspeer zurück und schaute sich nach Conrad von Montserrat um, aber er sah ihn nicht. Der Marquis hatte sich aus dem Staub gemacht, nicht ohne zuvor absichtlich vor einigen neutralen Personen sein Mißfallen darüber auszudrücken, daß der Erzherzog die Zeit nach dem Mittagsmahl gewählt habe, um eine Beleidigung zu rächen, über die er sich mit Recht beschweren könne. Da der Gast nicht mehr da war, an den er gern das Wort gerichtet hätte, so sagte der Erzherzog laut, daß er nicht beabsichtige, Zwiespalt im Kreuzheer zu erzeugen, sondern daß er nur seine eigenen Freiheiten und Rechte behaupten wolle, ohne sein Banner, das er von den Kaisern erhalten habe, über das eines bloßen Abkömmlings der Grafen von Anjou zu erheben. Gleichzeitig befahl er, daß ein Faß Wein hergebracht und angestochen werde, um die Umstehenden zu bewirten, die sich um die österreichische Standarte geschart hatten und dann bei Musik und Trommelschlag manchen Becher leerten.

Dieser Auftritt ereignete sich nicht, ohne großen Lärm zu verursachen, der bald das ganze Lager in Bewegung brachte. –

Der Augenblick war gekommen, den der Arzt nach den Gesetzen der Heilkunst bestimmt hatte, da der königliche Kranke aufgeweckt werden durfte. Der Arzt gab nach einer kurzen Prüfung dem Baron von Gilsland die Versicherung, daß das Fieber den König völlig verlassen habe und daß es bei Richards starker Konstitution nicht nötig sei, wie in den meisten anderen Fällen, eine zweite Dosis der kräftigen Arznei anzuwenden. Richard selbst schien der gleichen Meinung zu sein, denn aufrecht sitzend und die Augen reibend, fragte er de Vaux, wieviel Geld gegenwärtig in der königlichen Kasse sei.

Der Baron konnte ihm den Betrag nicht genau nennen.

»Das tut nichts«, sagte Richard, »sei es mehr oder weniger, gib alles diesem gelehrten Arzt, der, wie ich glaube, mich dem Kreuzzug wiedergegeben hat. Wenn es weniger ist als tausend Byzantiner, so mach die Summe durch Juwelen voll.«

»Ich verkaufe nicht die Weisheit, mit der mich Allah begabt hat«, antwortete der arabische Arzt, »und wißt, großer König, daß die göttliche Arznei, die Ihr genommen habt, alle ihre Kräfte in meinen unwürdigen Händen verlieren würden, wenn ich sie für Geld oder Diamanten vertauschte.«

»Dieser Arzt schlägt seine Belohnung aus!« sagte de Vaux. »Das ist noch ungewöhnlicher als sein hundertjähriges Alter.«

»Thomas de Vaux«, sagte Richard, »du kennst nur den Mut, der sich aufs Schwert bezieht, und keine andere gute Eigenschaft und Tugend. Ich sage dir, daß dieser Maure in seiner Unabhängigkeit denen als Muster hingestellt werden kann, die sich für die Blüte der Ritterschaft halten.«

»Es ist eine ausreichende Belohnung für mich«, sagte der Maure, indem er eine zugleich ergebene und würdevolle Haltung bewahrte, »daß ein so großer König wie der Melech Ric so von seinem Diener spricht. – Aber nun laßt mich Euch wieder ordentlich auf Euer Lager legen, denn es könnte doch eine zu frühe Anstrengung nachteilig wirken.«

»Ich muß dir gehorchen, Hakim«, sagte der König, »doch glaub mir, meine Brust fühlt sich so frei von dem verzehrenden Feuer, daß es mich nicht kümmert, wie schnell ich sie der Lanze eines braven Mannes entgegenstemme. – Aber hört, was soll das Geschrei und diese ferne Musik im Lager? Geh, Thomas de Vaux, und erkundige dich.«

»Es ist der Erzherzog Leopold«, sagte de Vaux, als er nach einer kurzen Zeit wieder ins Zelt trat, »der mit seinen Kruggesellen irgendeinen Aufzug im Lager veranstaltet.«

»Der Trunkenbold!« rief Richard aus, »kann er nicht seine viehische Schlemmerei hinter der Decke seines Zelts durchführen? Ist es nötig, daß er seine Schmach der ganzen Christenheit zeigt? – Was sagt Ihr dazu, Herr Marquis?« Damit wandte er sich an Conrad von Montserrat, der in diesem Augenblick ins Zelt trat.

»Daß es mich freut, Eure Majestät so weit wiederhergestellt zu sehen; und das ist genug gesagt von einem, der vom Gastmahl des Herzogs von Österreich kommt.«

»Wie? Ihr habt mit dem deutschen Weinschlauch zu Mittag gegessen?« fragte der Monarch. »Und hat's denn Lustiges gegeben, daß er solchen Lärm verursacht? Ich habe Euch bisher für einen so guten Schmauser gehalten, daß es mich wundert, wie Ihr das Feld räumen konntet.«

De Vaux, der sich hinter den König gestellt hatte, versuchte durch Blicke und Zeichen dem Marquis zu verstehen zu geben, daß er Richard nichts sagen solle von dem, was draußen vorging. Aber Conrad beachtete das Verbot nicht.

»Was der Erzherzog von Österreich tut«, sagte er, »hat geringe Bedeutung, für ihn selbst erst recht, weil er vermutlich nicht weiß, was er tut – doch, um die Wahrheit zu sagen, es ist eine Posse, an der ich nicht teilnehmen möchte, wenn er jetzt das Banner von England vom St.-Georg-Berg niederreißt und sein eigenes an jener Stelle aufrichtet.«

»Was sagst du?« rief der König mit einer Stimme, die Tote hätte erwecken können.

»Nun«, sagte der Marquis, »kann es Eure Hoheit erzürnen, wenn ein Narr Narrenstreiche . . .«

»Schweigt!« brüllte Richard, von seinem Lager springend und sich mit großer Eile anziehend. »Sagt nichts, Herr Marquis! – De Multon, ich befehle es dir, wer nur eine Silbe Atem gegen mich verschwendet, ist kein Freund von Richard Plantagenet. – Hakim, sei still, ich befehle es auch dir!«

Er riß das Schwert vom Pfeiler des Zeltes und sprang ohne andere Waffen und ohne jedes Gefolge zur Tür hinaus. Conrad hielt vor Erstaunen die Hände empor und schien mit de Vaux sprechen zu wollen, aber Sir Thomas stieß ihn heftig zurück, rief einen der königlichen Stallmeister und sagte hastig: »Eile zu Lord Salisbury, laß ihn seine Mannschaft versammeln und mir augenblicklich zum St.-Georg-Berg folgen. Sag ihm, das Fieber des Königs habe sich vom Blut aufs Gehirn geworfen.«

Obwohl der Bedienstete nicht alles verstand, eilten er und seine Knechte in die Zelte des benachbarten Adels, und im Nu verbreitete sich die Aufregung im ganzen britischen Heer. Die englischen Krieger, zu den Waffen gerufen, fragten bestürzt einer den anderen nach der Ursache des Lärms, und ohne eine Antwort zu erwarten, ersetzten sie den Mangel an Auskunft durch die eigene Einbildungskraft. Die einen sagten, die Sarazenen seien im Lager, die anderen, daß man nach des Königs Leben trachte, wieder andere, daß Richard die vergangene Nacht am Fieber gestorben, und einige, daß er vom Herzog von Österreich ermordet worden sei. Edelleute und Offiziere waren ebensowenig wie der einfache Mann imstande, die wahre Ursache des Lärms sicher anzugeben, und sie bemühten sich nur, ihre Untergebenen unter die Waffen und in Ordnung zu bringen. Die englischen Trompeten tönten laut und schmetternd. Das Geschrei: »Bogen und Lanzen – Bogen und Lanzen!« wurde von Quartier zu Quartier getragen, wieder und wieder erhoben und beantwortet durch das pünktliche Erscheinen der Krieger und ihren Nationalruf: »St. Georg für das schöne England!«

Der Lärm drang in die benachbarten Teile des Lagers, und Männer aus allen Völkern eilten zu den Waffen und stießen zueinander in einer Verwirrung, von der sie weder Grund noch Absicht wußten. Mitten in dieser Schreckensszene jedoch geschah es, daß der Graf von Salisbury, während er nur mit einer kleinen Zahl englischer Krieger der Aufforderung von de Vaux nachkam, den übrigen Teil des englischen Heeres in Schlachtordnung bringen konnte, der Richard zu Hilfe eilen sollte, wenn es notwendig wäre.

Mittlerweile, ohne sich einen Augenblick durch das Rufen, Schreien und Getümmel stören zu lassen, lief Richard in einem Anzug, der in der größten Unordnung war, sein Schwert unterm Arm haltend und nur von de Vaux und zwei Dienern begleitet, den Weg zum St.-Georg-Berg hinauf.

Er war schneller als alle anderen, und noch bevor man wußte, was los war, durcheilte er das Quartier seiner tapferen Truppen aus der Normandie, aus der Gascogne, aus Poitou und Anjou. Der Lärm des deutschen Saufgelages aber hatte schon viele der Krieger auf die Beine gebracht, die hören wollten, was es gäbe. Das Häuflein der Schotten war von dem Aufruhr noch nicht angesteckt worden. Aber der König und seine Eile wurden vom Ritter vom Leoparden bemerkt, der, die Gefahr erkennend, entschlossen Schild und Schwert ergriff und sich de Vaux anschloß, welcher nur mit Mühe dem Schritt seines leidenschaftlichen Herrn nachkam. De Vaux beantwortete einen fragenden Blick, den ihm der schottische Ritter zuwarf, mit einem Schulterzucken, und sie folgten nebeneinanderher laufend König Richard.

Der König war bald am Fuß des St.-Georg-Berges angelangt, dessen Abhang und Gipfel teils vom Gefolge des Herzogs, das mit Jubelgeschrei die Tat des Herzogs feierte, teils von Zuschauern, die Mißgunst gegen England oder bloße Neugier hierhergeführt hatte, besetzt waren. Durch dieses Gewimmel bahnte sich Richard seinen Weg wie ein mit aufgeschwellten Segeln eilendes Schiff.

Der Gipfel der Höhe war ein kleiner, geebneter Platz, auf dem die Banner der beiden Nebenbuhler standen, immer noch von des Erzherzogs Freunden und Gefolge umgeben. In der Mitte des Kreises befand sich Leopold, selbstgefällig seine Tat betrachtend und dem Beifall seiner Anhänger lauschend. Während er sich selbst Glück wünschte, drang Richard in den Kreis, nur von zwei Männern begleitet.

»Wer hat es gewagt«, rief er mit Donnerstimme, die Hand an die österreichische Standarte legend, »wer hat es gewagt, diesen Besenstiel neben das Banner von England zu stellen?«

Dem Erzherzog fehlte es nicht an Mut, und es war unmöglich, diese Frage ohne Antwort zu lassen. Aber er war so überrascht und bestürzt über das unvermutete Erscheinen Richards, daß die Frage wiederholt werden mußte, ehe der Erzherzog die Antwort gab: »Das war ich, Leopold von Österreich!«

»Nun, so soll Leopold von Österreich augenblicklich sehen, wieviel sich Richard von England aus diesem Banner macht.«

Er riß den Fahnenspeer aus, brach ihn in Stücke, warf die Fahne zur Erde und trat mit dem Fuß darauf.

»So trete ich das Banner von Österreich!« sagte er. »Ist hier einer unter den deutschen Rittern, der meine Tat zu tadeln wagt?«

Eine kurze Stille folgte, aber es gab keine Männer, die tapferer waren als die Deutschen.

»Ich! Ich! Ich!« riefen Ritter aus dem Gefolge des Herzogs, und er selbst gesellte sich zu denen, die die Herausforderung des Königs von England annahmen.

»Was sollen wir zögern?« fragte der Graf Wallenrode, ein riesenhafter Streiter von der ungarischen Grenze. »Brüder und Edelleute, der Fuß dieses Mannes tritt die Ehre unseres Landes – rächen wir den Schimpf – nieder mit dem Stolz von England!«

Er zog sein Schwert und tat einen Streich gegen den König, der gefährlich werden konnte, hätte nicht der Schotte den Schlag mit seinem Schild aufgefangen.

»Ich habe geschworen«, sagte König Richard, und seine Stimme übertönte das wild anwachsende Getümmel, »nie das Schwert gegen einen zu ziehen, der das Kreuz an der Schulter trägt. Darum lebe, Wallenrode – aber lebe und erinnere dich an Richard von England.«

Er packte den großen Ungarn und schleuderte ihn mit solcher Gewalt rückwärts, daß er nicht nur über den Kreis hinausflog, sondern sogar über den Rand des Hügels. Wallenrode, den Kopf voran, rollte weiter, bis er endlich gegen einen Stein stieß, sich dabei die Schulter verrenkte und wie tot liegenblieb. Diese fast übernatürliche Kraft ermutigte weder den Herzog noch sein Gefolge, den Kampf zu erneuern. Die, die am weitesten entfernt standen, schlugen zwar an ihre Schwerter und riefen: »Haut diesen englischen Kettenhund in Stücke!«, aber die, die in der Nähe waren, riefen: »Friede! Friede! Der Friede des Kreuzes – der Friede der heiligen Kirche und unseres Vaters, des Papstes!«

Dieses sich widersprechende Geschrei der Angreifer zeigte ihre Unentschlossenheit, während Richard, den Fuß immer noch auf dem erzherzoglichen Banner, mit einem Blick umherschaute, der einen Feind zu suchen schien und vor dem die erzürnten Edelleute erbebten wie vor der furchtbaren Klaue eines Löwen. De Vaux und der Ritter vom Leoparden standen ihm zur Seite, und obwohl ihre Schwerter noch in der Scheide steckten, so war es doch klar, daß sie Richard aufs Äußerste zu verteidigen bereit waren, und ihre anerkannte Stärke ließ erwarten, daß diese Verteidigung verzweifelt sein würde. Salisbury zog nun auch mit seinen Begleitern heran, mit erhobenen Hellebarden und Partisanen und mit schon gespannten Bogen.

In diesem Augenblick kam König Philipp von Frankreich, von zwei seiner Edelleute begleitet, auf den Gipfel des Hügels, um die Ursache der Ruhestörung zu erfahren, und zeigte sich erstaunt, als er den König von England und den Herzog von Österreich in einer so drohenden Stellung einander gegenüberstehend erblickte. Richard selbst schämte sich vor Philipp, in einer Haltung überrascht zu werden, die weder seiner Stellung als Monarch noch als Kreuzfahrer angemessen war, und man sah, daß er seinen Fuß wie zufällig von dem entehrten Banner wegzog. Auch Leopold bemühte sich, Ruhe zu zeigen.

Philipp, der viele Fürstentugenden besaß, konnte der Ulysses des Kreuzzugs genannt werden. Der König von Frankreich war klug, weise und umsichtig im Rat, standhaft und besonnen im Handeln. Er dachte klar und verfolgte unermüdlich die Regeln zum Besten seines Königreichs, er war voll königlicher Würde, tapfer, aber mehr Staatsmann als Held. Am Kreuzzug hätte er von sich aus nicht teilgenommen, aber der Zeitgeist war ansteckend, und er wurde durch die Kirche und den einstimmigen Wunsch seines Adels dazu gezwungen. In jeder anderen Lage oder in jedem anderen Zeitalter würde sein Charakter den des abenteuerlichen Löwenherz überragt haben, aber auf dem Kreuzzug war gesunde Vernunft die Eigenschaft, die am wenigsten geschätzt wurde. Das Verdienst Philipps im Vergleich zu dem Richards war die klare, aber kleine Flamme einer Lampe neben dem Schein einer großen Brandfakkel, die, obwohl nicht halb so nützlich, doch zehnmal mehr Eindruck auf das Auge macht. Philipp fühlte schmerzlich seine Zurücksetzung in der öffentlichen Meinung, und es kann darum nicht verwundern, wenn er alle Gelegenheiten nutzte, die seinen Charakter in ein vorteilhafteres Licht stellten. Die jetzige Gelegenheit war günstig, Klugheit und Leidenschaftslosigkeit mußten hier mit Recht den Sieg über Eigensinn und ungestüme Gewalttätigkeit erringen.

»Was soll dieser ungehörige Zank zwischen den geschworenen Brüdern des Kreuzes – der königlichen Majestät von England und dem fürstlichen Herzog Leopold? Wie ist es möglich, daß die Führer und Pfeiler des heiligen Zuges . . .«

»Halt ein mit deinen Verweisen, Frankreich«, sagte Richard gekränkt, sich mit Leopold auf dieselbe Stufe gesetzt zu sehen, »dieser Herzog oder Pfeiler, wenn's Euch beliebt, ist anmaßend gewesen, und ich habe ihn bestraft – das ist alles. Der ganze Lärm hier ist nur wegen eines getretenen Hundes!«

»Majestät von Frankreich«, sagte der Herzog, »ich berufe mich auf Euch und auf alle herrschenden Fürsten gegen die Ungerechtigkeit, die ich erlitten habe. Dieser König von England hat mein Banner niedergerissen, zerfetzt und zerstampft.«

»Weil er die Frechheit hatte, es neben meins zu pflanzen«, sagte Richard.

»Mein Rang gab mir ein Recht dazu so gut wie dir«, entgegnete der Herzog, durch die Gegenwart Philipps ermutigt.

»Wag es, solche Gleichheit für dich zu behaupten«, sagte König Richard, »und, bei St. Georg, dir soll's schlecht ergehen.«

»Ein wenig Geduld, mein Bruder von England«, sagte Philipp, »und ich werde Österreich zeigen, daß er in dieser Sache unrecht hat. – Glaubt nicht, edler Herzog«, fuhr er fort, »daß, wenn wir die englische Standarte den höchsten Punkt in unserem Lager einnehmen lassen, wir die unabhängigen Herrscher des Kreuzzugs König Richard unterordnen. Denn die Oriflamme selbst, das große Banner von Frankreich, von dem König Richard wegen seiner französischen Besitzungen nur ein Vasall ist, weht für den Augenblick an einer niedrigeren Stelle als die Löwen von England. Aber als geschworene Brüder des Kreuzes, als kriegführende Pilger, die sich einen Weg zu dem Heiligen Grab mit dem Schwert bahnen, haben wir – ich selbst und die anderen Fürsten – dem König Richard aus Achtung für seinen Ruhm und seine Waffentaten diesen Vorrang zuerkannt. Ich bin überzeugt, Österreich, wenn Ihr es recht überlegt, daß es Euch leid tun wird, Euer Banner an dieser Stelle aufgepflanzt zu haben, und daß dann die königliche Majestät von England Euch Genugtuung für die erlittene Kränkung leistet.«

Der Spruchsprecher war so zufrieden mit Philipps staatskluger Rede, daß er mit dem Stab rasselte, und seine Umgebung vergessend, sagte er laut, Philipp habe in seinem ganzen Leben niemals weiser gesprochen.

»Das kann sein«, flüsterte Jonas Schwanker, »aber wir werden gestäupt, wenn du so laut redest.«

Der Herzog antwortete finster, daß er seine Beschwerde vor den allgemeinen Rat des Kreuzzugs bringen wolle – ein Vorhaben, das Philipp als sehr geschickt billigte, ein der Christenheit höchst gefährliches Ärgernis aus dem Weg zu räumen.

Richard hörte allem gleichgültig zu und sagte dann laut: »Ich bin betäubt – dies Fieber haftet noch immer an mir, Bruder von Frankreich. Du kennst mich und weißt, daß ich immer nur wenige Worte mache – erfahre darum gleich, daß ich Sachen, die die Ehre Englands betreffen, weder Fürsten, Päpsten noch Konzilien überlassen will. Hier steht mein

Banner. Welch andere Fahne auf drei Schußweiten von ihm aufgerichtet wird, und wäre es die Oriflamme, so soll es ihr ergehen wie diesem beschimpften Lumpen da, auch werde ich keine andere Genugtuung geben, als diese Glieder auf eine kühne Herausforderung geben können – wäre es auch gegen fünf Gegner statt gegen einen.«

»Nun«, flüsterte der Narr zu seinem Gesellen, »das ist eine so vollkommene Narrheit, als wenn ich selbst sie gesagt hätte. Aber es kommt mir vor, als gäbe es in dieser Sache noch einen größeren Narren als Richard.«

»Und wer sollte das sein?« fragte der Weise.

»Philipp«, sagte der Narr, »oder unser königlicher Herzog – wenn sie die Herausforderung annehmen. Aber sag, hochweiser Spruchsprecher, was für vortreffliche Könige könnten wir, du und ich, sein, da diejenigen, auf deren Köpfe diese Kronen sitzen, den Spruchsprecher und den Narren so ausgezeichnet spielen wie wir selbst.«

Während diese Ehrenmänner sich unterhielten, antwortete Philipp gelassen auf die höchst beleidigende Herausforderung Richards: »Ich bin nicht hierhergekommen, einen neuen Streit zu erregen, der unserem Eid und der heiligen Sache, der wir dienen, zuwider wäre. Ich beurlaube mich bei meinem Bruder von England, wie es Brüder sollen, und der einzige Streit zwischen den Löwen von England und den Lilien von Frankreich möge der Wettstreit sein, welches von beiden Bannern am tiefsten in die Scharen der Ungläubigen eindringt.«

»So sei es, mein königlicher Bruder«, sagte Richard, die Hand ausstreckend, mit aller Offenheit, »und mögen wir bald Gelegenheit finden, diesen edlen und brüderlichen Wettstreit zu beginnen.«

»Laß diesen Herzog auch teilnehmen an der Freundschaft dieser Stunde«, sagte Philipp, und der Herzog trat mürrisch hervor, um sich mit Richard zu versöhnen.

»Ich denke nicht an Narren noch an ihre Narrenstreiche«, sagte Richard gleichgültig. Der Erzherzog wandte ihm daraufhin den Rücken zu und verließ den Platz.

Richard sah ihm nach.

»Es gibt eine Art von Mut«, sagte er, »der sich nur bei Nacht zeigt. Ich darf dieses Banner nicht ohne Wache in der Finsternis lassen – beim Licht des Tages ist der Blick der Löwen zu seiner Verteidigung ausreichend. Hier, Thomas von Gilsland, ich empfehle dir diese Standarte – wache über die Ehre von England.«

»Die Gesundheit von England ist mir noch weit teurer«, sagte de Vaux, »ich muß Eure Hoheit zurück zu Eurem Zelt bringen, und das ohne längeres Zögern.«

»Du bist ein rauher und strenger Wächter, de Vaux«, sagte der König lächelnd, und an Sir Kenneth gewandt, fügte er hinzu: »Wackerer Schotte, ich bin dir eine Belohnung schuldig, und ich biete dir eine große an. Hier steht das Banner von England! Bewache es wie ein Edelknecht seine Rüstung in der Nacht vor seinem Ritterschlag. – Entferne dich nicht drei Speerlängen von ihm und verteidige es mit deinem Leben gegen Schimpf und Frevel. – Blas dein Horn, wenn du von mehr als dreien auf einmal angegriffen wirst. Willst du den Posten annehmen?«

»Sehr gern«, sagte Kenneth, »und ich will ihn auf die Gefahr hin, daß ich meinen Kopf verliere, behaupten. Ich will mich nur rüsten und kehre dann schnell hierher zurück.«

Der König von Frankreich und der von England nahmen förmlichen Abschied voneinander, unter dem Schein der Höflichkeit den Groll verbergend, den der eine gegen den anderen hatte. Richard gegen Philipp, weil er sich zwischen ihm und Österreich zum Schiedsrichter gemacht hatte, und Philipp gegen Löwenherz wegen der Geringschätzung, mit der seine Vermittlung aufgenommen worden war. Diejenigen, die der Lärm versammelt hatte, zerstreuten sich nun in alle Richtungen, und der Hügel lag wieder einsam da. Die Menschen beurteilten die Ereignisse nach ihren Vorstellungen und Vorurteilen, und während die Engländer den Österreicher beschuldigten, den Streit veranlaßt zu haben, gaben die anderen Völker einstimmig dem Übermut und der Herrschbegierde Richards die größte Schuld.

»Du siehst«, sagte der Marquis von Montserrat zum Großmeister der Templer, »daß List mehr wirkt als Gewalt. Ich habe die Stricke gelöst, die dieses Bündel von Zeptern und Lanzen zusammenhielten – du wirst sie bald auseinanderfallen sehen.«

»Ich würde deinem Plan zustimmen«, sagte der Templer, »wäre unter diesen kaltblütigen Österreichern nur ein Mann gewesen, der Mut genug besessen hätte, die Stricke, von denen du sprichst, mit dem Schwert durchzuschneiden. Ein aufgelöster Knoten kann wieder geknüpft werden, aber nicht ein Strick, der in Stücke zerschnitten ist.«

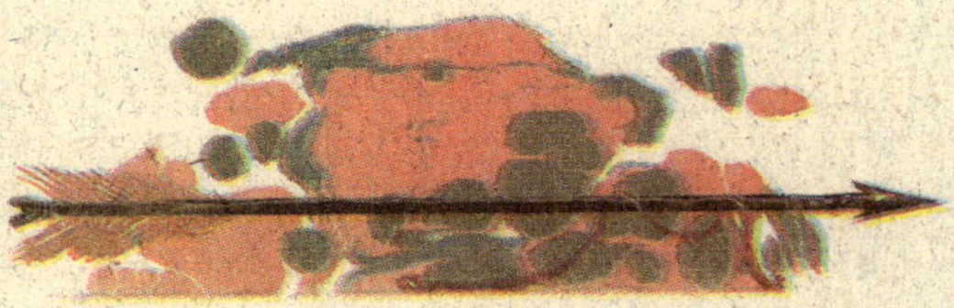

Zwölftes Kapitel

In den Ritterzeiten war ein gefährlicher Posten oder ein gefährliches Abenteuer oft der Lohn kriegerischer Tapferkeiten.

Es war Mitternacht, und der Mond stand hoch und hell am Himmel, als der Schotte Kenneth auf dem St.-Georg-Berg neben dem Banner von England stand, um das Sinnbild der Nation gegen Beleidigungen zu schützen. Hohe Gedanken gingen ihm durch den Kopf. Es schien ihm, als wenn er vor den Augen des Königs Gnade gefunden hätte, und Sir Kenneth kümmerte sich wenig darum, daß der Beweis der königlichen Gunst in einem so gefährlichen Dienst bestand. Die Innigkeit seiner Liebe entflammte seinen ritterlichen Mut. Wenn auch seine Neigung denkbar hoffnungslos war, so hatten die letzten Ereignisse den Abstand zwischen Edith und ihm doch ein wenig verringert. Derjenige, den Richard mit der Bewachung seines Banners beehrt hatte, war nicht länger ein kleiner Abenteurer, sondern er befand sich im Gesichtskreis der Prinzessin, wenn auch noch fern. Sein Schicksal konnte nicht länger unbekannt und unbeachtet bleiben. Wenn er auf dem Posten überfallen und erschlagen würde, so mußte sein Tod Lob und Rache bei Löwenherz und Trauer und Tränen bei den Schönen des Hofes von England finden. Nun brauchte er nicht länger zu fürchten, daß er sterben müsse wie ein Narr.

Sir Kenneth hatte Zeit genug, solch erhebende Betrachtungen anzustellen.

Die ganze Umgebung schlief. Die langen Reihen der Zelte waren still und ruhig wie die Straßen einer verlassenen Stadt. Neben der Fahnenstange lag der große Windhund, von dessen Wachsamkeit Sir Kenneth viel erwarten durfte. Das edle Tier schien den Zweck ihrer Wache zu verstehen, denn von Zeit zu Zeit sah es zu der gesenkten Fahne hin, und wenn der Ruf der Posten von den entfernten Verteidigungslinien herschallte, antwortete es mit einem tiefen Bellen, wie um zu zeigen, daß es auch seine Pflicht tat. Zwei Stunden waren so vergangen, ohne daß sich etwas Besonderes ereignet hätte. Auf einmal fing das schöne Windspiel wütend an zu bellen und wollte dahin springen, wo der Schatten am finstersten war, aber es wartete doch, bis es den Willen seines Herrn erfahren würde.

»Wer da?« rief Sir Kenneth, der sah, daß etwas auf der Schattenseite des Hügels herangeschlichen kam.

»Im Namen Merlins und Maugis«, gab eine widerlich krächzende Stimme zur Antwort, »haltet Euren vierfüßigen Teufel fest, oder ich komme nicht zu Euch.«

»Und wer bist du, daß du dich uns nähern willst?« fragte Sir Kenneth. »Gib acht – ich stehe hier auf Tod und Leben.«

»Halt deinen Hund fest«, sagte die Gestalt, »oder ich banne ihn mit einem Bolzen meiner Armbrust.«

Und schon hörte man den Ton, den eine Armbrust von sich gibt, wenn sie gespannt wird.

»Spann deine Armbrust ab und zeig dich«, sagte der Schotte, »oder ich spieße dich an die Erde fest, wer du auch sein magst.«

Während er sprach, faßte er seine Lanze und schwang sie, als wollte er sie schleudern. Aber Sir Kenneth wurde beschämt und stellte seine Lanze ab, als er eine verwachsene Gestalt aus dem Schatten in das Mondlicht treten sah, in der er, selbst aus der Ferne, den männlichen Zwerg aus der Kapelle von Engaddi erkannt hatte. Gleichzeitig fielen ihm die anderen Ereignisse jener außergewöhnlichen Nacht ein, und er gab seinem Hund ein Zeichen, der dann zur Standarte zurücklief und sich neben sie streckte.

Die kleine menschliche Mißgestalt kam, als sie sich sicher fühlte, keuchend den Weg herauf, und als sie auf der Höhe angelangt war, nahm sie die kleine Armbrust, die nur ein Spielzeug war, in die linke Hand und bot ihre rechte Sir Kenneth dar, als erwartete sie, daß er die Hand küßte. Der Schotte dachte aber nicht daran, und daraufhin fragte der Zwerg in einem schneidenden und ärgerlichen Ton: »Krieger, warum erweist du Nectabanus nicht die Huldigung, die du seiner Würde schuldig bist? – Oder wäre es möglich, daß du ihn vergessen hast?«

»Großer Nectabanus«, antwortete der Ritter, um dieses Wesen zu besänftigen, »das wäre schwer für jeden, der dich nur einmal gesehen hat. Jedoch verzeih mir, daß ich als Schildwache mit meiner Lanze in der Hand keinem von deiner Stärke den Vorteil lassen kann, sich mir zu nähern oder sich meiner Waffe zu bemächtigen. Ich ehre deine Würde und zeige mich dir so untertänig, wie ein Gewappneter an meiner Stelle es nur sein kann.«

»Es soll gut sein«, sagte Nectabanus, »wenn Ihr mir sogleich zu denen folgt, die mich hierhergeschickt haben, Euch zu holen.«

»Großer Herr«, entgegnete der Ritter, »auch den Gefallen kann ich Euch nicht tun, denn ich habe Befehl, dieses Banner bis zum Morgen zu bewachen – also bitte ich Euch, mir auch jetzt zu verzeihen.«

Er fing wieder an, auf und ab zu gehen, aber der Zwerg blieb aufdringlich. Er stellte sich Sir Kenneth in den Weg und sagte: »Entweder Ihr gehorcht mir, Herr Ritter, wie es Eure Pflicht ist, oder ich werde es Euch im Namen der Schönheit, die mich sendet, befehlen.«

Dem Ritter kam eine plötzliche und unwahrscheinliche Vermutung. Es ist unmöglich, dachte er, daß mir die Dame meiner Liebe durch diesen Gesandten eine Botschaft sendet, doch sagte er mit zitternder Stimme: »Komm her, Nectabanus. Sag mir kurz und ehrlich, ob die hohe Dame, von der du sprichst, die ist, mit der ich dich die Kapelle zu Engaddi kehren sah?«

»Wie? Anmaßender Ritter«, wies ihn der Zwerg zurecht, »glaubst du, daß die Herrin meiner königlichen Neigung, die Gefährtin meiner Hoheit, sich herablassen würde, einem Vasallen, wie du bist, einen Befehl zu geben! Nein, wie hoch du auch geehrt sein magst, du hast die Achtung der Königin Guenevra noch nicht verdient, vor deren Thron selbst Fürsten nur Däumlinge sind. Aber sieh her, und je nachdem, ob du dieses Zeichen anerkennst oder nicht, gehorche oder widersetze dich den Befehlen derjenigen, die mich gesandt haben.«

Als der Zwerg das sagte, gab er dem Ritter einen Rubinring in die Hand, den dieser im Mondschein sofort als den Ring erkannte, der sonst den Finger seiner hochgeborenen Dame schmückte.

Sir Kenneth war stumm vor Verwunderung, als er dieses Zeichen in solchen Händen erblickte.

»Bei allem, was heilig ist, von wem hast du den Ring erhalten?« fragte der Ritter. »Bring, wenn du kannst, deinen irren Verstand auf ein paar Minuten in Ordnung und nenne mir die Person, von der du gesandt bist, und den eigentlichen Zweck deiner Botschaft – und nimm dich in acht, was du mir sagst, denn das ist keine Gelegenheit zu einem Spaß.«

»Alberner und törichter Ritter«, sagte der Zwerg, »verlangst du mehr zu wissen, als daß du durch die Befehle einer Prinzessin gerufen wirst? Ich denke nicht daran, dir ein Wort mehr zu sagen, aber ich befehle dir im Namen dieses Ringes, mir dorthin zu folgen, wohin dieser Ring gehört.«

»Guter Nectabanus, weiß meine Dame, wozu ich diese Nacht verpflichtet bin? Weiß sie, daß mein Leben – nein, vom Leben will ich nicht reden –, aber daß meine Ehre davon abhängt, daß ich dieses Banner bis Tagesanbruch bewache, und kann es ihr Wunsch sein, daß ich es verlasse, selbst um ihr zu huldigen? Es ist unmöglich – die Prinzessin hat mit mir scherzen wollen, und ich muß das um so eher glauben, da sie gerade diesen Botschafter gewählt hat.«

»Oh, glaubt, was Ihr wollt«, sagte Nectabanus, indem er sich umdrehte, als wenn er den Hügel verlassen wollte. »Mir ist's einerlei, lebt denn wohl.«

»Halt, halt – ich bitte dich, halt«, sagte Sir Kenneth. »Beantworte mir nur eine Frage – ist die Dame, die dich sandte, hier in der Nähe?«

»Was liegt daran«, sagte der Zwerg, »darf Treue Schritte, Stunden und Meilen zählen? Dennoch, du Argwöhnischer, sage ich dir, daß die schöne Eigentümerin dieses Ringes nicht weiter von hier entfernt ist, als ein Bolzen meiner Armbrust reicht.«

Der Ritter betrachtete den Ring wiederum, als wollte er sich vergewissern, daß keine Verwechslung des Zeichens möglich sei.

»Sag mir, verlangt man mich auf eine kurze oder lange Zeit?«

»Zeit!« antwortete Nectabanus in seiner lebhaften Weise. »Was nennt Ihr Zeit? Ich sehe sie nicht – ich fühle sie nicht – es ist nur ein dunkler Name. Weißt du nicht, daß die Zeit eines echten Ritters nur nach den Taten gemessen werden soll, die er für Gott und seine Dame verrichtet?«

»Das ist wahr. Und verlangt meine Dame wirklich eine Tat von mir in ihrem Namen und zu ihrem Nutzen? – Und könnte diese Tat nicht um wenige Stunden bis zum Tagesanbruch verschoben werden?«

»Sie fordert dein alsbaldiges Erscheinen«, sagte der Zwerg. »Höre, kalter und argwöhnischer Ritter, dies sind ihre eigenen Worte: ›Sag ihm, daß die Hand, die Rosen fallen ließ, Lorbeer verleihen kann.‹«

Diese Anspielung auf die Begegnung in der Kapelle von Engaddi überzeugte Sir Kenneth. Er zauderte und konnte sich nicht entschließen, eine Gelegenheit zu versäumen, die sich vielleicht nicht zum zweitenmal bieten würde. Gleichzeitig vermehrte der Zwerg seine Unentschlossenheit, indem er darauf bestand, daß ihm Kenneth den Ring zurückgeben oder ihn ohne Zögern begleiten solle.

»Geduld nur für einen Augenblick«, sagte der Ritter und sprach dann zu sich selbst: »Bin ich ein Untertan oder Knecht von König Richard oder ein freier Ritter? Und wem zu Ehren bin ich mit Lanze und Schwert hierhergekommen? – Zu Ehren unserer heiligen Sache und meiner unvergleichlichen Dame!«

»Den Ring, den Ring!« rief der Zwerg ungeduldig. »Falscher und fahrlässiger Ritter, gib mir den Ring zurück, den du zu berühren oder zu betrachten nicht würdig bist.«

»Nur einen Augenblick, guter Nectabanus«, sagte Sir Kenneth, »störe mich nicht in meinen Gedanken. – Was wäre, wenn die Sarazenen gerade jetzt angriffen? Würde ich dann hier stehenbleiben wie ein Vasall von England, damit der Stolz des Königs keine Demütigung erfahre, oder würde ich eilen und für das Kreuz fechten? Ich würde eilen, aber der Sache Gottes am nächsten stehen die Gebote meiner hohen Herrin. Und doch – der Befehl des Löwenherz – mein eigenes Versprechen! Nectabanus, ich beschwöre dich noch einmal, willst du mich weit von hier führen?«

»Nur zu jenem Zelt, in dessen vergoldeter Dachkugel sich der Mond spiegelt.«

»Ich kann bald zurück sein«, sagte der Ritter, seine Augen vor allen möglichen Folgen fest verschließend. »Ich kann von dort das Gebell meines Hundes hören, wenn sich jemand der Standarte nähert. Ich will mich zu den Füßen meiner Dame werfen und sie um Erlaubnis bitten, mich meine Wache beenden zu lassen. – Hier, Roswal«, rief er seinem Hund zu und legte seinen Mantel neben das Banner, »gib acht und laß niemanden herbei.«

Das prächtige Tier sah seinen Herrn an, dann setzte es sich neben den Mantel wie eine Schildwache.

»Komm nun, guter Nectabanus«, sagte der Ritter, »laß uns eilen, den Befehlen zu gehorchen, die du gebracht hast.«

»Eile, wer will«, sagte der Zwerg mürrisch. »Du hast dich nicht beeilt, meiner Aufforderung zu folgen, und ich kann nicht so schnell gehen wie du. Du springst ja wie ein Strauß in der Wüste.«

Es gab nur zwei Mittel, den Eigensinn des Zwerges zu beugen. Für Geschenke hatte Sir Kenneth keine Mittel – für Schmeichelei keine Zeit. Er raffte darum in seiner Ungeduld den Zwerg vom Boden hoch und trug ihn trotz seiner Bitten und seiner Furcht bis zu dem Zelt, das ihm bezeichnet worden war. Als der Schotte näher kam, bemerkte er eine kleine Gruppe auf dem Boden sitzender Krieger, die ihm durch die übrigen Zelte verborgen gewesen war. Verwundert, daß der Klang seiner Rüstung ihre Aufmerksamkeit nicht erregt hatte, nahm er an, daß unter den gegenwärtigen Umständen seine Schritte geheimgehalten werden mußten. Er setzte seinen kleinen keuchenden Führer auf dem Boden ab, daß er Atem schöpfen und ihm sagen konnte, was zu tun sei. Nectabanus war erschrocken und erzürnt. Er hatte sich in der Gewalt des kräftigen Ritters befunden, und darum stellte er keine Klagen über die erlittene Behandlung an, sondern führte den Ritter leise auf einem Umweg durch das Labyrinth von Zelten zur entgegengesetzten Seite, um der Aufmerksamkeit der Wache zu entgehen. Dort angekommen, hob der Zwerg das Zelttuch vom Boden hoch und gab Sir Kenneth ein Zeichen, daß er in das Innere des Zeltes hineinkriechen solle. Der Ritter zögerte – es kam ihm unschicklich vor, sich heimlich in ein Zelt zu schleichen, das ohne Zweifel edlen Damen gehörte, aber er rief sich die unzweifelhaften Zeichen ins Gedächtnis zurück und kam zu dem Schluß, daß es ihm nicht zustehe, an den Wünschen seiner Herrin zu zweifeln.

Also bückte er sich, kroch hinein und hörte den Zwerg von außen flüstern: »Bleib hier, bis ich dich rufe.«

Dreizehntes Kapitel

Sir Kenneth befand sich einige Minuten allein im Dunkeln. Diese Verzögerung mußte die Abwesenheit von seinem Posten verlängern, und schon fing er an, seinen Leichtsinn zu bereuen. Aber nun zurückzukehren, ohne Lady Edith gesehen zu haben, fiel ihm nicht ein. Er hatte einen Verstoß gegen das Kriegsgesetz begangen, und er war entschlossen, wenigstens die Wahrheit der reizenden Erwartungen zu erproben, die ihn dazu verführt hatten. Seine Lage war aber unangenehm. Kein Licht zeigte, in was für ein Gemach man ihn geführt hatte. Lady Edith gehörte zur nächsten Umgebung der Königin von England, und seine Entdeckung konnte manchen gefährlichen Argwohn wecken. Während er diese unangenehmen Betrachtungen anstellte und schon zu wünschen begann, seinen Rückzug unentdeckt ausführen zu können, hörte er das Lachen, Flüstern und Sprechen weiblicher Stimmen in dem benachbarten Gemach, von dem er, den Lauten nach zu urteilen, nur durch ein Zelttuch getrennt sein konnte. Lampen waren angezündet, wie er an dem trüben Licht, das durch den Vorhang drang, bemerkte, und er sah die Schatten der sitzenden oder gehenden Personen. Es war nur natürlich, daß er ein Gespräch belauschte, in dem auch sein Name fiel.

»Ruf sie – ruf sie – bei der Heiligen Jungfrau!« sagte eine der lachenden Unsichtbaren. »Nectabanus, du sollst am Hof des Priesters zum Gesandten ernannt werden, um zu zeigen, mit welcher Klugheit du eine Botschaft ausrichten kannst.«

Die gellende Stimme des Zwerges ließ sich hören, jedoch so gedämpft, daß Sir Kenneth nicht verstehen konnte, was er sagte.

»Aber wie sollen wir den Geist loswerden, den Nectabanus uns beschworen hat, meine Fräulein?«

»Hört mich, meine Königin«, sagte eine andere Stimme, »wenn der weise und fürstliche Nectabanus nicht allzu eifersüchtig ist auf seine höchst unvergleichliche Braut und Herrin, so schickt sie, uns von dem frechen irrenden Ritter zu befreien, der sich so leicht beschwatzen läßt.«

»Es wäre gerecht«, gab eine andere zu, »wenn die Prinzessin Guenevra mit ihrer Höflichkeit den verabschiedete, den die Klugheit ihres Gemahls hierherzulocken vermochte.«

Von Verdruß und Beschämung bis ins Innerste betroffen, versuchte Sir Kenneth auf Glück oder Unglück das Zelt zu verlassen, als er aufgehalten wurde.

»Nein«, sagte die erste Sprecherin, »unsere Base Edith soll zuerst erfahren, wie sich dieser gepriesene Tropf betragen hat, und es muß uns möglich sein, ihr den Beweis vor Augen zu stellen, daß er sich an seiner Pflicht vergangen hat. Diese Lektion wird ihr heilsam sein, denn glaub mir, Calista, mir ist es manchmal vorgekommen, als wenn sie diesen schottischen Abenteurer näher an ihrem Herzen sitzen ließe, als Klugheit billigen kann.«

Eine der anderen Stimmen ließ sich daraufhin hören, die von Lady Ediths Klugheit und Verstand sprach.

»Klugheit, Mädchen!« war die Antwort. »Es ist bloßer Stolz und die Sucht, für weiser als eine von uns zu gelten. Nein, ich will meinen Vorteil nicht aus der Hand lassen. Ihr wißt wohl, daß, wenn sie uns bei einem Fehler erwischt, keine uns den Irrtum auf eine umständlichere Art vorhalten kann als Lady Edith – doch da kommt sie.«

Eine in das Gemach hereintretende Gestalt warf auf den Vorhang einen Schatten, der sich langsam bewegte, bis er sich endlich mit den anderen Schatten vereinte. Ungeachtet der bitteren Enttäuschung, die er aus Bosheit oder wenigstens aus übler Laune von der Königin Berengaria erfahren hatte, fühlte sich der Ritter besänftigt, als er erfuhr, daß Edith an dem gespielten Streich keinen Anteil hatte, und zugleich versprach er sich, von nun an dem Kommenden zu harren. Sorgsam suchte er nach einem Riß oder Spalt, um sehen zu können, was sich ereignen würde.

»Die Königin«, sprach er zu sich selbst, »die nur aus Scherz meinen Ruf und vielleicht mein Leben aufs Spiel gesetzt hat, kann sich nicht beklagen, wenn ich meinerseits die Gelegenheit nutze, die mir das Glück bietet, um ihre weiteren Absichten kennenzulernen.«

In der Zwischenzeit schien es, als wenn Edith die Befehle der Königin erwartete und als wenn die anderen das Gespräch aus Furcht unterdrückten, um sich das Lachen zu verbeißen, denn Sir Kenneth vernahm nur ein unterdrücktes Kichern.

»Eure Majestät«, sagte Edith endlich, »scheint in einer munteren Laune, obwohl diese nächtliche Stunde besser zum Schlafen ist. Ich war auf dem Weg ins Bett, als ich den Befehl Eurer Majestät erhielt, vor Euch zu erscheinen.«

»Ich will Euch nicht lange von Eurer Ruhe abhalten, Base«, sagte die Königin, »obwohl ich fürchte, daß Ihr weniger gut schlafen werdet, wenn ich Euch sage, daß Eure Wette verloren ist.«

»Nein, Königin«, sagte Edith, »das heißt auf einem Scherz bestehen, den man besser hätte fallenlassen. Ich habe nicht gewettet, obwohl es Eurer Majestät gefallen hat, es zu glauben.«

»Nein, trotz unserer Wallfahrt, liebe Base, flüstert Euch der Teufel Lügen zu. Könnt Ihr leugnen, daß Ihr Euren Rubinring gegen mein goldenes Armband gewettet habt, daß der Ritter vom Leoparden, oder wie sein Name ist, nicht von seinem Posten gelockt werden könnte?«

»Eure Majestät ist zu hoch über mir, als daß ich widersprechen sollte«, entgegnete Edith, »aber diese Damen können bezeugen, daß Eure Hoheit diese Wette vorgeschlagen hatte, gerade als ich erklärte, daß es einem Fräulein nicht zusteht, über solch einen Gegenstand zu wetten.«

»Ja, aber Mylady Edith«, sagte eine andere Stimme, »Ihr werdet zugeben müssen, daß Ihr Euch sehr huldvoll über das Verdienst des Ritters vom Leoparden geäußert habt.«

»Und wenn ich es tat«, sagte Edith zornig, »ist das ein Grund, daß du das Wort nimmst, um Ihrer Majestät zu schmeicheln? Ich sprach von diesem Ritter, wie jedermann von ihm spricht, der ihn auf dem Schlachtfeld gesehen hat, und ich war nicht mehr eingenommen für seine Verteidigung als du für seine Abwertung. Wovon sollen Frauen reden in einem Lager, wenn nicht von Kriegern und Kriegstaten?«

»Die edle Lady Edith«, sagte eine dritte Stimme, »hat Calista und mir nie verzeihen können, seit wir zu Eurer Majestät von Rosenknospen gesprochen haben, die sie in der Kapelle fallen ließ.«

»Wenn Eure Majestät«, sagte Edith ehrerbietig, »mir keinen anderen Befehl zu geben hat, als den Spott Eurer Kammerfrauen zu ertragen, so bitte ich um Erlaubnis, mich entfernen zu können.«

»Still, Florise«, sagte die Königin, »und laß dich durch unsere Nachsicht nicht verleiten, den Unterschied zu vergessen, der zwischen der Verwandten von England und dir ist. Aber ihr, liebe Base«, fuhr sie scherzhaft fort, »wie könnt Ihr uns, wenn Ihr ein gutes Herz habt, ein kurzes Lachen verübeln, nachdem wir lange Tage mit Heulen und Zähneklappern zugebracht haben?«

»Groß sei Eure Freude, Königin«, sagte Edith, »aber lieber wollte ich für mein übriges Leben nicht mehr lachen, als einen Ritter . . .«

Sie hielt inne, vermutlich aus Zartgefühl, aber Sir Kenneth konnte hören, daß sie sehr aufgeregt war.

»Verzeih mir«, sagte Berengaria, »aber worin besteht denn eigentlich das große Unglück? – Ein junger Ritter ist hierhergelockt worden, er hat seinen Posten verlassen, den niemand in seiner Abwesenheit betreten wird. Eine schöne Dame war im Spiel – denn, um Eurem Ritter Gerechtigkeit widerfahren zu lassen, der Witz des Nectabanus konnte ihn nur in Eurem Namen hierherkommen lassen.«

»Gütiger Himmel! Eure Majestät«, sagte Edith erschrocken, »sprecht, daß Ihr Scherz mit mir getrieben habt, und verzeiht mir, daß ich nur einen Augenblick glauben konnte, es wäre Ernst.«

»Lady Edith«, sagte die Königin, »schmerzt der Ring, den wir ihr abgenommen haben. Wir wollen Euch das Pfand zurückgeben, schöne Base, aber Ihr müßt uns auch den kleinen Triumph über Eure Weisheit gönnen, die uns so oft überragt hat.«

»Einen Triumph!« rief Edith böse. »Der Triumph wird auf seiten der Ungläubigen sein, wenn sie hören, daß die Königin von England den Ruf der Verwandten ihres Gemahls zu einem Gegenstand des Scherzes machen kann.«

»Ihr seid mißmutig, schöne Base, weil Ihr Euren Lieblingsring eingebüßt habt«, sagte die Königin. »Aber da es Euch verdrießt, Eure Wette zu bezahlen, will ich Recht gebrauchen. Euer Name und Euer Pfand haben ihn hierhergelockt, und wir fragen nicht nach dem Köder, nachdem der Fisch gefangen ist.«

»Madame«, sprach Edith unruhig, »Ihr wißt wohl, daß Eure Hoheit von mir nichts wünschen kann, was nicht bald Euch gehörte. Aber ich möchte lieber eine Kette von Rubinen geben, als meinen Ring und meinen Namen mißbraucht zu sehen, um einen braven Ritter in Schuld und vielleicht in Ungnade und Strafe zu bringen.«

»Oh, fürchtet Ihr um die Sicherheit unseres treuen Ritters?« fragte die Königin. »Ihr schätzt unsere Macht zu gering, schöne Base, wenn Ihr glaubt, daß ein Scherz von uns jemanden das Leben kosten könnte. O Lady Edith, andere haben Einfluß auf die Krieger so gut wie Ihr – das Herz selbst des Löwen ist aus Fleisch, nicht aus Stein. Glaubt mir, ich habe Einfluß genug bei Richard, diesen Ritter, an dessen Schicksal Lady Edith so innigen Anteil nimmt, vor der Strafe des Ungehorsams gegen königliche Befehle zu bewahren.«

»Beim heiligen Kreuz, Königin«, sagte Edith, und Sir Kenneth hörte, wie sie sich der Königin zu Füßen warf, »bei der Heiligen Jungfrau und allen Heiligen im Kalender, seht Euch vor, was Ihr tut! Ihr kennt König Richard nicht – Ihr seid erst seit kurzem seine Gattin. Ihr könntet meinen königlichen Verwandten nicht überreden, ein Vergehen im Kriegsdienst zu verzeihen. Oh, um Gottes willen, entlaßt diesen Edelmann, wenn Ihr ihn wirklich hierhergelockt habt! Ich will ja gern die Schande tragen, ihn eingeladen zu haben, wenn ich nur weiß, daß er dorthin zurückgekehrt ist, wohin er gehört!«

»Steht auf, Base, steht auf«, sagte die Königin. »und seid sicher, daß alles besser gehen wird, als Ihr glaubt. Steht auf, liebe Edith. Es tut mir leid, meinen Spaß mit einem Ritter getrieben zu haben, den Ihr so verehrt. Nein, seid nicht verzweifelt, ich will glauben, daß du ihn nicht liebst – lieber alles glauben als dich in einer so kläglichen Verfassung sehen. – Ich verspreche dir's, ich will alle Schuld bei Richard auf mich nehmen zugunsten deines Freundes – deines Bekannten, wollt ich sagen, da du ihn als Freund nicht anerkennst. Nein, blick mich nicht so vorwurfsvoll an. Wir wollen Nectabanus senden, diesen Ritter der Standarte zu entlassen. Er ist, wie ich vermute, in einem benachbarten Zelt.«

»Bei meiner Lilienkrone und meinem Rohrzepter«, sagte Nectabanus, »Eure Majestät ist im Irrtum. Er ist näher, als Ihr ahnt – er liegt hinter diesem Vorhang.«

»Und konnte jedes Wort hören, das wir gesprochen haben!« rief die Königin überrascht und betroffen. »Fort mit dir, du törichtes, boshaftes Ungeheuer!«

Nectabanus floh aus dem Zelt mit einem Geheul, daß es zweifelhaft war, ob Berengaria ihren Verweis nur auf Worte beschränkte.

»Was ist nun zu tun?« fragte die Königin Edith.

»Was notwendig ist«, sagte Edith fest. »Wir müssen diesen Edelmann sehen und uns ihm anvertrauen.«

Sie zog schnell einen Vorhang zurück, der an einer der Wände den Eingang verdeckte.

»Um Himmels willen, laß ab – bedenke«, sagte die Königin, »mein Gemach – unser Anzug – diese Stunde – meine Ehre!«

Aber ehe sie ihre Einwände beenden konnte, war der Vorhang weg, und der bewaffnete Ritter stand vor den Damen. Wegen der Wärme der Nacht waren Königin Berengaria und Edith einfacher und leichter gekleidet, als es ihr Stand und die Gegenwart eines Mannes erlaubten. Die Königin floh mit einem lauten Schrei aus dem Gemach. Der Schmerz und die Aufgeregtheit sowie das dringende Verlangen, dem schottischen Ritter eine Erklärung zu geben, waren vielleicht die Ursache, daß Lady Edith vergaß, daß sie ihre Locken gelöst hatte und daß ihre Bekleidung nicht den Sitten entsprach. Obwohl Edith ihre Lage schnell begriff, so tat sie doch dem gegenüber ihre Pflicht, der in ihrem Namen in Gefahr gelockt worden war. Sie ging auf ihn zu und rief: »Eilt schnell auf Euern Posten, tapferer Ritter! – Man hat Euch durch Täuschung hierhergelockt – fragt nicht weiter!«

»Ich brauche nicht zu fragen«, sagte der Ritter, ließ sich ehrfürchtig auf ein Knie nieder und senkte den Blick, damit er die Verlegenheit der Lady nicht vergrößerte.

»Habt Ihr alles gehört?« fragte Edith voller Unruhe. »Bei allen Heiligen, warum wartet Ihr noch, da jede weitere Minute Entehrung bringen kann?«

»Ich habe gehört, daß ich entehrt bin, Lady, und ich habe es von Euch gehört«, antwortete Kenneth. »Was kümmert's mich, wie schnell die Strafe folgt. Ich will nur noch eine Bitte an Euch richten, und dann will ich unter den Säbeln der Ungläubigen versuchen, ob Entehrung nicht mit Blut getilgt werden kann.«

»Tut das nicht«, sagte die Lady. »Seid klug – zögert nicht. Alles kann gut werden, wenn Ihr nur schnell seid.«

»Ich erwarte nur Eure Verzeihung«, sagte der Ritter, »für die Vermessenheit, daß ich glauben konnte, meine armen Dienste könnten Euch nötig und wertvoll sein.«

»Ich verzeihe Euch. – Ach, ich habe nicht zu verzeihen! – Ich bin das Mittel Eurer Beschimpfung gewesen. – Aber geht! – Ich will verzeihen – ich will Euch schätzen – das heißt, wie ich jeden braven Kreuzfahrer schätze – wenn Ihr nur schnell fortgeht!«

»Nehmt zuvor dies köstliche, aber unheilvolle Pfand«, sagte der Ritter, indem er Edith den Ring reichte.

»O nein, nein!« sagte sie, sich weigernd. »Behaltet ihn, behaltet ihn als ein Zeichen meiner Achtung – meines Bedauerns, wollt ich sagen. Geht, wenn nicht um Euretwillen, so meinetwegen.«

Fast entschädigt für den Verlust der Ehre durch ihre Anteilnahme an seiner Sicherheit, stand Sir Kenneth auf, und nachdem er einen flüchtigen Blick auf Edith geworfen hatte, beugte er sich tief und wollte sich entfernen. In demselben Augenblick schämte sich Edith wieder. Sie eilte aus dem Gemach, und da sie ihre Lampe löschte, ließ sie Sir Kenneth völlig im Dunkeln zurück.

Ihr zu gehorchen war der erste klare Entschluß, der ihn aus seinen Träumen weckte, und er eilte davon. Unter der Zeltdecke hinauszukriechen erforderte Zeit und Überlegung, deshalb verschaffte er sich eine Öffnung, indem er die Tuchwand mit seinem Dolch aufschlitzte. Als er im Freien war, mußte er sich zur Eile zwingen. Aber sowohl die Seile der Zelte als auch seine Rüstung nötigten ihn, behutsam fortzuschleichen, um der Aufmerksamkeit der Wache zu entgehen. Außerdem war er wie betäubt durch die vorangegangenen Ereignisse.

Aber plötzlich hörte er Laute, die ihm augenblicklich seine Kräfte wiedergaben. Sie kamen vom St.-Georg-Berg her. Er hörte zuerst ein wütendes Bellen, dem unmittelbar das Geheul eines sterbenden Tieres folgte. Kenneth lief bei dem Sterbegeheul des edlen Hundes, so schnell er konnte. Als er die Gasse erreicht hatte, rannte er, obwohl mit seiner Rüstung beladen, dem Hügel mit einer Geschwindigkeit zu, daß selbst unbewaffnete Männer nur mit Mühe hätten folgen können, und langte in wenigen Minuten auf dem Gipfel an.

Er sah, daß die Standarte von England verschwunden war und daß der Speer, an dem sie geweht hatte, zerbrochen auf dem Boden lag. Neben den Stücken lag der treue Hund, mit dem Tod ringend.

Vierzehntes Kapitel

Es war Sir Kenneth' erster Gedanke, sich nach den Urhebern der Beschimpfung des englischen Banners umzusehen, aber nirgendwo konnte er ihre Spur entdecken. Sein zweiter Gedanke war, den Zustand seines treuen Roswals zu untersuchen, der, wie es schien, tödlich verwundet worden war. Er streichelte das sterbende Tier. Der Ritter stöhnte und weinte laut.

Während er sich so seinem Schmerz überließ, sprach eine ernste Stimme dicht bei ihm folgende Worte in der Lingua franca, die von Christen und Sarazenen verstanden wurde: »Unglück gleicht der Regenzeit – kalt, beunruhigend, unfreundlich für Mensch und Tier, doch verdanken dieser Jahreszeit die Blume und die Frucht ihren Ursprung.«

Sir Kenneth vom Leoparden wandte sich um und erkannte den arabischen Arzt, der sich unbemerkt genähert und ein wenig hinter ihm niedergesetzt hatte und nun nicht ohne Teilnahme Trostsprüche des Korans hersagte.

Beschämt, seinen Schmerz gezeigt zu haben, wischte Sir Kenneth unwillig seine Tränen weg und beschäftigte sich von neuem mit seinem sterbenden Hund.

Der Araber fuhr fort, ohne des Ritters abgewandtes Gesicht und mürrisches Verhalten zu berücksichtigen: »Der Ochse ist für das Feld und das Kamel für die Wüste. Ist nicht die Hand des Arztes geeigneter als die des Kriegers, Wunden zu heilen, obwohl sie weniger geschickt ist, Wunden zu schlagen?«

»Dieser Kranke, Hakim, braucht deine Hilfe nicht mehr«, sagte Sir Kenneth, »und, davon abgesehen, er ist nach deinem Gesetz ein unreines Geschöpf.«

»Wo Allah Leben verliehen hat und Gefühl für Schmerz und Lust«, sagte der Arzt, »da wäre es Vermessenheit, wenn der Weise sich weigern würde, ein Leben zu erhalten oder einen Todeskampf zu lindern. Für den Weisen ist die Heilung eines elenden Knechts, eines armen Hundes und eines fürstlichen Eroberers von derselben Wichtigkeit. Laß mich das verwundete Tier untersuchen.«

Sir Kenneth gehorchte ihm schweigend, und der Arzt untersuchte und behandelte Roswals Wunde mit so viel Aufmerksamkeit und Sorgfalt, als wäre es die eines Menschen. Er holte ein Instrumentenkästchen hervor, und durch richtige und geschickte Anwendung von Zangen zog er die Waffe aus der Wunde und hielt durch blutstillende Mittel und Verband den Blutverlust auf.

»Der Hund kann geheilt werden«, sagte el Hakim, «wenn Ihr mir erlauben wollt, ihn zu meinem Zelt zu bringen und ihn mit Sorgfalt zu behandeln.«

»Nehmt ihn mit Euch«, sagte der Ritter. »Ich schenke ihn Euch. Ich bin Euch noch eine Belohnung schuldig für die Behandlung meines Knappen, und ich habe nichts anderes, um sie zu begleichen. Was mich betrifft, ich werde nie wieder das Jagdhorn blasen oder den Hund hetzen.«

Der Araber antwortete nichts, aber durch einen Schlag in die Hände gab er ein Zeichen, auf das augenblicklich zwei schwarze Sklaven erschienen. Er gab ihnen seine Befehle auf arabisch, und die Sklaven nahmen das Tier auf ihre Arme und trugen es davon.

»Leb wohl denn, Roswal«, sagte Sir Kenneth, »leb wohl, mein letzter und einziger Freund – du bist viel zu edel, als daß du mir in Zukunft weiter dienen könntest. Wie gern wollte ich mit diesem edlen Tier tauschen und an seiner Stelle sterben.«

»Es steht geschrieben«, antwortete der Araber, »daß alle Geschöpfe zum Dienst des Menschen gemacht worden sind; und er spricht töricht, wenn er in seiner Ungeduld seine Hoffnungen hier und dort gegen die Dienstbarkeit eines geringeren Wesens vertauschen möchte.«

»Ein Hund, der in Erfüllung seiner Pflicht stirbt«, sagte der Ritter ernst, »ist besser als ein Mensch, der die Vernachlässigung der seinen überlebt. Laß mich, Hakim. Du hast diesseits der Wunder die beste Kenntnis, die je ein Mensch besessen hat, aber die Wunder der Seele stehen nicht in deiner Macht.«

»Doch – wenn der Kranke sein Übel offenbaren und dem Arzt folgen will«, sagte Adonbec el Hakim.

»Wisse denn«, antwortete Sir Kenneth, »weil du so neugierig bist, daß in dieser Nacht das englische Banner auf diesem Berg wehte und daß ich es bewachen sollte. Jetzt bricht der Morgen an – hier liegt die zerbrochene Stange – die Fahne selbst ist fort – und hier bin ich und lebe noch!«

»Was?« sagte el Hakim, ihn prüfend anschauend, »deine Rüstung ist unversehrt, kein Blut an deinen Waffen? So kennt man dich nicht. Du bist von deinem Posten weggelockt worden – ja, weggelockt von den rosigen Wangen und schwarzen Augen einer jener Huris, denen ihr Nazarener eine Ergebung zeigt, wie sie nur Allah zukommt. Gewiß, so war es: Denn immer ist der Mann so gefallen seit den Tagen von Sultan Adam.«

»Und wenn es so wäre«, sagte Sir Kenneth finster, »welches Mittel hast du, Arzt?«

»Kenntnis ist die Mutter der Macht«, sagte el Hakim. »Hör mich an. Der Mensch ist nicht wie ein Baum an einen Fleck der Erde gebunden, auch ist er nicht geschaffen, um am Felsen zu kleben wie das kaum belebte Schaltier. Deine eigenen christlichen Schriften befehlen dir, wenn du in einer Stadt verfolgt wirst, in eine andere zu fliehen, und wir Muselmanen wissen, daß Mohammed, der Prophet Gottes, als er aus der heiligen Stadt Mekka vertrieben worden war, Zuflucht und Hilfe in Medina fand.«

»Was hat das mit mir zu tun?« fragte der Schotte.

»Viel«, antwortete der Arzt. »Selbst der Weise flieht den Sturm, den er nicht meistern kann. Darum beeile dich und fliehe vor der Rache Richards zu Saladins siegreichem Banner.«

»Ich könnte freilich meine Entehrung«, sagte Sir Kenneth verächtlich, »am besten im Lager der Ungläubigen verbergen. Geht nicht dein Rat so weit, mir den Turban zu empfehlen? – Wirklich, Abfall vom Glauben fehlt noch, um meine Verruchtheit zu vollenden.«

»Lästere nicht, Nazarener«, sagte der Arzt. »Saladin bekehrt niemanden zum Gesetz des Propheten. Öffne dein Auge dem Licht, und der große Sultan, dessen Huld grenzenlos ist wie seine Liebe und seine Macht, schenkt dir vielleicht ein Königreich. Bleibe in der Blindheit, wenn du willst, und sei einer, dessen künftiges Leben zum Elend verdammt ist. Saladin wird dich dennoch für diese Zeit reich und glücklich machen. Aber fürchte nicht, daß man den Turban um deine Stirn binden wird, wenn es nicht dein eigener Wunsch ist.«

»Mein Wunsch wäre eher«, sagte der Ritter, »daß mein Gesicht unter Zuckungen schwarz werden möge, wie es wahrscheinlich heute abend der Fall sein wird.«

»Aber du bist nicht klug, Nazarener«, sagte el Hakim, »mein Anerbieten abzuschlagen, denn ich habe Einfluß auf Saladin und kann dich in seiner Gnade noch erheben. Sieh, mein Sohn, dieser Kreuzzug, wie ihr euer närrisches Unternehmen nennt, gleicht einem großen Schiff, das in den Wogen zerschellte. Du selbst hast Friedensvorschläge von den Königen und Fürsten, deren Macht hier versammelt ist, dem mächtigen Sultan überbracht, und du kennst vielleicht nicht den Inhalt deines Auftrags.«

»Ich kenne ihn nicht, und ich frage nicht danach«, sagte der Ritter unwillig. »Aber hilft es mir, neulich der Gesandte von Fürsten gewesen zu sein, wenn ich vor Anbruch der Nacht ein gehenkter und beschimpfter Leichnam sein werde?«

»Nein, ich spreche zu dir, damit es nicht so ist«, sagte der Arzt. »Saladin wird von allen Seiten angesprochen, die Fürsten des gegen ihn gebildeten Bundes haben gemeinsam Vorschläge zu Vertrag und Frieden gemacht, daß sie unter anderen Umständen mit Ehren hätten behandelt werden können. Einige haben sich erboten, ihre Streitkräfte aus dem Lager des Königs von Frangistan zurückzuziehen und sogar ihre Waffen zur Verteidigung der Fahne des Propheten zu leihen. Aber Saladin will keinen so verräterischen und selbstsüchtigen Abfall ausnutzen. Der König der Könige will nur mit dem Löwenkönig verhandeln oder als Krieger kämpfen. Er will aus Großmut Richard solche Bedingungen zugestehen, wie die Schwerter vom ganzen Europa nie durch Gewalt oder Schrecken von ihm würden erzwingen können. Er will die Wallfahrt nach Jerusalem und nach allen Orten, die von den Nazarenern verehrt werden, frei lassen; ja, er will sein Reich so weit mit seinem Bruder Richard teilen, daß er christliche Besatzung dulden will in den sechs größten Städten von Palästina und in Jerusalem selbst und daß diese Besatzungen unter dem unmittelbaren Befehl der Offiziere Richards stehen sollen, der den Namen Schutzkönig von Jerusalem führen kann. Weiter, wie seltsam und unglaublich es auch scheinen mag, wißt, daß Saladin den Bund zwischen den tapfersten und edelsten Königen von Frangistan und Asien dadruch besiegeln will, daß er ein christliches Fräulein, eine Blutsverwandte von König Richard – Lady Edith Plantagenet –, zum Rang seiner königlichen Gemahlin erhebt.«

»Ha! – Was sagst du?« schrie Sir Kenneth, der, nachdem er der ganzen Rede el Hakims mit Kälte und Gleichgültigkeit zugehört hatte, durch die letzte Mitteilung betroffen war. Mit Anstrengung seine Stimme mäßigend, unterdrückte er seine Aufwallung und setzte das Gespräch fort in der Absicht, so viel wie möglich von dem Komplott zu erfahren, das gegen die Ehre und das Glück derjenigen gemacht worden war, die er liebte. »Und welcher Christ«, sagte er mit erzwungener Gelassenheit, »möchte eine so unnatürliche Verbindung gutheißen wie die eines christlichen Fräuleins mit einem ungläubigen Sarazenen?«

»Du bist nur ein unwissender, blind eifernder Nazarener«, sagte der Hakim. »Siehst du nicht, daß mohammedanische Fürsten sich mit edlen nazarenischen Jungfrauen in Spanien täglich verheiraten, ohne daß Mauren oder Christen daran Anstoß nehmen? Der edle Sultan will in seinem großen Vertrauen zu Richard dem englischen Fräulein alle Freiheiten erlauben, die eure fränkischen Sitten den Frauen gewähren. Er will ihr die freie Ausübung ihrer Religion gestatten, und er will ihr solchen Platz und Rang über alle Frauen seines Zenana anweisen, daß sie in jeder Hinsicht seine einzige und anerkannte Königin sein soll.«

»Was!« sagte Sir Kenneth. »Wagst du zu glauben, daß Richard seine Verwandte, eine hochgeborene und tugendhafte Prinzessin, dazu hergeben würde, um im besten Fall die erste Beischläferin im Harem eines Ungläubigen zu sein? Wisse, Hakim, der geringste christliche Edelmann würde für sein Kind eine so glänzende Schande verschmähen.«

»Du irrst«, sagte der Hakim; »Philipp von Frankreich und Heinrich von Champagne und andere von Richards vornehmsten Verbündeten haben den Vorschlag ohne Befremden gehört und das Versprechen gegeben, soweit es in ihren Kräften steht, eine Verbindung zu fördern, die diesen verheerenden Kriegen ein Ende zu setzen vermag. Und der weise Fürstpriester von Tyrus hat es übernommen, Richard dieses Vorhaben zu eröffnen, weil er nicht zweifelt, daß es ihm gelingen wird. Des Sultans Weisheit hat bis jetzt sein Vorhaben vor Montserrat und dem Meister der Templer verheimlicht, denn diese suchen, wie der Sultan weiß, durch Richards Tod oder Unglück, nicht durch sein Leben und seinen Ruhm ihren Gewinn. – Darum auf, Herr Ritter, zu Pferd! Ich will dir ein Pergament geben, das dir beim Sultan von großem Nutzen sein soll, und glaube nicht, daß du dein Land oder deine Sache und deinen Glauben verläßt, da ja bald die beiden Könige vereint sein werden. Dein Rat wird Saladin sehr willkommen sein, da du ihn auf vieles aufmerksam machen kannst, was die Heiraten der Christen, die Behandlung ihrer Frauen und andere Gesetze und Gebräuche betrifft. Die rechte Hand des Sultans hält die Schätze des Ostens, und sie ist eine Quelle der Freigebigkeit. Solltest du es wünschen, so wird Saladin, ist er erst mit England verbunden, nicht allein Verzeihung und neue Gunst für dich von Richard erbitten, sondern du wirst auch eine Befehlshaberstelle bei den Kriegern erhalten, die vom Heer des Königs von England zurückbleiben, um die gemeinsame Regierung in Palästina zu unterstützen. Auf denn und reite – ein ebener Weg liegt vor dir.«

»Hakim«, sagte der schottische Ritter, »du bist ein Mann des Friedens, du hast das Leben Richards von England gerettet und außerdem das meines einzigen Knappen Strauchan. Darum habe ich dir zugehört in einer Sache, die ich bei jedem anderen Muselmanen mit einem

Dolchstoß schnell beendet haben würde. Hakim, zur Erwiderung deines Wohlwollens rate ich dir, darauf zu achten, daß der Sarazene, der Richard den Vorschlag von einer Vereinigung des Blutes der Plantagenets mit einem Ungläubigen macht, einen Helm aufsetzt, der den Hieb einer Streitaxt auszuhalten vermag. Denn sonst sei versichert, wird ihm selbst deine Geschicklichkeit nicht mehr helfen können.«

»Du bestehst also eigensinnig darauf, nicht zu dem sarazenischen Heer zu fliehen?« fragte der Arzt. »Bedenke, du gehst dem sicheren Tod entgegen.«

»Gott behüte!« sprach der Schotte und machte ein Kreuz. »Aber es ist uns auch verboten, uns der Strafe zu entziehen, die unsere Verbrechen verdient haben. Und da du so schlecht von der Treue denkst, Hakim, so verdrießt es mich, dir meinen guten Hund geschenkt zu haben, denn bleibt er am Leben, so wird er einen Herrn haben, der seinen Wert nicht kennt.«

»Ein Geschenk, das man bereut, ist zurückgefordert«, sagte el Hakim, »aber wir Ärzte sind verpflichtet, keinen Kranken zu entlassen, ehe er geheilt ist. Wenn der Hund gesund ist, soll er wieder dein sein.«

»Laß das, Hakim«, antwortete Kenneth, »man spricht nicht mehr von Falken und Hunden, wenn nur noch ein einziger Tag uns vom Tode trennt.«

»Ich überlasse dich deinem Eigensinn«, sagte der Arzt, »denn der Nebel verbirgt den Abgrund vor denen, die bestimmt sind hineinzufallen.«

Er zog sich langsam zurück und drehte sich von Zeit zu Zeit um, als wollte er sehen, ob ihn der Ritter nicht zurückriefe. Endlich verschwand er aber im Labyrinth der Zelte, die bereits im blassen Licht des Morgens schimmerten.

Obwohl die Worte des Arztes auf Kenneth nicht den Eindruck gemacht hatten, den der Weise beabsichtigte, so bewegten sie ihn doch, die Rettung seines Lebens herbeizuwünschen, das er sich sonst, da er sich für entehrt ansah, genommen hätte. Vieles, was zwischen ihm, dem Einsiedler und Scheerkohf geschehen war, kam ihm nun ins Gedächtnis und bestätigte ihm, was Hakim von dem geheimen Artikel des Vertrages gesagt hatte.

»Der heilige Betrüger!« rief er aus, »der graue Heuchler! Er sprach von dem ungläubigen Ehemann, bekehrt durch das gläubige Weib – und kann ich wissen, ob nicht der Verräter auch dem Sarazenen die Schönheit der Edith Plantagenet zeigte, damit er urteilen möge, ob die fürstliche Christendame würdig sei, in den Harem eines Ungläubigen aufgenommen zu werden?

Hätte ich jenen Ilderim, oder wie er heißen mag, wieder zwischen den

Fingern, er sollte nicht zum zweitenmal mit Aufträgen kommen, welche die Ehre christlicher Könige und tugendhafter Edelfräulein antasten. Doch was kann ich tun? Meine Stunden sind gezählt, aber solange ich noch lebe und atme, muß schleunigst etwas geschehen.«

Er wartete ein paar Minuten, legte seinen Helm ab, stieg dann den Hügel hinunter und ging zu König Richards Zelt.

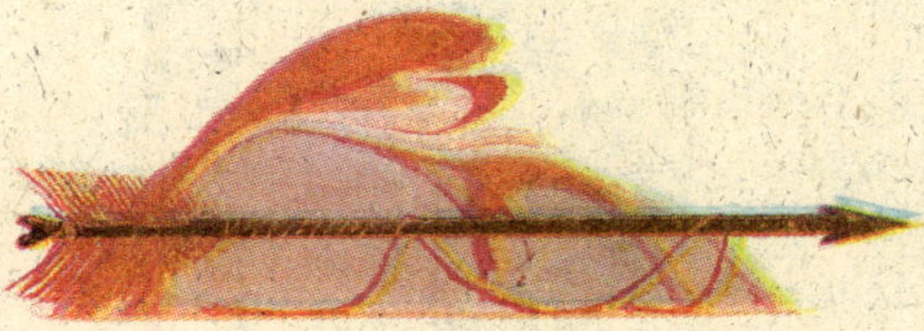

Fünfzehntes Kapitel

Richard war zu Bett gegangen mit der vollen Befriedigung, daß er den Herzog von Österreich in Gegenwart des ganzen Christenheeres und seiner Führer gedemütigt hatte.

Jeder andere Monarch würde nach solch einem Auftritt am Abend seine Wache verdoppelt haben, aber Löwenherz schickte nach diesem Vorfall selbst seine gewöhnliche Wache fort und ließ unter seinen Leuten Wein austeilen, um seine Genesung zu feiern und zu Ehren des Banners von St. Georg zu trinken. Der engliche Teil des Lagers würde jede Vorsichtsmaßregel vergessen haben, wenn nicht Sir Thomas de Vaux, der Graf von Salisbury und andere Edelleute Sorge getragen hätten, Ordnung und Disziplin unter den Zechern aufrechtzuerhalten.

Der Arzt war bei dem König geblieben, und zweimal hatte er ihm Arznei gereicht, indem er ständig den Himmel beobachtet, dessen Einfluß nach seiner Behauptung entweder heilsam oder nachteilig auf seine Mittel wirkte. Es war drei Uhr morgens, ehe el Hakim das königliche Zelt verließ. Unterwegs besuchte er die Unterkunft Sir Kenneth' vom Leoparden, um zu sehen, was der Knappe Strauchan mache. Sich nach Sir Kenneth erkundigend, erfuhr el Hakim, auf welchem Posten der Schotte sich befand. Dies veranlaßte ihn, zum St.-Georg-Berg zu gehen, wo er den Ritter dann in der verzweifelten Lage fand, die wir im vorhergehenden Kapitel beschrieben haben.

Es war gegen Sonnenaufgang, als der langsame Tritt eines Bewaffneten gehört wurde, der sich dem königlichen Zelt näherte, und ehe de Vaux, der neben dem Bett seines Herrn schlief, Zeit hatte, aufzustehen und »Wer da?« zu rufen, trat der Ritter vom Leoparden schwermütig in das Zelt.

»Woher diese Frechheit, Herr Ritter?« fragte de Vaux mürrisch.

»Still, de Vaux!« sagte Richard erwachend. »Sir Kenneth kommt als guter Krieger, um Bericht von seiner Wache zu erstatten – ihm steht das Zelt seines Feldherrn immer offen.« Hierauf erhob er sich, und auf den Ellbogen gestützt, sah er den Ritter an. »Redet, Herr Schotte. Ihr kommt, mir eine pünktliche, ruhige und ehrenhafte Wache zu melden, nicht wahr? Das Rauschen des englischen Banners wäre zu seiner Verteidigung ausreichend, auch ohne den Schutz eines Ritters, wie du einer bist.«

»Wie ich keiner bin«, sagte Sir Kenneth. »Meine Wache war weder pünktlich noch ruhig und ehrenhaft. Das Banner von England ist gestohlen worden.«

»Und du lebst noch, es zu melden?« fragte Richard mit ungläubigem Lachen. »Es kann nur Spaß sein. Hast du doch nicht einmal einen Ritz im Gesicht. – Warum stehst du so stumm da? Sprich die Wahrheit – mit einem König ist nicht gut scherzen – doch ich will dir verzeihen, wenn du gelogen hast.«

»Gelogen, Herr König!« sprach der unglückliche Ritter mit stolzem Nachdruck. »Aber auch dies will ich erdulden. – Ich habe wahr gesprochen.«

»Bei Gott und bei St. Georg!« rief der König wütend. »De Vaux, geh, um es zu prüfen. – Das Fieber hat sein Hirn angegriffen. Es ist unmöglich. – Dieses Mannes Mut ist bewährt. – Es kann nicht sein! Geh eiligst oder sende jemanden, wenn du nicht gehen willst.«

Der König wurde von Sir Heinrich Neville unterbrochen, der außer Atem hereinkam und sagte, daß das englische Banner verschwunden und der Ritter, der es bewachte, überwältigt und wahrscheinlich ermordet worden sei, da sich eine Lache Blut an dem Ort befinde.

»Doch wen sehe ich hier?« fragte Neville.

»Einen Verräter«, rief der König, aufspringend und seine Streitaxt fassend, »einen Verräter, den du den Tod eines Verräters sterben sehen sollst.« Und er schwang die Waffe.

Totenblaß, aber fest wie eine Marmorstatue stand der Schotte vor ihm, mit unbedecktem Haupt und gesenktem Blick.

Einen Augenblick war Richard im Begriff zuzuschlagen – er senkte jedoch den Arm mit der Waffe und rief: »Aber es war Blut da, Neville – es war Blut auf dem Platz. Höre, Schotte, ich habe dich fechten gesehen. Sag, daß du bei der Verteidigung der Standarte zwei von den Dieben erschlagen hast – sag, nur einen – sag, daß du nur einen guten Hieb für uns getan hast, und scher dich fort aus dem Lager mit deinem Leben und deiner Schmach!«

»Ihr habt mich einen Lügner genannt, mein Herr König«, sagte der

Schotte fest, »und hierin wenigstens habt Ihr mir unrecht getan. Es ist kein anderes Blut bei der Verteidigung der Standarte vergossen worden als das eines armen Hundes, der getreuer als sein Herr den Posten verteidigte.«

»Nun, bei St. Georg!« rief König Richard, den Arm von neuem erhebend.

Aber de Vaux drängte sich zwischen die beiden und sagte mit derber Offenherzigkeit: »Mein Fürst, das darf nicht hier geschehen, nicht durch Eure Hand. Es ist Torheit genug, eine Nacht Euer Banner einem Schotten anvertraut zu haben – sagte ich's nicht, daß sie falsch sind?«

»Du sagtest es, de Vaux, und hattest recht – ich bekenne es. Ich hätte daran denken sollen, wie mich der Fuchs Wilhelm bei diesem Kreuzzug betrogen hat.«

»Herr«, sagte Sir Kenneth, »Wilhelm von Schottland hat nie betrogen, Umstände haben ihn gehindert, seine Streitkräfte zu senden.«

»Still, Schamloser!« sagte der König. »Du besudelst den Namen eines Fürsten, wenn du ihn nur auf die Lippen bringst. – Und doch, de Vaux, ist es seltsam«, fügte er hinzu, »das Betragen dieses Mannes zu sehen. Eine Memme oder ein Verräter muß er sein, doch hat er den Streich von Richard Plantagenet erwartet, als wenn wir unseren Arm erhoben hätten, ihm den Ritterschlag zu geben. Hätte er die geringste Furcht gezeigt, hätte er nur gezuckt oder ein Augenlid sich bewegt, ich hätte ihm den Schädel wie eine Kristallschale zerschlagen. Aber ich kann nicht schlagen, wenn ich weder Furcht noch Widerstand sehe.«

»Mein König«, sagte Kenneth.

»Ha!« unterbrach ihn Richard. »Hast du die Sprache wiedergefunden? Erflehe dir Gnade vom Himmel, nicht von mir, denn England ist entehrt durch deine Schuld, und wenn du mein eigener und einziger Bruder wärst, so fände deine Schuld keine Vergebung.«

»Ich spreche nicht, um Gnade eines Sterblichen zu erflehen«, sagte der Schotte. »Es steht Euch frei, mir Frist zur Beichte zu geben oder es zu verweigern. Aber ob ich jetzt sterbe oder eine halbe Stunde später – ich bitte Eure Majestät, mir kurz zuzuhören, da ich Euch Dinge zu sagen habe, die für Euren Ruf als christlicher König von höchster Wichtigkeit sind.«

»Sprich«, sagte der König, hoffend, irgendeine Erklärung über das Verschwinden des Banners zu hören.

»Was ich zu sagen habe, betrifft die königliche Würde von England, und ich kann nur vor Euch davon reden.«

»Zieht euch zurück, ihr Herren«, sagte der König zu Neville und de Vaux.

Der erste gehorchte, aber der letzte wollte den König nicht verlassen.

»Wenn ich, wie Ihr sagtet, recht hatte«, antwortete de Vaux seinem Gebieter, »so will ich auch so behandelt werden, das heißt, ich will meinen eigenen Willen haben. Ich lasse Euch nicht mit diesem falschen Schotten allein.«

»Wie, de Vaux!« sagte Richard ärgerlich, »du wagst es nicht, mich mit einem einzelnen Verräter allein zu lassen?«

»Es schadet nichts«, sagte der schottische Ritter, »ich versuche nicht, Zeit zu gewinnen, und so will ich im Beisein des Herrn von Gilsland reden. Er ist ein guter und ehrenfester Lord.«

»Noch vor einer halben Stunde«, sprach de Vaux mit einem Seufzer, »würde ich dasselbe von dir gesagt haben.«

»Es ist Verräterei um Euch, König von England«, fuhr Sir Kenneth fort.

»Das ist wahr«, entgegnete Richard, »ich habe einen offenbaren Beweis davon.«

»Verräterei, die Euch tiefer kränken wird als der Verlust von hundert Bannern in einem Lager. Die, die . . .«, Sir Kenneth zögerte und fuhr in einem leiseren Ton fort, »die Lady Edith . . .«

»Ha!« rief der König, plötzlich gespannt und aufmerksam. »Was hat sie mit dieser Sache zu tun?«

»Mein König«, sagte der Schotte, »man hat den Plan gemacht, Euer königliches Geschlecht zu entehren durch eine Heirat der Lady Edith mit dem sarazenischen Sultan und dadurch für England und für die ganze Christenheit einen höchst demütigenden Frieden zu erhalten.«

Diese Mitteilung hatte eine ganz entgegengesetzte Wirkung, als Sir Kenneth erwartet hatte. Unglücklicherweise brachte dem König die Erwähnung von Ediths Namen das ins Gedächtnis zurück, was er früher an dem Ritter vom Leoparden als die frechste Vermessenheit betrachtet hatte und was in der jetzigen Lage eine so arge Beschimpfung war, daß der Monarch in die höchste Wut geriet.

»Still«, rief er, »Ehrloser – Frecher! Beim Himmel, ich will dir die Zunge mit glühenden Zangen ausreißen lassen, wenn du nur den Namen eines edlen christlichen Fräuleins aussprichst! Wisse, schändlicher Verräter, daß ich es längst gemerkt habe, zu welcher Höhe du frech emporblickst, und daß ich es geduldet habe, nur weil du uns zu betrügen verstandest durch einen gewissen Namen und einen guten Ruf. Aber wage jetzt nicht, mit deinen Lippen unsere edle Verwandte zu nennen, als wenn du an ihrem Schicksal Anteil nähmst! Was kümmert's dich, ob sie einen Sarazenen oder Christen heiratet? Was kümmert's dich, wenn es mir in einem Lager, wo die Fürsten am Tage Memmen und in der Nacht Diebe sind, wo brave Ritter zu verächtlichen Überläufern und

Verrätern werden, gefallen sollte, mich mit der Person Saladins zu verbinden?«

»Mich allerdings wenig, dem die ganze Welt bald nichts mehr sein wird«, antwortete Sir Kenneth dreist. »Aber spannte man mich jetzt auf die Folter, so müßte ich wiederholen, was für Euer Gewissen und Euren Ruf höchst wichtig ist. Ich sage Euch, Herr König, wenn Ihr bloß den Gedanken habt an eine Heirat der Lady Edith . . .«

»Nenne sie nicht – und denke nicht mehr an sie!« rief der König, indem er von neuem die Streitaxt in die Faust nahm.

»Nicht nennen – nicht an sie denken!« antwortete Sir Kenneth heftig, der durch diesen Streit wieder seinen Mut gewann. »Nun, bei dem Kreuz, auf das ich meine Hoffnung setzte, ihr Name soll mein letztes Wort sein, ihr Bild mein letzter Gedanke! Versucht Eure gerühmte Stärke an meinem Haupt und seht, ob Ihr das vereiteln könnt!«

»Er macht mich toll!« schrie Richard.

Ehe Thomas von Gilsland antworten konnte, vernahm man von draußen ein Geräusch, und die Ankunft der Königin im Vorzelt wurde gemeldet.

»Halt sie zurück – halt sie zurück, Neville!« schrie der König. »Dies ist kein Anblick für Frauen. – Pfui, daß mich ein so niederträchtiger Verräter so in Hitze bringen konnte! – Weg mit ihm, de Vaux«, flüsterte er, »durch den hinteren Eingang des Zeltes. Nimm ihn in strengen Gewahrsam und hafte mit deinem Leben für seine Bewachung. Und höre, er muß sogleich sterben – schick ihm einen Beichtvater. Warte, noch eins – man tue ihm keine Schmach an, er soll ritterlich sterben mit Gürtel und Sporn, denn mag sein Verrat auch schwarz sein wie die Hölle, sein Mut erreicht den des Teufels.«

De Vaux war froh über das Ende dieses Auftritts und beeilte sich, Sir Kenneth durch einen geheimen Ausgang wegzuschaffen zu einem anderen Zelt, wo er entwaffnet und zur Sicherheit in Fesseln gelegt wurde. De Vaux sah aufmerksam und traurig zu. Als man fertig war, sagte er in feierlichem Ton zu dem unglücklichen Verbrecher:

»Es ist der Wille König Richards, daß Ihr in Würde sterbt, ohne Verstümmelung Eures Körpers oder Beschimpfung Eures Wappens, und daß Euer Haupt vom Rumpf getrennt werde durch das Schwert des Scharfrichters.«

»Das ist gut«, sagte der Ritter leise. »Meine Familie wird dann nicht das Schlimmste erfahren müssen. – Oh, mein Vater – mein Vater!«

Dieser halblaute Ausruf entging dem derben, aber gutherzigen Engländer nicht, und er fuhr mit der Hand über sein rauhes Gesicht, ehe er weitersprechen konnte.

»Es ist ferner der Wille König Richards«, sagte er endlich, »daß Ihr Euch mit einem Geistlichen beratet, und ich bin auf dem Weg hierher einem Karmeliter begegnet, der Euch auf Eure Reise vorbereiten kann. Er wartet draußen, bis Ihr bereit seid, ihn zu empfangen.«

»Es mag sofort geschehen«, sagte der Ritter. »Auch hierin ist Richard gnädig. Ich kann nicht mehr auf den Besuch des guten Vaters vorbereitet sein, als ich es jetzt schon bin, denn ich habe bereits Abschied genommen vom Leben.«

»Das ist mir recht«, sagte de Vaux langsam und feierlich, »es tut mir nämlich leid, die Hauptsache meines Auftrags zu sagen. Es ist der Wille des Königs, daß Ihr Euch augenblicklich auf den Tod vorbereitet.«

»Der Wille Gottes und des Königs geschehe«, antwortete der Ritter sanft. »Ich stelle weder die Gerechtigkeit des Urteils in Abrede, noch wünsche ich einen Aufschub der Vollstreckung.«

De Vaux wollte das Zelt verlassen, aber er blieb an der Tür stehen und blickte zu dem Schotten zurück, der alle weltlichen Gedanken verbannt zu haben schien, um sich der strengsten Andacht zu überlassen. Der englische Baron war im allgemeinen nicht zartfühlend, und doch überwältigte ihn jetzt eine außergewöhnliche Rührung. Mit hastigen Schritten kehrte er zu dem Gefangenen zurück, faßte eine der gefesselten Hände und sagte mit viel Sanftheit: »Sir Kenneth, du bist noch jung – du hast einen Vater. Mein Ralph, den ich zurückgelassen habe, wird eines Tages dein Alter erreichen – und ich wollte, die letzte Nacht abgerechnet, daß er so wird wie du. Kann nichts zu deinen Gunsten gesagt oder getan werden?«

»Nichts«, war die mutlose Antwort. »Ich habe meinen Posten verlassen – das mir anvertraute Banner ist verloren. – Wenn der Scharfrichter und der Block bereit sind, dann sind auch Kopf und Körper bereit, sich zu trennen.«

»Nun denn. Gott sei dir gnädig! Doch gäbe ich mein bestes Pferd darum, wenn ich die Wache selbst übernommen hätte. Du hast ein Geheimnis, das sieht auch ein einfacher Mann, nur er durchschaut es nicht. – Feigheit? Unsinn! Kein Feiger kämpft je, wie ich dich kämpfen gesehen habe. Verräterei? Ich kann nicht glauben, daß Verräter mit dieser Ruhe sterben können. Du bist von deinem Posten gelockt worden durch irgendeine geheime List, irgendeine gutangelegte Schelmerei – du hast das Geschrei irgendeines bedrängten Fräuleins gehört, oder ihr lächelnder Blick hat dich verführt. Erröte nicht. Wir alle sind durch solche Dinge auf Seitenwege geführt worden. Komm, ich bitte dich, sag mir die reine Wahrheit wie einem Priester – Richard ist gnädig, wenn sein Zorn vorüber ist. Hast du mir nichts anzuvertrauen?«

Der unglückliche Ritter wandte sein Gesicht ab und antwortete: »Nichts!«

De Vaux, dessen Redekunst erschöpft war, erhob sich und verließ das Zelt voller Traurigkeit. Er war verdrießlich gegen sich selbst, daß der Tod eines Schotten ihm so zu Herzen gehen konnte.

»Aber«, sprach er zu sich, »mögen diese rauhen Knaben in Cumberland unsere Feinde sein, in Palästina betrachtet man sie fast als Brüder.«

Sechzehntes Kapitel

Die edle Berengaria, die Tochter Sanchez', des Königs von Navarra, und jetzt die königliche Gemahlin Richards, wurde für eine der größten Schönheiten ihrer Zeit angesehen. Ihre Gestalt war zart, hatte eine für ihr Vaterland ungewöhnliche Hautfarbe und üppiges, schönes Haar. Ihr Gesicht sah so jugendlich aus, daß sie noch einige Jahre jünger erschien, als sie mit ihren einundzwanzig Jahren war. Vielleicht wirkte sie deshalb so jugendlich und ausgelassen. Aber je mehr man ihr ihren Willen ließ, desto häufiger versuchte sie, ihre Macht zu vergrößern. Manchmal, wenn all ihr Ehrgeiz gesättigt war, nahm sie sich vor, ein wenig krank zu spielen, und die Ärzte mußten allen Geist aufbieten, um für eingebildete Krankheiten Namen zu erfinden, während ihre Dienstfrauen mit neuen Spielen, neuem Kopfputz und mit Hofneuigkeiten diese trüben Stunden zu vertreiben versuchten. Das gewöhnliche Mittel gegen diese »Krankheit« war irgendeine Neckerei oder irgendein Streich, und die gute Königin war in ihrem Zustand viel zu gleichgültig, als daß sie überlegt hätte, ob solche Späße ihrer würdig wären oder nicht. Im Vertrauen auf die Gunst ihres Gemahls, auf ihren hohen Rang und auf ihre vermeintliche Macht hoffte sie, allen Schaden, den andere durch ihre Späße erleiden mußten, ersetzen zu können. Kurz, sie scherzte mit der Unbefangenheit einer jungen Löwin, die nicht weiß, wie weh ihre Krallen denen tun, mit denen sie spielt.

Die Königin Berengaria liebte ihren Gemahl mit Leidenschaft, aber sie fürchtete seinen stolzen und rauhen Charakter, und da sie ihm an Geist nicht gleichwertig war, so fühlte sie sich manchmal gekränkt, daß er sich lieber mit der klugen Edith Plantagenet als mit ihr unterhielt. Berengaria haßte Edith deshalb nicht, denn ungeachtet der Eigenliebe war ihr Wesen unschuldig und edelmütig. Aber die Damen ihres Gefolges, in solchen Sachen scharfsinnig, hatten bereits die Entdeckung gemacht, daß ein beißender Spott auf Kosten der Lady Edith das wirksamste Mittel war, die trägen Lebensgeister der Königin von England zu wecken.

Hierin lag wenig Anständigkeit, denn Lady Edith galt als Waise, und obwohl sie Plantagenet und das schöne Fräulein von Anjou genannt wurde und von Richard mit Vorzug bedacht war, so wußten doch nur wenige genau, in welchem Grad sie mit Richard verwandt war. Sie kam mit Eleonore, der berühmten Königinmutter von England, und traf mit Richard in Messina als eine für den Hof Berengarias ausgewählte Gesellschaftsdame zusammen. Richard begegnete seiner Verwandten achtungsvoll, und die Königin erwählte sie zu ihrer bevorzugten Gesellschafterin und behandelte sie im allgemeinen mit rührender Schätzung.

Die Liebe des schottischen Ritters war bei den Hofdamen nicht unbemerkt geblieben. Seine Farben, seine Wappen, seine Waffentaten und seine Wahlsprüche wurden genau beobachtet und bei Gelegenheit zu einem Scherz verwandt. Aber dann kam die Wallfahrt der Königin und ihrer Damen nach Engaddi, wo eine der Damen das vertraute Zeichen bemerkte, das Edith ihrem Liebhaber gab, und Ihrer Majestät Mitteilung davon machte.

Die Königin witterte ein Rezept gegen Mißmut und Langeweile. Gleichzeitig war auch ihr Gefolge vergrößert worden durch zwei unglückliche Zwerge, die so mißgebildet und närrisch waren, wie es sich eine Königin nur wünschen konnte. Es war einer der lustigen Einfälle von Berengaria, zu versuchen, welche Wirkung das plötzliche Erscheinen so gräßlicher und gespenstischer Gestalten auf die Nerven des Ritters, der allein in der Kapelle zurückgeblieben war, haben würde. Aber der Spaß wurde vereitelt durch die ruhige Fassung des Schotten und durch das Erscheinen des Einsiedlers. Nun hatte sie einen zweiten Spaß versucht, dessen Folgen ernster zu werden drohten.

Die Damen versammelten sich von neuem, als Sir Kenneth das Zelt verlassen hatte. Die Königin, anfangs von Ediths bitteren Beschwerden bewegt, antwortete ihr nur, indem sie ihr Sprödigkeit vorhielt und ihren Witz auf die Kleidung, die Nation und vor allem auf die Armut des Ritters vom Leoparden machte. Als aber am Morgen die Nachricht kam, daß die Standarte vermißt werde und daß ihr Bewacher verschwunden sei, da stürzte Edith in das Gemach der Königin und beschwor sie, aufzustehen und ohne Zögern zum Zelt des Königs zu eilen, um durch ihre Vermittlung den üblen Folgen ihres Scherzes zuvorzukommen.

Die Königin, nun ihrerseits erschrocken, warf, wie gewöhnlich, ihre Schuld auf ihre Umgebung und versuchte, Edith in ihrem Schmerz zu trösten. Sie war gewiß, daß sich kein Unglück ereignen würde – der Ritter lag im Schlaf, bildete sie sich ein. Wenn er auch aus Furcht vor des Königs Ungnade mit der Standarte davongelaufen sei, die Fahne war ja nur ein Lappen Seide und er nur ein armer Abenteurer. Und wenn er auf eine Zeitlang ins Gefängnis geworfen worden sei, sie wolle beim König schon Verzeihung erwirken, man müsse nur erst den Zorn Richards vorübergehen lassen.

So schwatzte sie in der vergeblichen Hoffnung, Edith und sich selbst zu überreden, daß aus einem Scherz kein Unglück entstehen könnte, den sie nun bitter bereute. Aber während Edith vergebens versuchte, den Strom dieses nichtigen Geplauders zu hemmen, sah sie eine der Damen, die eben in das Gemach hereintrat. Schrecken und Entsetzen war in ihrem Blick, und Edith wäre fast zu Boden gesunken.

»Madame«, sagte sie zur Königin, »verliert kein Wort mehr, sondern rettet ein Leben – wenn«, fügte sie mit zitternder Stimme hinzu, »dies Leben noch gerettet werden kann.«

»Es kann – es kann«, antwortete Lady Calista. »Ich habe gehört, daß er soeben vor den König gebracht worden ist – es ist noch nicht zu spät – aber«, fügte sie hinzu, in Tränen ausbrechend, »bald wird es zu spät sein – wenn man sich nicht beeilt.«

»Schnell, schnell«, sagte Edith, »fleht zu den Heiligen, wenn es Euch gefällt, aber tut etwas.«

»Wahrhaftig, Madame«, sagte die erschrockene Hofdame, »Lady Edith hat recht. Gehen wir zum Zelt König Richards, um das Leben des armen Edelmannes zu retten.«

»Ich will gehen – ich will auf der Stelle gehen«, sagte die Königin, indem sie mit Zittern und Beben aufstand. Ruhig, gefaßt, nur bleich wie der Tod, bediente Edith die Königin mit eigener Hand und vertrat allein die zahlreiche Dienerschaft.

»Sieh, Edith, ich werde nicht zeitig genug angekleidet sein. Senden wir jemanden zu dem Erzbischof von Tyrus, und bedienen wir uns seiner Vermittlung.«

»O nein, nein!« rief Edith. »Ihr selbst müßt gehen. – Ihr habt das Übel verursacht, heilt es nun auch.«

»Ich will gehen – ich will gehen«, sagte die Königin, »aber wenn Richard im Zorn ist, so wage ich es nicht, mit ihm zu sprechen – er würde mich töten.«

»Aber geht nur, gnädige Frau«, sagte Lady Calista, die ihre Herrin am besten kannte. »König Richard ist ein liebender Ritter, für den Euer geringstes Wort ein Befehl sein wird.«

»Glaubst du das wirklich, Calista?« fragte die Königin. »Ach, du kennst ihn schlecht – doch ich will gehen. – Aber sagt – was soll das heißen? Ihr habt mich grün gekleidet, eine Farbe, die er verwünscht.

Gebt mir ein blaues Kleid und sucht mir das Halsband von Rubinen. Es liegt im Stahlkästchen oder sonstwo.«

»Ein Menschenleben steht auf dem Spiel!« rief Edith entrüstet, »das geht über alle menschliche Geduld. Bleibt ungestört, Madame, ich will zu König Richard gehen. Ich bin an der Sache beteiligt, und ich will wissen, ob die Ehre seiner Blutsverwandten so zum Spiel werden darf, daß man ihren Namen mißbraucht, um einen braven Edelmann von seiner Pflicht abzuhalten, und zugleich die Ehre Englands vor dem ganzen Christenheer lächerlich macht.«

Bei diesem unerwarteten Ausbruch verhielt sich Berengaria starr vor Furcht und Verwunderung. Aber als Edith das Zelt verlassen wollte, rief sie: »Haltet sie – haltet sie!«

»Ihr müßt warten, edle Lady Edith«, sagte Calista, sie freundlich am Arm fassend, »und Ihr, Königin, ich weiß es gewiß, werdet gehen ohne weiteres Zögern. Wenn die Lady Edith allein zum König kommt, so wird er furchtbar zürnen, und dann wird ein einziges Leben nicht hinreichen, seinen Zorn zu besänftigen.«

»Ich gehe – ich gehe«, sagte die Königin, sich der Notwendigkeit fügend, und mit Ungeduld erwartete Edith den Aufbruch.

Die Königin bedeckte sich in der Eile mit einem weiten Mantel, der alle Mängel ihres Anzuges verbarg. In dieser Verhüllung, von Edith und ihren Frauen begleitet und von einigen Offizieren und Bewaffneten beschützt, eilte sie dem Zelt Richards entgegen.

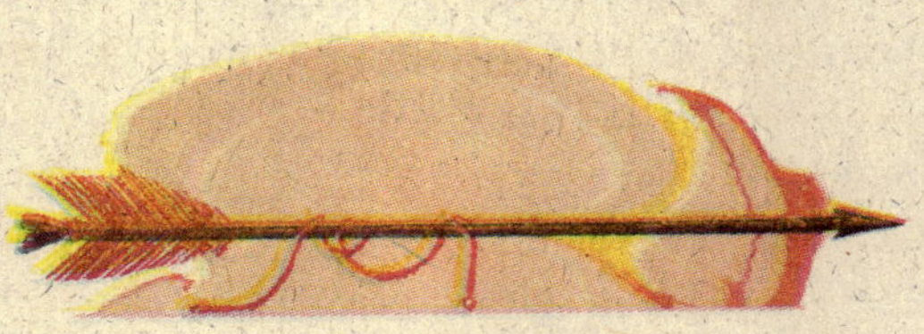

Siebzehntes Kapitel

Der Versuch der Königin Berengaria, in Richards Zelt zu gelangen, fand mit aller möglichen Rücksicht und Ehrerbietung doch Widerstand von seiten der Kämmerer, die im Vorzelt waren. Sie teilten ihr den strengen Befehl des Königs mit, daß ihr der Eintritt verboten war.

»Ihr seht«, sagte die Königin, sich an Edith wendend, »ich wußte es wohl – der König will uns nicht empfangen.«

Gleichzeitig hörten sie Richard zu jemandem sagen: »Geh, verrichte dein Geschäft flink, Bursche, denn deine Barmherzigkeit liegt in der Geschwindigkeit – zehn Byzantiner, wenn du ihn auf den ersten Streich erledigt hast. Und noch eins: Gib acht, ob er blaß wird, ob sein Auge zuckt – melde mir die geringste Bewegung seines Gesichts – ich will wissen, wie tapfere Männer sterben.«

»Wenn er mein erhobenes Schwert ohne Zittern ansieht, so ist er der erste, der so stirbt«, antwortete eine tiefe Stimme.

Edith konnte nicht länger schweigen. »Wenn Eure Hoheit«, sagte sie zu der Königin, »sich nicht den Weg bahnt, will ich es für Euch tun – oder wenn nicht für Eure Majestät, so doch für mich selbst. – Kämmerer, die Königin verlangt, König Richard zu sehen – die Frau verlangt, ihren Gemahl zu sprechen.«

»Edle Lady«, sagte der Hofdiener, seinen Amtsstab senkend. »Es tut mir leid, Euch nicht gehorchen zu können, denn Seine Majestät ist mit Dingen beschäftigt, die Leben und Tod betreffen.«

»Auch wir wollen ihn in Dingen sprechen, die Leben und Tod betreffen«, sagte Edith. »Ich will Eurer Hoheit den Eingang öffnen.« Und indem sie den Kämmerer mit der einen Hand zur Seite schob, faßte sie den Vorhang mit der anderen.

»Ich wage es nicht zu widersprechen«, sagte der Kämmerer, indem er der Entschlossenheit wich; und als er den Weg frei gemacht hatte, war die Königin gezwungen, in das Gemach Richards hineinzugehen.

Der Monarch lag auf seinem Bett, und in einer Entfernung stand, um weitere Befehle abzuwarten, ein Mann, dessen Amt nicht schwer zu erraten war. Er trug ein Wams von rotem Zeug, das die Unterarme ganz, die Oberarme zur Hälfte nackt ließ, und darüber als Oberkleid, wie immer, wenn er, wie jetzt, im Begriff war, sein furchtbares Amt auszuüben, einen Mantel ohne Ärmel, einem Heroldsmantel ähnlich, aus gegerbtem Büffelleder und vorn mit mehr als einem Blutfleck besudelt. Wams und Mantel reichten bis zum Knie. Die Beinkleider waren von demselben Leder wie der Mantel. Eine rauhe Zottelkappe bedeckte den oberen Teil des Gesichts, das gleich dem der Nachteule das Licht zu scheuen schien; das Gesicht wurde von einem dichten roten Bart verborgen, der sich mit den Locken des roten Kopfhaars vermischte. Was vom Gesicht zu sehen war, trug den Ausdruck der Roheit und der Menschenfeindlichkeit. Die Gestalt des Mannes war gedrungen, mit einem Büffelhals zwischen sehr breiten Schultern, mit unverhältnismäßig langen Armen, einem ungeheuren, viereckigen Rumpf und dicken Säbelbeinen. Dieser Blutrichter lehnte sich an ein Schwert, dessen Klinge fast vier und einen halben Fuß lang war, während der zwanzig Zoll lange Griff, der rings mit Blei beschwert war, um ein Gegengewicht mit der Klinge zu bilden, um einiges über den Kopf des Mannes hinausragte.

Bei dem plötzlichen Erscheinen der Frauen wandte sich Richard, der, in seinem Bett liegend und auf den Ellbogen gestützt, das Gesicht dem Eingang zugekehrt hatte, hastig auf die andere Seite. Er zeigte der Königin und ihrem Gefolge den Rücken und zog seine Bettdecke fest an sich, die aus zwei großen Löwenhäuten bestand, welche in Venedig mit so großer Kunst gegerbt worden waren, daß sie zarter als Hirschleder zu sein schienen. Berengaria, nachdem sie einen flüchtigen Blick unverhohlenen Abscheus auf den gräßlichen Vertrauten ihres Gemahls geworfen hatte, lief auf Richards Lager zu, warf sich auf die Knie und erfaßte die rechte Hand des Königs. Indem sie sie mit einer Kraft an sich zog, der nur schwacher Widerstand entgegengesetzt wurde, griff sie nach seinem starken Arm, der die Stütze der Christenheit und der Schrecken der Heiden war, und indem sie ihn mit ihren kleinen, schönen Händen festhielt, küßte sie ihn.

»Was soll das, Berengaria?« fragte Richard, sich abwendend.

»Schick diesen Mann fort – sein Anblick tötet mich«, flüsterte Berengaria.

»Geh fort, Bursche«, sagte Richard, ohne sich umzudrehen. »Worauf wartest du denn? Bist du berechtigt, diese Dame zu betrachten?«

»Eurer Hoheit Befehl wegen des Kopfes«, sagte der Mann.

»Hinaus mit dir, Hund!« rief Richard. »Ein christliches Begräbnis.«

Der Mann verschwand, nachdem er einen Blick auf die schöne Königin geworfen hatte, mit einem beifälligen Lächeln, das häßlicher wirkte als seine menschenfeindliche Miene.

»Und nun, närrisches Weib, was wünschst du?« fragte Richard, indem er sich langsam und wider Willen umdrehte.

Aber es war keinem Mann möglich, am wenigsten solch einem Bewunderer der Schönheit wie Richard, ohne Rührung das Gesicht und die Angst der schönen Berengaria zu erblicken und ohne innige Teilnahme ihre Lippen auf seiner Hand zu fühlen, die von ihren Tränen benetzt wurde, und er sah sie mit dem zärtlichsten Ausdruck an, dessen er fähig war. Indem er ihr Haar streichelte und die Finger seiner großen Hand durch ihre gelösten Locken fuhren, erhob er sich und küßte das Gesicht, das sich in seiner Hand verbergen wollte.

»Noch einmal, was führt dich zu mir?«

»Verzeihung, mein gnädigster Herr, Verzeihung!« bat die Königin, deren Furcht sie unfähig machte, ihr Vermittlungsgesuch anzubringen.

»Verzeihung wofür?« fragte der König.

»Zuerst für den zu kühnen und vorschnellen Eintritt ...«

Sie stockte.

»Du zu kühn? Dann müßte auch die Sonne um Verzeihung bitten, wenn ihre Strahlen in einen elenden Kerker dringen. Aber ich war beschäftigt, meine Liebe, und es verdroß mich auch, daß du deine kostbare Gesundheit hier einer Gefahr aussetzt, wo kürzlich noch die Krankheit herrschte.«

»Und du bist nun wohlauf?« fragte die Königin scheu.

»Genug, um eine Lanze am Helm des kühnen Ritters zu zerbrechen, der sich weigerte, dich als die schönste Dame der Christenheit anzuerkennen.«

»Da wirst du mir auch nicht eine Gunst verweigern – nur eine – nur ein armes Leben.«

»Ha! – Sprich weiter«, sagte Richard, seine Stirn runzelnd.

»Dieser unglückliche schottische Ritter«, flüsterte die Königin.

»Sprecht nicht von ihm, Madame«, rief Richard ernst. »Er stirbt – sein Schicksal ist beschlossen.«

»Es ist ja nur eine seidene Fahne, mein lieber Herr und König, die vernachlässigt wurde – Berengaria gibt dir eine andere, von ihrer eigenen Hand gestickt und reich wie irgendeine, die jemals mit dem Wind spielte. Alle Perlen, die ich habe, will ich zu ihrem Schmuck verwenden, und zu jeder Perle soll sich eine dankbare Träne für meinen großmütigen Ritter gesellen.«

»Du weißt nicht, was du sprichst!« sagte der König verdrießlich. »Perlen! Können alle Perlen des Morgenlandes England für einen Schandfleck entschädigen – alle Tränen, die Weiberaugen je geweint, einen Schmutzfleck von Richards Ruhm abwaschen? – Geht, Madame, lernt Euren Platz, Eure Zeit und Euren Kreis kennen; für jetzt haben wir Geschäfte, woran Ihr keinen Anteil nehmen könnt.«

»Du hörst es, Edith«, flüsterte die Königin, »wir werden ihn nur erzürnen.«

»Mag sein«, sagte Edith. »Mein Fürst, ich, Eure arme Verwandte, bitte Euch eher um Gerechtigkeit als um Gnade. Für die Bitte um Gerechtigkeit muß das Ohr eines Herrschers zu jeder Zeit, an jedem Ort und unter allen Umständen offen sein.«

»Ha, unsere Base Edith?« sagte Richard, stand auf und setzte sich auf sein Lager. »Sie spricht immer wie ein König, und wir wollen ihr wie ein König antworten, wenn ihr Anliegen ihrer und meiner nicht unwürdig ist.«

Die Schönheit der Lady Edith war mehr geistig und weniger sinnlich als die der Königin; aber Unruhe und Besorgnis hatten ihrem Gesicht Glut verliehen, und ihre Miene hatte einen so starken Ausdruck eigener Würde, daß sie für einen Augenblick selbst Richard Stillschweigen abgewann.

»Mein Fürst«, sagte sie, »dieser gute Ritter, dessen Blut Ihr vergießen wollt, hat zu einer anderen Zeit der Christenheit Dienste geleistet. Er ist in der Erfüllung seiner Pflicht durch einen Strick gefallen, den ihm Mutwille und müßige Ausgelassenheit gelegt haben. Eine Botschaft, die ihm in meinem Namen überbracht wurde, verleitete ihn, für einen Augenblick seinen Posten zu verlassen. Und welcher Ritter im ganzen Christenlager wäre nicht ebensoweit gegangen auf den Befehl eines Fräuleins, das, obwohl arm in anderer Hinsicht, dennoch das Blut der Plantagenets in seinen Adern hat?«

»Und Ihr habt ihn also getroffen, Base?« fragte der König, mühsam seine Aufwallung unterdrückend.

»Ja, mein Fürst«, erwiderte Edith. »Aber es ist jetzt nicht Zeit zu erklären, weshalb ich ihn traf – denn ich bin nicht hier, um mich zu verteidigen oder um andere anzuklagen.«

»Und wo habt Ihr ihm diese Gunst erwiesen?«

»In dem Zelt Ihrer Majestät, der Königin.«

»Unserer königlichen Gemahlin«, rief Richard. »Nun, beim Himmel, bei St. Georg von England und allen Heiligen, das ist zu vermessen! Ich habe des Ritters ungebührliche Neigung zu einer, die so weit über ihm steht, bemerkt und übersehen – und ich zürnte ihm nicht, daß eine Blutsverwandte von mir von ihrem hohen Standpunkt einen Einfluß ausübte, wie ihn die Sonne auf die Welt unter sich hat. – Aber Himmel und Erde! Daß Ihr ihn zu einem Stelldichein zulassen konntet bei Nacht, in dem Zelt unsrer königlichen Gemahlin, daß Ihr es wagen konntet, dies als eine Entschuldigung seiner Pflichtvergessenheit und Untreue vorzubringen – bei meines Vaters Seele, Edith, du sollst es dein Leben lang in einem Kloster bereuen.«

»Mein Fürst«, sagte Edith, »Eure Größe erlaubt Euch Gewaltstreiche. Meine Ehre, Herr König, ist so wenig angegriffen wie die Eure, und die Königin kann es beweisen, wenn sie will. Aber ich habe es schon gesagt, ich bin nicht hier, um mich zu verteidigen oder andere zu beschuldigen. Ich fordere nur von Euch, daß Ihr auf einen, dessen Fehler die Folge einer starken Versuchung war, jene Barmherzigkeit ausüben möchtet, die Ihr selbst, Herr König, eines Tages vor einem höheren Richterstuhl anrufen müßt, und für Fehler, die vielleicht weniger verzeihlich sind.«

»Ist das Edith Plantagenet?« fragte der König mit Bitterkeit. »Edith Plantagenet, die Verständige, Edle? – Oder ist es ein verliebtes Weib, dem an seinem eigenen Ruf nichts liegt, wenn das Leben des Liebhabers auf dem Spiel steht? Nun, bei König Heinrichs Seele, es fehlt wenig, daß ich befehle, deines Buhlen Schädel vom Galgen zu bringen und als ewiges Andenken neben das Kruzifix deiner Zelle zu hängen.«

»Selbst wenn du es tun solltest«, sagte Edith, »so werde ich sagen, daß es eine Reliquie von einem guten Ritter ist, der auf unwürdige und grausame Weise getötet wurde von« – sie hielt sich selbst zurück – »von dem ich sagen muß, er hätte es besser verstehen sollen, Ritterlichkeit zu belohnen. Du nennst ihn meinen Buhlen?« fuhr sie mit steigender Heftigkeit fort. »Er war in der Tat mein Liebhaber und ein sehr treuer; aber nie suchte er eine Gunst von mir, weder durch Worte noch Gebärden, es genügte ihm eine bescheidene Huldigung, wie sie die Menschen den Heiligen erweisen. Und dieser gute, tapfere und treue Ritter muß deshalb sterben!«

»O still, still, um der Barmherzigkeit willen«, flüsterte die Königin, »Ihr reizt ihn nur noch mehr!«

»Was macht das schon«, sagte Edith, »die reine Jungfrau fürchtet die Wut des Löwen nicht. Laßt ihn sein Werk vollbringen. Edith, für die er stirbt, wird zu beweinen wissen – zu mir soll dann niemand mehr von politischen Verbindungen sprechen, die durch diese arme Hand hier geheiligt werden sollen. Ich konnte und wollte nicht die Braut des Lebendigen sein – unser Rang war zu verschieden. Aber der Tod macht Hohes und Niederes gleich. Ich bin fortan die Verlobte des Grabes.«

Der König war eben im Begriff, mit großer Heftigkeit zu antworten, als plötzlich ein Karmelitermönch hereintrat, Kopf und Körper in die lange Kutte von gestreiftem, grobem Zeug gehüllt, welche diesen Orden kennzeichnet, und sich vor den König auf die Knie warf, ihn bei allem, was heilig ist, beschwörend, die Hinrichtung aufzuschieben.

»Nun, bei Schwert und Zepter!« rief Richard, »die Welt hat sich verschworen, mich toll zu machen – Narren, Weiber und Mönche durchkreuzen jeden meiner Schritte. Wie kommt's, daß er noch lebt?«

»Mein gnädiger Fürst«, antwortete der Mönch, »ich bat den Lord von Gilsland, die Hinrichtung zu verschieben, bis ich mich Eurer Majestät zu Füßen geworfen . . .«

»Und er war willfährig genug, dir deine Bitte zu gewähren?« fragte der König. »Das ist ein Stück von seinem Eigensinn. – Und was hast du mir zu sagen? In Teufels Namen, sprich!«

»Mein Fürst, es gibt ein wichtiges Geheimnis, das aber unter dem Sigel der Beichte bleiben muß. Ich wage weder, es zu sagen, noch zu flüstern – jedoch schwöre ich dir bei dem Kleid, das ich trage, bei dem gesegneten Elias, unserem Stifter, daß mir dieser junge Mann ein Geheimnis mitgeteilt hat, das, wenn ich es dir anvertrauen dürfte, dich völlig von dem blutigen Entschluß abbringen würde.«

»Guter Vater«, sagte Richard, »daß ich die Kirche verehre, können die Waffen, die ich für sie trage, bezeugen. Enthüllt mir dies Geheimnis, und ich will tun, was mir das Beste scheint.«

»Mein Fürst«, sagte der heilige Mann, indem er seine Mönchskappe und Kutte abnahm, worauf sich eine Bekleidung von Ziegenfellen zeigte und ein Gesicht, das von Klima, Fasten und Buße so mitgenommen war, daß es einem belebten Gerippe anzugehören schien, »seit zwanzig Jahren habe ich diesen elenden Körper in den Höhlen von Engaddi abgemergelt in Abbüßung eines großen Verbrechens. Glaubt Ihr, daß ein der Welt Abgestorbener wie ich eine Lüge ersinnt, die sein Seelenheil in Gefahr bringt? Oder glaubt Ihr, daß einer, der durch den heiligsten Eidschwur verpflichtet ist, die Geheimnisse des Beichtstuhls verraten möchte? Beides ist mir in der Seele abscheulich.«

»Du bist also«, antwortete der König, »der Einsiedler, von dem man so viel spricht? In der Tat, du gleichst jenen Geistern, die über wüsten Stätten schweben, aber Richard fürchtet sich nicht vor Gespenstern. Und außerdem bist du, wie mir einfällt, derjenige, zu dem die Christenfürsten diesen Verbrecher abgesandt haben, um Unterhandlungen mit dem Sultan zu eröffnen, gerade während ich, der vor allem zuerst hätte befragt werden sollen, auf dem Krankenbett lag. Du und sie, ihr mögt versichert sein – ich stecke nicht meinen Hals in die Schlinge eines Karmelitergürtels. – Und, was euren Gesandten betrifft, so soll er sterben – um so eher, als du für ihn bittest.«

»Nun, Gott sei Euch gnädig, König!« sagte der Einsiedler mit großer

Bewegtheit. »Ihr seid im Begriff, eine Tat auszuführen, von der Ihr in Zukunft wünschen werdet, sie nicht vollbracht zu haben.«

»Fort, fort!« schrie der König, auf den Boden stampfend. »Die Sonne ist über England aufgegangen, und die Rache zögert noch. – Frauen und Mönch, zieht euch zurück, wenn ihr nicht Befehle hören wollt, die euch mißfallen werden, denn, bei St. Georg, ich schwöre . . .«

»Schwöre nicht!« sagte die Stimme von jemandem, der gerade in das Zelt hereingetreten war.

»Ha, mein gelehrter Hakim«, sagte der König, »kommt ohne Zweifel, unsere Großmut auf die Probe zu stellen.«

»Ich komme, um eine alsbaldige Unterredung über Dinge der größten Wichtigkeit mit Euch zu haben.«

»Zuerst sieh mein Weib an, Hakim, und laß sie hören, daß du der Retter ihres Gemahls bist.«

»Es kommt mir nicht zu«, sagte der Arzt, mit morgenländischer Ehrfurcht die Arme kreuzend und die Augen niederschlagend, »die Schönheit zu betrachten, die unverhüllt ist und mit ihrem ganzen Glanz gerüstet.«

»Verlaß uns denn, Berengaria«, sagte der Monarch; »und, Edith, geht auch Ihr – ja, und erneuert nicht Eure Zudringlichkeit! Das will ich Euch gewähren, daß die Hinrichtung nicht vor Mittag sein soll. – Geh und sei ruhig, liebste Berengaria, geht, Edith«, fügte er hinzu mit einem Blick, der beide erschreckte. »Geht, wenn ihr klug seid.«

Die Frauen gingen oder stürzten vielmehr aus dem Zelt, ohne auf Rang und Zeremoniell zu achten. Sie kehrten zum Zelt der Königin zurück, wo sie sich dem Schmerz hingaben und sich Vorwürfe machten. Edith blieb ruhig; ohne einen Seufzer, ohne eine Träne, ohne ein Wort des Tadels stand sie der Königin bei, deren schwaches Temperament sich dem Schmerz in heftigen Anfällen hingab.

»Sie kann unmöglich diesen Ritter geliebt haben«, sagte Florise zu Calista, ihrer Vorgesetzten im Dienst der Königin. »Wir haben uns geirrt; sie ist nur um sein Schicksal bekümmert wie um das eines Fremden, der ihretwegen leidet.«

»Still – still«, antwortete die erfahrenere und scharfsinnigere Calista. »Sie ist von dem stolzen Haus Plantagenet, die es nie eingestehen, wenn sie etwas schmerzt. Unter ihnen waren welche, die, während sie schon aus tödlichen Wunden bluteten, noch die leichten Ritze ihrer weniger beherzten Gesellen verbanden. Florise, wir haben großes Unrecht getan, und ich gäbe jeden Edelstein darum, den ich habe, wenn unser unseliger Scherz ungeschehen geblieben wäre.«

Achtzehntes Kapitel

Der Einsiedler folgte den Frauen aus dem Zelt Richards. Aber an der Schwelle drehte er sich um, und er hob die Hand gegen den König in einer warnenden, beinahe drohenden Haltung, während er sagte: »Wehe dem, der den Rat der Kirche verwirft. Ich schüttle noch nicht den Staub von den Füßen, um dein Lager zu verlassen – das Schwert fällt nicht, aber es hängt nur an einem Haar. Stolzer Monarch, wir sehen uns wieder.«

»Gut, stolzer Mönch«, entgegnete Richard, »stolzer in deinen Ziegenfellen als Fürsten im Purpur und in feiner Leinwand.«

Der Einsiedler verschwand, und der König wandte sich an den Araber: »Sind die Derwische des Morgenlandes, weiser Hakim, auch so keck bei ihren Fürsten?«

»Ein Derwisch«, antwortete Adonbec, »muß ein Weiser oder ein Narr sein, einen Mittelweg gibt's nicht für den, der den Khirkhah trägt. Darum hat er entweder Weisheit genug, um sich in Gegenwart der Fürsten anständig zu betragen, oder er kann, wenn er des Verstandes beraubt ist, für seine Handlungen nicht verantwortlich gemacht werden.«

»Mir scheint's, unsere Mönche haben hauptsächlich diesen letzteren Charakter«, sagte Richard. »Aber zur Sache. – Womit kann ich Euch gefällig sein, mein gelehrter Arzt?«

»Großer König«, sagte el Hakim, sich auf morgenländische Art tief verbeugend, »laß deinen Diener ein Wort sprechen und leben. Ich möchte dich daran erinnern, daß du zwar nicht mir, sondern den Geistern, deren Wohltaten ich den Sterblichen spende, dein Leben verdankst.«

»Und ich wette, daß du dafür ein anderes zum Lohn möchtest, nicht?« unterbrach ihn der König.

»Ja, dies ist meine bescheidene Bitte – das Leben des guten Ritters, der zum Tode verurteilt ist für den gleichen Fehler, der begangen wurde von dem Sultan Adam oder Vater aller Menschen.«

»Und deine Kenntnis, Hakim, hätte dich erinnern sollen, daß Adam dafür starb« , sagte der König ernsthaft und ging dann aufgeregt im Zelt auf und ab, indem er zu sich selbst sprach: »Ich hab, Gott sei Dank, gesehen, was er wollte, als er ins Zelt trat. Es ist ein elendes Leben, das mit Recht zum Tode verdammt ist, und ich, der als König und Krieger Tausende durch mein Wort erschlagen habe und Dutzende durch meine Hand, ich sollte keine Macht über dieses Leben haben, obgleich die Ehre meiner Waffen, meines Hauses, selbst meiner Gemahlin durch den Verbrecher angetastet wurden? – Bei St. Georg, es macht mich lachen! Weib, Verwandte, Einsiedler und Hakim erscheinen. Was ein einzelner Ritter hier kämpft gegen das ganze Turniergewühl – hahaha!« Richard fing laut an zu lachen, denn seine Stimmung hatte sich wirklich geändert.

Der Arzt sah ihn mit einer staunenden und ziemlich verächtlichen Miene an, denn die Morgenländer lieben nicht den schnellen Wechsel der Gemütsstimmung und betrachten ein lautes Lachen fast immer als den Mann entwürdigend und nur Weibern und Kindern zustehend.

»Ein Todesurteil sollte aus keinem lachenden Mund kommen. Laß deinen Diener hoffen, daß du ihm das Leben jenes Mannes gewährt hast.«

»Nimm die Freiheit von tausend Gefangenen dafür«, sagte Richard, »gib eine so große Zahl deiner Landsleute ihren Zelten und Familien wieder, und du sollst Gewähr dafür haben. Das Leben dieses Mannes kann dir nichts nützen, es ist verwirkt.«

»Eines jeden Leben ist verwirkt«, sagte der Hakim, »aber der große Gläubiger ist barmherzig und fordert das Darlehen nicht mit Strenge und vor der Zeit zurück.«

»Du kannst mir«, sagte Richard, »keinen triftigen Grund dafür angeben, daß du dich zwischen mich und die Ausübung der Gerechtigkeit stellst, zu der ich als gekrönter König eidlich verbunden bin.«

»Du hast geschworen, Gnade zu erweisen sowie Gerechtigkeit«, sagte el Hakim, »aber was du suchst, großer König, ist die Vollziehung deines eigenen Willens. Und was den Grund meiner Bitte anlangt, wisse, daß mehr als ein Leben davon abhängt, daß du mir diese Gunst gewährst.«

»Erkläre deine Worte«, sagte Richard, »aber glaube nicht, mir durch falschen Vorwand beizukommen.«

»Wisse denn«, sprach Adonbec, »daß das Heilmittel, dem du, Herr

König, deine Genesung verdankst, ein Talisman ist, unter einer bestimmten Konstellation des Himmels bereitet, wenn die göttlichen Kräfte am gewogensten sind. Ich bin nur der schwache Verwalter seiner großen Eigenschaften. Ich tauche ihn in eine Schale Wasser, ich beobachte die günstige Stunde, dem Kranken den Trunk zu geben, und seine Kraft bewirkt die Heilung.«

»Eine seltsame Arznei«, sagte der König, »und eine bequeme! Und da sie die Ärzte im Säckel mitführen können, so würde sie die Karawane von Kamelen ersparen, die man zum Herbeischaffen der Arznei und Apothekerware verwendet – es wundert mich, daß man noch andere Heilmittel gebraucht.«

»Es steht geschrieben«, antwortete el Hakim mit Ernst, »verachte das Roß nicht, das dich aus der Schlacht getragen hat. Wisse, daß solch ein Talisman zwar hergestellt werden kann, aber die Zahl der Adepten war klein, die es wagten, seine Kräfte anzuwenden. Strenge Enthaltsamkeit, mühevolle Beobachtungen, Fasten und Bußübungen werden von dem Weisen gefordert, der dies Heilmittel gebraucht, und wenn durch Vernachlässigung dieser Vorbereitungen, durch Bequemlichkeit oder durch Befriedigung sinnlicher Lüste weniger als zwölf Kranke im Lauf eines Monats geheilt werden, so verliert der Talisman seine göttliche Kraft, und der letzte Kranke wie auch der Arzt sind von nahendem Unglück bedroht und werden das Jahr nicht überleben. Ich brauche noch ein Leben, um die Zahl voll zu machen.«

»Geh hinaus ins Lager, guter Hakim, wo du eine große Anzahl finden wirst«, sagte der König, »und versuche nicht, meinem Scharfrichter seinen Patienten zu rauben; es schickt sich nicht für einen so ausgezeichneten Arzt, wie du einer bist, einem anderen ins Handwerk zu pfuschen. Überdies sehe ich nicht ein, wenn ich einen Verbrecher von der verdienten Todesstrafe befreie, wie dies die Zahl deiner wunderbaren Heilungen voll machen kann.«

»Du weißt, wie ein Trunk kalten Wassers dich geheilt hat, während die kostbarsten Arzneien fehlschlugen«, sagte der Hakim, »also magst du auch über die anderen Geheimnisse dieses Talismans nachdenken. Was mich betrifft, so bin ich unfähig zu dem großen Werk, weil ich diesen Morgen ein unreines Tier berührt habe. Stell mir darum keine weiteren Fragen. Kurz, wenn du dieses Mannes Leben verschonst, so wirst du dich selbst, erhabener König, und deinen Diener vor einer großen Gefahr bewahren.«

»Höre, Adonbec«, sagte der König, »ich habe nichts dagegen, daß die Ärzte ihre Worte in Dunkel hüllen und Rat von den Sternen nehmen. Aber wenn du Richard Plantagenet wegen irgendeiner leeren Vorahnung eine Gefahr voraussagst, wisse dann, daß du zu keinem törichten Sachsen sprichst und zu keiner kindischen alten Frau, die ihren Entschluß ändert, wenn ein Hase ihren Weg kreuzt.«

»Ich kann's nicht hindern, daß Ihr an meinen Worten zweifelt«, sagte Adonbec, »aber doch gefalle es meinem Herrn König, zu glauben, daß sein Diener die Wahrheit spricht. Haltet Ihr es für richtig, die Welt und jeden armen Kranken, der an demselben Gebrechen leidet, das Euch vor kurzem auf das Lager niederstreckte, lieber der wohltätigen Kräfte dieses Talismans zu berauben, als einem armen Verbrecher Verzeihung zu gewähren? Bedenkt, Herr König, obwohl Ihr Tausende töten könnt, so vermögt Ihr doch nicht, einen einzigen zu heilen. Könige haben des Satans Macht zur Pein, Weise die des Allah zum Heil – hüte dich, der Menschheit das Gut zu rauben, das du ihr nicht geben kannst. Du kannst Köpfe abschlagen, aber du bist nicht imstande, ein Zahnweh zu heilen.«

»Das ist unverschämt«, sagte der König, der selbst rauher wurde, als der Hakim einen stolzeren und fast befehlenden Ton annahm. »Wir haben dich zu unserem Arzt, nicht zu unserem Rat oder Lehrer erwähnt.«

»Belohnt so der berühmte Fürst von Frangistan Dienste, die seiner eigenen königlichen Person erwiesen worden sind?« fragte el Hakim, indem er die demütige und gebückte Haltung, die er bisher dem König gegenüber angenommen hatte, gegen eine stolze und gebietende aufgab. »Wisse denn«, sagte er, »an jedem Hof von Europa und Asien, bei Muselmanen und Nazarenern, überall, wo Ehre geachtet und Schande verwünscht wird, in jedem Teil der Welt will ich dich als einen Undankbaren bezeichnen.«

»Sprichst du so von mir, elender Ungläubiger?« fragte Richard. »Bist du des Lebens müde?«

»Hau zu!« sagte el Hakim, »dann wird dich deine Tat noch würdiger schildern, als meine Worte es vermöchten.«

Richard wandte sich zornig von ihm weg und rief, das Zelt durchschreitend, aus: »Undankbar und unedelmütig? – Ebensogern hieße ich feige und ungläubig! – Hakim, deine Bitte sei erfüllt, und obwohl es mir lieber wäre, wenn du meine Kronjuwelen gefordert hättest, so mag ich dir aus königlicher Großmut nichts verweigern. Nimm darum diesen Schotten in deine Gewalt – der Profoß wird ihn dir gegen diesen Befehl ausliefern.«

Er schrieb in der Eile ein paar Zeilen und gab sie dem Arzt. »Er sei dein Sklave – mach mit ihm, was du willst – nur nehme er sich in acht, nicht vor die Augen Richards zu kommen. Höre – du bist klug – er ist zu keck bei denen gewesen, deren schönem Gesicht und schwachem Urteil wir unsere Ehre anvertrauen, gleich wie ihr Morgenländer eure Schätze in Kästchen von Silberdraht bewahrt, der so dünn und schwach ist wie fliegende Sommerfäden.«

»Dein Diener versteht die Worte des Königs«, sagte der Weise, der mit einemmal seine ursprüngliche Ehrerbietung wieder annahm. »Wenn der kostbare Teppich besudelt worden ist, so deutet der Tor auf den Fleck, aber der Weise bedeckt ihn mit seinem Mantel. Ich habe den Willen meines Herrn gehört, und Hören ist Gehorchen.

»Gut«, sagte der König, »er bedenke also seine eigene Sicherheit und komme nie wieder in meine Nähe. – Hast du nicht etwas anderes, worin ich dir gefällig sein könnte?«

»Die Gnade des Königs hat meine Schale bis zum Rand gefüllt«, antwortete der Weise.

»Aber ich möchte wissen, was dir noch Freude macht, und was ich gern gebe.«

»Laß mich diese siegreiche Hand berühren«, sagte der Weise, »zum Pfand, daß, wenn Adonbec el Hakim künftig eine Gunst von Richard von England fordern sollte, er dies tun darf und seinen Anspruch geltend machen kann.«

»Hier ist die Hand und der Handschuh dazu, Mann«, entgegnete Richard. »Aber wenn du die gehörige Zahl deiner Heilungen voll machen könntest, ohne von mir zu verlangen, daß ich die von der Strafe befreie, welche sie verdient haben, so würde ich mich mit größerer Freude auf eine andere Art meiner Schuld entledigen.«

»Du sollst lange leben«, antwortete der Hakim und zog sich nach tiefer Verbeugung aus dem Gemach zurück.

Richard sah ihm unzufrieden nach. »Eine seltsame Halsstarrigkeit hat dieser Hakim«, sagte er, »und eine wunderliche Vermittlung, die diesen Schotten der wohlverdienten Strafe entzieht. Aber mag er leben! 's ist ein braver Mann mehr in der Welt. – Doch nun den Österreicher. – Heda, ist der Baron von Gilsland draußen?«

Auf diese Aufforderung zeigte sich die stämmige Gestalt des Sir Thomas de Vaux am Eingang des Zeltes, und hinter ihm schlich wie ein Gespenst, unangemeldet und ungehindert, der Einsiedler von Engaddi, in seinen Mantel von Ziegenfellen gehüllt.

Richard, ohne die Gegenwart des letzteren zu beachten, sagte mit lauter Stimme zum Baron: »Sir Thomas de Vaux von Lanercost und Gilsland, nehmt einen Trompeter und einen Herold und geht sogleich zum Erzherzog von Österreich und seht zu, daß Ihr ihn von der Mehrheit seiner Ritter und Vasallen umgeben antrefft, wie es vermutlich in diesem Augenblick der Fall sein wird. Denn der deutsche Eber frühstückt, ehe er zur Messe geht. Naht ihm mit so wenig Ehrfurcht wie möglich und beschuldigt ihn von seiten Richards von England, daß er letzte Nacht allein oder auch mit fremder Hilfe die Fahne von England von ihrer Stange gestohlen habe. Tut ihm unseren Willen kund, daß er binnen einer Stunde das besagte Banner mit aller Ehrerbietung herausgebe. Er selbst und seine Barone sollen zugegen sein mit bloßen Köpfen und ohne ihre Beinkleider. Ferner soll er neben das englische Banner das österreichische verkehrt herum aufpflanzen, weil dieses durch Diebstahl und Treuebruch entehrt wurde – und auf der anderen Seite soll auf einer Lanze das blutige Haupt dessen aufgesteckt sein, welcher der hauptsächliche Anstifter bei diesem gemeinen Frevel gewesen war. Und sagt ihm: Wenn unser Befehl genau vollzogen würde, so wären wir gewillt, um unseres Gelübdes und des Wohles des Heiligen Landes willen, ihm seine übrigen Missetaten zu verzeihen.«

»Aber was, wenn der Herzog von Österreich alle Teilnahme an dieser schändlichen und schurkischen Tat leugnet?« fragte Thomas de Vaux.

»Sagt ihm«, antwortete der König, »wir wollten es ihm auf seinen Kopf beweisen – ja, und wäre er von seinen besten Gefährten unterstützt. Ritterlich wollen wir es beweisen, zu Fuß oder zu Pferd, in der Wüste oder in den Schranken. Zeit, Ort und Waffen kann er bestimmen.«

»Bedenkt den Gottes- und Kirchenfrieden, mein König«, sagte der Baron, »den die Fürsten des Kreuzzugs eingegangen sind.«

»Bedenkt, daß Ihr meine Befehle ausführen sollt, mein Vasall«, antwortete Richard ungeduldig. »Kirchenfriede! Ich bitte dich, was soll das heißen? Der Kirchenfriede zwischen den Kreuzfahrern setzt den Krieg mit den Sarazenen voraus, mit denen aber haben die Fürsten einen Stillstand geschlossen – und somit hört das eine mit dem anderen auf. Und seht Ihr außerdem nicht, wie jeder dieser Fürsten sein eigenes Ziel verfolgt? Auch ich will meins verfolgen – es ist das der Ehre. Um der Ehre willen bin ich hierhergekommen, und wenn ich sie den Sarazenen nicht abgewinnen kann, so will ich sie wenigstens nicht durch diesen elenden Herzog verlieren, auch wenn alle Fürsten des Kreuzzugs ihn stützten.«

De Vaux wandte sich ab, den Befehl des Königs auszuführen, aber gleichzeitig zuckte er die Schultern, denn er konnte es nicht verbergen, daß der Inhalt des Befehls gegen seine Überzeugung ging. Der Einsiedler von Engaddi aber trat vor und verhielt sich, als wäre er mit höheren Befehlen beauftragt. In der Tat ließen ihn seine Kleidung aus rauhen Fellen, sein Haar und sein Bart, seine mageren und wilden Gesichtszüge und das Feuer, das in seinen Augen glomm, einem Seher der Bibel ähnlich erscheinen. Trotz seiner mürrischen Laune ehrte Richard die Kirche und ihre Diener, und obgleich verärgert über des Einsiedlers Eindringen in sein Zelt, grüßte er ihn mit Achtung. Zugleich aber gab er Sir Thomas de Vaux durch ein Zeichen zu verstehen, der Einsiedler solle seine Botschaft beschleunigen. Dieser aber wollte nichts wahrnehmen, hielt seinen nackten Arm in die Höhe und schwang ihn hin und her, abgemagert und zergeißelt, wie er war.

»Im Namen Gottes und des Heiligen Vaters verbiete ich diese unheilige, blutdürstige und höchst grausame Herausforderung zwischen zwei christlichen Fürsten, deren Schultern mit dem heiligen Kreuz versehen sind, bei dem sie sich Brüderschaft geschworen haben. Wehe dem, durch den sie gebrochen wird! – Richard von England, widerruf deine unheilige Botschaft. Tod und Gefahr umgeben dich! Der Dolch sitzt dir schon an der Kehle.«

»Tod und Gefahr sind stets meine Begleiter«, antwortete der Monarch stolz, »und ich habe zu vielen Schwertern getrotzt, als daß ich einen Dolch fürchten sollte.«

»Gefahr und Tod sind nahe«, wiederholte der Seher. Und mit geisterhafter Stimme fügte er hinzu: »Nach dem Tod das Gericht!«

»Guter, heiliger Vater«, sagte Richard, »ich verehre dich und deine Heiligkeit . . .«

»Verehre mich nicht!« unterbrach ihn der Einsiedler; »verehre lieber das geringste Insekt, das an den Ufern des Toten Meeres kriecht und sich von dem verfluchten Schlamm nährt. Aber verehre den, dessen Befehle ich ausrichte – verehre den, dessen Grab du zu befreien gelobt hast – ehre den Eid der Eintracht, den du geschworen hast, und zerreiße nicht das Band, durch das du mit deinen fürstlichen Verbündeten verknüpft bist.«

»Guter Vater«, sagte der König, »es scheint mir, als wenn ihr Kleriker etwas zuviel auf den Charakter eurer Heiligkeit pocht. Ich will euch nicht das Recht abstreiten, euch mit unserem Gewissen zu befassen, aber ihr müßt uns auch mit unserer Ehre befassen lassen.«

»Pochen auf Heiligkeit!« wiederholte der Einsiedler. »Kann ich auf etwas pochen, königlicher Richard, der ich nur unwürdige Trompete bin, die den Willen dessen verkündet, der sie bläst? Sieh, ich werfe mich vor dir auf die Knie, ich bitte dich barmherzig zu sein gegen die Christenheit, gegen England und gegen dich selbst.«

»Steh auf – steh auf«, sagte Richard, indem er ihn hochhob. »Was für Gefahr droht uns, ehrwürdiger Vater? Und seit wann ist die Macht Englands so gesunken, daß der Zorn dieses neugebackenen Herzogs England oder seinen Monarchen beunruhigen könnte?«

»Ich habe von meiner Felsenwarte die Sterne beobachtet, und ihr Lauf offenbarte mir, daß ein Feind im Haus deines Vaters sitzt, mein König, der deinen Ruhm und dein Glück haßt. – Du bist von einer nahen blutigen Gefahr umgeben, die, wenn du deinen stolzen Willen nicht der Pflicht beugst, dich zugrunde richten wird.«

»Schweig, schweig – das ist heidnische Weisheit«, sagte der König.

»Christen betreiben sie nicht – kluge Männer glauben nicht daran. Alter, du faselst.«

»Ich fasele nicht, Richard«, antwortete der Einsiedler. »Ich kenne meinen Zustand, ich weiß, daß ein Fünkchen Vernunft geblieben ist zum Nutzen der Kirche und zum Sieg des Kreuzes, aber nicht für mich. Ich bin der Blinde, der anderen die Fackel hält, die ihm selbst nicht leuchtet. Frag mich über das, was das Wohl der Christenheit und das Glück dieses Kreuzzugs angeht, und ich werde dir wie der weiseste Rat antworten. Sprich mit mir über meine eigene elende Person, und meine Worte werden die eines Wahnsinnigen sein.«

»Ich will nicht das Band zerreißen, das die Fürsten des Kreuzzugs verbindet«, sagte Richard mit ruhiger Stimme und Haltung. »Aber welchen Ersatz können sie mir bieten für die Schande, die ich erlitten habe?«

»Gerade hierüber bin ich von der Ratsversammlung zu sprechen beauftragt, die auf Ruf Philipps von Frankreich in Eile zusammenkam und Maßregeln in dieser Hinsicht getroffen hat.«

»Sonderbar«, sagte Richard, »daß andere beraten, was man der beleidigten Majestät von England schuldig ist!«

»Sie sind gewillt, Euren Forderungen zuvorzukommen, wenn es möglich ist«, antwortete der Einsiedler. »Einstimmig beschlossen sie, daß das Banner von England wieder auf dem St.-Georg-Berg aufgerichtet werde! Sie stellen unter Bann den oder die frevelnden Verbrecher, die es beschimpft haben; sie versprechen eine fürstliche Belohnung demjenigen, der den Verbrecher zeigt, und sie wollen sein Fleisch den Wölfen und Raben vorwerfen.«

»Und Leopold«, fragte Richard, »auf dem so großer Verdacht ruht, daß er der Urheber dieser Tat gewesen sei?«

»Um Zwietracht im Heer zu vermeiden«, entgegnete der Einsiedler, »will sich der Österreicher vom Verdacht reinigen, indem er sich jeder Unschuldsprobe unterwirft.«

»Will er mit Waffen kämpfen?« fragte König Richard.

»Sein Eid verbietet's ihm«, sagte der Einsiedler, »und der Rat der Fürsten ebenfalls.«

»Der will weder den Kampf mit den Sarazenen noch mit sonst jemandem«, unterbrach ihn Richard. »Aber genug, Vater, du hast mich von der Torheit meines Vorhabens in dieser Sache überzeugt. Eher könnte man eine Fackel in einer Regenpfütze anzünden als aus einer kaltblütigen Memme einen Funken locken. Es ist keine Ehre mit Österreich zu gewinnen; also fort damit. – Doch ich will, daß er falsch schwört; ich bestehe auf der Unschuldsprobe. – Wie will ich lachen, wenn ich seine plumpen Finger, welche die glühende Eisenkugel fassen, zischen hören werde! Ja, oder wenn sein großes Maul zerreißen und seine Gurgel erstickend anschwellen wird, sobald er die geweihte Hostie verschlingen will!«

»Still, Richard«, sagte der Einsiedler, »still, wenn nicht aus Liebe, so doch aus Scham! Wer könnte noch Fürsten loben und ehren, die sich einander beschimpfen und verleumden? Ach, daß ein so edler König, wie du es bist, die blinde Wut des Löwen haben muß!« Er blickte eine Zeitlang, in Gedanken vertieft, zur Erde und fuhr dann fort: »Aber der Himmel, der unsere Unvollkommenheit kennt, nimmt unseren Gehorsam an und hat das blutige Ende deines heldenmütigen Lebens wenn auch nicht aufgehoben, so doch aufgeschoben. Der Würgeengel hält sein gezogenes Schwert schon bereit, durch das er in nicht ferner Zeit den löwenherzigen Richard dem geringsten Bauern gleichmachen wird.«

»Wird das denn so bald sein?« fragte Richard. »Doch sei es. Möge mein Leben glänzend sein, wenn auch nicht von langer Dauer.«

»Ach, edler König«, sagte der Einsiedler bedauernd, »kurz und traurig, mit Demütigung, Leiden und Gefängnis gekennzeichnet, ist die Lebensspanne, die dich vom Grab trennt. In dieses Grab wird man dich legen, ohne daß du Nachfolger hinterläßt, ohne daß dein durch unaufhörliche Kriege erschöpftes Volk dich beweint, ohne daß du die Bildung deiner Untertanen vergrößert haben wirst und ohne daß du zur Vermehrung ihres Wohlstands das Geringste beitragen konntest.«

»Aber nicht ohne Ruhm, Mönch – nicht ohne die Trauer der Dame meiner Liebe! Dieser Trost, den du weder verstehen noch schätzen kannst, erwartet mich am Grab.«

»Ich nicht kennen – ich nicht schätzen – den Ruhm im Lied und in der Frauenliebe!« antwortete der Einsiedler in einem Ton, der mit der Begeisterung Richards zu wetteifern schien. »König von England«, fuhr er fort, seinen abgemagerten Arm ausstreckend, »dein Blut ist nicht edler als meins. So kalt es sein mag, es bleibt doch immer das königliche Blut von Lusignan – das des heldenmütigen und frommen Gottfrieds. Ich bin, das heißt, ich war, als ich noch der Welt angehörte, Alberich Mortemar . . .«

»Dessen Taten«, rief Richard, »so oft gerühmt wurden? Ist es wahr – kann es wirklich sein? Konnte solch ein Stern vom Himmel der Ritterschaft fallen, ohne daß man es wußte?«

»Such einen gefallenen Stern«, sagte der Einsiedler, »und du wirst nur eine schlechte Masse finden. Richard, wenn ich mir sicher wäre, daß ich durch das Aufdecken meines schrecklichen Schicksals dein stolzes Herz der Kirche unterwürfig machen könnte! So vernimm die Geschichte, deren Verheimlichung bisher mein Leben zerrüttete. Höre, Richard, und mögen mein Kummer und meine Verzweiflung eine eindringliche Warnung für dich sein! Ja, ich will die lange verborgenen Wunden öffnen.«

König Richard, auf den die Geschichte Alberichs von Mortemar in jungen Jahren, wenn die Minstrels in der Halle seines Vaters Legenden aus dem Heiligen Land vortrugen, einen tiefen Eindruck gemacht hatte, hörte mit Aufmerksamkeit einer Erzählung zu, die trotz ihrer Dunkelheit und Unvollständigkeit die Ursache des zeitweiligen Wahnsinns dieses sonderbaren und elenden Geschöpfs ausreichend erklärte.

»Ich brauche dir nicht zu sagen, daß ich edel von Geburt, reich an Glück, stark in den Waffen und weise im Rat war. Aber während sich die edelsten Damen in Palästina darüber stritten, Kränze für meinen Helm winden zu können, liebte ich doch fest und innig ein Mädchen von geringer Geburt. Der Vater des Mädchens, ein alter Krieger des Kreuzes, sah unsere Leidenschaft, und da er unseren Standesunterschied kannte, wußte er keine andere Zuflucht für die Ehre seiner Tochter als das Kloster. Ich kam von einem Feldzug zurück, mit Beute und Ruhm beladen, und fand mein Glück auf immer zerstört! Auch ich suchte das Kloster und wurde erfüllt von einem geistlichen Stolz, der nur in der Hölle seinen Ursprung haben konnte. Ich stieg so hoch in der Kirche, wie ich zuvor im Staat gestiegen war – ich war ja der Weise, der sich selbst Genügende, der Unsündhafte! – Ich war der Ratgeber von Konzilien – ich war der Lenker von Prälaten. – Wie sollte ich straucheln? Welche Versuchung sollte ich fürchten? – Ach! Dann wurde ich Beichtvater eines Nonnenklosters, und unter den Nonnen fand ich die lang Geliebte, lang Verlorene. Erlaß mir weitere Erklärungen. – Eine gefallene Nonne, deren Schuld durch Selbstmord gerächt wurde, liegt in den Höhlen von Engaddi, während über ihrem Grab ein Geschöpf wehklagt und heult, dem nur so viel Verstand übriggeblieben ist, wie es braucht, um sein Schicksal zu begreifen.«

»Unglücklicher Mann!« sagte Richard, »ich wundere mich nicht länger über dein Elend. Wie bist du der Strafe entgangen, welche die Kanons auf dein Verbrechen gesetzt haben?«

»Mein Leben wurde aus Rücksicht auf Person und hohe Geburt verschont. Aber ich sage dir, Richard, daß ich nach dem Tode härter bestraft werde. So welk und trocken auch mein elender Körper ist, er ist doch von zwei Geistern belebt – der eine tätig, fein und scharfsinnig, die Kirche von Jerusalem zu verteidigen – der andere niedrig, verworfen und verzweifelnd, bald von Wahnsinn ergriffen, bald von der Betrachtung seines Elends. Bemitleide mich nicht, aber laß dich durch mein Beispiel belehren. Du stehst auf der höchsten und folglich auf der gefährlichsten Zinne unter allen christlichen Fürsten. Dein Herz ist stolz, dein Lebenswandel locker, deine Hand voll Blut. Tu ab deine Sünden, die dir lieb wie Töchter sind; verjag diese Furien – deinen Stolz, deine Unmäßigkeit, deinen Blutdurst!«

»Er faselt«, sagte Richard zu de Vaux wie einer, der sich getroffen fühlt, dann wandte er sich gelassen und gewissermaßen verächtlich an den Einsiedler mit den Worten: »Du hast mir schöne Töchter erfunden, ehrwürdiger Vater, obschon ich erst seit wenigen Monaten verheiratet bin; aber da ich sie aus meinem Haus entlassen soll, so werde ich als guter Vater sie auch durch angemessene Ehen versorgen. Darum gebe ich meinen Stolz den edlen Domherren – meine Unmäßigkeit, wie du sie nennst, den Ordensmönchen – und meinen Blutdurst den Tempelrittern.«

»Oh, du Herz von Stahl, du Hand von Eisen«, sagte der Einsiedler, »wenn du schon auf Beispiel und Warnung nicht achtest, so sollst du doch für eine Zeit noch verschont werden, wenn du dich bekehrst und tust, was dem Himmel annehmbar erscheint. – Ich gehe an meinen Ort zurück. – Kyrie eleison!«

Als er dies gesagt hatte, stürzte er mit lautem Geschrei aus dem Zelt.

»Ein verrückter Priester!« sagte Richard. »Ihm nach, de Vaux, und achte darauf, daß ihm kein Unglück widerfährt. Denn, obwohl wir Kreuzfahrer sind, so ist ein Spaßmacher doch angesehener bei unseren Knechten als ein Pfaffe, und vielleicht könnten sie ihm einen Streich spielen.«

Der Ritter gehorchte, und Richard dachte nun über die drohende Prophezeiung des Mönchs nach. Frühzeitiger Tod – ohne Nachkommen – ohne Klage? Ein schweres Urteil! Nur gut, daß es von keinem kompetenten Richter gesprochen worden ist. Die Sarazenen freilich, die sich in den geheimen Wissenschaften auskennen, behaupten oft, daß der, welcher Weisheit nur Torheit nennt, Weissagung als Torheit des Narren ansieht. Man sagt, daß dieser Einsiedler auch in den Sternen lesen kann. Diese Kunst ist hier weit verbreitet. Ich wollte, ich hätte ihn wegen meines verlorenen Banners befragt. Denn selbst der ehrwürdige Thisbite, der Stifter seines Ordens, hätte nicht mit prophetischerer Zunge sprechen können. – »Sieh da, de Vaux! – Was Neues vom verrückten Pfaffen?«

»Einen verrückten Pfaffen nennt Ihr ihn, mein Fürst?« entgegnete de Vaux. »Er gleicht eher dem heiligen Täufer, der gerade aus der Wüste kommt. Er hat sich auf eine der Kriegsmaschinen gestellt, und da predigt er zu den Kriegern. Die Leute haben sich zu Tausenden um ihn gedrängt, und er wendet sich an die verschiedenen Nationen, an eine jede in ihrer Sprache, und feuert sie an, in der Befreiung von Palästina beharrlich zu sein.«

»Beim Himmel, ein edler Einsiedler!« sagte König Richard. »Aber konnte von dem Blut Gottfrieds etwas anderes kommen? Er verzweifelt an seinem Heil, weil er in den vergangenen Tagen von der Liebe gelebt hat. Ich will, daß der Papst ihm völlig Ablaß schickt, und ich würde nicht weniger gern sein Fürsprecher sein, auch wenn seine Geliebte eine Äbtissin gewesen wäre.«

Während er sprach, erschien der Erzbischof von Tyrus, um ihn zu einer geheimen Beratung der Häupter des Kreuzzugs zu bitten und um ihm die militärischen und politischen Vorfälle mitzuteilen, die sich während der Krankheit Richards ereignet hatten.

Neunzehntes Kapitel

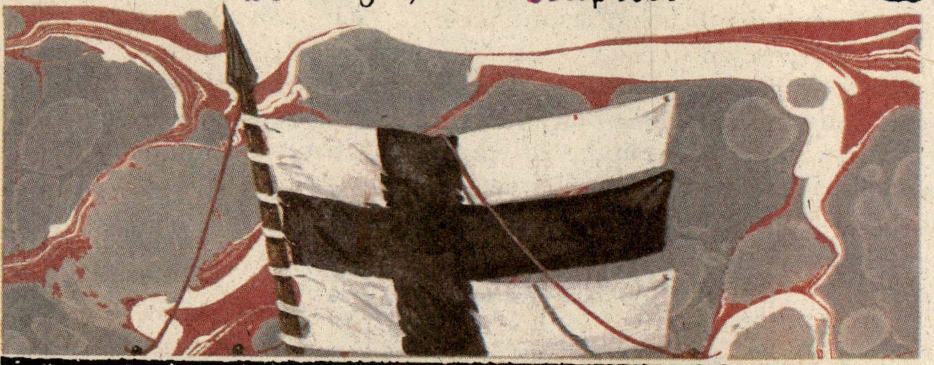

Der Erzbischof von Tyrus war ein gutgewählter Gesandter, doch selbst dieser kluge und ehrwürdige Prälat fand es schwer, dem König Nachrichten zu überbringen, die alle seine Hoffnungen auf Wiedergewinnung des Heiligen Grabes mit Waffengewalt zerstörten. Aus dem Bericht des Erzbischofs ging hervor, daß Saladin die Gesamtmacht seiner hundert Stämme versammelte und daß die europäischen Monarchen, die bereits aus verschiedenen Gründen des Krieges müde waren, den Entschluß gefaßt hatten, ihr Vorhaben aufzugeben. Sie wurden hierzu aufgemuntert durch das Beispiel Philipps von Frankreich, der trotz aller Beteuerungen und unter der Zusicherung, daß er zuvor seinen Bruder von England in Sicherheit sehen wolle, seine Absicht zu erkennen gab, nach Europa zurückzukehren. Sein mächtiger Vasall, der Graf von Champagne, hatte denselben Entschluß gefaßt, und es konnte nicht verwundern, daß Leopold von Österreich mit Freude die Gelegenheit ergriff, eine Sache zu verlassen, in der sein Gegner als Hauptperson galt. Andere kündigten dasselbe Vorhaben an. Dadurch wurde klar, daß der König von England zurückgelassen würde, nur mit der Unterstützung solcher, die freiwillig blieben, und darüber hinaus mit der zweideutigen Hilfe Conrads von Montserrat und des Tempel- und Johanniterordens, die, obwohl zum Kampf gegen die Sarazenen eidlich verpflichtet, nichts sehnlicher wünschten, als nach der Eroberung Palästinas dort ihre eigenen und unabhängigen Herrschaften errichten zu können.

Es bedurfte nicht vieler Beweise, um Richard seine wahre Lage zu zeigen; und tatsächlich setzte er sich nach einem ersten Ausbruch ruhig nieder und hörte mit gesenktem Kopf und gekreuzten Armen den Erzbischof an, der ihm die Unmöglichkeit darlegte, den Kreuzzug fortzusetzen, wenn sich alle Verbündeten zurückzogen. Ja, er unterbrach ihn nicht einmal, als der Prälat in gemessenen Ausdrücken darauf anspielte, daß die Leidenschaftlichkeit Richards eine Hauptursache gewesen sei, den Fürsten den Feldzug zu verleiden.

»Confiteor!« antwortete Richard niedergeschlagen und mit einem schwermütigen Lächeln, »ich bekenne es, ehrwürdiger Vater, daß ich in mancher Hinsicht *mea culpa* singen müßte. Aber ist es nicht hart, daß so sehr gebüßt werden muß? Bei der Seele des Eroberers, ich will das Kreuz auf die Türme von Jerusalem pflanzen, oder es soll auf Richards Grab gepflanzt werden!«

»Du kannst es tun«, sagte der Prälat, »ohne daß das Blut eines Christen vergossen wird.«

»Ah, Ihr sprecht vom Vertrag, Herr Prälat – aber das Blut der ungläubigen Hunde müßte dann auch aufgehört haben zu fließen«, sagte Richard.

»Es wird ruhmreich genug sein«, entgegnete der Erzbischof, »von Saladin durch die Gewalt der Waffen und durch die Achtung, die er vor Eurem Ruf hat, solche Bedingungen gewonnen zu haben, die uns zugleich das Heilige Grab zurückgeben, das Heilige Land den Pilgern auftun, ihre Sicherheit durch starke Festungen gewähren und die Sicherheit der Heiligen Stadt verbürgen durch Verleihung des Titels eines Schutzkönigs an Richard.«

»Wie!« sagte Richard, und seine Augen leuchteten. »Ich – Schutzkönig der Heiligen Stadt! Der Sieg selbst, aber das ist ja Sieg, könnte nicht mehr erbringen. Doch Saladin beabsichtigt, seinen Einfluß im Heiligen Land aufrechtzuerhalten?«

»Als Mitregent, als geschworener Verbündeter des mächtigen Richard, seines Verwandten – wenn es durch Heirat ermöglicht wird.«

»Durch Heirat!« rief Richard mit Erstaunen. »Ha! Ja – Edith Plantagenet. Hab ich dies geträumt – oder hat mir's jemand gesagt? Mein Kopf ist noch schwach vom Fieber, und er ist überanstrengt. – War es der Schotte oder der Hakim oder jener Einsiedler, der von diesem sonderbaren Handel sprach?«

»Wahrscheinlich der Einsiedler von Engaddi«, sagte der Erzbischof, denn er hat viel in dieser Sache getan; und seit die Uneinigkeit der Fürsten offenbar und eine Trennung der Streitkräfte unvermeidlich geworden ist, hat er mit Christen und Heiden Zusammenkünfte gehabt, um solche Friedensbedingungen zu erhalten, wodurch die Christenheit wenigstens zum Teil den Zweck des heiligen Krieges erreicht.«

»Meine Verwandte einem Ungläubigen – ha!« rief Richard aus, und seine Augen funkelten.

Der Prälat beeilte sich, des Königs Zorn zu beschwichtigen. »Die Einwilligung des Papstes muß ohne Zweifel zuerst erwirkt werden, und der Einsiedler, der in Rom gut bekannt ist, würde mit dem Heiligen Vater verhandeln.«

»Was? – Ohne unsere Einwilligung?« fragte der König.

»Keineswegs«, sagte der Bischof in einem sanften und beschwichtigenden Ton, »sondern mit und unter Eurem besonderen Einverständnis.«

»Mein Einverständnis zur Heirat meiner Verwandten mit einem Ungläubigen«, sagte Richard, aber er sprach eher in einem Ton des Zweifels als der Mißbilligung. »Hätte ich mir solch einen Vergleich träumen lassen, als ich von meiner Galeere auf die syrische Küste sprang wie ein Löwe auf seine Beute! – Und nun – doch fahrt fort, ich will geduldig zuhören.«

Ebensosehr erfreut wie verwundert, seine Arbeit viel leichter zu finden, als er geglaubt hatte, beeilte sich der Erzbischof, Richard die Beispiele solcher durch den Heiligen Stuhl gebilligten Heirat in Spanien darzulegen sowie die unermeßlichen Vorteile, die dieser Bund für die ganze Christenheit hätte. Vor allem sprach er mit großer Begeisterung von der Wahrscheinlichkeit, daß Saladin, wenn die beabsichtigte Heirat stattfinden sollte, seinen falschen Glauben mit dem wahren vertauschen würde.

»Hat der Sultan seine Absicht verkündet, ein Christ zu werden?« fragte Richard. »Wenn das der Fall ist, so lebt kein König auf Erden, dem ich die Hand einer Verwandten, ja einer Schwester lieber gäbe als ihm – und hätte er auch nichts zu bieten als sein gutes Schwert und ein noch besseres Herz.«

»Saladin hat unsere christlichen Lehrer gehört«, sagte der Bischof, »unter anderen meine Wenigkeit selbst. Und da er mit Geduld zuhört und mit Ruhe seine Einwände macht, kann es kaum anders kommen, als daß er wie ein Brand aus dem Feuer gerissen wird. Ferner ist der Einsiedler von Engaddi, von dessen Worten wenige fruchtlos bleiben, völlig davon überzeugt, daß eine Bekehrung der Sarazenen und der anderen Heiden nahe ist und daß diese Heirat eine Vorbereitung dazu sein könnte. Er liest in den Sternen, und da er unter Kasteiung seines Fleisches jene heiligen Orte bewohnt, die von jeher die Propheten durchwandelten, ist der Geist des Elia, des Stifters seines heiligen Ordens, mit ihm.«

König Richard hörte der Rede des Prälaten mit betrübter Miene zu.

»Ich weiß nicht«, sprach er, »wie es mit mir steht, aber mich dünkt, diese frostigen Pläne der christlichen Fürsten haben mich mit ihrer Geistesträgheit angesteckt. Es war eine Zeit, da ich einen Laien mit solchem Vorschlag zu Boden gestreckt haben würde, und wäre es ein Geistlicher gewesen, so hätte ich ihn angespien als einen Abtrünnigen – doch nun klingt mir dieser Plan nicht fremd. Denn warum sollte ich nicht Brüderschaft und Bündnis mit einem tapferen, gerechten, edelmütigen Sarazenen suchen, der einen würdigen Feind wie seinen Freund ehrt und liebt, während die christlichen Fürsten von der Seite ihrer Verbündeten weichen und die gute Sache im Stich lassen? – Aber ich will Geduld üben und nicht daran denken. Nur einen Versuch will ich machen, diesen stattlichen Bund noch zusammenzuhalten. Gelingt mir's nicht, Herr Erzbischof, so wollen wir zusammen deinen Vorschlag beraten, den ich für jetzt weder annehme noch verwerfe. Gehen wir in die Versammlung – die Stunde ruft uns.«

Mit Hilfe seiner Leibdiener kleidete sich der König eiligst an, und ohne ein anderes Zeichen seiner königlichen Würde als der goldene Reif auf seinem Haupt, beeilte er sich, mit dem Erzbischof von Tyrus die Versammlung zu erreichen, die nur noch auf seine Ankunft wartete, um mit der Sitzung beginnen zu können.

Der Versammlungsort war ein großes Zelt; das Banner des Kreuzes und das Bild eines knienden Weibes mit aufgelöstem Haar und unordentlicher Bekleidung, die betrübte und unterdrückte Kirche von Jerusalem darstellend, befanden sich davor. Ausgewählte Wächter hielten jeden vom Zelt zurück, damit die Verhandlungen, die zuweilen laut und stürmisch waren, nicht zu den Ohren der Uneingeweihten gelangten.

In diesem Zelt erwarteten die Fürsten des Kreuzzugs die Ankunft Richards, und diese Zeit nutzten seine Feinde zu seinem Nachteil aus. Verschiedene Beispiele seines Stolzes und seines ungeziemenden Strebens nach Vorrang wurden erzählt, und selbst sein jetziges Ausbleiben wurde falsch gewertet. Man versuchte, sich in der üblen Meinung gegen den König von England wechselseitig zu bestärken, und das geschah vielleicht darum, weil man sich einer unwillkürlichen Achtung vor dem Monarchen bewußt war, den zu übertreffen fast unmöglich schien.

Sie hatten verabredet, ihn bei seiner Ankunft mit geringer Beachtung zu empfangen und ihm nicht mehr als nötig Ehrerbietung zu bezeigen. Als sie aber die edle Gestalt Richards erblickten, das fürstliche Gesicht, das von der überstandenen Krankheit ein wenig blaß war, und als sie seiner Taten gedachten, da erhoben sich auf einen Schlag alle Fürsten der Versammlung, selbst der eifersüchtige König von Frankreich und der mürrische und beleidigte Herzog von Österreich, und riefen: »Gott erhalte König Richard von England! – Langes Leben dem heldenmütigen Löwenherz!«

Frei und offen dankte Richard und pries sich selbst glücklich, wieder unter seinen fürstlichen Brüdern zu sein.

Einige wenige Worte wünsche er zu sagen – dies war seine Anrede an die Versammlung – über einen Gegenstand, der so unwürdig wie er selbst sei, und würde dadurch auch die Beratung für ein paar Minuten aufgeschoben.

Die versammelten Fürsten nahmen schweigend ihre Sitze wieder ein.

»Dieser Tag«, fuhr der König von England fort, »ist ein hohes Fest der Kirche, und es ist echte Christenart, sich bei solch einem Anlaß mit ihren Brüdern zu versöhnen und einander Fehler einzugestehen. Edle Fürsten und Väter dieses Heiligen Krieges! Richard ist ein Kriegsmann, seine Hand ist immer schneller als seine Zunge, und seine Zunge ist an die rauhe Sprache seines Standes nur zu sehr gewöhnt. Aber verlaßt nicht um der voreiligen Rede Plantagenets und seiner unüberlegten Handlungen willen die gute Sache der Befreiung Palästinas, werft nicht irdischen Ruhm und ewiges Heil von euch, weil die Handlungen eines Kriegsmannes voreilig und seine Worte hart waren. Hat Richard gegen einen von euch gefehlt, so wird er es wiedergutmachen durch Wort und Tat. – Edler Bruder von Frankreich, ich bin so unklug gewesen, Euch zu beleidigen?«

»Der König von Frankreich hat keine Genugtuung zu fordern bei dem König von England«, antwortete Philipp mit ritterlicher Würde, indem er gleichzeitig Richards dargebotene Hand ergriff, »und welche Ziele ich auch in diesem Kreuzzug verfolgen könnte, so werden mich ausschließlich Staatsgründe, die mein eigenes Königreich betreffen, gewiß aber keine Eifersucht und Gehässigkeit gegen meinen königlichen Bruder bestimmen.«

»Österreich«, sagte Richard, indem er auf den Erzherzog zuging, während Leopold unwillkürlich von seinem Sitz aufstand, »Österreich glaubt Gründe zu haben, sich von England beleidigt zu fühlen, England glaubt Ursache zu haben, sich über Österreich zu beklagen. Mögen sie sich einander vertragen, damit der Friede von Europa und die Eintracht dieses Heeres weiterbestehen. Wir sind zu dieser Zeit gemeinsame Träger eines ruhmreicheren Banners – es sei darum kein Streit zwischen uns wegen des Zeichens unserer irdischen Würden; wenn aber die Fahne von England in Leopolds Gewalt ist, so möge er sie zurückgeben, und Richard will dann erklären, daß er die raschen Worte bereut, womit er die Standarte von Österreich beschimpfte.«

Der Erzherzog stand mürrisch und verdrossen da, die Augen zu Boden gerichtet, aber Scheu und Unbeholfenheit ließen ihn nicht zu Wort kommen.

Der Patriarch von Jerusalem beeilte sich, das beengende Schweigen zu unterbrechen, um anstelle des Erzherzogs von Österreich zu erklären, daß er sich von jeder Mitwisserschaft hinsichtlich des Angriffs gegen das englische Banner durch einen feierlichen Eid gereinigt habe.

»In diesem Fall haben wir dem edlen Erzherzog das größte Unrecht getan«, sagte Richard, »und indem wir ihn bitten, uns zu verzeihen, reichen wir ihm die Hand zu Frieden und Freundschaft. Was soll das? Österreich verschmäht unsere entblößte Hand, wie er neulich die gepanzerte verschmäht hat? Können wir weder Geselle im Frieden noch Gegner im Kampf sein? Gut, also wollen wir die geringe Achtung als Strafe annehmen für das, was wir in der Hitze gegen ihn getan haben, und somit unsere Rechnung für ausgeglichen ansehen.«

Als er dies gesagt hatte, wandte er sich vom Erzherzog ab und verschaffte ihm durch seine Entfernung so viel Erleichterung, wie ein fauler Schüler empfindet, wenn er dem Blick des Lehrers ausweichen kann.

»Edler Graf von Champagne – fürstlicher Marquis von Montserrat – mächtiger Großmeister der Templer – ich bin hier ein Büßender im Beichtstuhl. – Hat einer von euch mir einen Vorwurf zu machen oder Genugtuung zu fordern?«

»Ich wüßte keinen Grund«, sagte der glattzüngige Conrad, »es sei denn, daß der König von England seine armen Waffenbrüder allen Ruhmes beraubt, den sie in diesem Krieg erhofften.«

»Wenn ich aufgefordert werde«, sagte der Großmeister der Templer, »hier einen Vorwurf zu machen, so habe ich einen ernsteren und schwereren als der Marquis von Montserrat. Es mag einem Mönchssoldaten übel ausgelegt werden, wenn er die Stimme erhebt, während so viele edle Fürsten in Schweigen verharren; aber es nützt dem ganzen Heer und nicht minder dem edlen König von England, daß ihm einer die Vorwürfe macht, die von so vielen hinter dem Rücken gemacht werden. Wir preisen und rühmen den Mut und die Taten des Königs von England, aber es kränkt uns, daß er jede Gelegenheit ergreift, um einen Vorrang über uns zu gewinnen, dem sich unabhängige Fürsten nicht unterwerfen dürfen. Vieles könnten wir aus freien Stücken seinem Mut, seinem Eifer, seinem Reichtum und seiner Macht gewähren, aber wenn er alles selbstverständlich hinnimmt und für Gunstbezeigungen und Huldgeschenke nichts übrigläßt, dann würdigt er uns zu Dienern und Vasallen herab. Da der königliche Richard die Wahrheit von uns gefordert hat, so muß es ihn weder befremden noch verdrießen, wenn er einen hört, dem irdischer Glanz verboten ist und weltliche Herrschaft nichts bedeutet, und wenn er einen mit Wahrheit auf seine Fragen antworten hört, einer Wahrheit, die von allen hier im Herzen gebilligt wird, auch wenn der laute Beifall aus Rücksicht schweigt.«

Richard wurde feuerrot, und das Gemurmel zeigte klar, daß fast alle

Anwesenden mit dieser Anklage einverstanden waren. Obgleich erzürnt und gekränkt, sah Richard doch voraus, daß er, wenn er seiner Wut freien Lauf ließ, seinem kalten und schlauen Ankläger den Vorteil einräumen würde, den dieser beabsichtigt hatte. Darum verhielt er sich mit aller Anstrengung still, bis er ein Paternoster gebetet hatte, sooft der Zorn Meister über ihn zu werden drohte. Darauf sprach der König mit Fassung, obwohl nicht ohne Bitterkeit im Anfang seiner Rede: »Ist es also wirklich so? Haben sich unsere Brüder die große Mühe gemacht, die Schwächen unseres Temperaments und die wilde Hast unseres Eifers im Gedächtnis zu behalten? Ich hätte mir nicht vorgestellt, daß so zufällige und absichtslose Beleidigungen einen so tiefen Eindruck machen könnten auf meine Verbündeten, daß sie deswegen die gerade Straße nach Jerusalem verlassen würden. Vergebens habe ich gehofft, daß meine geringen Verdienste die Fehler meiner Raschheit ausglichen, daß man's mir nicht vergäße, wie ich beim Angriff immer der erste und beim Rückzug immer der letzte gewesen bin, während die anderen die Beute verteilten, die ich ihnen gern überließ. Habe ich eine eroberte Stadt mit meinem Namen benannt, so überließ ich doch anderen die Herrschaft darüber. Wenn ich halsstarrig auf kühnen Vorschlägen bestanden habe, so sparte ich mein und meines Volkes Blut nicht in ihrer Ausführung, oder wenn ich im Durcheinander von Marsch und Schlacht den Befehl über die Truppen anderer annahm, so wurden diese fremden Truppen meinen gleichgehalten, wenn meine Unternehmungen Mundvorrat und Arzneien beschafften, die deren Herren nicht herbeischaffen konnten. – Aber ich schäme mich, euch an Dinge zu erinnern, die ihr alle vergessen zu haben scheint. – Laßt uns vielmehr vorwärts schauen und glaubt mir, Brüder«, fuhr er mit einem von Eifer glühenden Gesicht fort, »ihr sollt den Stolz, den Zorn und den Ehrgeiz Richards nicht mehr als einen Stein des Anstoßes nehmen können. O nein – nein! Ich würde den Gedanken nicht überleben, daß durch mein Versehen und Verschulden dieser Bund von Fürsten zerrissen worden sei. Wenn ich euch nur die Aufrichtigkeit meiner Gesinnung beweisen könnte. Ich will aus freien Stükken jedem Befehl im Heer entsagen, selbst dem über meine eigenen Vasallen. Sie mögen von dem Fürsten befehligt werden, den ihr ernennen werdet, und ihr König, der immer nur geneigt war, den Befehlshaberstab mit der Kriegerlanze zu vertauschen, wird bei den Templern dienen – ja sogar bei den Österreichern, wenn Österreich einen tapferen Mann ernennen will, seine Truppen zu leiten. Oder wenn ihr selbst des Krieges müde seid, laßt dann mit Richard nur zehn- oder fünfzehntausend von euren Kriegern zurück, um euer Gelübde auszuführen. Und wenn einst Zion erobert ist, dann wollen wir über seine Tore nicht den Namen von Richard Plantagenet schreiben, sondern die Namen der edlen Fürsten, die ihm zu seiner Eroberung behilflich waren.«

Die schlichte Beredsamkeit und der kräftige Ausdruck des kriegerischen Monarchen erweckten den gesunkenen Mut der Kreuzfahrer; ihr Eifer fühlte sich von neuem angefeuert, und da sich ihre Aufmerksamkeit wieder auf den Hauptzweck ihres Unternehmens richtete, so erröteten jetzt viele der Anwesenden darüber, daß sie an solchen Erbärmlichkeiten Anstoß genommen hatten. Wie mit einer Stimme ließen sie das Kriegsgeschrei wieder hören, und laut schallte es: »Führe uns, edler Löwenherz – keiner ist so würdig. Führe uns nach Jerusalem – nach Jerusalem! Gott will es – Gott will es! Gesegnet ist, wer seinen Arm zur Erfüllung leiht!«

Das Jubelgeschrei, das sich so plötzlich erhob, wurde draußen von den Kriegern gehört, und mit neuer Begeisterung antworteten sie mit dem Ruf: »Zion, Zion! – Krieg, Krieg – in die Schlacht gegen die Ungläubigen! Gott will es – Gott will es!«

Der Zuruf von draußen vermehrte die Begeisterung im Zelt. Man sprach von nichts mehr als von dem Marsch gegen Jerusalem nach Ablauf des Waffenstillstands und von den Maßnahmen zur Ergänzung des Heeres. Die Versammlung ging auseinander, und dem Anschein nach waren alle von derselben Begeisterung erfüllt, die jedoch bei vielen bald verflog und die bei anderen nie bestanden hatte.

Zu den letzteren gehörten der Marquis Conrad und der Großmeister der Templer, die gemeinsam zu ihren Quartieren gingen, unzufrieden mit den Ereignissen des Tages.

»Ich habe dir's immer gesagt«, sprach der letztere in kaltem und bitterem Ton, »daß Richard die feine Schlinge, die du ihm gelegt hast, zerreißen würde wie ein Löwe ein Spinngewebe. Du siehst, er braucht nur zu sprechen, und sein Atem bewegt diese wankelmütigen Toren so leicht, wie der Wirbelwind zerstreute Halme ergreift und nach Gefallen zusammenhäuft oder verstreut.«

»Wenn der Wind vorüber ist«, sagte Conrad, »so werden die Halme wieder zur Erde fallen.«

»Aber weißt du denn nicht«, sagte der Templer, »daß, wenn dieser neue Eroberungsschwindel vergeht und jeder mächtige Fürst so viel Einfluß zugestanden bekommt, wie sein schwaches Hirn ausüben kann, Richard nichtsdestoweniger König von Jerusalem werden wird und daß er dann Friedensverhandlungen mit dem Sultan beginnt?«

»Nun, denkst du vielleicht, der stolze König von England würde sein Blut mit einem heidnischen Sultan vermählen?« entgegnete Conrad.

»Ich habe diesen Vorschlag aus politischen Gründen beigemischt, um ihm den ganzen Vertrag zu verleiden. Ob wir ihn durch einen Vertrag oder durch den Sieg zum Herrn bekommen, ist gleich schlimm für uns.«

»Deine Politik hat Richards Verdauung falsch beurteilt«, sagte der Templer, »ich kenne seine Ansicht durch ein heimliches Wörtchen vom Erzbischof. – Und dann dein Meisterstück mit dem Banner – man hat nicht größeres Aufhebens davon gemacht, als zwei Ellen gestickter Seide wert sind. Marquis Conrad, dein Witz geht zu Ende – ich will mich nicht länger auf deine feinen Pläne verlassen, sondern meine eigenen versuchen. Kennst du nicht die Leute, welche von den Sarazenen Charegiten genannt werden?«

»Warum nicht?« antwortete der Marquis, »es sind verzweifelte und verrückte Schwärmer, die ihr Leben dem Gedeihen der Religion geweiht haben – etwa wie die Templer –, nur daß sie in ihrem Wirkungskreis nie stillstehen.«

»Scherze nicht«, antwortete der Mönch, »wisse, einer von diesen Leuten hat in seinem blutigen Gelübde diesen Inselkönig ausersehen, um ihn als den Hauptfeind des mohammedanischen Glaubens zu erschlagen.«

»Ein sehr verständiger Heide«, sagte Conrad. »Mohammed verleihe ihm dafür sein Paradies!«

»Er wurde in dem Lager von einem unserer Knappen ergriffen, und in einem geheimen Verhör hat er seinen Vorsatz frei gestanden«, sagte der Großmeister.

»Nun, der Himmel verzeihe denen, die den Vorsatz dieses höchst verständigen Charegiten vereitelt haben!« antwortete Conrad.

»Er ist mein Gefangener«, fuhr der Templer fort, »und von aller Gemeinschaft mit anderen getrennt, wie du leicht denken kannst – aber Gefängnisse sind schon durchbrochen worden. Wenn er wieder frei ist, verfolgt er erneut seine Spur, denn es liegt in der Art dieser Bluthunde, nie die Fährte zu verlassen, die sie einmal gewittert haben.«

»Sprich nicht weiter«, sagte der Marquis, »ich erkenne deine Politik – sie ist furchtbar, aber die Notwendigkeit drängt.«

»Ich sprach nur deshalb davon, damit du auf deiner Hut sein mögest, denn der Lärm wird fürchterlich werden, und man kann nicht wissen, gegen wen die Engländer ihre Wut kehren. – Ja, ich habe noch ein anderes Bedenken – mein Page kennt das Vorhaben des Charegiten. Er ist ein empfindlicher und eigensinniger Narr, den ich gern los wäre, weil er mir alles durchkreuzt, indem er es wagt, mit eigenen Augen und nicht mit meinen zu sehen. Aber unser heiliger Orden gibt mir Macht, diesem Übelstand abzuhelfen. Oder halt – der Sarazene kann einen guten Dolch in seiner Zelle finden, und ich bin dafür, daß er Gebrauch davon macht, was genau zu der Zeit sein wird, wo ihm der Page das Essen bringt.«

»Das wird der Geschichte einen Deckmantel geben«, sagte Conrad, »und doch . . .«

»Doch und aber«, entgegnete der Templer, »sind Wörter für Toren – weise Männer zaudern und widerrufen nicht – sie beschließen und führen aus.«

Zwanzigstes Kapitel

Richard ahnte nichts von dem geplanten Verrat und hatte, nachdem er die Einigkeit der fürstlichen Kreuzfahrer wiederherstellen konnte, keine wichtigere Aufgabe, als seine Familienangelegenheit zu ordnen. Da er nun überlegter urteilen konnte, erkundigte er sich genau nach den Umständen des Bannerverlustes wie auch nach den Beziehungen zwischen seiner Verwandten Edith und dem verbannten schottischen Abenteurer.

So wurden die Königin und ihr Hof vom Besuch des Sir Thomas de Vaux erschreckt, der das schnelle Erscheinen der Lady Calista von Montfaucon, der ersten Kammerfrau der Königin, vor König Richard verlangte.

»Was soll ich sagen, Madame?« fragte die zitternde Hofdame die Königin. »Er wird uns alle töten.«

»Nein, seid ohne Furcht, Madame«, sagte de Vaux, »Seine Majestät hat das Leben des schottischen Ritters verschont und hat ihn dem maurischen Arzt überlassen – er wird nicht strenger gegen eine Dame sein, wäre sie auch schuldig.«

»Ersinne irgendeine schlaue Geschichte«, sagte Berengaria. »Mein Gemahl hat zuwenig Zeit, um deren Wahrheit zu prüfen.«

»Erzähl die Sache, wie sie sich wirklich zugetragen hat«, sagte Edith, »oder ich tue es.«

»Mit gütiger Erlaubnis Eurer Majestät«, sagte de Vaux, »scheint mir der Gedanke der Lady Edith gut zu sein. Denn obgleich König Richard alles glaubt, was Eure Majestät ihm zu sagen beliebt, so zweifle ich daran, daß er sich gegen die Lady Calista in dieser Sache gleich gefällig zeigen wird.«

»Der Lord von Gilsland hat recht«, sagte Lady Calista, »und außerdem hätte ich auch Geistesgegenwart genug, eine Geschichte zu erfinden, ich bin aber überzeugt, ich hätte nicht den Mut, sie zu erzählen.«

Mit dem Vorsatz der Aufrichtigkeit ging Lady Calista unter de Vaux' Begleitung zum König und legte ein vollständiges Bekenntnis des Planes ab, wodurch der unglückliche Ritter vom Leoparden verleitet worden war, seinen Posten zu verlassen. Sie entschuldigte Lady Edith und wälzte die Hauptschuld auf die Königin, ihre Herrin, deren Anteil an dem Streich, wie sie wohl wußte, in den Augen des Königs am verzeihlichsten erscheinen würde. Richard war ein zärtlicher, ja fast untertäniger Ehegatte. Sein erster Zorn war längst verflogen, und er wollte nicht mehr streng ahnden, was er nun nicht mehr ändern konnte. Die verschmitzte Lady Calista, die von ihrer frühesten Kindheit an gewohnt war, Hofränke zu erfinden und Fürstenlaunen zu erraten, eilte mit der Schnelligkeit eines Kiebitzes zu der Königin zurück und kündigte ihr in seinem Auftrag an, sich auf einen baldigen Besuch Richards gefaßt zu machen. Die Hofdame fügte einen auf ihre Beobachtungen gegründeten Kommentar bei, mit dem sie der Königin zu zeigen versuchte, daß Richard gesonnen sei, ihr und allen Mitschuldigen seine huldreiche Vergebung zu erteilen, wenn sie ihren Scherz bereuen wollten.

»Bläst der Wind von dieser Seite?« fragte die Königin, sehr beruhigt. »Glaub mir, daß Richard, obschon er ein großer Feldherr ist, es schwer finden soll, uns in diesem Stück zu überflügeln, denn wie die Schäfer auf den Pyrenäen in meiner Heimat Navarra sagen: Mancher geht nach Wolle aus und kehrt geschoren nach Haus.«

Nachdem sie alle Erkundigungen hatte, die von Calista zu erhalten waren, kleidete sich die Königin Berengaria auf das auserwählteste und erwartete mit Vertrauen die Ankunft Richards. Er kam und sah sich in der Lage eines Fürsten, der eine unzufriedene Provinz betritt mit dem Vertrauen, daß er nur Verweise zu erteilen und Unterwerfung zu erhalten habe, und der nun wider Erwarten Abneigung und Empörung überall antrifft. Berengaria kannte die Macht ihrer Reize und die Größe von Richards Liebe recht gut, und sie war gewiß, daß sie nun, da der erste Ausbruch des Zorns ohne Unglück vorübergegangen war, die Friedenspunkte nach ihrem Gutdünken festlegen könne. Weit entfernt, den Verweis des Königs anzuhören, verringerte und verteidigte sie ihre Schuld als einen harmlosen Scherz. Sie stellte auf die unschuldigste Weise in Abrede, den Zwerg gesandt zu haben, um den Ritter weiter zu verlocken als bis zum Rand des Hügels, wo er Wache hielt – und das war insofern wahr, da sie nicht befohlen hatte, Sir Kenneth in ihr Zelt zu führen. Und war die Königin bereit zu ihrer Verteidigung, so war sie es noch viel mehr, Richard der Ungefälligkeit zu beschuldigen, weil er ihr ein so kleines Geschenk wie das Leben eines armen Ritters abgeschlagen habe. Sie weinte und schluchzte, während sie ihrem Gemahl seine Hartherzigkeit vorwarf, eine Hartherzigkeit, wodurch sie für ihr ganzes Leben unglücklich hätte werden können. Die Erscheinung des geschlachteten Opfers würde ihre Träume beunruhigt haben – ja, sie wäre sich nicht sicher, ob nicht sein Geist während des Wachens vor ihrem Bett gestanden hätte.

Dieser Erguß weiblicher Beredsamkeit war von Tränen und Seufzern begleitet und mit einem Ausdruck und mit Bewegungen vorgetragen, die zu beweisen schienen, daß der Schmerz der Königin weder in ihrem Stolz noch in ihrem Eigensinn seinen Grund habe, sondern in der bitteren Erfahrung, daß sie die Liebe ihres Gemahls in einem geringeren Grad besitze, als sie geglaubt hatte.

Der gute König Richard war in großer Verlegenheit. Vergebens versuchte er, vernünftig mit seiner Frau zu reden, die zur Anhörung von Gründen unfähig war; auch konnte er es nicht über sich bringen, seine gesetzliche Autorität gegen ein Wesen geltend zu machen, das mitten in seiner unvernünftigen Laune so schön war. Er war darum in seiner Verteidigung beschränkt und versuchte, ihren Argwohn vorsichtig zu tadeln und ihre Laune zu besänftigen. Er erinnerte sie, daß sie nicht nötig habe, auf die Vergangenheit mit Gewissensbissen und Seelenangst zurückzublicken, da Sir Kenneth lebe und wohlauf sei und sich in den Händen des großen arabischen Arztes befinde, der gewiß besser verstehe als alle anderen Menschen, ihn am Leben zu erhalten. Aber das war der unfreundlichste Schlag von allen, daß ein Sarazene, ein Arzt, ein Geschenk erhalten, um das sie mit unbedecktem Haupt und gebeugtem Knie ihren Gemahl vergebens angefleht habe. Bei diesem neuen Vorwurf verging Richard die Geduld, und er sagte mit ernster Stimme: »Berengaria, dieser Arzt hat mein Leben gerettet. Falls das Wert in deinen Augen hat, wirst du ihm eine Belohnung gönnen, auch wenn sie größer wäre als diese einzige, die er von mir annehmen wollte.«

Die Königin war zufrieden damit, es so weit getrieben zu haben. »Mein Richard«, sagte sie, »warum brachtest du diesen Weisen nicht zu mir, damit Englands Königin ihm hätte zeigen können, wie hoch sie den achtet, der das Leben ihres Gemahls gerettet hat?«

Kurz, der Ehestreit war zu Ende, aber damit irgendeine Strafe gezahlt werden möge, kamen die Königin und der König überein, die ganze Schuld auf den Botschafter Nectabanus zu werfen, der mit seiner königlichen Gemahlin Guenevra vom Hof verbannt wurde. Und der unglückliche Zwerg entging nur der Stäupung, weil die Königin versicherte, daß er bereits eine körperliche Züchtigung erhalten habe. Ferner wurde beschlossen, die beiden Kuriositäten Saladin zu senden als Dank für die

Hilfe des Arztes, begleitet mit der Botschaft, daß die Feindseligkeiten nach Ablauf des Waffenstillstands wiederaufgenommen werden würden.

Richard hatte an diesem Tag noch einen Auftritt mit einem anderen Weib zu bestehen. Obgleich Edith schön war und von ihm hoch geachtet wurde, so war sie doch weder Richards Weib noch seine Geliebte, und er fürchtete ihre begründeten Vorwürfe deshalb weniger als die ungerechten und unbegründeten der Königin. Da er sie im geheimen zu sprechen verlangt hatte, so wurde er in ihr Gemach geführt, wo zwei koptische Sklavinnen während der Unterhaltung in dem entferntesten Winkel auf den Knien verharrten. Ein feiner schwarzer Schleier verhüllte die schlanke Gestalt des edlen Fräuleins, und sie trug keinerlei Art Schmuck an sich. Sie erhob sich und machte eine tiefe Verbeugung, als Richard eintrat, nahm auf sein Geheiß ihren Sitz wieder ein und erwartete, als er neben ihr Platz genommen hatte, daß er ihr seine Mitteilung mache.

Richard, der gewohnt war, mit Edith vertraut zu sein, fand diesen Empfang kalt und begann das Gespräch mit einiger Verlegenheit.

»Unsere schöne Cousine«, sagte Richard, »ist böse auf uns, und wir geben zu, daß wir versuchten, ihr ein Betragen zur Last zu legen, das wir von ihr nicht gewohnt sind. Aber solange wir leben, werden wir Schatten für Wesen halten. Könnte meine schöne Base ihrem ein wenig hitzigen Verwandten Richard verzeihen?«

»Wer sollte Richard nicht verzeihen«, antwortete Edith, »vorausgesetzt, daß Richard die Verzeihung des Königs erhalten kann.«

»Laß das, meine Base, dieser Ton ist zu feierlich. Bei Gott, so ein trauriges Gesicht und so ein einfacher, dunkler Schleier könnten die Leute glauben machen, du seist eine Witwe oder hättest wenigstens einen Bräutigam verloren. Sei guten Mutes – du weißt sicher schon, daß kein Grund zur Trauer vorhanden ist. Warum also diese Trauerzeichen beibehalten?«

»Weil die Ehre der Plantagenets hin ist – weil der Ruhm das Haus meines Vaters verlassen hat.«

Richard runzelte die Stirn. »Die Ehre hin! Der Ruhm unser Haus verlassen!« wiederholte er zürnend. »Doch meine Base Edith darf dies sagen. Ich habe sie vorschnell beurteilt; sie hat deshalb ein Recht, mich hart zu richten. Aber sag mir wenigstens, was ich falsch gemacht habe.«

»Plantagenet«, sagte Edith, »hätte einen Fehler entweder verzeihen oder bestrafen sollen. Es paßt nicht zu ihm, freie Männer, Christen und brave Ritter den Fesseln der Ungläubigen auszuliefern. Es schickt sich nicht für ihn, ein Leben zu verleihen gegen den Verlust der Freiheit. Den Unglücklichen zum Tode zu verurteilen wäre hart gewesen, aber es hätte einen Anschein von Gerechtigkeit gehabt, ihn zur Sklaverei und Verbannung zu verurteilen ist unverhohlene Tyrannei.«

»Ich sehe, liebe Base«, sagte Richard, »du bist eine von den Schönen, die glauben, daß ein abwesender Liebhaber so gut wie keiner oder wie ein toter ist. Geduld: Ein Dutzend Reiter kann ihn einholen und den Fehler gutmachen, wenn dein Buhle im Besitz eines Geheimnisses ist, das seinen Tod wünschenswerter machen könnte als seine Verbannung.«

»Still mit diesen üblen Späßen!« antwortete Edith, tief errötend. »Denk lieber daran, daß du durch deine Rache, wodurch du einen der besten Männer weggeworfen hast, zugleich all denen ein Recht zugestanden hast, zu sagen, Richard Löwenherz habe den bravsten Streiter seines Lagers verbannt, damit dessen Namen in der Schlacht nicht seinen erreichen möge.«

»Was!« rief Richard aus, der nun wirklich in großer Bewegung war. »Bin ich einer, der den Ruhm anderer beneidet? – Ich wollte, er wäre hier, mir solche Gemeinheit vorzuwerfen. Ich würde meinen Rang und meine Krone ablegen und ihm ritterlich in den Schranken begegnen, damit man sehen kann, ob Richard Plantagenet die Tapferkeit eines Sterblichen zu fürchten oder zu beneiden hat. Laß das, Edith, du glaubst nicht, was du sagst. Hüte dich, daß der Schmerz oder der Kummer um deinen entfernten Liebhaber dich nicht ungerecht machen gegen deinen Verwandten, der trotz deiner Unfreundlichkeit dein Urteil so hoch hält.«

»Mein entfernter Liebhaber?« sagte Lady Edith. »Doch soll er, der diesen Namen so teuer bezahlt hat, so genannt werden. Wie unwürdig ich auch einer solchen Huldigung sein mochte, so war ich ihm wie ein Licht, das ihm vorwärts leuchtete auf dem Pfad der Ritterlichkeit; aber daß ich meinen Rang vergessen oder daß er seinen überschritten hätte, ist unwahr, selbst wenn es ein König behauptet.«

»Meine schöne Base«, sagte Richard, »legt mir keine Worte auf die Zunge, die ich nicht gesprochen habe. Ich sagte nicht, daß dieser Mann mit einer größeren Gunst von Euch beehrt worden sei, als ein guter Ritter von einer Prinzessin erhalten kann. Aber ich kenne diese Liebeshändel ein wenig – mit stummem Anschauen aus ehrerbietiger Entfernung fängt es an, doch wenn sich die Gelegenheit bietet, wächst die Vertraulichkeit. – Es nützt nichts, mit jemandem zu reden, der sich für weiser hält als die ganze Welt.«

»Ich höre gern die Ratschläge meines Verwandten an«, sagte Edith, »wenn sie so beschaffen sind, daß sie meinen Rang und Charakter nicht beleidigen.«

»Könige, meine schöne Base, geben keine Ratschläge, sondern Befehle«, sagte Richard.

»Sultane geben in der Tat Befehle«, sagte Edith, »und der Grund liegt darin, daß sie über Sklaven herrschen.«

»Du solltest diese Geringschätzung der Sultanherrschaft ablegen, da du eine so hohe Meinung von einem Schotten hast. Ich glaube, daß Saladin sein Wort besser hält als jener Wilhelm von Schottland. Er hat schändlich an mir gehandelt, weil er versäumt hat, die versprochene Hilfe zu schicken. Laß mich dir sagen, Edith, du ziehst vielleicht noch einmal einen treuen Türken einem falschen Schotten vor.«

»Nein – nie!« rief Edith, »und sollte selbst Richard die falsche Religion annehmen.«

»Du willst das letzte Wort haben«, sagte Richard, »und du sollst es haben. Halte von mir, was du willst, Edith, ich werde nicht vergessen, daß wir Vetter und Base sind.«

Nach diesen Worten nahm er Abschied, aber wenig zufrieden mit dem Erfolg seines Besuchs.

Es war am vierten Tag, nachdem Sir Kenneth aus dem Lager entlassen worden war, und König Richard saß in seinem Zelt, den Abend genießend. Niemand war bei ihm: De Vaux war nach Ascalon gesandt worden, um Verstärkungstruppen und Ergänzung der Kriegsvorräte zu holen, und die größte Zahl derer, die ihn umgaben, war damit beschäftigt, daß sie für den Beginn des Krieges und für eine den folgenden Tag stattfindende große Musterung des Kreuzheeres ihre Vorbereitungen traf. Der König saß und hörte auf die Geräusche draußen. Die Stimmen der Krieger waren laut und fröhlich und konnten als eine Vorahnung des nahen Sieges gelten. Während sich Richard an diesen Tönen ergötzte und von Siegen und Eroberungen träumte, meldete ein Stallmeister, daß ein Bote von Saladin draußen warte.

»Laß ihn augenblicklich vor«, sagte der König, »und mit gebührender Ehre, Yocelyn.«

Der englische Ritter ließ daraufhin eine Gestalt herein, die ein nubischer Sklave zu sein schien, dessen Aussehen jedoch einen hohen Eindruck machte. Er war von stattlichem Wuchs, sein Kopf war von einem milchweißen Turban bedeckt und seine Schultern von einem kurzen Mantel derselben Farbe. Darunter trug er ein Wams von gegerbtem Leopardenfell, das eine Handbreit überm Knie endete. Seine nervigen Arme und Beine waren nackt, ausgenommen die Sandalen an den Füßen und die silbernen Bänder an Füßen, Hals und Armen. Ein gerades Schwert mit einem Buchsbaumgriff und einer Scheide von Schlangenhaut hing an seiner Hüfte. In seiner rechten Hand hielt er einen kurzen Wurfspieß mit einer geraden spannlangen Stahlspitze, und an seiner linken Hand führte er einen großen und schönen Windhund.

Der Bote warf sich auf die Erde, und nachdem er den Boden mit der

Stirn berührt hatte, stützte er sich auf ein Knie, während er dem König ein seidenes Tuch überreichte, in dem sich ein Brief von Saladin mit einer normannisch-englischen Übersetzung folgenden Inhalts befand:

»Saladin, der König der Könige, an den Löwen von England. Da wir durch Deine letzte Botschaft benachrichtigt worden sind, daß Du den Krieg dem Frieden vorziehst und unsere Feindschaft unserer Freundschaft, so halten wir Dich für verblendet und hoffen, Dich bald mit Hilfe der siegreichen Heeresmacht unserer tausend Stämme von Deinem Fehler zu überzeugen, wenn Mohammed, der Prophet Gottes, und Allah, der Gott des Propheten, unseren Streit entscheiden werden. Mit diesem Vorbehalt betrachten wir mit hoher Achtung Dich und die Geschenke, die Du uns gesandt hast, sowie auch die beiden Zwerge, die in ihrer Ungestalt merkwürdig sind wie der Ysop und ergötzlich wie die Laute Isaaks. Und zur Erwiderung dieser Beweise aus der Schatzkammer Deiner Güter senden wir Dir hier einen nubischen Sklaven mit Namen Zohauk, den Du nicht, wie es die Narren der Erde tun, nach seiner Farbe beurteilen mußt. Wisse, daß er geschickt ist, den Willen seines Herrn auszurichten; auch ist er weise, um Rat zu geben, wenn Du gelernt hast, Dich mit ihm zu verständigen, denn er ist stumm. Wir empfehlen ihn Deiner Hut, hoffend, daß die Stunde nicht fern ist, wo er Dir gute Dienste leisten kann. Und hiermit sagen wir Dir Lebewohl im Vertrauen, daß unser heiliger Prophet Dich noch zur Erkenntnis der Wahrheit führen werde. Doch wenn diese Erleuchtung ausbleiben sollte, so wünschen wir Dir eine baldige Herstellung Deiner königlichen Gesundheit, daß Allah zwischen Dir und uns in offener Feldschlacht entscheiden möge.«

Die Botschaft war beglaubigt durch die Unterschrift und das Siegel des Sultans.

Richard betrachtete schweigend den Nubier, der mit zu Boden gesenktem Blick und mit über die Brust gekreuzten Armen vor ihm kniete und einem schwarzen Marmorbild von der feinsten Arbeit ähnlich sah. Der König von England war zufrieden mit diesen Muskeln, Nerven und dem Ebenmaß der Glieder des Nubiers und fragte ihn in der Lingua franca: »Bist du ein Heide?«

Der Sklave schüttelte den Kopf, und indem er seine Hand zur Stirn erhob, machte er das Kreuzeszeichen zum Beweis seines Christenglaubens. Hierauf nahm er seine regungslose, demütige Stellung wieder an.

»Du bist ohne Zweifel ein nubischer Christ«, sagte Richard. »Und die Heidenhunde haben dich des Sprechwerkzeugs beraubt?«

Der Stumme schüttelte wiederum verneinend den Kopf, wies mit dem Zeigefinger nach oben und legte ihn dann auf seine Lippen.

»Ich verstehe dich«, sagte Richard, »dein Leiden kommt von Gott, nicht von der Grausamkeit der Menschen. Kannst du Rüstzeug und Gürtel putzen und, wenn's not tut, mit bei ihrem Anlegen behilflich sein?«

Der Stumme nickte, und nachdem er den Panzer des Königs, der mit Schild und Helm des ritterlichen Monarchen an dem Pfeiler des Zeltes hing, herabgenommen hatte, zeigte er sich so kundig und geschickt, daß man die Dienste eines Waffenträgers wohl von ihm erwarten konnte.

»Du bist ein tauglicher Diener und wirst gewiß ein nützlicher werden – du sollst in meiner Kammer und mir selbst dienen«, sagte der König, »damit man sehen kann, wie hoch ich das Geschenk des königlichen Sultans schätze. Da du keine Zunge hast, so kannst du weder Geschichten von hier weitertragen noch mich durch unangemessene Antworten in Hitze bringen.«

Der Nubier warf sich von neuem nieder, bis seine Stirn den Boden berührte, und stellte sich dann einige Schritt entfernt hin, als erwarte er die Befehle seines neuen Herrn.

»Ja, du sollst deinen Dienst bald beginnen«, sagte Richard, »denn ich sehe einen Rostfleck diesen Schild verdunkeln, und wenn ich ihn vor den Augen Saladins schwinge, soll er blank und fleckenlos sein wie die Ehre des Sultans und meine eigene.«

Ein Horn wurde draußen geblasen, und Sir Heinrich Neville trat mit einem Paket Briefe herein. »Von England, mein Fürst«, sagte er, als er sie überreichte.

»Von England, unserem lieben England!« wiederholte Richard schwärmerisch. »Ach, sie denken nicht daran, wie sehr ihr König in der Klemme war zwischen Krankheit und Kummer, fahrlässigen Freunden und tätigen Feinden.« Als er hierauf die Briefe hastig öffnete, sagte er: »Ha, die kommen aus keinem Friedensland, auch dort herrscht die Zwietracht. – Neville, tretet ab – ich muß diese Nachrichten allein und mit Muße durchgehen.«

Neville zog sich zurück, und Richard war bald in Trauerbotschaften vertieft, die ihm von England zugekommen waren: die Zerreißung seiner erblichen Domänen durch Fraktionen; die Zwietracht der Brüder Johann und Gottfried und die Streitigkeiten beider mit dem hohen Gerichtshalter Longchamp, Bischof von Ely; die Unterdrückung, die der Adel gegen den Bauernstand ausübte, und die Empörung der Bauern gegen ihre Herren, die überall zur Unordnung und in einigen Grafschaften zum Blutvergießen geführt hatte. Die näheren Auseinandersetzungen dieser Vorfälle, die Richard beschämten, waren von der dringenden Bitte seiner Räte begleitet, daß allein seine Ankunft das Königreich vor dem Schrecken der Zwietracht retten könne, die schon von Frankreich und Schottland ausgenutzt wurde. Von Besorgnis erfüllt, las Richard die Unheilsbriefe immer wieder von neuem, verglich sie miteinander, und bald war er unempfänglich für alles, was um ihn her vorging.

Mit der Arbeit beschäftigt, die ihm sein neuer Herr aufgetragen hatte, saß der nubische Sklave, dem König den Rücken zugekehrt. Er hatte Harnisch und Panzer in Ordnung gebracht und gereinigt und war nun mit einem Schild ungewöhnlicher Größe beschäftigt, dessen sich Richard beim Auskundschaften oder beim Erstürmen fester Plätze bediente, da dieser einen größeren Schutz gegen Wurfgeschosse bot als der schmale, dreieckige. Auf diesem Schild waren weder die königlichen Löwen von England noch eine andere Wappenfigur, welche die Aufmerksamkeit der Verteidiger der Festungswerke hätte anziehen können. Darum war die Sorgfalt des Knappen darauf gerichtet, ihm einen Glanz so hell wie Kristall zu verleihen, und dies schien ihm ganz gut zu gelingen. In weiterer Entfernung als der Nubier und von außen kaum sichtbar lag der große Hund.

Während der Monarch und sein neuer Diener beschäftigt waren, mischte sich eine andere Person unter die Gruppe von etwa ein paar Dutzend Wächtern, die die ungewöhnlich nachdenkliche Haltung und eifrige Beschäftigung ihres Königs bemerkten und in aller Stille vor dem Zelt Wache hielten. Aber die Wache war darum nicht schärfer als sonst. Einige belustigten sich an Glücksspielen mit kleinen Kieselsteinen, andere schwatzten leise miteinander von der kommenden Schlacht, und mehrere lagen im Schlaf.

Mitten unter diese sorglosen Wächter schlich sich ein alter Türke, schwächlich und klein von Gestalt und ärmlich gekleidet – einer der Schwärmer, die sich zuweilen ins Lager der Kreuzfahrer wagten, obwohl sie immer beschimpft und häufig mißhandelt wurden. Die Lustigkeit und Ausgelassenheit der christlichen Krieger hatten ein buntes Gedränge von Musikanten, Dirnen, jüdischen, koptischen und türkischen Händlern und sonstigem Auswurf des Morgenlandes zu den Zelten gelockt. Als jedoch die kleine, unansehnliche Gestalt, die wir beschrieben haben, der Wache so nahe gekommen war, um von ihr aufgehalten zu werden, warf sie ihren dunkelgrünen Turban vom Kopf und ließ erkennen, daß Bart und Augenbrauen geschoren waren wie die der gewöhnlichen Possenreißer und daß der Ausdruck des Gesichts und die kleinen, feurigen pechschwarzen Augen einen verwirrten Geist verrieten.

»Tanze, Marabout«, schrien die Soldaten, die mit dem Tun dieser Schwärmer vertraut waren, »tanze, oder wir wollen dich mit unseren Bogensträngen peitschen, daß du dich besser drehen sollst als ein Kreisel, den ein Schulbube treibt.« So schrien die sorglosen Wächter, die vergnügt waren, ein Spottziel gefunden zu haben.

Der Marabout schien mit Vergnügen ihrer Aufforderung nachzukommen. Er sprang vom Boden hoch und drehte sich in schwindelndem Wirbel vor ihnen herum, einem welken Blatt gleichend, das der Wintersturm im Kreis herumjagt. Die einzige Locke seines kahlgeschorenen Kopfes flog in die Höhe, wie wenn ein Genius ihn daran aufrecht hielte, und in der Tat schien übernatürliche Hilfe zur Ausführung dieses wilden Wirbeltanzes nötig, bei dem man kaum die Zehenspitzen des Tänzers den Boden berühren sah. Während des Tanzes flog er hin und her, näherte sich jedoch fast unmerklich der Tür des königlichen Zeltes, daß er, als er nach zwei, drei Sprüngen erschöpft zu Boden fiel, nicht über dreißig Schritt von dem König entfernt war.

»Gebt ihm Wasser«, sagte ein Krieger, »sie fordern immer einen Trunk nach ihrem närrischen Drehtanz.«

»Was – Wasser, sagst du, Long Allan?« rief ein anderer Schütze. »Wie würde dir ein solches Gesöff nach so einem Tanz schmecken?«

»Der Teufel trinkt hier Wasser«, sagte ein dritter. »Wir wollen den leichtfüßigen alten Heiden bekehren und ihm Zyperwein einschenken.«

»Ja, ja«, sagte ein vierter, »und wenn er sich sträubt, so hole das Horn.«

Bald wurde um den liegenden, erschöpften Derwisch ein Kreis geschlossen, und während ein langer Kriegsmann den schmächtigen Türken vom Boden hob, bot ihm ein anderer eine mächtige Flasche Wein an. Der Alte, nicht in der Lage zu sprechen, schüttelte den Kopf und lehnte den vom Propheten verbotenen Trunk ab; aber seine Peiniger gaben sich nicht so bald zufrieden.

»Das Horn herbei!« rief einer. »Es ist kein großer Unterschied zwischen Türk und Gaul, und wir wollen uns danach richten.«

»Bei St. Georg, ihr werdet ihn ersäufen!« sagte Long Allan, »und abgesehen davon, es ist Sünde, an einen Heidenhund so viel Wein zu verschwenden, wie ein guter Christ zu einem dreifachen Nachtschlaf braucht.«

»Du kennst den Instinkt dieser Türken nicht, Long Allan«, sprach Heinrich Woodstall, »ich sag dir, Bruder, die Flasche Zyprer da wird sein Gehirn in Wirbel setzen, und das muß ihn wieder zu sich bringen.«

»Und nun gar mißgönnen!« sagte Tomalin Blackleß. »Wie kannst du dem armen Teufel von Heiden einen Schluck auf Erden mißgönnen, da du doch wissen mußt, daß er eine Ewigkeit lang keinen Tropfen haben wird, seine Zungenspitze zu kühlen?«

»Sieh«, sagte Long Allan, »das wäre eine harte Strafe dafür, daß er ein Türke ist, weil sein Vater es vor ihm gewesen ist. Ja, wäre er ein vom Christentum abgefallener Heide, dann geb ich's zu, daß die heißeste Ecke in der Hölle ein gutes Winterquartier für ihn wäre.«

»Halt's Maul, Long Allan«, sagte Heinrich Woodstall. »Ich sag dir, deine Zunge ist nicht dein kürzestes Glied an deinem Körper, und ich prophezeie dir, daß sie dich in Ungnade bringen wird, wie schon einmal in der Geschichte mit dem schwarzäugigen syrischen Weibsbild. – Doch da kommt das Horn. – Hand angelegt, Bruder.«

»Halt, halt – er gibt nach«, sagte Tomalin, »seht, er will trinken. – Platz da, Bruder. Sei es, sagt der Holländer – das läuft wie Märzbier hinunter! Nein, das sind wahre Löcher, wenn sie einmal anfangen – euer Türke hustet nicht ins Horn und hört nicht auf.«

Der Derwisch trank oder schien wenigstens die große Flasche in einem Zug auszutrinken, und als er sie vom Mund nahm, sagte er nichts als die von einem tiefen Seufzer begleiteten Worte: *»Allah kerim!* – Gott ist barmherzig!« Ein Gelächter erschallte unter den Kriegsleuten, die Zeugen dieses Schluckes waren, und es schallte so laut, daß es den König störte, der zornig rief: »Wie, Kerle, keine Rücksicht – keine Ehrerbietung?«

Alle wurden still, denn sie kannten Richards Laune, der manchmal viel soldatische Vertraulichkeit zuließ, aber ein andermal die strengste Ehrerbietung verlangte. Indem sie sich vom König zurückzogen, versuchten sie den Marabout mit sich zu schleifen, der sich aber mit Sträuben und Stöhnen widersetzte.

»Laßt ihn in Ruh, Narren«, flüsterte Long Allan seinen Gesellen zu, »ihr bringt sonst unseren König aus dem Häuschen, daß uns ein Dolch an den Schädel geflogen kommt. Laßt ihn allein, in ein paar Augenblikken wird er wie ein Murmeltier schlafen.«

Auf einen zweiten Befehl des Monarchen zogen sich alle eiligst zurück und ließen den Derwisch, der offenbar unfähig war, sich zu rühren, auf dem Boden liegen. Dann war alles still.

Einundzwanzigstes Kapitel

Eine Viertelstunde nach dem Auftritt oder noch länger herrschte vor dem königlichen Zelt völlige Ruhe. Der König saß nachdenklich lesend am Eingang des Zeltes – im Innern putzte der Nubier immer noch an dem großen Schild – etwa hundert Schritt vor dem Zelt standen, saßen oder lagen die wachhabenden Krieger. Auf dem freien Platz zwischen ihnen und dem Zelt aber lag der Marabout, ohne Bewußtsein und von einem Bündel Lumpen kaum zu unterscheiden.

In dem geputzten Schild jedoch, der wie ein Spiegel funktionierte, bemerkte der Nubier zu seinem Schrecken und Erstaunen, daß der Marabout sacht den Kopf vom Boden hob, als wollte er sehen, was um ihn herum vorging, und sich mit einer Vorsicht bewegte, die mit seiner Trunkenheit ganz unvereinbar war. Schnell legte er den Kopf wieder nieder, und langsam begann er sich so unauffällig wie möglich immer näher und näher auf den König zuzuwälzen. Von Zeit zu Zeit blieb er ruhig wie eine Spinne, die sich beobachtet sieht. Diese sonderbaren Bewegungen kamen dem Nubier verdächtig vor, und er bereitete sich still auf einen Angriff vor.

Der Marabout hatte sich nach und nach angeschlichen, bis er sich in einer Entfernung von etwa zehn Schritt zu Richard befand. Plötzlich aber stand er hinter des Königs Rücken und schwang einen Dolch, den er im Ärmel versteckt getragen hatte. Nun hätte den heldenmütigen Monarchen die Gegenwart seines ganzen Heeres nicht gerettet, aber die Bewegungen des Nubiers waren so gut berechnet wie die des Derwischs, und ehe dieser zustoßen konnte, hatte der andere den erhobenen Arm gefaßt. Der Charegite kehrte seine ganze Wut gegen den, der sich so unerwartet zwischen ihn und seine Beute warf, und versetzte dem Nubier einen Dolchstoß, der zum Glück nur seinen Arm streifte; so konnte er mit seiner überlegenen Stärke den Angreifer leicht zu Boden werfen. Richard, nun aufmerksam geworden, ergriff den Stuhl, auf dem er gesessen hatte, rief: »Warte, du Hund!« und zerschmetterte ihn auf dem Schädel des Mörders, der zweimal – einmal mit lauter und einmal mit gebrochener Stimme – die Worte sagte: *»Allah akbar!* – Gott ist siegreich!« und zu des Königs Füßen starb.

»Ihr seid mir sorgsame Wächter«, sagte Richard in einem verächtlichen Ton zu seinen Schützen, die nun, von dem Lärm aufgestört, voll Schrecken und Bestürzung in das Zelt drangen. »Ihr seid wachsame Hüter, daß ihr mich solches Henkerswerk eigenhändig verrichten laßt. – Seid ruhig und hört mit eurem unsinnigen Schreien auf! Habt ihr noch keinen toten Türken gesehen? – Werft das Aas aus dem Lager, haut ihm den Kopf ab und steckt ihn auf eine Lanze; aber sorgt dafür, daß das Gesicht nach Mekka sieht, damit er seinem Lügenpropheten, auf dessen Geheiß er hierhergekommen ist, desto besser berichten kann, wie ihm seine Gesandtschaft gelungen ist. – Und nun du, mein schwarzer, stummer Freund«, fuhr er fort, »doch, was hast du? Du bist verwundet – und ich fürchte, mit einer vergifteten Waffe, denn ein so schwaches Tier wie dieses da konnte ja nicht mehr hoffen, als die Haut des Löwen nur zu ritzen. – Saug einer von euch das Gift aus der Wunde! Gift ist unschädlich auf den Lippen, auch wenn es tödlich im Blut ist.«

Die Krieger sahen sich bestürzt und zaudernd an; die Seltsamkeit dieses Wagnisses hielt sie zurück.

»Was soll das, Kerle«, fuhr der König fort, »seid ihr so süßmäulig, oder fürchtet ihr den Tod, daß ihr zögert?«

»Nicht den Menschentod«, sagte Long Allan, den der König beim Sprechen angesehen hatte, »aber ich möchte nicht sterben wie eine vergiftete Ratte wegen des schwarzen Stück Viehs da.«

»Seine Majestät befiehlt den Leuten, Gift zu saugen«, brummte ein anderer Schütze, »als wäre das so wenig, wie eine Stachelbeere zu verschlucken.«

»Nein«, sagte Richard, »nie habe ich etwas befohlen, was ich nicht bereit gewesen wäre, selbst zu tun.«

Ohne weiteres Bedenken und trotz der Beschwörungen der Umstehenden und des Nubiers selbst begann der König von England die Wunde auszusaugen. Er war damit noch nicht fertig, als der Nubier von ihm wegsprang und, während er schnell eine Binde um seinen Arm wickelte, durch Zeichen zu erkennen gab, daß er nicht bereit sei, einen so erniedrigenden Dienst auszuhalten. Long Allan bot sich nun an, nicht ohne zu bemerken, daß er den Nubier lieber mit Haut und Haar aufessen würde, als daß der Mund König Richards ihn noch einmal berührte.

Neville, der mit anderen Höflingen hereingetreten war, brachte ebenfalls seine Bedenken vor.

»Macht kein unnötiges Geschrei wegen einer Gefahr, die vorbei ist«, sagte der König ruhig, »die Wunde ist nur eine Kleinigkeit, sie hat kaum geblutet – eine erboste Katze hätte tiefer gekratzt, und was mich anlangt, ich brauche nur der Vorsicht halber ein Gegengift zu nehmen, obwohl es unnötig ist.«

Aber als Neville fortfuhr, ihm die Gefahr auszumalen, der er sich ausgesetzt habe, gebot ihm der König Schweigen. »Still, nichts weiter davon – ich wollte diesen unwissenden, vorurteilsvollen Burschen da nur zeigen, wie sie sich einander Hilfe leisten könnten, wenn die feigen Lumpenhunde uns mit vergifteten Waffen angreifen. Aber«, fügte er hinzu, »nimm diesen Nubier mit in dein Quartier, Neville. – Ich habe meinen Entschluß über ihn geändert, sorge, daß man ihn gut behandelt. Doch laß dir im Vertrauen sagen: Gib acht, daß er nicht entwischt – es steckt mehr hinter ihm, als es scheint. Gib ihm alle Freiheiten, nur das Lager darf er nicht verlassen. – Und ihr ochsenfressende und weinsaufende englische Bullenbeißer, packt euch wieder auf eure Wache und haltet sie mir ja mit mehr Behutsamkeit. Glaubt nicht, daß wir daheim in unserem lustigen Vaterland sind, wo man spricht, ehe man zuhaut, und wo man sich die Hand schüttelt, ehe man sich die Hälse bricht. Bei uns zu Hause schreitet die Gefahr frei mit gezogener Klinge einher und fordert den Feind heraus, den sie überfallen will. Aber hier wirft sie euch einen seidenen Handschuh hin statt eines stählernen, schneidet euch die Kehle ab mit der Feder einer Turteltaube, durchsticht euch mit dem Schnürriemen eines Weibes. – Vorwärts – haltet das Auge auf und den Mund zu – trinkt weniger und blickt schärfer um euch; oder ich will eure Riesenmägen auf so kleine Bissen beschränken, daß es selbst den Magen eines Schottländers beklemmen sollte.«

Die Schützen zogen sich beschämt auf ihre Posten zurück, und Neville fing an, seinem Herrn Vorwürfe zu machen, wie gefährlich es sei, eine Nachlässigkeit im Dienst so leicht durchgehen zu lassen, und wie nötig es wäre, ein Strafbeispiel zu geben für ein so schweres Vergehen. Richard aber unterbrach ihn mit den Worten: »Sprich nicht davon, Neville – willst du, daß ich mich für eine kleine Gefahr schwerer räche als für den Verlust des englischen Banners? Es ist gestohlen worden – gestohlen von einem Dieb oder ausgeliefert von einem Verräter, und kein Blut ist deshalb geflossen. – Mein schwarzer Freund, du bist ein Ausleger von Geheimnissen, wie der erlauchte Sultan sagt. Ich würde dir gern dein eigenes Gewicht in Gold schenken, wenn du mir auf irgendeine Weise den Dieb zeigen könntest, der so an meiner Ehre gefrevelt hat. Was sagst du? Hm!«

Der Stumme schien begierig zu sprechen, aber er brachte nur die unvollkommenen Töne heraus, die seinem traurigen Zustand entsprachen. Er kreuzte die Arme, sah den König an, als wenn er ihn verstanden hätte, und beantwortete die Frage durch ein Kopfnicken.

»Wie!« sagte Richard mit lebhafter Freude. »Kannst du mir in dieser Sache helfen?«

Der nubische Sklave wiederholte das Nicken.

»Aber wie sollen wir uns verständlich machen? Kannst du schreiben, guter Bursche?«

Der Sklave nickte wieder.

»Gebt ihm Schreibzeug«, sagte der König. »In dem Zelt meines Vaters war es leichter zu finden als in meinem – aber es muß irgendwo vorhanden sein, wenn dies sengende Klima die Tinte nicht hat eintrocknen lassen. Wahrhaftig, dieser Bursche ist ein Juwel – ein schwarzer Diamant, Neville.«

»Wenn Ihr gestattet, mein Fürst«, sagte Neville, »daß ich meine geringe Meinung sagen soll, so möchte ich mit dieser Ware nicht handeln. Dieser Mann muß ein Zauberer sein, und Zauberer haben's mit dem Feind, dem viel daran gelegen ist, Uneinigkeit in unsere Versammlung zu bringen, und . . .«

»Still, Neville«, sagte Richard. »Versuche nicht, Plantagenet aufzuhalten, wenn er Hoffnung hat, seine Ehre wiederzuerlangen.«

Der Sklave, der während dieses Gesprächs geschrieben hatte, erhob sich nun und warf sich nach seiner Sitte auf die Erde, ehe er das Geschriebene dem König überreichte. Das Schreiben war französisch, obwohl Richard bis jetzt in der Lingua franca gesprochen hatte.

»An Richard, den siegreichen und unbezwingbaren König von England, dies von dem geringsten seiner Sklaven. Geheimnisse sind die versiegelten Gefäße des Himmels; aber Weisheit kann Wege finden, sie zu öffnen. Stände Dein Sklave an einem Ort, wo die Führer des Christenheeres an ihm vorbeizögen, zweifele nicht, daß das Verbrechen offenbar werden soll, und wär's mit sieben Schleiern verhüllt.«

»Nun, bei St. Georg!« sagte der König Richard, »du hast ein Wort zur rechten Zeit gesprochen. – Neville, du weißt, daß, wenn wir morgen unsere Truppen mustern, nach einer Übereinkunft der Fürsten die Führer an unserer neuen Standarte, die auf dem St.-Georg-Berg weht, vorbeiziehen sollen, um sie mit Ehrerbietung zu grüßen. Glaub mir, der geheime Verräter wird es nicht wagen, dieser feierlichen Reinigung fernzubleiben, damit seine Abwesenheit nicht zum Verdacht werde. Dort wollen wir unseren schwarzen Rat hinstellen, und wenn er durch seine Kunst den Frevler entdeckt, dann laß mich für das übrige sorgen.«

»Mein Fürst«, sagte Neville mit der Offenheit eines englischen Barons, »bedenkt, was Ihr tut. Die Eintracht unseres heiligen Bundes ist nun ganz unerwartet erneuert – wollt Ihr auf einen Verdacht hin Wunden aufreißen, die sich erst jüngst geschlossen haben? Oder wollt Ihr den feierlichen Aufzug, der zu Eurer Genugtuung und zur Versöhnung der zwieträchtigen Fürsten durchgeführt wird, als ein Mittel benutzen, neue Ursachen zum Streit zu schaffen oder alte Händel wieder aufzuregen? Dann wäre es wirklich ein Bruch des Versprechens, das Eure Majestät vor dem versammelten Rat des Kreuzzugs gegeben hat.«

»Neville«, unterbrach ihn der König, »dein Eifer macht dich anmaßend und unhöflich. Nie habe ich das Versprechen gegeben, mich der Mittel zu enthalten, die ich für die geeignetsten halte, den nichtswürdigen Schänder zu entdecken. Lieber hätte ich meinem Königreich, meinem Leben entsagt. Alle meine Versprechungen sind mit diesem streng notwendigen Vorbehalt gemacht worden; nur wenn der Österreicher vorgetreten wäre, um seinen Frevel wie ein Mann einzugestehen, so versprach ich ihm Verzeihung.«

»Aber wer bürgt Euch, daß dieser gewandte Sklave Saladins Euch nicht hintergeht?«

»Schweig, Neville«, sagte der König, »du dünkst dich weise und bist nur ein Tor. Erinnere dich an den Befehl, den ich dir hinsichtlich dieses Burschen gegeben habe, es steckt mehr in ihm, als dein Verstand sich vorstellen kann. Und du, stiller Schwarzer, bereite dich vor, das versprochene Kunststück auszuführen, und, bei meinem Königswort, du sollst dir deinen Lohn selber auswählen. – Sieh da, er schreibt wieder!«

In der Tat, der Stumme schrieb etwas und übergab dem König auf dieselbe Art wie zuvor ein anderes Stück Papier. »Der Wille des Königs ist das Gesetz seines Sklaven – und es gehört sich nicht, für die Erfüllung seiner Pflicht einen Dank zu fordern.«

»Dank und Pflicht!« sagte der König, indem er sich beim Lesen selbst unterbrach. »Diese Morgenländer lernen von den Kreuzfahrern – sie verstehen die Sprache des Rittertums! – Und sieh, Neville, wie verlegen dieser Bursche blickt. Es würde mich nicht wundern, wenn er verstünde, was ich sage – diese Leute sind ausgezeichnete Sprachkenner.«

»Der arme Sklave kann den Blick Eurer Majestät nicht ertragen«, sagte Neville, »weiter ist es nichts.«

»Gut, aber«, fuhr der König fort, mit dem Finger beim Weiterlesen gegen das Papier schlagend, »in diesem kühnen Schreiben steht weiter, daß unser ehrlicher Stummer von Saladin mit einer Botschaft an Lady Edith Plantagenet beauftragt ist und um Zeit und Gelegenheit bittet, sie zu überbringen. Was hältst du von einem so bescheidenen Ansinnen, Neville?«

»Ich weiß nicht, wie Eure Majestät solch eine Freiheit aufnimmt, aber ein Bote von Euch, der ein Gesuch dieser Art an den Sultan stellte, würde bald zum letztenmal Halsweh haben.«

»Nun, ich danke dem Himmel, daß es mich nach seinen sonnverbrannten Schönheiten nicht gelüstet«, sagte Richard; »und diesen Burschen dafür zu bestrafen, daß er den Auftrag seines Herrn ausgerichtet hat, das wäre ein wenig zu streng. Ich will dir was im geheimen sagen, Neville. Ich habe die letzten vierzehn Tage unter einem sonderbaren Zauber gelebt, und ich wollte, ich wäre davon erlöst. Sobald mir einer einen großen Dienst erwiesen hat, verliert er alle seine Ansprüche an mich durch irgendein schreiendes Unrecht. Auf der anderen Seite kann einer, der den Tod von meiner Hand verdient hat, meiner Verbindlichkeit sicher sein, die größer ist als seine Schuld und die mich zwingt, ein Urteil, das meine Ehre wiederherstellen sollte, zurückzunehmen. Auf diese Art bin ich, wie du siehst, des besten Teils meiner königlichen Handlungen beraubt, weil ich niemanden strafen oder belohnen kann. Bis das vorbei ist, will ich gegen das Gesuch unseres schwarzen Dieners nichts sagen. Neville, sei ihm gegenüber aufmerksam und sorge dafür, daß man ihn mit Ehren behandelt. – Und höre noch eins«, sagte er flüsternd, »such mir den Einsiedler von Engaddi und bring ihn sofort zu mir, sei er ein Heiliger oder ein Narr. Ich will ihn sehen.«

Neville verließ das königliche Zelt, indem er dem Nubier ein Zeichen gab zu folgen. Er war sehr erstaunt über das, was er gesehen und gehört hatte, besonders über das ungewöhnliche Benehmen des Königs. Im allgemeinen war nichts leichter, als Richards Laune und Stimmung zu ergründen, obwohl es zuweilen schwerfiel, ihre Dauer zu ermessen, denn keine Wetterfahne gehorchte dem Wind so sehr wie der König seiner Leidenschaft. Aber in diesem Fall schien sein Benehmen geheimnisvoll, und es war nicht herauszubekommen, ob Gefallen oder Mißfallen seinem neuen Diener gegenüber vorherrschend war. Der Dienst, den der König dem Nubier erwiesen hatte, um die Vergiftung der Wunde zu verhindern, mochte die Schuld gegenüber dem Sklaven aufwiegen. Auf welchem Weg auch der Nubier europäische Sprachen erlernt haben mochte, der König blieb überzeugt, daß ihm wenigstens die englische Sprache unbekannt sein müsse; denn er hatte ihn am Ende der Unterredung scharf beobachtet, und er hielt es für unmöglich, daß jemand so völlig teilnahmslos bleiben konnte, wenn in einem Gespräch die Rede von ihm war.

Zweiundzwanzigstes Kapitel

Unsere Erzählung wendet sich nun einer Zeit zu, die den zuletzt erwähnten Vorfällen voranging, als nämlich der unglückliche Ritter vom Leoparden dem arabischen Arzt als ein Sklave übergeben und aus dem Lager der Kreuzfahrer verbannt wurde. Er folgte seinem neuen Herrn – denn so müssen wir nun den Hakim nennen – zu den maurischen Zelten, wo sich dessen Gefolge und Gepäck befanden. Er war in einer Betäubung, die derjenige fühlt, der in einen Abgrund gefallen ist und unverhofft mit dem Leben davonkommt, aber nicht imstande ist, die Größe des Schadens zu ermessen. Im Zelt angekommen, warf er sich wortlos auf ein Büffelhautlager, das ihm sein Führer angewiesen hatte, verbarg das Gesicht in den Händen und stöhnte heftig. Der Arzt, der seinen Dienern Befehle für ihre Abreise erteilte, hörte ihn und setzte sich mit untergeschlagenen Beinen neben sein Lager, um ihn nach morgenländischer Weise zu trösten.

»Mein Freund«, sagte er, »sei zuversichtlich – denn was sagt der Dichter: Es ist besser, daß ein Mann der Diener eines freundlichen Herrn sei als der Sklave seiner Leidenschaften. Noch einmal, sei guten Mutes. Denn während der biblische Joseph von seinen Brüdern an einen König verkauft ward, an den Pharao, König von Ägypten, so hat dich dein König an einen Mann verschenkt, der dir ein Bruder sein wird.«

Sir Kenneth bemühte sich, dem Hakim zu danken, aber er war zu niedergeschlagen. Der Arzt überließ seinen Gast ungestört seinem Schmerz, und nachdem er die nötigen Anordnungen zur morgigen Abreise getroffen hatte, setzte er sich auf den Teppich nieder und aß. Als er sich gestärkt hatte, wurden ähnliche Gerichte dem schottischen Ritter angeboten; aber obwohl die Sklaven ihm verständlich machten, daß man den folgenden Tag erst spät haltmachen würde, konnte Sir Kenneth doch den Ekel, den er gegen alle Speisen fühlte, nicht überwinden, und er nahm nichts anderes zu sich als etwas kaltes Wasser.

Lange nachdem sein arabischer Wirt sich dann zur Ruhe gelegt hatte, fand er noch keinen Schlaf. Selbst um Mitternacht, als die Diener die Kamele beluden, lag er noch wach. Um drei Uhr morgens wurde er geweckt. Er erhob sich ohne Antwort und ging zu den Kamelen, von denen die meisten schon beladen waren und nur eins noch kniete. In einiger Entfernung von den Kamelen stand eine Anzahl geschirrter und gesattelter Pferde. Der Hakim schwang sich auf eins und ließ ein anderes Sir Kenneth vorführen. Ein englischer Offizier war zugegen, um sie durch das Lager der Kreuzfahrer zu führen und für die Sicherheit ihrer Abreise zu sorgen. Alles war zum Aufbruch bereit. Das Zelt, das sie verlassen hatten, war in aller Eile abgerissen worden und seine Stangen und Decken bildeten die Last des letzten Kamels. Der Arzt brachte, nachdem er feierlich den Spruch des Korans: »Gott sei unser Führer und Mohammed unser Beschützer in der Wüste wie im Feld« hergesagt hatte, die ganze Reitergesellschaft in Bewegung.

Während sie durch das Lager zogen, wurden sie von den verschiedenen Wächtern angerufen. Man ließ sie entweder ruhig vorbeiziehen oder brummte einen Fluch gegen ihren Propheten. Endlich hatten sie die letzten Tore hinter sich, und die Reisegesellschaft ordnete sich für den Marsch mit militärischer Vorsicht. Zwei oder drei Reiter ritten an der Spitze als Vorhut; einer blieb auf Bogenschußweite zurück, und wo es der Boden erlaubte, wurden andere nach beiden Seiten zur Wache ausgeschickt. So zogen sie fort, während Sir Kenneth, der auf das Lager zurückschaute, sich nun desto mehr der Ehre und der Freiheit beraubt sah, je weiter er sich von den glänzenden Bannern und von den Zelten der Ritterschaft, der Christenheit und von Edith Plantagenet entfernte.

Hakim, der neben ihm ritt, versuchte ihn mit einem Sprichwort zu trösten: Es ist töricht, nach hinten zu blicken, wenn die Reise nach vorn geht. Und während er das sagte, tat das Pferd des Ritters einen so gefährlichen Fehltritt, als ob es den Rat mit einem Beweis begleiten wollte. Das nötigte den Ritter, besser auf sein Pferd zu achten und mehr als einmal die Zügel zu gebrauchen.

»Die Eigenschaften dieses Pferdes«, bemerkte der spruchreiche Arzt, »gleichen den Eigenschaften menschlichen Glücks: Der Reiter muß bei dem leichten und freien Paßgang gegen einen Sturz auf seiner Hut sein, und unsere Klugheit muß wachen und sich vor Unglück hüten, gerade wenn wir den Gipfel des Glücks erreicht haben.«

Einen überladenen Magen ekelt selbst Honig an, und es ist kaum ein Wunder, daß der von Unglück und Erniedrigung niedergedrückte Ritter sich darüber ärgerte, sein Elend jeden Augenblick zu Sprichwörtern und Denksprüchen dienen zu sehen.

»Wahrhaftig«, sagte er verdrießlich, »ich bedarf keines weiteren Beweises für die Unbeständigkeit des Glücks – doch ich würde dir danken, Sir Hakim, wenn du mir ein Pferd ausgewählt hättest, das so kräftig stolperte, um mir und sich zugleich den Hals zu brechen.«

»Mein Bruder«, antwortete der arabische Weise mit unbeweglichem Ernst, »du sprichst wie ein Tor. Du denkst, daß ein Weiser das jüngere und bessere Pferd seinem Gast würde überlassen haben, nachdem er für sich selbst das ältere behielt. Wisse aber, daß die Fehler des älteren Tieres durch die Eigenschaften des jungen Reiters beseitigt werden, während das Feuer des jüngeren Pferdes der überlegenen Leitung des älteren Reiters bedarf.«

So sprach der Weise, aber auch auf diese Bemerkung gab Sir Kenneth keine Antwort, und der Arzt, dem es vielleicht genug erschien, einen zu trösten, der nicht getröstet sein wollte, winkte jemandem aus seinem Gefolge.

»Hassan«, fragte er, »hast du nichts, um den Weg zu verkürzen?«

Hassan, Erzähler und Dichter, kam auf diesen Befehl heran. »Herr des Palastes des Lebens«, sagte er, »vor dem der Engel Azrael die Flügel zur Flucht ausbreitet – der Himmel behüte, daß dein eigenes Leben betrübt sein sollte durch Mangel an Geschichten und Liedern. Sieh, solange dein Diener an deiner Seite ist, will er die Schätze seines Gedächtnisses hervorbringen, gleichwie die Quelle den Strom neben den Weg hingießt, damit der Wanderer sich erfrische.«

Nach dieser Vorrede begann Hassan eine Geschichte von Liebe und Zauberei, mit Kriegstaten vermischt und mit häufigen Zitaten aus persischen Dichtungen ausgeschmückt, womit er vertraut war. Alles, was konnte, drängte sich um den Erzähler, wie es die Ehrfurcht gegen ihren Herren erlaubte.

Zu einer anderen Zeit hätte sich Sir Kenneth, ungeachtet seiner unvollkommenen Sprachkenntnisse, an dieser Erzählung erfreut, die eine große Ähnlichkeit mit den europäischen Ritterromanen hatte. Aber in seiner jetzigen Lage bemerkte er kaum, daß dieser Mann fast zwei Stunden erzählte.

Der Schotte hörte zufällig das Gewinsel eines Hundes, der in einen Weidenkorb eingeschlossen war, welcher an einem der Kamele hing. Als geübter Jäger zweifelte Sir Kenneth nicht, daß dies Gewinsel von seinem eigenen treuen Hund herrührte, der die Nähe seines Herrn bemerkt hatte und durch seine Klagen Hilfe und Befreiung forderte.

»Ach, armer Roswal«, sagte er, »du forderst Hilfe und Mitleid von einem, der selbst gefangen ist.«

So vergingen die Nacht und die neblige Dämmerung, die das Zwielicht eines syrischen Morgens bildet. Aber als sich ein Teil der Sonne über der weiten Ebene erhob und über den Tau der unermeßlichen Wüste schien, in der sich die Reisenden nun befanden, da hörte man die feierliche Stimme el Hakims, die die Muezzin des Morgens von dem Minarett jeder Moschee hören lassen.

»Zum Gebet – zum Gebet! Gott ist der einzige Gott. – Zum Gebet – zum Gebet! Mohammed ist der Prophet Gottes. – Zum Gebet – zum Gebet! Die Zeit flieht. Zum Gebet – zum Gebet! Das Gericht steht nahe bevor.«

Die Muselmanen sprangen von ihren Pferden, und das Gesicht gegen Mekka gerichtet, ahmten sie, indem sie sich mit Sand rieben, die Waschung nach, die sonst mit Wasser verrichtet werden muß, und jeder von ihnen empfahl sich in einem kurzen Gebet dem Schutz Gottes und dessen Propheten.

Selbst Sir Kenneth, dessen Denkweise und Vorurteile durch den Anblick seiner Gefährten, die nach seiner Meinung Götzendienst taten, geärgert wurden, konnte sich nicht enthalten, die Innigkeit ihres Eifers zu achten, und er fühlte sich durch ihre Andacht genötigt, auch ein Gebet zum Himmel zu richten.

Sein Gebet beruhigte sein Herz, das durch so viele Unglücksfälle so lange bestürmt worden war. Er fühlte sich getröstet und gestärkt und besser vorbereitet, alles zu tun und zu leiden, was immer ihn sein Verhängnis auferlegen würde.

Die Reisegesellschaft war wieder zu Pferde gestiegen; der Zug bewegte sich, und der Erzähler Hassan griff den Faden seiner Geschichte wieder auf, er fand jedoch nicht mehr die gleichen aufmerksamen Zuhörer. Ein Reiter, der rechts von der kleinen Schar auf eine Anhöhe geritten war, kam im Galopp zu el Hakim zurück und berichtete ihm etwas. Vier oder fünf andere Reiter wurden daraufhin abgeschickt, und die kleine Schar, die aus etwa dreißig Personen bestand, sah den Reitern nach, um aus deren Bewegungen auf Gutes oder Böses zu schließen. Hassan hielt in seinem Gesang inne, und der Zug blieb still.

Diese Spannung dauerte an, bis sie um eine Reihe von Sandhügeln herumgekommen waren, die das verborgen hatten, wodurch der Verdacht der Streifenwache erweckt worden war. Sir Kenneth bemerkte nun in einer Entfernung von einer halben Stunde mitten in der Wüste einige dunkle Punkte, in denen sein geübtes Auge eine Schar Reiter erkannte, die ihnen an Zahl überlegen war. Den starken Blitzen der Sonnenstrahlen nach zu schließen, mußten es Europäer in vollständiger Rüstung sein.

Die besorgten Blicke der Reiter von el Hakim verrieten eine große

Unruhe, während der Hakim selbst mit besonnenem Ernst zwei seiner bestberittenen Reiter mit der Weisung losschickte, sich den Reisenden in der Wüste so weit wie möglich zu nähern und ihre Anzahl, ihre Herkunft und womöglich ihr Vorhaben genauer zu erkunden. Das Nahen der Gefahr wirkte wie eine Stärkung auf einen Sterbenden und rief Sir Kenneth zu sich selbst zurück.

»Was fürchtet ihr von diesen christlichen Reitern, denn das scheinen sie zu sein?« fragte er Hakim.

»Fürchten!« wiederholte Hakim verächtlich. »Der Weise fürchtet nur den Himmel – aber von schlechten Menschen erwartet er immer das Schlimmste, dessen sie fähig sind.«

»Es sind Christen«, sagte Sir Kenneth, »und es ist Waffenstillstand. – Wie könnt Ihr einen Treuebruch fürchten?«

»Es sind die Priestersoldaten vom Tempel«, antwortete el Hakim, »deren Gelübde sie bindet, weder Treue noch Glauben gegen die Verehrer des Islams zu haben. Möge sie der Prophet verderben.– Ihr Friede ist Streit und ihr Glaube Falschheit. Die anderen, die Palästina überfallen haben, sind zuweilen gutartig gestimmt. Der Löwe Richard verschont, wenn er gesiegt – der Adler Philipp zieht die Flügel ein, wenn er eine Beute gewonnen hat – selbst der österreichische Bär schläft, wenn er gesättigt ist; aber diese Horde hungriger Wölfe kennt weder Ruhe noch Sättigung bei ihren Räubereien. – Siehst du nicht, wie sie einen Teil ihrer Schar absenden nach Osten? Das sind die Pagen und Knappen, die sie in ihren verfluchten Geheimnissen aufziehen und die sie ausschicken, um uns von der Wasserquelle abzuschneiden. Aber sie irren sich: Ich verstehe den Krieg in der Wüste noch besser als sie.«

Er sprach einige Worte zu seinem obersten Offizier, und plötzlich vertauschte er das feierliche und ruhige Wesen eines morgenländischen Weisen mit der Entschlossenheit und dem Stolz eines Kriegshelden, dessen Tatkraft erweckt wird durch das Herannahen der Gefahr.

In den Augen von Sir Kenneth stellte sich die nahende Entscheidung anders dar, und als Adonbec zu ihm sagte: »Du mußt hart an meiner Seite bleiben«, erwiderte er mit einer leichten Verneigung: »Jene sind meine Waffenbrüder – ich habe gelobt, bei ihnen zu fechten oder zu fallen – auf ihrem Banner glänzt das gelobte Zeichen unserer Erlösung, ich kann nicht unter dem Halbmond vor dem Kreuz fliehen.«

»Tor!« sagte Hakim, »das erste, was sie tun würden, wäre, dich zu töten, wäre es auch nur darum, ihren Friedensbruch zu verheimlichen.«

»Darauf muß ich es ankommen lassen«, entgegnete Sir Kenneth, »aber ich trage die Fessel der Ungläubigen keinen Augenblick länger, wenn ich Gelegenheit finde, sie abzuwerfen.«

»Dann werde ich dich zwingen, mir zu folgen«, sagte el Hakim.

»Zwingen!« antwortete Sir Kenneth leidenschaftlich. »Wärst du nicht mein Wohltäter und verdankte ich dir nicht die Freiheit, so wollte ich dir zeigen, daß Zwang keine leichte Arbeit ist.«

»Genug, genug«, entgegnete der arabische Arzt, »wir verlieren Zeit.« Als er dies gesagt hatte, hob er seinen Arm und tat einen lauten, gellenden Schrei, und bald zerstreute sich auf dieses Zeichen sein Gefolge auf der Fläche der Wüste nach so verschiedenen Richtungen wie die Perlen einer Kette, wenn die Schnur gerissen ist. Sir Kenneth hatte keine Zeit, zu bemerken, was darauf erfolgte. Denn in demselben Augenblick erfaßte der Hakim die Zügel vom Pferd seines Gefangenen und setzte sein eigenes in Gang, so daß beide davonsprangen und der schottische Ritter fast des Atems beraubt wurde. Es war ihm ganz unmöglich, den Lauf seines Führers zu hemmen. Sosehr auch Sir Kenneth von seiner frühesten Jugend an in der Reitkunst erfahren war, das schnellste Pferd, das er je geritten hatte, war doch nur eine Schildkröte im Vergleich zu den Pferden des arabischen Weisen. Sie stäubten den Sand nach hinten weg, sie schienen die Wüste vorn zu verschlingen, in wenigen Minuten ritten sie stundenweit, und doch blieb ihre Kraft so unerschöpflich und ihr Atem so frei, als wenn sie eben erst ihren Lauf begonnen hätten. Die Bewegung glich eher einem Flug durch die Luft als einem Ritt auf der Erde.

Nach einer Stunde in so schneller Bewegung und nachdem alle Verfolger weit hinter ihnen geblieben waren, ließ Hakim endlich in seiner Eile nach. Indem er den Lauf der Pferde zu einem kurzen Galopp herabsetzte, begann er in einem so ruhigen Ton, als wenn er die letzte Stunde spazierengegangen wäre, die Güte seiner Rosse dem Schotten lang und breit zu rühmen, der, atemlos, halb blind, halb taub und obendrein schwindlig von der Schnelligkeit dieses sonderbaren Rittes, mit Mühe die Worte seines Gefährten verstand.

»Du, Nazarener, bist der erste Ungläubige, der einen so edlen Renner unter sich hatte. Die Stute, auf der du sitzt, hat fünf mal fünf Jahre vorübergehen sehen und hat dennoch ihre ehemalige Kraft und Schnelligkeit, nur daß sie beim Laufen von einer geübteren Hand als deiner gezügelt werden muß. Gelobt sei der Prophet, der den wahren Gläubigen die Mittel gegeben hat, vorwärts zu stürmen und zurück zu fliehen, während die eisenbekleideten Feinde durch ihr eigenes Gewicht niedergedrückt werden.«

Der schottische Ritter, der nun wieder zu Atem und Besinnung gekommen war, mußte den Vorteil anerkennen. Aber er wollte den Stolz des Muselmanen nicht noch vergrößern durch eine laute Anerkennung. Der Ritter konnte bei der gemäßigteren Eile, mit der sie jetzt ritten, deutlich bemerken, daß er sich in keiner unbekannten Gegend befand:

Die kahlen Ufer und das trübe Gewässer des Toten Meeres, die zerrissene und steile Gebirgskette zur Linken, die Gruppe von zwei oder drei Palmen, der einzige grüne Fleck auf der Fläche der großen Wüste. – Alles Dinge, die man schwerlich vergißt, wenn man sie einmal gesehen hat, und sie zeigten Sir Kenneth, daß sie sich der Quelle näherten, die der Diamant der Wüste genannt wird und die der Ort seines Zusammenseins mit dem sarazenischen Scheerkohf oder Ilderim gewesen war. Wenige Minuten später hielten sie ihre Pferde an der Quelle an, und der Hakim lud Sir Kenneth ein, sich an diesem Platz auszuruhen. Sie zäumten ihre Tiere ab, während der Hakim sagte, daß alle weitere Sorge unnütz sei, weil sie bald von einigen seiner bestberittenen Sklaven eingeholt werden müßten, die das weitere Notwendige tun würden.

»Unterdessen iß und trink und sei nicht mutlos. Das Glück mag gewöhnliche Menschen aufrichten oder niederschlagen, aber die Seele des Weisen und des Kriegers sollten nicht unter seiner Gewalt stehen.«

Der schottische Ritter bemühte sich, seinen Dank auszudrücken, indem er sich gelehrig zeigte. Aber obgleich er sich aus Gefälligkeit zu essen zwang, so trat doch der Unterschied zwischen seiner jetzigen Lage und der, als er sich als Gesandter von Fürsten und als Sieger im Gefecht an demselben Ort befunden hatte, wie eine Wolke vor seine Seele. Da wurde er von Anstrengung und Müdigkeit überwältigt. El Hakim prüfte seinen stürmischen Puls, seine roten und brennenden Augen, seine heißen Hände und seinen kurzen Atem.

»Der Geist«, sagte er, »wird weise durch Wachen, aber sein Bruder, der Körper, bedarf der Ruhe. Du mußt schlafen, und damit du das kannst, mußt du einen Trunk nehmen, mit diesem Elixier vermischt.«

Er zog aus seinem Gewand ein Kristallfläschchen und ließ in eine kleine goldene Trinkschale ein wenig von einer schwarzen Flüssigkeit träufeln.

»Dies«, sagte er, »ist eine von den Gaben, die Allah zum Segen auf die Erde gesandt hat, obwohl die menschliche Schwäche und Verdorbenheit sie häufig in Fluch verkehrt haben. Wie der Weinbecher des Nazareners vermag sie einzuschläfern und die Last eines überladenen Herzens zu erleichtern. Aber wenn sie zu Unmäßigkeit und Schwelgerei gebraucht wird, dann zerreißt sie die Nerven, zerstört die Gesundheit, schwächt den Geist und untergräbt das Leben. Doch fürchte dich nicht, zur Zeit der Not von ihr Gebrauch zu machen, denn der Weise wärmt sich an demselben Feuerbrand, mit dem der Narr sein Zelt anzündet.«

»Ich habe zuviel von deiner Geschicklichkeit gesehen, weiser Hakim«, sagte Sir Kenneth, »als daß ich widersprechen könnte«, und er nahm den Schlaftrunk zu sich, hüllte sich ein in den arabischen Mantel, der am Sattelknopf befestigt war, und legte sich nach der Anweisung des

Arztes in den Schatten. Anfangs stellte sich kein Schlaf ein, aber statt dessen eine Kette angenehmer Empfindungen, die ihn weder beunruhigten noch aufregten. Darauf folgte ein Zustand, in dem sich der Ritter, obgleich er sich selbst und seiner Lage noch bewußt war, fähig fühlte, sich von außen zu betrachten, und seine Zukunft zeigte sich in den leuchtendsten Farben. Allmählich wurden diese Erscheinungen trübe, bis sie sich endlich in vollkommenem Vergessen auflösten und Sir Kenneth, einem Leichnam ähnlich, fest eingeschlafen war.

Dreiundzwanzigstes Kapitel

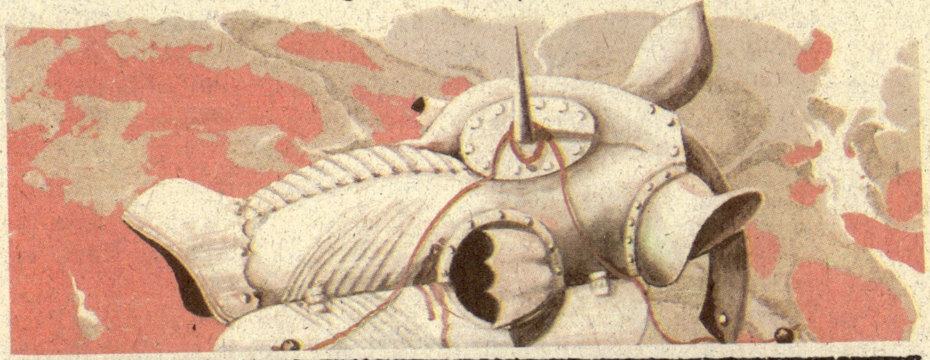

Als der Ritter vom Leoparden aus seinem langen und tiefen Schlaf erwachte, befand er sich in einer anderen Umgebung. Er konnte nicht entscheiden, ob er noch träumte oder ob der Ort durch Zauber verwandelt worden war. Statt auf feuchtem Gras lag er auf einem Bett von mehr als morgenländischer Üppigkeit, und irgendeine freundliche Hand hatte ihm während seines Schlafes die gemslederne Kleidung ausgezogen, die er unter seiner Rüstung trug, und ihm dafür ein Nachtgewand von feinster Leinwand und ein seidenes Obergewand angelegt. Er war bloß von den Palmbäumen der Wüste beschattet gewesen, und nun lag er in einem Zelt, das in den reichsten Farben chinesischer Arbeit prangte, und ein feiner Gazevorhang umgab sein Lager, um ihn gegen die Insekten zu schützen. Er blickte sich um, als wollte er sich überzeugen, daß er wirklich wach sei, und alles, was er sah, kam an Pracht dem Bett gleich. Ein tragbares Bad mit silberverziertem Zedernholz stand für ihn bereit und dampfte vor Wohlgerüchen. Auf einem Tischchen aus Ebenholz neben dem Bett stand ein silbernes Gefäß, das ein feines Sorbet enthielt, das kalt war wie Schnee, und das der Durst, der dem starken Schlaftrunk folgte, zu einem köstlichen Labsal machte. Um den Rest von Betäubung, der noch zurückblieb, zu vertreiben, entschloß sich der Ritter, ein Bad zu nehmen. Danach fühlte er sich angenehm erfrischt. Nachdem er sich mit Tüchern aus indischer Wolle getrocknet hatte, wäre er gern hinausgegangen, um zu sehen, ob die Welt außen ebensosehr verändert war wie hier im Zelt. Er konnte seine Kleidung aber nicht finden, doch an ihrer Stelle eine sarazenische, von reichem Stoff mit Säbel und Dolch und allem, was ein vornehmer Emir zu tragen pflegte. Er wußte sich diese übermäßige Sorgfalt nur so zu erklären, daß man ihm diese Aufmerksamkeit erzeigt habe, ihn in seinem Glauben zu erschüttern. Es war in der Tat bekannt, daß der Sultan, der den Mut und die Kenntnisse der Europäer hochschätzte, Bekehrten die verschwenderischsten Geschenke machte. Sir Kenneth beschloß, allen diesen Schlingen Trotz zu bieten und die Bequemlichkeit mit der größten Mäßigung zu benutzen. Er fühlte sich jedoch immer noch betäubt und schläfrig, und da er sich ohne Kleider nicht zeigen konnte, streckte er sich wieder auf sein Lager und schlief wieder ein.

Aber diesmal blieb sein Schlummer nicht ungestört, denn er wurde von der Stimme des Arztes, der sich vor der Zelttür nach seiner Gesundheit erkundigte, aufgeweckt. »Kann ich in Euer Zelt treten?« fragte er, »denn der Vorhang des Eingangs ist vorgezogen.«

»Der Herr«, versetzte Sir Kenneth, um zu zeigen, daß er seine Lage nicht vergessen hatte, »braucht nicht zu fragen, um in das Zelt seines Sklaven zu treten.«

»Aber wenn ich nicht als Herr komme?« fragte el Hakim zögernd.

»Der Arzt«, antwortete der Ritter, »hat freien Zutritt zum Bett seines Kranken.«

»Ich komme auch nicht als Arzt, und darum muß ich Erlaubnis haben, ehe ich hineintrete.«

»Wer als Freund kommt«, sagte Sir Kenneth, »und als solcher hast du dich bisher gezeigt, dem steht die Wohnung immer offen.«

»Und wenn ich nicht als Freund komme?«

»Komm, wie du willst«, sagte der schottische Ritter, den diese umschriebene Redeweise langweilte, »du weißt wohl, daß ich weder Macht noch Lust habe, dir den Eintritt zu verweigern!«

»Ich komme also«, sagte el Hakim, »als Euer ehemaliger Feind, aber als ein edler und großmütiger.«

Mit diesen Worten trat er hinein, und als er vor dem Bett von Sir Kenneth stand, war seine Stimme zwar noch die von Adonbec, dem arabischen Arzt, aber seine Gestalt, seine Kleidung und sein Gesicht waren die Ilderims von Kurdistan, genannt Scheerkohf. Sir Kenneth starrte ihn an, als erwartete er, daß diese Erscheinung wie ein Beweis seiner Einbildungskraft verschwände.

»Wundert es dich so sehr«, fragte Ilderim, »zu sehen, daß ein Soldat etwas von der Heilkunst versteht? – Ich sage dir, Nazarener, daß ein vollkommener Ritter es so gut verstehen sollte, sein Pferd zu füttern wie zu reiten, sein Schwert auf dem Amboß zu schmieden, so gut als sich seiner in der Schlacht zu bedienen, seine Waffen zu putzen, so gut wie sie zu tragen, und vor allem Wunden zu heilen, so gut wie sie zu schlagen.«

Während er sprach, schloß der christliche Ritter wiederholt die Augen, und solange sie geschlossen blieben, stand das Bild des Hakims mit seinen langen, fliegenden schwarzen Gewändern, mit hoher Tatarenmütze und feierlicher Haltung vor ihm. Aber sobald er sie auftat, zeigten der schöne und reich mit Juwelen verzierte Turban, der aus mit Silber umflochtenen Stahlringen gearbeitete leichte Panzer, das Gesicht, das nicht mehr schwarz und von dickem Haar verborgen war, sondern einen wohlgeschnittenen Bart zeigte, den Krieger und keinen Weisen.

»Bist du noch immer so erstaunt?« fragte der Emir, »und hast du bisher so wenig erfahren, daß es dich wundert, wenn die Menschen nicht sind, was sie scheinen? – Du selbst – bist du, was du scheinst?«

»Nein, bei St. Andreas!« rief der Ritter aus, »denn dem ganzen Christenlager scheine ich ein Verräter zu sein, und ich kenne mich als einen treuen, ehrlichen Ritter, obwohl ich einen Fehler begangen habe.«

»Ich glaube das auch von dir«, sagte Ilderim, »und da wir zusammen Salz gegessen haben, so war ich verpflichtet, dich von Tod und Schande zu retten. – Aber warum liegst du noch auf deinem Lager, da die Sonne schon hoch am Himmel steht? Oder sind die Kleidungsstücke, die meine Packkamele getragen haben, deiner unwürdig?«

»Nicht unwürdig, aber eben unpassend«, antwortete der Schotte. »Gib mir einen Sklavenanzug, edler Ilderim, und ich will ihn mit Freuden anlegen, aber ich kann mich nicht entschließen, die Kleidung des freien, morgenländischen Kriegers zu tragen und den Turban des Muselmanen.«

»Nazarener, deine Nation schöpft so leicht Argwohn, daß sie sich selbst dadurch verdächtig macht. Habe ich dir nicht gesagt, daß Saladin keine Bekehrungen will außer einer Bekehrung, die der heilige Prophet erweckt? Gewalt und Bestechung sind nicht seine Hilfsmittel bei der Verbreitung des wahren Glaubens. Wenn es unter den Franken Leute gibt, die wegen irdischen Gewinns den Turban des Propheten angenommen haben und den Gesetzen des Islam gefolgt sind, so ist es ihre eigene Schande. Sie selbst haben die Lockspeise gesucht – es war nicht der Sultan, der sie ihnen vorhielt. Ihre Schuld und ihre Strafe müssen ihnen und nicht dem Sultan zugeschrieben werden. Darum trage ohne Bedenken die für dich bereiteten Kleider, denn wenn du in das Lager Saladins willst, kann dich deine eigene, vaterländische Tracht unangenehmen Bemerkungen und Beleidigungen aussetzen.«

»Wenn ich in das Lager Saladins will?« fragte Sir Kenneth. »Ach, bin ich denn mein freier Herr, und muß ich nicht vielmehr gehen, wohin du willst?«

»Du bist frei. Der edle Feind, der meinem Schwert widerstanden und es fast gemeistert hat, kann nicht mein Sklave werden. Wenn Macht und Reichtum dich locken könnten, dich an unser Volk anzuschließen, so könnte ich sie dir versprechen. Aber der Mann, der die Gnade des Sultans ausgeschlagen hat, als das Beil sein Haupt bedrohte, wird, fürchte ich, sie jetzt nicht annehmen, wenn ich ihm sage, daß er seine freie Wahl hat.«

»Mach deine Großmut vollständig, edler Emir«, sagte Sir Kenneth, »und versuche nicht, mir eine Erkenntlichkeit zu bezeigen, die ich nicht mit gutem Gewissen annehmen kann. Erlaube mir vielmehr, dir, dem ich so sehr verpflichtet bin, meine Dankbarkeit für deine höchst ritterliche Güte und für deine unverdiente Großmut auszudrücken.«

»Sag nicht ›unverdient‹«, sagte Emir Ilderim. »Waren es nicht dein Bericht und die Schilderung, die du mir von den Schönheiten des Hofes Richards machtest, die mich bewogen, verkleidet dorthin zu kommen, und die mir einen Anblick verschafft haben, wie ich noch keinen hatte?«

»Ich verstehe dich nicht«, sagte Sir Kenneth bald rot, bald bleich, wie einer, der fühlt, daß das Gespräch peinlich werden muß.

»Mich nicht verstehen!« rief der Emir aus. »Wenn der Anblick, den ich in dem Zelt von König Richard hatte, deiner Beobachtung entgangen ist, so muß sie stumpfer sein als das hölzerne Schwert eines Possenreißers. Freilich, du warst damals zum Tode verurteilt, aber wäre mir an deiner Stelle der Kopf vom Körper gefallen, meine letzten Blicke würden mit Entzücken die Lieblichkeit einer solchen Erscheinung bemerkt haben. – Jene Königin von England, die für ihre Lieblichkeit die Königin der Welt zu sein verdient – bei dem Grab des Propheten, ich glaube kaum, daß die Huri, die mir die diamantene Schale der Unsterblichkeit anbieten wird, eine wärmere Umarmung verdient!«

»Sarazene, du sprichst von der Gemahlin Richards von England, an die man nicht denkt und von der man nicht spricht wie von einem Weib, das man besitzen kann, sondern wie von einer Königin, die man verehrt.«

»Verzeih«, sagte der Sarazene, »ich hatte eure abergläubische Verehrung der Weiber vergessen, die ihr für geeigneter haltet, bewundert und angebetet als gefreit und besessen zu werden. Und da du so tiefe Verehrung für jenes zarte Gebilde forderst, so darf jener mit den schwarzen Locken und den edlen Augen nichts weniger als vollkommene Anbetung gehören. Ich gebe es zu, sie hat in ihrer edlen Haltung und in ihren majestätischen Zügen etwas Reines und Festes zugleich – jedoch auch sie, ich versichere dich, würde einem feurigen Liebhaber danken, wenn er sie als eine Sterbliche und nicht als eine Göttin behandelte.«

»Ehre die Verwandte des Löwenherz!« sagte Sir Kenneth mit unverhohlenem Zorn.

»Sie ehren!« antwortete der Emir verächtlich. – »Bei der Kaaba, und wenn ich es tue, so gilt es eher der Braut von Saladin.«

»Der unwürdige Sultan ist nicht wert, selbst einen Fußtapfen der

Edith Plantagenet zu küssen!« rief der Christ aus, indem er von seinem Lager sprang.

»Ha, was sagt der Ungläubige?« schrie der Emir, indem er die Hand an das Heft seines Dolches legte, während seine Stirn wie Kupfer glühte. Aber der schottische Ritter, der dem Löwenzorn Richards widerstanden hatte, wurde von dem Zorn des aufgebrachten Sarazenen nicht erschreckt.

»Was ich gesagt habe«, sprach Sir Kenneth mit gekreuzten Armen und ruhigem Blick, »würde ich, wären meine Hände frei, zu Fuß und zu Roß gegen alle Sterblichen behaupten, und ich würde es nicht für die größte Tat meines Lebens halten, es mit meinem guten Schwert gegen zwanzig dieser Sicheln und Pfriemen zu verteidigen.«

Während der Ritter sprach, faßte sich der Sarazene so weit, daß er die Hand von der Waffe zog. Aber er fuhr noch in großem Zorn zu sprechen fort: »Bei dem Schwert des Propheten, das der Schlüssel zu Himmel und Hölle ist, der macht sich nichts aus seinem Leben, der redet wie du, Bruder! Glaube mir, wären deine Hände frei, wie du sagtest, ein einziger wahrer Gläubiger könnte ihnen so viel Arbeit machen, daß du es vorziehen würdest, sie wieder in eisernen Handschellen zu haben.«

»Lieber wollte ich, daß man sie mir bis zur Schulter abhackt«, entgegnete Sir Kenneth.

»Gut. Deine Hände sind für jetzt gebunden«, sagte der Sarazene in einem freundlichen Ton, »gebunden durch deine eigene Anständigkeit. Auch habe ich für jetzt nicht vor, dich in Freiheit zu setzen. Wir haben unseren Mut und unsere Stärke schon längst erprobt, und wir können uns auf einem Kampffeld wiederbegegnen – und Schande über den, der sich zuerst vor seinem Gegner zurückzieht! Aber jetzt sind wir Freunde, und ich möchte eher deine Hilfe als deine harten Worte und deine Herausforderung.«

»Wir sind Freunde«, wiederholte der Ritter, und es folgte ein Schweigen, währenddem der feurige Sarazene das Zelt durchschritt. Der Europäer verblieb in derselben Haltung und Fassung. Aber auch er war damit beschäftigt, die Leidenschaftlichkeit zu beschwichtigen, die so unerwartet in ihm geweckt worden war.

»Laß uns davon mit Ruhe sprechen«, sagte der Sarazene. »Ich bin ein Arzt, wie du weißt, und es steht geschrieben, daß wer seine Wunde geheilt haben will, nicht fürchten darf, wenn sie der Arzt berührt und untersucht. Du siehst, ich bin im Begriff, meinen Finger auf das Geschwür zu legen. Du liebst jene Verwandte von Richard. – Lüfte den Schleier, der deine Gedanken bedeckt, oder, wenn du willst, lüfte ihn nicht, denn ich schaue durch seine Falten.«

»Ich liebte sie«, antwortete Sir Kenneth nach einigem Schweigen,

»und ich bewarb mich um ihre Gunst, wie sich ein Sünder um Vergebung bewirbt.«

»Und du liebst sie nicht mehr?« fragte der Sarazene.

»Ach«, antwortete Sir Kenneth, »ich bin nicht mehr würdig, sie zu lieben. – Ich bitte dich, laß dies Gespräch – deine Worte sind Dolchstiche für mich.«

»Erlaube mir noch einen Augenblick«, fuhr Ilderim fort. »Als du, ein armer, unbekannter Krieger, das Ziel deiner Liebe so kühn und so hoch stecktest, sage mir, erhofftest du damals einen glücklichen Ausgang?«

»Liebe ist nicht ohne Hoffnung«, antwortete der Ritter, »jedoch meine Liebe war mit Verzweiflung gepaart.«

»Und nun«, fragte Ilderim, »sind deine Hoffnungen auf ewig hin?«

»Auf ewig«, antwortete Sir Kenneth.

»Wahrhaftig«, sagte der Sarazene, »wenn du weiter nichts willst als einen so fernen, überirdischen Glücksschimmer, wie du zuvor hattest, so kann deine Hoffnung aufgefrischt werden, und du selbst, guter Ritter, kannst deine sonderbare Liebe stärken. Denn wenn du auch morgen wieder zu allen möglichen Ehren kämst, deine Geliebte würde doch eine Fürstentochter und Saladins erwählte Braut sein.«

»Ich wollte, es wäre der Fall«, sagte der Schotte, »und wenn ich dann nicht alles täte . . .«

Er hielt plötzlich ein wie ein Mann, der fürchtet, sich unter Umständen, die ihm keine Beweisführung erlauben, zu rühmen.

Mit Lächeln ergänzte der Sarazene die Rede des Schotten. »Du würdest den Sultan zum Zweikampf fordern?« fragte er.

»Und wenn ich's täte«, sagte Sir Kenneth stolz, »der Turban von Saladin würde weder der erste noch der beste sein, gegen den ich die Lanze eingelegt habe.«

»Ja, aber der Sultan dürfte ein solches Wagnis zu ungleich finden«, entgegnete der Emir.

«Man kann ihn in den Vorderreihen der Schlacht antreffen«, sagte der Ritter, und sein Gesicht drückte aus, wie lebhaft er diesen Gedanken fühlte.

»Dort findet man ihn immer«, sagte Ilderim, »auch pflegt er nicht den Kopf seines Pferdes von einem rühmlichen Kampf wegzulenken. – Aber ich wollte nicht vom Sultan sprechen. Kurz, wenn es dir genügt, so viel Ehre zu erwerben, wie durch die Entdeckung des Diebes erworben werden kann, so mag ich dir einen guten Weg zeigen, diese Sache auszuführen – das heißt, wenn du mir folgen willst.«

»Du bist weise, Ilderim«, sagte der Schotte, »weise, obwohl ein Sarazene, und großmütig, obwohl ein Ungläubiger. Leite mich darum in dieser Sache, und wenn du nichts von mir verlangst, was meiner Pflicht und meinem Glauben widerspricht, so werde ich dir blind gehorchen. Tu, was du gesagt hast, und mein Leben soll dir gehören, wenn die Sache vollendet ist.«

»Höre mich denn an«, sprach der Sarazene. »Dein edler Hund ist nun geheilt durch die Kraft jener göttlichen Arznei, und durch seinen Verstand können die, die ihn angegriffen haben, entdeckt werden.«

»Wahrhaftig!« sagte der Ritter. »Ich verstehe dich – ich war geblendet, daß ich nicht daran dachte!«

»Doch sag mir«, fuhr der Emir fort, »hast du noch Leute oder Diener im Lager, die das Tier kennen?«

»Ich habe meinen alten Begleiter, deinen Patienten, nach Schottland entlassen – und nun ist niemand mehr da, der den Hund kennt. Aber ich selbst bin wohlbekannt, selbst meine Sprache wird mich verraten in einem Lager, wo ich viele Monate lang keine geringe Rolle gespielt habe.«

»Du und er, ihr sollt so unkenntlich gemacht werden, daß ihr der scharfsichtigsten Beobachtung entschlüpft. – Ich verspreche es dir«, sagte der Sarazene, »du hast gesehen, daß ich schwierigere Dinge vollbracht habe – wer den Sterbenden aus der dunklen Nacht des Todes zurückrufen kann, der kann leicht einen Nebel auf die Augen der Lebendigen werfen. Aber merk es dir gut – ich leiste dir diesen Dienst nur unter der Bedingung, daß du einen Brief von Saladin an die Nichte des Melech Ric überbringst, deren Name unserer morgenländischen Zunge so schwer auszusprechen ist.«

Sir Kenneth überlegte, ehe er antwortete, und der Sarazene fragte ihn, ob er sich fürchte, diese Botschaft zu übernehmen.

»Nein, und wäre Todesgefahr dabei«, sagte Sir Kenneth. »Aber ich überlege nur, ob es mit meiner Ehre vereinbar ist, den Brief des Sultans zu überbringen, und mit der Ehre von Lady Edith, einen Brief von einem heidnischen Fürsten zu empfangen.«

»Beim Haupt des Propheten und bei der Ehre eines Kriegers«, sagte der Emir, »schwöre ich dir, daß der Brief mit aller Rücksicht und Achtung geschrieben ist.«

»Dann«, sagte der Ritter, »will ich den Brief des Sultans überbringen. Das heißt aber, daß außer diesem einzelnen Dienst, den ich treu verrichten will, Rat und Vermittlung in diesem sonderbaren Liebeshandel von mir am wenigsten zu erwarten sind.«

»Saladin ist edel«, antwortete der Emir, »und wird kein gutes Roß zu einem Sprung anspornen, den es nicht ausführen kann. – Komm mit mir in mein Zelt«, fuhr er fort, »und du sollst mit einer Verkleidung versehen werden, die so undurchdringlich ist wie die Mitternacht. Dann kannst du das Lager der Nazarener unerkannt betreten.«

Vierundzwanzigstes Kapitel

Der Leser kann nun nicht mehr im Zweifel sein, wer der äthiopische Sklave eigentlich war und in welcher Absicht er in das Lager Richards gelangte und warum er sich nun ganz nahe bei dem Monarchen aufhielt, als Richard Löwenherz auf dem Gipfel des St.-Georg-Berges stand, mit dem englischen Banner an seiner Seite, getragen von dem Bravsten im Heer, seinem natürlichen Bruder Wilhelm mit dem langen Schwert, dem Grafen von Salisbury, Sprößling Heinrichs II. und der berühmten Rosamunde von Woodstock.

Wegen einiger Äußerungen des Königs stand der Nubier in bangem Zweifel, ob seine Verkleidung nicht doch entdeckt sei, um so mehr, da sich der König wunderte, weshalb der Hund verwendet wurde. Aber der Nubier blieb ungewiß, ob er durchschaut sei oder nicht, war jedoch entschlossen, seine Verkleidung nicht freiwillig abzuwerfen.

Die Scharen der verschiedenen Fürsten des Kreuzzugs zogen unter ihren königlichen und fürstlichen Anführern in langem Zug rund um den Fuß des Hügels. Sooft eine andere Landsmannschaft heranrückte, stieg ihr Anführer einen oder zwei Schritte den Hügel hinauf und grüßte Richard und das englische Banner »zum Zeichen von Achtung und Brüderschaft«, wie das Protokoll dieser Feierlichkeit bemerkte, »nicht aus Untertänigkeit und Lehenspflicht«. Die geistlichen Herren gaben dem König und dem Zeichen seiner Macht ihren Segen statt anderer Huldigung.

So zogen sie in langen Reihen heran und schienen noch immer ein eisernes Heer, dem die Eroberung von Palästina etwas Leichtes sein müsse. Die Krieger, von dem Gedanken der gemeinsamen Stärke begeistert, saßen straff auf ihren Stahlsätteln. Es war ein Heer von Völkern, die an Sitten, Sprachen, Waffen und Aussehen verschieden, jedoch alle in dem ihnen heiligen Vorsatz einig waren, das unglückliche Jerusalem aus der Knechtschaft zu erlösen und den heiligen Boden zu befreien.

Der König saß zu Pferd ungefähr auf der Mitte des Hügels. Sein Gesicht war völlig sichtbar, und sein stiller und verständiger Blick ging über die Reihen, wenn er den Anführern den Gruß zurückgab. Sein Gewand war von himmelblauem Samt, mit Silberplättchen bedeckt, und seine Beinkleider waren von roter Seide, mit Gold gestreift. Neben ihm stand der vermeintliche äthiopische Sklave, seinen edlen Hund an einem Strick haltend. Dieser Umstand erregte keine Aufmerksamkeit, denn viele Fürsten des Kreuzzugs hatten zur Nachahmung der barbarischen Pracht der Sarazenen schwarze Sklaven in ihrem Haushalt. Über des Königs Haupt wehte die große Fahne, und wenn er von Zeit zu Zeit zu ihr hochschaute, so schien es, als ob sie nur darum wichtig für ihn war, weil sie für die Schande Genugtuung leistete. Auf einem hölzernen Turm, der eigens für diese Gelegenheit errichtet worden war, standen die Königin Berengaria und die vornehmsten Damen ihres Hofes. Der König sah ab und zu zu ihnen, aber seine Augen wanderten öfter zu dem Nubier und dessen Hund, jedoch nur, wenn sich solche Führer nahten, die er im Verdacht hatte, an dem Diebstahl teilgenommen zu haben, oder die er eines solchen Frevels für fähig hielt.

Darum blickte er nicht dahin, als Philipp von Frankreich an der Spitze seiner französischen Ritter herankam – ja, er kam dem französischen König zuvor, indem er den Hügel hinabeilte, so daß sie sich auf halbem Weg begegneten und ihre Grüße mit so viel Freundlichkeit wechselten, als wären sie in brüderlicher Gleichheit zusammengekommen. Der Anblick der beiden an Rang und Macht bedeutendsten europäischen Fürsten, die so vor allen Augen ihre Eintracht zu erkennen gaben, bewegte das Heer der Kreuzfahrer zu einem Jubelgeschrei, das auf Meilen zu hören war, so daß die in der Wüste schweifenden Araber Saladin die Kunde brachten, das Heer der Christen sei in Bewegung. Doch wer kann in den Herzen der Fürsten lesen? Unter diesem Schein von Freundschaft hegte Richard Mißfallen und Argwohn gegen Philipp, und Philipp dachte daran, Richard auf Glück oder Unglück mit seinen eigenen Streitkräften zurückzulassen.

Das Benehmen Richards war anders, als die schwarzgerüsteten Ritter und Knappen des Tempelordens herankamen – es waren Männer, deren Gesichter von der Sonne Palästinas gebräunt waren, und der ausgezeichnete Zustand ihrer Pferde und ihrer Rüstung stellte selbst die ausgewähltesten Scharen von Frankreich und England in den Schatten. Der König warf einen flüchtigen Blick seitwärts, aber der Nubier hielt sich ruhig, und sein treuer Hund saß zu dessen Füßen. Der Blick des Königs kehrte sich wieder den Tempelrittern zu, als der Großmeister dem König Richard seinen Segen gab, anstatt ihm als Anführer von Kriegern Huldigung zu bezeigen.

»Dieser dummstolze, zwitterhafte Lumpenhund kehrt den Mönch gegen mich heraus«, sagte Richard zu dem Grafen von Salisbury. »Aber, Langschwert, wir wollen's hingehen lassen. Wegen einer Kleinigkeit soll die Christenheit die Hilfe dieser erfahrenen Lanzen nicht verlieren. Denn ihre Siege sind es, die ihnen diesen Übermut geben. – Sieh, da kommt unser tapferer Widersacher, der Herzog von Österreich. Achte auf sein Tun und Handeln, Langschwert – und du, Nubier, laß den Hund wohl nach ihm sehen. Beim Himmel, er hat seine Possenreißer hinter sich!«

Leopold war von seinem Spruchsprecher und seinem Narren begleitet, und als er sich Richard näherte, pfiff er, um Gleichgültigkeit zu zeigen. Während der Herzog mit Widerwillen und mit einem verlegenen und plumpen Ausdruck der verlangten Huldigung nachkam, schüttelte der Spruchsprecher seinen Stab und verkündete mit Heroldsstimme, daß der Erzherzog von Österreich durch sein gegenwärtiges Tun dem Rang und den Freiheiten eines unabhängigen Fürsten nichts vergäbe, worauf der Narr mit einem schallenden »Amen!« antwortete, das großes Gelächter bei den Umstehenden veranlaßte. Mehr als einmal blickte König Richard nach dem Nubier und dem Hund, aber nichts rührte sich, so daß Richard fast spöttisch zu dem Sklaven sagte: »Dein Glück, mein schwarzer Freund, wird in dieser Sache nicht groß sein, und es wird dich weder zum Zauberer machen noch deine Verdienste vermehren.«

Der Nubier antwortete nur mit seiner gewöhnlichen, tiefen Verbeugung.

In diesem Augenblick zogen die Truppen Conrads von Montserrat in Reih und Glied an dem König von England vorbei. Dieser mächtige und verschmitzte Baron hatte sie in zwei Scharen geteilt, um mehr Aufwand mit ihnen machen zu können. An der Spitze der ersten Schar, die aus seinen Vasallen und Dienern bestand, zog sein Bruder Enguerrand. Er selbst folgte an der Spitze einer gewählten Schar von zwölfhundert Stradioten, einer Art leichter Reiterei, die die Venetianer in ihren dalmatinischen Besitzungen ausgehoben und deren Befehl sie dem Marquis anvertraut hatten. Diese Stradioten waren halb nach europäischer Weise gekleidet, jedoch hervorstechender war das Morgenländische. Sie trugen zwar kurze Panzer, aber sie hatten darüber Oberkleider von verschiedenen Farben und kostbarem Stoff, und außerdem große, weite Hosen und Halbstiefel. Auf dem Kopf hatten sie hohe, gerade Mützen, und sie führten kleine, runde Schilde, Bogen und Pfeile, Säbel und Dolche. Sie ritten gute Pferde, ihre Sättel und ihr Geschirr glichen denen der Türken, und ebenso ihre Art, mit kurzen Steigbügeln auf hohen Sätteln zu reiten. Diese Truppen waren von großem Nutzen bei Gefechten mit den Arabern, obwohl sie nicht geeignet waren, in geschlossenen Reihen zu kämpfen wie die eisengerüsteten Streiter Europas.

Vor dieser glänzenden Schar ritt Conrad, die gleiche Kleidung wie sie tragend. Sein edles Roß machte Sprünge und zeigte sein Feuer und seine Gelenkigkeit auf eine Weise, die einen weniger bewährten Reiter, als der Marquis es war, verunsichert hätten. Er hielt jedoch voll Anstand mit der einen Hand die Zügel, während die andere den Stab hielt. Aber seine Gewalt über die Stradioten war mehr Schein als Wirklichkeit, denn zu seiner Seite ritt im Schritt, auf einem ruhigen Paradepferd, ein kleiner, ganz schwarzgekleideter alter Mann, ohne Bart oder Schnurrbart und von unbedeutendem Aussehen. Dieser Alte war jedoch einer der Abgeordneten, welche die venetianische Regierung ins Lager schickte, um die Führer zu beobachten und um jenes eifersüchtige System von Kundschaftern geltend zu machen, das lange Zeit die Politik dieser Republik bezeichnete. Conrad aber, in hohem Grad in der Gunst des Königs, war kaum in seine Nähe gekommen, als der König von England einen oder zwei Schritte vorwärts tat, ihm zu begegnen. »Ah, Herr Marquis, Ihr seid an der Spitze der flinken Stradioten, und Euer schwarzer Schatten folgt Euch wie gewöhnlich, ob die Sonne scheint oder nicht! Könnte man da nicht fragen, wer den Befehl über die Truppen hat?«

Conrad wollte mit einem Lächeln seine Antwort beginnen, als Roswal, der edle Hund, mit wildem und wütendem Bellen vorsprang. In demselben Augenblick ließ der Nubier den Strick los, der Hund stürzte davon, sprang an dem Pferd Conrads empor, packte den Marquis bei der Kehle und riß ihn vom Sattel herunter. Der Reiter wälzte sich auf dem Sand, und das scheu gewordene Pferd lief im wilden Lauf durch das Lager.

»Dein Hund, glaube ich, hat am richtigen Platz gejagt«, sagte der König zum Nubier. »Mach ihn los, damit er ihn nicht erwürgt.«

Der Äthiopier gehorchte und hielt den Hund trotz seiner Wut und seines Zerrens am Strick fest. Unterdessen hatte sich eine Menge Krieger auf dem Platz versammelt, die, als sie ihren Führer am Boden liegen sahen, unter wütendem Geschrei forderten: »Haut den Sklaven und den Hund in Stücke!«

Aber die Stimme Richards übertönte das Geschrei: »Wer diesem Hund ein Leid zufügt, stirbt des Todes. Er hat nichts als seine Schuldigkeit getan. Conrad, Marquis von Montserrat! Ich beschuldige dich des Verrats!«

Mehrere der Anführer waren nun herbeigekommen, und Conrad, in dessen Haltung und Ausdruck Unruhe, Scham und Bestürzung mit Zorn wechselten, rief aus: »Was soll das heißen? Wessen beschuldigt man mich? – Warum diese unwürdige Behandlung und diese kränkenden Worte? – Ist dies der Bund der Eintracht, den England erst kürzlich erneuerte?«

»Sind die Fürsten des Kreuzzugs Hasen und Rehe geworden in den Augen des Königs von England, daß er Hunde gegen sie losläßt?« fragte der Großmeister der Templer.

»Es muß irgendein Zufall sein – eine unglückliche Verwechslung«, sagte Philipp von Frankreich, der gerade herzugeritten kam.

»Irgendein Fallstrick des bösen Feindes«, sagte der Erzbischof von Tyrus.

»Eine List der Sarazenen«, schrie Heinrich von Champagne. »Man sollte den Hund aufhängen und den Sklaven auf die Folter bringen.«

»Daß sie keiner angreift!« sagte Richard, »so ihm sein Leben lieb ist! – Conrad, tritt hervor, wenn du es wagst, und leugne die Beschuldigung, welche dies stumme Tier in seinem Instinkt gegen dich vorgebracht hat, nämlich ihm selbst Böses und England einen feigen Schimpf erwiesen zu haben!«

»Ich habe das Banner nicht berührt«, sagte Conrad hastig.

»Deine Worte verraten dich, Conrad! Denn woher weißt du, wenn nicht durch dein böses Gewissen, daß von dem Banner die Rede ist?«

»Hast du doch um dieser und keiner anderen Ursache willen das Lager in Bewegung gesetzt«, antwortete Conrad. »Und willst du nun einem Fürsten und Verbündeten ein Verbrechen zuschieben, das wahrscheinlich von einem gemeinen Dieb verübt worden ist? Willst du im Vertrauen auf einen Hund einen Bundesgenossen verklagen?«

Der Lärm drohte jetzt allgemein zu werden, so daß Philipp von Frankreich dazwischentrat.

»Fürsten und Edle«, sagte er, »ihr sprecht in Gegenwart von Leuten, die sich bald mit dem Schwert an der Kehle haben werden, wenn sie ihre Führer so streiten hören. Um Himmels willen laßt uns jeder unsere Truppen zu den Quartieren führen, und kommen wir in einer Stunde im Versammlungszelt zusammen.«

»Gut«, sagte König Richard, »doch wäre es mir lieb gewesen, diesen Schuft hier zu befragen, während sein schönes Wams noch mit Sand bestäubt ist. Aber der Wille von Frankreich soll in dieser Sache gelten.«

Bald waren die Truppen in Bewegung und zogen auf verschiedenen Wegen durch das Lager zu ihren Quartieren. Obgleich auf diese Art jeder Gewalttat vorgebaut war, so blieb doch der vorgefallene Auftritt im Gedächtnis eines jeden zurück. Die Fremden, die diesen Morgen Richard als den würdigsten Führer des Heeres begrüßt hatten, erneuerten ihre Vorurteile gegen seinen Stolz und seine Unverträglichkeit, und die Engländer, die die Ehre ihres Landes verspielt sahen, hielten die Fremden für eifersüchtig auf England. Die verschiedensten Gerüchte kamen nun in Umlauf, und eins davon versicherte, daß die Königin und ihre Damen durch den Lärm sehr erschreckt worden wären und daß eine ohnmächtig geworden sei.

Der Rat versammelte sich zur bestimmten Stunde. Conrad hatte in der Zwischenzeit seine beschmutzte Kleidung abgelegt und mit ihr Scham und Bestürzung. Er war nun in fürstlicher Kleidung und trat in den Versammlungssaal in Begleitung des Erzherzogs von Österreich, der beiden Großmeister des Tempel- und des Johanniterordens und mehrerer anderen Potentaten, die sich offen zu seinem Beistand und zu seiner Verteidigung erboten.

Diese scheinbare Einstimmigkeit zugunsten Conrads machte wenig Eindruck auf den König von England. Er trat in die Versammlung mit seiner gewöhnlichen Gleichgültigkeit und warf einen unbefangenen und etwas verächtlichen Blick auf die Führer, die sich mit erzwungenem Eifer um Conrad versammelt hatten. Er beschuldigte Conrad von Montserrat geradezu, das englische Banner gestohlen und das treue Tier verwundet zu haben.

Conrad erhob sich keck und behauptete seine Unschuld.

»Bruder von England«, sagte Philipp, der gern den Vermittler machte, »dies ist eine sonderbare Beschuldigung. Wir hören nicht von Euch, daß Ihr den Tatbestand weiter kennt und daß Eure Mutmaßung allein auf das Benehmen des Hundes gegen den Marquis von Montserrat gegründet ist. Das Wort eines Fürsten und Ritters sollte mehr als das Bellen eines Hundes gelten!«

»Königlicher Bruder«, antwortete Richard, »bedenkt, daß der Hund als Gefährte einer Täuschung unfähig ist. Er vergißt weder Freund noch Feind; er erinnert sich genau an Gutes und an Böses. Er hat einen Teil des Verstandes des Menschen, aber nichts von seiner Falschheit. Er ist der Freund des Menschen, ausgenommen wenn sich jemand mit Willen seine Feindschaft zuzieht. Kleidet diesen Marquis, wie ihr wollt, verstellt ihn, ändert seine Farbe durch Essenzen, versteckt ihn unter Hunderten – ich setze mein Zepter zum Pfand, daß ihn der Hund entdecken wird. Obwohl die Begebenheit seltsam ist, so ist sie doch nicht neu. Mehr als einmal schon sind Mörder und Räuber so überführt worden, und die Leute sagten dann, daß der Finger Gottes sich in der Sache gezeigt habe. In Eurem eigenen Land, königlicher Bruder, und bei einer ähnlichen Gelegenheit wurde ein Prozeß durch einen Hund entschieden. Der Hund war Sieger, der Mann wurde bestraft und das Verbrechen eingestanden.

»So ein Zweikampf ist wirklich vorgekommen, königlicher Bruder«, antwortete Philipp, »und zwar unter der Regierung eines unserer Vorfahren. Aber es war in alten Zeiten, und wir können das Beispiel für den jetzigen Fall nicht gelten lassen.«

»Es wäre ein schlechter Spaß, das Leben eines guten Hundes an das eines so zweizüngigen Verräters zu setzen. Aber hier liegt unser Handschuh – wir fordern zum Kampf auf«, sagte Richard.

Conrad beeilte sich nicht, das Pfand aufzuheben, das Richard in die Mitte der Versammlung geworfen hatte, und König Philipp hatte Zeit zu antworten, ehe der Marquis den Handschuh ergreifen wollte.

»Königlicher Richard, dies kann nicht zugelassen werden. Ihr seid der Anführer unseres Zuges – das Schwert und der Schild der Christenheit.«

»Ich protestiere gegen diesen Kampf«, sagte der venetianische Proveditor, »bis der König von England die fünfzigtausend Byzantiner bezahlt haben wird, die er der Republik schuldig ist. Es ist genug, daß wir mit Verlust dieser Schuld bedroht sind, wenn unser Schuldner durch die Hände der Heiden fallen sollte.«

»Und ich«, sagte Wilhelm mit dem langen Schwert, Graf von Salisbury, »ich widersetze mich meinerseits, daß mein königlicher Bruder sein Leben, das dem ganzen englischen Volk gehört, wegen solch einer Sache aufs Spiel setzt. – Hier, edler Bruder, nehmt Euren Handschuh zurück und denkt, daß ihn der Wind von Eurer Hand geweht hat. Meiner soll an deiner Stelle liegen. Ein Königssohn, auch wenn er den Balken links auf dem Schild trägt, ist wenigstens soviel wie dieses Äffchen von Marquis.«

»Fürsten und Edle«, sagte Conrad, »ich nehme die Herausforderung von König Richard nicht an. Er ist zu unserem Anführer gegen die Sarazenen gewählt worden, und wenn sein Gewissen es verantworten kann, einen Bundesgenossen um so nichtiger Sachen willen zum Kampf zu fordern, so kann meins nicht den Vorwurf ertragen, den Kampf anzunehmen. Aber gegen seinen Bastardbruder, Wilhelm von Woodstock, und gegen jeden, der diese falsche Beschuldigung billigen sollte, will ich die Ehre in den Schranken verteidigen und beweisen, daß er ein Lügner ist.«

»Der Marquis von Montserrat«, sagte der Erzbischof von Tyrus, »hat wie ein weiser Edelmann gesprochen. Ich glaube, der Streit könnte nun beendet werden.«

»So kann die Sache abgetan werden«, sagte der König von Frankreich, »vorausgesetzt, daß Richard seine Beschuldigung widerruft, die auf so schwachen Beweisen beruht.«

»Philipp von Frankreich«, antwortete Löwenherz, »nie werden meine Worte meinen Gedanken ein solches Unrecht antun. Ich habe diesen Conrad als Dieb angeklagt, der bei Nacht das Zeichen von Englands

Würde von seinem Platz gestohlen hat. Immer noch halte ich ihn dafür. Du, Wilhelm, sollst dein langes Schwert aber nicht ohne unsere Erlaubnis ziehen.«

»Da mich mein Rang zum Schiedsrichter in diesem unglücklichen Handel macht«, sagte Philipp von Frankreich, »so bestimme ich in fünf Tagen zur Entscheidung der Sache einen ritterlichen Kampf, wobei Richard in der Person seines Kämpen als Kläger und Conrad Marquis von Montserrat in eigener Sache als Beklagter zu erscheinen haben. Aber ich gestehe, daß ich keinen neutralen Boden weiß, auf dem der Kampf ausgefochten werden kann. In der Nähe des Lagers darf es nicht sein, weil die Krieger der beiden Kämpfer Partei nehmen könnten.«

»Es wäre gut«, sagte Richard, »Saladin in Anspruch zu nehmen, und wir können uns auf seine Zusage fest verlassen. Was mich anlangt, ich schlage mich auf jedem Fleck, wo ich meinen Feind erblicke.«

»So sei es«, sagte Philipp, »wir wollen Saladin von der Sache unterrichten, obwohl wir dadurch dem Feind unsere Zwietracht verraten. Für jetzt hebe ich die Versammlung auf, und ich ermahne euch als Christen und gute Ritter, zu verhüten, daß dieser unglückliche Streit Mißhelligkeiten im Lager erzeugt.«

Man stimmte allgemein zu, während der Templer dem Marquis zuflüsterte: »Conrad, willst du nicht ein Gebet um Befreiung von der Gewalt des Hundes hinzufügen?«

»Schweig, du . . .!« zischte der Marquis, »ein Dämon hat sich aufgemacht, uns zu verraten, und der möchte unter anderem Bericht geben, wie weit du das Motto deines Ordens ausübst.«

»Du willst dich zum Zweikampf stellen?« fragte der Templer.

»Ohne Zweifel«, sagte Conrad. »Ich wäre in der Tat nicht gern dem Eisenarm Richards begegnet, und ich schäme mich nicht, Freude darüber zu bekennen, daß ich ihn los bin. Aber von seinem Bastardbruder abwärts lebt keiner im englischen Heer, dessen Begegnung ich scheue.«

»Gut, daß du soviel Vertrauen hast«, fuhr der Templer fort, »und in diesem Fall haben die Zähne dieses Hundes mehr bewirkt zur Auflösung dieses Fürstenbundes als deine List und der Dolch des Charegiten. Siehst du nicht, wie Philipp hinter einer verstellten trüben Miene das Vergnügen verbirgt, dieser Verbindung, die so schwer auf ihm lastet, bald entledigt zu sein? Sieh, wie Heinrich von Champagne zu sich selbst lächelt, und sieh die unverstellte Freude von Österreich, der bei sich denkt, daß sein Zwist gerächt werden wird, ohne daß er sich anzustrengen braucht. Still – er kommt. Ein sehr betrübender Umstand, königlicher Herzog, daß diese Breschen in die Mauer unseres Zions . . .«

»Wenn Ihr diesen Kreuzzug meint«, erwiderte der Herzog, »ich wollte, er wäre in Scherben zerfallen, und ein jeder wäre glücklich zu Hause! – Ich sage dies im Vertrauen!«

»Aber wenn man bedenkt«, sagte der Marquis von Montserrat, »daß alle diese Unsinnigkeiten von König Richard herkommen.«

»Ich sehe nicht, daß er viel stärker als andere ist«, sagte der Erzherzog. »Ich bin überzeugt, hätte sich der edle Marquis mit ihm in den Schranken gemessen, er hätte die Oberhand gehabt, denn obgleich dieser Inselbewohner schwere Streiche mit der Streitaxt tut, ist er doch mit der Lanze nicht so sehr geschickt. Ich würde mich in unserem alten Streit unbesorgt mit ihm geschlagen haben, hätte das wohl der Christenheit unabhängigen Fürsten erlaubt, sich in den Schranken herumzujagen. – Und wenn es Euch lieb ist, edler Marquis, so will ich in diesem Kampf Euer Zeuge sein.«

»Und ich auch«, sagte der Großmeister.

»Kommt denn und nehmt Euer Mittagsmahl in unserem Zelt, edle Herren«, sagte der Herzog, »und wir wollen diese Angelegenheit bei einem echten Nierensteiner besprechen.«

Sie traten hierauf in das Zelt.

»Was haben dieser Patron und diese Großhänse gesprochen?« fragte Jonas Schwanker seinen Kollegen, den Spruchsprecher, der sich die Erlaubnis genommen hatte, in der Nähe seines Herrn zu bleiben.

»Diener der Narrheit«, sagte der Spruchsprecher, »mäßige deine Naseweisheit – es schickt sich nicht, daß ich dir die Ratschläge unseres Herrn erzähle.«

»Mann der Weisheit, du irrst«, antwortete Jonas; »wir sind beide die beständigen Begleiter unseres Patrons, und es geht uns gleich viel an, zu wissen, ob du oder ich – Weisheit oder Torheit – den größten Teil an ihm haben.«

»Er hat zum Marquis und zum Großmeister gesagt«, antwortete der Spruchsprecher, »daß er des Krieges überdrüssig, und daß er froh wäre, wenn er glücklich daheim sei.«

»Das ist ein blinder Wurf, der im Spiel nichts zählt«, sagte der Narr. »Es war weise, das zu denken – aber große Torheit, es anderen zu sagen – weiter.«

»Nun, nun!« sagte der Spruchsprecher, »darauf hat er zu ihnen gesagt, Richard wäre nicht viel stärker als andere und nicht geschickter auf der Stechbahn.«

»Das ist für mich«, sagte der Schwanker; »denn das war Torheit. Was weiter?«

»Je, ich bin ein wenig vergeßlich«, antwortete der Mann der Weisheit, »er hat sie zu einem Becher Nierensteiner eingeladen.«

»Das hat einen Schein von Weisheit an sich«, sagte Jonas, »du kannst es einstweilen dir zugute schreiben; aber wenn er zuviel trinkt, wie es wahrscheinlich ist, so kommt es an mich zurück. Sagte er sonst noch was?«

»Nichts von Bedeutung«, antwortete der Spruchsprecher, »nur, daß er wünschte, Gelegenheit zu haben, Richard in den Schranken zu begegnen.«

»Fort damit – fort!« sagte Jonas, »das ist eine so alberne Torheit, daß ich mich fast schäme, das Spiel dadurch zu gewinnen. Jedoch, ein so großer Narr er auch sein mag, wir wollen ihm folgen, hochweiser Spruchsprecher, und unseren Anteil am Nierensteiner haben.«

Fünfundzwanzigstes Kapitel

Als König Richard in sein Zelt zurückgekehrt war, befahl er, daß ihm der Nubier vorgeführt werde. Dieser kam, verbeugte sich und blieb vor dem König erwartungsvoll stehen.

»Du verstehst das Weidwerk gut«, sagte der König nach kurzem Schweigen. »Du hast dein Wild aufgetrieben und gestellt, aber es ist noch nicht erlegt. Es wäre mir lieb gewesen, wenn ich selbst darauf hätte zielen können, aber es sind Gründe vorhanden, die es nicht erlauben. Du sollst jetzt in das Lager des Sultans zurückkehren und ihm einen Brief überbringen, in dem ich von ihm Anweisung eines neutralen Bodens für den ritterlichen Kampf erbitte und worin er eingeladen wird dabeizusein. Wäre es möglich, daß du im Lager des Sultans irgendeinen Ritter findest, der der Wahrheit und seinem Ruhm zuliebe den Kampf mit dem Verräter Montserrat bestehen möchte?«

Der Nubier sah den König an und blickte danach zum Himmel. Endlich nickte er bejahend und nahm seine untertänige Haltung wieder an.

»Gut«, sagte der König, »ich sehe, daß du mir in dieser Sache dienen willst. Und hierin liegt der Vorteil, den man von einem stummen Diener hat. Du, mein stiller Geschäftsträger, tust meinen Willen, ohne zu fragen und zu verstehen: Dir ist Hören und Gehorchen eins.«

Eine Verbeugung war die Antwort des Äthiopiers.

»Und nun zu einem anderen Punkt«, sagte der König, der plötzlich schnell zu sprechen begann. »Hast du Edith Plantagenet gesehen?« Der Stumme tat, als wollte er sprechen – ja, seine Lippen bewegten sich schon zu einem deutlichen Nein, als der Versuch in das unverständliche Gestammel überging.

»Sieh an!« sagte der König. »Nur der Name einer Prinzessin von solcher Schönheit wie unsere Base ist fast mächtig genug, um den Stummen sprechen lassen zu können. Was für Wunder muß erst ihr Anblick bei ihm erwirken! Ich will die Probe machen, Sklave. Du sollst die erlesene Schönheit unseres Hofes sehen und den Auftrag des Sultans ausrichten.«

Wieder verbeugte sich der Nubier, aber als er sich aufrichtete, legte der König seine Hand auf dessen Schulter und fuhr streng fort: »Laß mich dich warnen, mein schwarzer Bote. Wenn du etwa fühlen solltest, daß der liebliche Eindruck, den du bald haben wirst, die Fesseln deiner Zunge löst, glaube mir, daß ich dir die Zunge mit der Wurzel ausreißen lassen werde. Darum sei klug und verhalte dich still.«

Sobald der König die schwere Hand von der Schulter des Nubiers weggezogen hatte, nickte dieser und legte die Finger an die Lippen. Doch Richard fügte hinzu: »Diesen Befehl geben wir dir als einem Sklaven. Wärst du ein Ritter und Edelmann, so forderten wir deine Ehre als Pfand deines Schweigens, das eine unumgängliche Bedingung unseres gegenwärtigen Vertrauens ist.«

Der Äthiopier nahm eine stolze Haltung an, blickte Richard ins Gesicht und legte die rechte Hand aufs Herz.

Richard sagte darauf zu seinem Kämmerer: »Geh, Neville, mit diesem Sklaven zum Zelt der Königin und sage, daß es unser Wille ist, daß der Sklave eine Unterredung – eine geheime Unterredung – mit unserer Base Edith habe. Er hat einen Auftrag an sie. Auch kannst du ihm den Weg zeigen, wenn er es verlangt, obwohl du zu deinem Erstaunen bemerkt haben wirst, wie bekannt ihm bereits das Lager zu sein scheint. – Und du, Freund Äthiopier«, fuhr der König fort, »erledige deinen Auftrag schnell und kehre in einer halben Stunde zurück.«

Ich bin erkannt, dachte der Nubier, während er den hastigen Schritten Nevilles zum Zelt der Königin folgte. Ich stand entschleiert vor König Richard, doch es war keine Feindschaft zu bemerken. Verstehe ich seine Worte recht, und ihre Mißdeutung ist unmöglich, so bietet er mir Gelegenheit, meine Ehre wiederzugewinnen an dem Helmbusch dieses falschen Marquis. – Roswal, du hast deinem Herrn treu gedient, und dein Unglück soll gerächt werden. Aber wie soll ich die Erlaubnis verstehen, diejenige sehen zu dürfen, die ich niemals wiederzusehen glaubte? Und wie kann ein König einwilligen, daß ich seine Verwandte sehe, sei es als Bote des Heiden Saladin, sei es als der verurteilte Verbannte? Daß Richard wollen kann, daß sie einen Brief von einem ungläubigen Liebhaber durch einen unebenbürtigen empfängt, ist doppelt unglaublich. Aber er ist freigebig und großmütig. Davon sollte ich ausgehen und nach seinen ausdrücklichen Weisungen handeln. Dem, der mir eine so schöne Gelegenheit bietet, meine befleckte Ehre zu rächen, bin ich Gehorsam und Ergebung schuldig, und wie schwer es mir auch fallen mag, die Schuld soll bezahlt werden. Und doch, fuhr er innerlich stolzer fort, Richard hätte das Gefühl anderer an seinem eigenen ablesen können. Ich seiner Verwandten eine Erklärung aufdrängen! Ich, der ich nie ein Wort zu ihr sprach, wenn ich einen königlichen Dank aus ihrer Hand empfing. Ich mich ihr nähern in unwürdiger Verkleidung, in Sklaventracht – und ...! Während meine wirkliche Lage die eines Sklaven ist, während ein Schandfleck meinen ehemaligen Schild bedeckt? Er kennt mich schlecht! Doch ich danke ihm für die Gelegenheit, die uns besser miteinander bekannt machen soll.

Als er zu diesem Schluß gekommen war, waren sie am Eingang des Zeltes der Königin angekommen.

Sie wurden sogleich von den Wächtern vorgelassen, und Neville, der den Nubier in einem kleinen Vorzimmer ließ, das dieser nur zu gut kannte, ging in das Gemach der Königin. In einem leisen und ehrerbietigen Ton kündigte er den Willen seines königlichen Herrn an. Darauf folgte ein lautes Gelächter.

»Und wie sieht der nubische Sklave aus, der im Auftrag des Sultans kommt? Ist er nicht ein Neger?« fragte Berengaria. »Guter Neville, du hast dich immer bemüht, uns armen Frauen, die wir sowenig Zeitvertreib haben, ein Vergnügen zu machen. Wir müssen den Liebesboten sehen. Türken und Mauren habe ich gesehen, aber noch keinen Neger.«

»Ich will Eurer Majestät gern gehorchen, wenn Ihr mich dafür bei meinem Herrn entschuldigen wollt«, anwortete der gute Ritter. »Doch muß ich Eure Majestät versichern, daß Ihr etwas anderes sehen werdet, als Ihr erwartet.«

»Desto besser – noch häßlicher, als unsere Einbildung ihn malen kann, und doch der erlesene Liebesbote dieses zärtlichen Sultans!«

»Gnädige Frau«, sagte Lady Calista, »darf ich Euch bitten, diesem guten Ritter zu erlauben, daß er den Boten direkt zu Lady Edith führen darf, an die der Brief gerichtet ist? Wir sind erst den Folgen solch eines Scherzes entschlüpft.«

»Entschlüpft«, wiederholte die Königin verächtlich. »Doch du magst recht haben, Calista, mit deiner Vorsicht – führe diesen Nubier, wie du ihn nennst, zuerst zu unserer Base, daß er seinen Auftrag ausrichte. – Außerdem ist er ja auch stumm – nicht wahr?«

»Er ist es, gnädige Frau«, antwortete der Ritter.

»Diese morgenländischen Damen haben es besser«, sagte Berengaria, »da sie von Leuten bedient werden, vor denen man alles sagen kann, ohne daß sie es ausschwatzen können.«

»Weil Eure Majestät vergißt«, sagte Neville, »daß Ihr hinter einer Leinwand sprecht.«

Die Stimmen wurden leiser, und nach einigem Geflüster kam der englische Ritter zu dem Äthiopier zurück und winkte ihm zu folgen. Dieser tat es, und Neville führte ihn zu einem Zelt, das von dem der Königin etwas getrennt und, wie es schien, für die Lady Edith und ihre Dienerschaft errichtet war. Eine ihrer koptischen Dienerinnen empfing die Meldung Sir Heinrich Nevilles, und in wenigen Minuten wurde der Nubier vor Lady Edith geführt, während Neville in dem äußeren Zelt blieb. Die Sklavin, die ihn hereingeführt hatte, zog sich auf ein Zeichen ihrer Herrin zurück. Der unglückliche Ritter in so seltsamer Verkleidung und mit über der Brust gekreuzten Armen sah wie ein Verbrecher aus, der das Urteil erwartete. Edith trug den Anzug wie bei dem Besuch von König Richard. Ihr langer, durchsichtiger, schwarzer Schleier umgab sie wie das Dunkel einer Sommernacht. Sie hielt in der Hand eine mit einer wohlriechenden Flüssigkeit gefüllte Silberlampe, die mit außerordentlichem Glanz brannte.

Als sich Edith dem knienden und bewegungslosen Sklaven genähert hatte, hielt sie das Licht vor sein Gesicht, als wollte sie seine Züge genauer betrachten. Darauf wandte sie sich von ihm ab und hielt ihre Lampe so, daß der Schatten seines Gesichts im Profil auf die Zeltwand fiel. Endlich sprach sie mit gefaßter, aber wehmütiger Stimme: »Seid Ihr es? – Seid Ihr es wirklich, tapferer Ritter vom Leoparden – edler Sir Kenneth von Schottland – seid Ihr es wirklich? – So in Sklaventracht verkleidet – so von tausend Gefahren umringt?«

Als er seine Dame so unerwartet zu sich sprechen hörte, und das mit einer Teilnahme, die Zärtlichkeit spüren ließ, kam eine Erwiderung unwillkürlich auf die Zunge des Ritters und konnte Richards Befehl und sein eigenes Versprechen nicht verhindern. Jedoch besann er sich, und ein tiefer Seufzer war die einzige Antwort auf ihre Frage.

»Ich sehe es, ich weiß es, ich habe recht vermutet«, fuhr Edith fort. »Ich bemerkte Euch gleich auf dem St.-Georg-Berg, wo ich mit der Königin war. Auch Euren Hund erkannte ich. Das müßte keine echte Dame sein, und sie wäre des Dienstes eines Ritters unwürdig, wenn Verkleidung oder eine andere Farbe ihr einen treuen Diener verbergen könnte. Sprich darum ohne Furcht zu Edith Plantagenet, sie weiß, wie sie den guten Ritter in seinem Unglück trösten kann, der ihr diente, sie ehrte und Taten in ihrem Namen verrichtete. – Noch immer schweigend! Ist es Furcht oder Scham, daß du so stumm bist? Furcht sollte dir unbekannt sein, und Scham laß denjenigen, die dir Schaden zugefügt haben.«

Der Ritter war verzweifelt, daß er gezwungen war, den Stummen zu spielen. Er konnte aber seinen Verdruß darüber nur durch tiefes Seufzen zeigen.

»Was!« sagte sie, »wirklich der Stumme, den das Aussehen verspricht? Das hab ich nicht gewußt. – Oder verachtest du mich vielleicht, weil ich es frei heraussagte, daß ich die Huldigung, die du mir geleistet hast, beachtet habe? Denke darum nicht unwürdig von Edith. Sie kennt recht gut die Schranken, die hochgeborenen Jungfrauen Zurückhaltung und Bescheidenheit setzen, und sie weiß, wie weit diese Schranken der Dankbarkeit reichen müssen. Warum faltest du die Hände und ringst sie so leidenschaftlich? – Wäre es möglich«, fügte sie hinzu, bei dem Gedanken schaudernd, »daß ihre Grausamkeit dich wirklich der Sprache beraubt hat? Du schüttelst den Kopf. Sei es Zauber, sei es Eigensinn, ich frage dich nicht weiter und lasse dich deinen Auftrag verrichten. Auch ich kann stumm sein.«

Der verkleidete Ritter machte eine Bewegung, als beklagte er seine eigene Lage und als bäte er sie zugleich um Verzeihung. Gleichzeitig überreichte er ihr den in feinen Gold- und Seidenstoff gehüllten Brief des Sultans. Sie nahm ihn, legte ihn dann zur Seite, und nachdem sie noch einmal den Ritter angesehen hatte, sagte sie leise: »Noch immer kein Wort, um deinen Auftrag auszurichten?«

Er drückte die beiden Hände auf seine Stirn, als wollte er ihr dadurch zu verstehen geben, wie sehr es ihn schmerzte, daß er ihr nicht gehorchen konnte, aber sie wandte sich unwillig von ihm ab.

»Fort«, sagte sie, »ich habe genug gesprochen – zuviel zu einem, der kein einziges Wort zur Antwort hat. Fort! Und wenn ich dir Schaden zugefügt habe, so habe ich auch dafür gebüßt. Denn wenn ich unglücklicherweise die Ursache war, dich von einem ehrenhaften Standpunkt zu reißen, so habe ich in diesem Augenblick meine eigene Würde vergessen und mich in deinen und meinen Augen erniedrigt.«

Sie bedeckte ihre Augen mit der Hand und schien tief bewegt. Sir Kenneth wollte sich ihr nähern, aber sie wies ihn ab.

»Fort, du, dessen Seele seinem neuen Stand angepaßt ist! Wärst du mehr als ein stumpfer und feiger Sklave, du hättest ein Wort des Dankes gesprochen, wäre es auch nur gewesen, um mir meine Herablassung zu belohnen. Wie, du schweigst? – Fort – fort!«

Der verkleidete Ritter blickte fast unwillkürlich zu dem Brief, als wollte er dadurch sein längeres Bleiben entschuldigen. Sie riß ihn auf und sagte in einem spöttischen und verächtlichen Ton: »Ich hatte vergessen, daß der unterwürfige Sklave eine Antwort auf seine Botschaft erwartet. Was ist dies – von dem Sultan?«

Sie überflog schnell den Inhalt, der in arabischer und französischer Sprache geschrieben war, und lachte bitter.

»Nun, das geht über alle Vorstellung!« sagte sie; »kein Taschenspieler kann eine solche Verwandlung zeigen! Kann seine Kunst einen christlichen Ritter, der zu den Bravsten des heiligen Kreuzzuges gezählt wurde, in einen staubbedeckten Sklaven des heidnischen Sultans umkehren, der, die Gesetze der Ritterschaft und der Religion verachtend, ungebührliche Anträge einer christlichen Jungfrau überbringt? Doch wozu mit dem gehorsamen Sklaven eines heidnischen Hundes reden. Sag deinem Herrn, wenn seine Peitsche dir die Zunge gelöst haben wird, was du gesehen hast.« So sprechend, warf sie den Brief des Sultans auf den Boden und setzte ihren Fuß darauf. »Und sag ihm, daß Edith Plantagenet die Huldigung eines ungläubigen Heiden verachtet.«

Daraufhin wollte sie sich rasch von dem Ritter entfernen, als dieser, zu ihren Füßen kniend, es wagte, mit der Hand ihr Kleid zu fassen und ihr Weggehen zu verhindern.

»Hast du nicht gehört, was ich sagte, stummer Sklave?« rief sie, indem sie sich plötzlich nach ihm umwandte. Und mit Nachdruck fuhr sie fort: »Sag dem heidnischen Sultan, deinem Herrn, daß ich sein Gesuch so sehr verachte wie die Verworfenheit eines an Glauben und Ehre, an Gott und seiner Dame abtrünnigen Ritters.«

Als sie dies gesagt hatte, verließ sie eilig das Zelt.

Erschöpft durch die Qualen dieses Besuchs ging oder vielmehr wankte der unglückliche Ritter hinter dem englischen Baron Neville her, bis sie das königliche Zelt erreichten, vor dem eben erst eine Schar Reiter abgestiegen war. Innerhalb des Zeltes war Leben und Bewegung, und als Neville mit dem verkleideten Sklaven hineintrat, waren der König und einige seiner Edlen damit beschäftigt, die Ankömmlinge zu begrüßen.

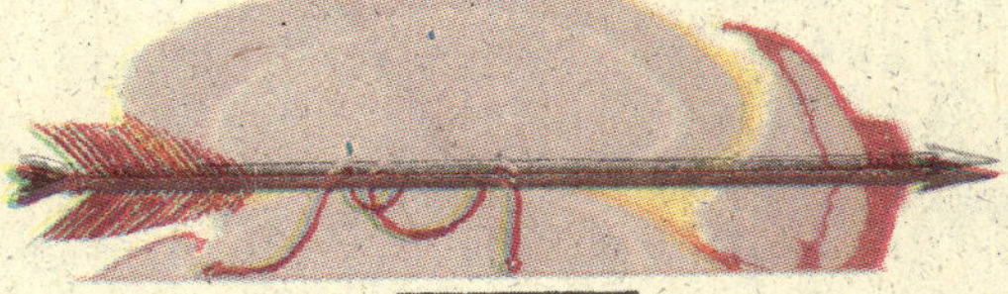

Sechsundzwanzigstes Kapitel

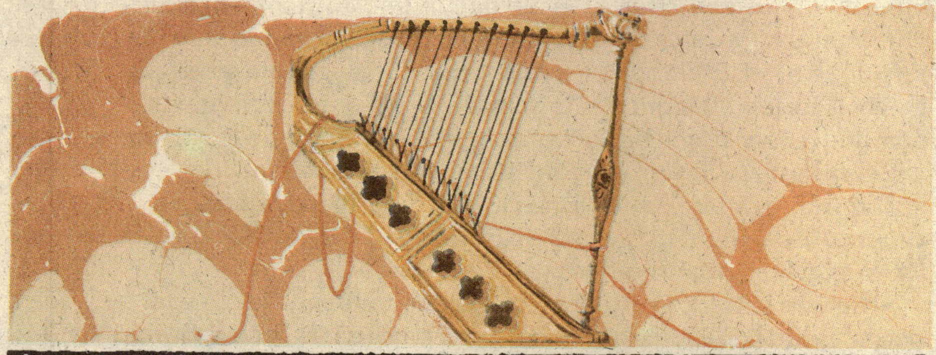

Die freie und laute Stimme Richards tönte durch das Zelt. »Thomas de Vaux! Rüstiger Thomas von Gilsland! Bei dem Haupt von König Heinrich, du bist mir willkommen wie die Weinflasche einem fröhlichen Zecher! Ich würde kaum gewußt haben, wie ich meine Schlachtreihen ordnen sollte, wenn ich deine stämmige Gestalt nicht vor Augen gehabt hätte, um meine Reihen wie nach einem Grenzstein auszurichten. Bald werden wir wieder Streiche tun, Thomas, wenn uns die Heiligen günstig sind. Und hätten wir während deiner Abwesenheit gefochten, dann hätte ich mich auf das Gerücht gefaßt gemacht, daß man dich, an einem Holunderbaum hängend, gefunden habe.«

»Ich würde, glaube ich, meinen Verdruß mit besserer Geduld ertragen haben«, sagte Thomas de Vaux, »und würde nicht den Tod eines Apostaten gestorben sein. Aber ich danke Eurer Majestät für das Willkommen, das um so großmütiger ist, da es ein Gastmahl mit Waffengeklirr verspricht, wobei Ihr, mit Erlaubnis, immer den größten Teil für Euch behaltet. Aber ich habe einen gebracht, dem Eure Majestät ein noch wärmeres Willkommen sagen wird.«

Die Person, die nun hervortrat, war ein junger Mann von kleinem Wuchs und unansehnlicher Gestalt. Seine Kleidung war so einfach, wie sein Gesicht anspruchslos war. Doch er trug an seiner Mütze eine goldene Schnalle mit einem Edelstein, dessen Feuer nur von dem Glanz seiner Augen erreicht werden konnte. Diese Augen waren das einzige Hervorstechende in seinem Gesicht. Wenn jedoch der Betrachter es einmal bemerkt hatte, so machte es immer wieder einen starken Eindruck. Um seinen Hals hing an einem himmelblauen seidenen Band ein Schlüssel von gediegenem Gold, mit dem man eine Harfe stimmt.

Diese Person wollte vor Richard ehrerbietig niederknien, aber der Monarch hob ihn mit freudiger Hast auf, drückte ihn an seine Brust und küßte ihn auf beide Wangen.

»Blondel de Nesle!« rief er fröhlich aus. Willkommen, mein Minstrelkönig! Willkommen dem König von England, der seine eigene Würde nicht höher als deine achtet. Ich bin krank gewesen, Freund, und, bei meiner Seele, ich glaube, weil ich dich nicht hatte. Denn wär ich auch halbwegs schon im Himmel, deine Töne würden mich zurückrufen. – Was bringst du Neues, lieber Meiser, aus dem Land der Leier? Etwas von den Troubadours? Vor allem, hast du selbst etwas getan? Doch was brauche ich dich zu fragen – du kannst nicht müßig sein, auch wenn du wolltest.«

»Einiges habe ich gelernt, und einiges hab ich getan, edler König«, antwortete der berühmte Blondel mit einer zurückhaltenden Bescheidenheit.

»Wir wollen dich hören, Freund – wir wollen dich sogleich hören«, sagte der König; und als er freundlich die Hand auf Blondels Schulter gelegt hatte, fügte er hinzu: »Das heißt, wenn dich deine Reise nicht ermüdet hat, denn lieber wollte ich mein bestes Pferd totreiten als deiner Stimme im geringsten weh zu tun.«

»Meine Stimme ist immer zum Dienst meines Königs bereit«, sagte Blondel, »aber Eure Majestät«, fügte er hinzu, einen Blick nach den auf dem Tisch liegenden Papieren werfend, »scheint ernster beschäftigt, und es ist schon spät.«

»Nicht im geringsten, Freund, nicht im geringsten, mein liebster Blondel. Ich habe nur einen Schlachtplan gegen die Sarazenen entworfen, das ist eine kurze Arbeit, fast so schnell gemacht, wie man jene in die Flucht jagt.«

»Aber, mir scheint«, sagte Thomas de Vaux, »daß es nicht ungelegen wäre, wenn sich Eure Majestät erkundigt, was für Soldaten Ihr zu ordnen hättet. Ich bringe Bericht hierüber aus Ascalon.«

»Du bist ein Maulesel, Thomas«, sagte der König. »Ein wahrer Maulesel an Stumpfheit und Eigensinn! – Kommt, Edle, Platz, macht Platz! Schließt einen Kreis um ihn. Gebt Blondel ein Instrument. Wo ist sein Harfenträger? Oder halt, leiht ihm meine Harfe, seine hat vielleicht durch die Reise gelitten.«

»Ich wollte, Eure Majestät ließe mich Bericht erstatten«, sagte Thomas de Vaux. »Ich komme weit geritten, und ich habe große Lust, mich aufs Ohr zu legen.«

»Höre, Thomas, kann dein Ohr Blondels Gesang vom Schrei eines Esels unterscheiden?«

»Wahrhaftig, mein Fürst«, antwortete Thomas, »ich kann es nicht sagen, aber, Blondel beiseite, der ein geborener Edelmann ist und ohne Zweifel große Verdienste hat, ich kann nie, um auf Eure Majestät Frage zu antworten, einen Minstrel ansehen, ohne an einen Esel zu denken.«

»Und sollte deine Höflichkeit dich nicht nötigen«, sagte Richard, »mich anzuerkennen, der ich ein geborener Edelmann so gut bin wie Blondel?«

»Eure Majestät sollten erwägen«, sagte de Vaux lächelnd, »daß es unnütz ist, von einem Maulesel Höflichkeit zu fordern.«

»Sehr wahr gesprochen«, sagte der König, »und am wenigsten von einem so unfreundlichen wie dir. – Doch komm her, Meister Maulesel, und laß dich abladen, damit du dich auf deine Streu legen kannst, ohne daß Ton oder Lied an dir verschwendet werde. – Unterdessen geh du, guter Bruder Salisbury, zum Zelt unserer Gemahlin und sag ihr, daß Blondel angekommen ist, befrachtet mit einem Sack voll der neuesten Minstrelgesänge. Bitte sie, sogleich hierherzukommen, und sei ihr Begleiter. Sieh zu, daß unsere Base Edith Plantagenet nicht zurückbleibt.«

Er blickte kurz zu dem Nubier.

»Ei, unser stiller und verschwiegener Bote ist zurück? – Halte dich, Sklave, hinter de Neville, und du wirst jetzt Töne hören, daß du Gott danken solltest, dich statt mit Stummheit nicht mit Taubheit geschlagen zu haben.«

Als der dies gesagt hatte, wandte er der übrigen Gesellschaft den Rükken zu und vertiefte sich mit de Vaux in die militärischen Einzelheiten, die der Baron ihm vorlegte.

Fast in dem Augenblick, als der Lord von Gilsland seinen Bericht beendet hatte, meldete ein Bote, daß sich die Königin mit ihrem Gefolge Richards Zelt näherte. »Heda, eine Flasche Wein«, sagte der König, »von des alten Königs Isaak lang gespartem Zyprer, den wir beim Sturm auf Famagusta gewonnen haben. Trinkt auf das Wohl des wackeren Lords von Gilsland – nie hat ein Fürst einen sorgsameren und treueren Diener gehabt.«

»Es freut mich«, sagte Thomas de Vaux, »daß Eure Majestät einen brauchbaren Sklaven in dem Maulesel findet, obgleich seine Stimme weniger wohltönend ist als Roßhaare oder Draht.«

»Was, hast du den Stich mit dem Maulesel noch nicht verdaut?« fragte Richard. »Spül ihn mit einer ganzen Flasche hinunter, Freund, oder du wirst daran ersticken. – Nun, so – das war brav gerupft! – Und nun sage ich dir, du bist ein Kriegsmann so gut wie ich, und wir müssen den Scherz des anderen in der Halle ertragen wie die Streiche auf dem Turnierplatz, und je stärker wir schlagen, desto mehr müssen wir uns lieben. Als wenn du nicht so hart draufgeschlagen hast wie ich in diesem Wortgefecht! Du hast all deinen Witz dabei aufgeboten. Aber ich will dir den Unterschied zeigen zwischen dir und Blondel. Du bist nur mein Kamerad – ich könnte sagen, mein Zögling – in der Kriegskunst; Blondel aber ist mein Meister in der Musik und Minstrelkunst. Dir erlaube ich Vertraulichkeit – ihn aber muß ich achten als meinen Vorgesetzten in der Kunst. Komm, Freund, sei nicht böse, sondern bleib und höre unseren Gesang.«

»Da ich Eure Majestät in so guter Laune sehe«, sagte Lord von Gilsland, »so könnte ich sogar hierbleiben, bis Blondel die lange Romanze von König Arthur beendet hätte, die drei Tage dauert.«

»Deine Geduld soll nicht so schwer geprüft werden«, sagte König Richard. »Doch sieh, der Fackelschein draußen zeigt, daß unsere Gemahlin kommt. Auf, sie zu empfangen, Freund, und gewinne dir Gunst in den schönsten Augen der Christenheit. – Nein, halte dich nicht auf, deinen Mantel zu ordnen. Sieh, du hast Neville zwischen den Wind und die Segel deines Schiffes kommen lassen!«

»Auf dem Schlachtfeld war er mir nie voraus«, sagte de Vaux, der nicht sehr erfreut war, sich durch den dienstfertigen Kammerherrn ausgestochen zu sehen.

»Nein, weder der noch ein anderer ist dir dort voraus gewesen, mein guter Thomas von Gilsland«, sagte der König, »nur dann und wann wir selbst.«

»Ja, mein Fürst«, sagte de Vaux, »und lassen wir einem Unglücklichen Gerechtigkeit widerfahren, auch der arme Ritter vom Leoparden war mir zuzeiten voraus – denn seht, er wiegt weniger zu Pferd, und somit . .

»Still!« unterbrach ihn der König in einem befehlenden Ton, »kein Wort von ihm!« Und darauf trat er vor, um seine Gemahlin zu begrüßen. Er machte sie mit Blondel bekannt, und Berengaria, die wußte, daß ihr königlicher Gemahl Dichtkunst und Musik fast genauso liebte wie ritterlichen Ruhm, war eifrig darum besorgt, diesen Blondel mit der schmeichelhaften Auszeichnung zu empfangen, die er, den Richard so ehrte, nur erwarten konnte. Doch war es augenscheinlich, daß Blondel, obgleich er die Artigkeiten der Königin auf angemessene Weise erwiderte, mit größerer Ehrfurcht und demütigerer Dankbarkeit das einfache und ungezwungene Willkommen von Edith entgegennahm, deren freundlicher Gruß ihm vielleicht gerade wegen seiner Kürze und Einfachheit aufrichtig vorkam.

Die Königin und ihr Gemahl bemerkten diesen Unterschied, und Richard, der seine Gemahlin verletzt sah, sagte, daß es die anderen beiden hören konnten: »Wir Minstrels, Berengaria, wie du hier ein Beispiel an unserem Meister Blondel hast, erweisen mehr Achtung einem strengen Richter, wie unsere Base ist, als einem guten Freund wie dir, der an unseren Wert ohne weiteres glaubt.«

Edith war von diesem Stich ihres königlichen Verwandten getroffen, und sie erwiderte, daß das Prädikat »strenger Richter« ihr unter den Plantagenets nicht allein zukomme.

Sie hätte vielleicht noch mehr gesagt, aber ihr Blick begegnete plötzlich dem des Nubiers, obgleich er sich zu verstecken suchte, und sie sank auf einen Sitz und wurde so bleich, daß die Königin Berengaria Wasser und Essenzen verlangen wollte und alle Vorbereitungen traf, die zur Ohnmacht einer Dame gehören. Richard, der Ediths Stärke besser kannte, forderte Blondel auf, seinen Sitz einzunehmen und sein Spiel zu beginnen, indem er bemerkte, daß Minstrelkunst das beste Mittel sei, eine Plantagenet ins Leben zurückzurufen. »Sing uns«, sagte er, »das Lied vom blutigen Gewand, dessen Inhalt du mir erzähltest, ehe ich Zypern verließ.«

Er sang mit Harfenbegleitung, in einer Art Rezitativ, von einem alten, ritterlichen Liebesabenteuer. Schon als er begann, verschwand die Ausdruckslosigkeit seines Wesens, und seine Züge drückten Würde und Begeisterung aus. Seine volle, männliche Stimme begeisterte alle.

Ein Beifallsgemurmel rauschte durch die Versammlung, die das Beispiel Richards nachahmte, der seinen Lieblingssänger lobte und ihm einen Ring von ungewöhnlichem Wert übergab. Die Königin beeilte sich, den Liebling Richards mit einem reichen Armband zu beschenken, und viele der anwesenden Edelleute folgten dem königlichen Beispiel.

»Ist unsere Base Edith«, sagte die Königin, »gefühllos geworden für die Töne der Harfe, die sie sonst so liebte?«

»Sie dankt Blondel für sein Lied«, entgegnete Edith, »und doppelt dankt sie ihrem Verwandten, der dies Lied verlangt hat.«

»Du bist mißmutig, Base«, sagte der König, »weil du von einem Weib gehört hast, das noch wunderlicher war als du. Aber du entgehst mir nicht – ich will euch ein Stück zu dem Zelt der Königin begleiten. Wir müssen uns unterhalten, ehe der Morgen anbricht.«

Die Königin und ihr Gefolge waren aufgestanden, und die übrigen Gäste verließen das königliche Zelt. Ein Trupp Fackelträger und Bogenschützen wartete auf Berengaria, und bald traten sie ihren Heimweg an. Richard ging, wie er sich vorgenommen hatte, neben seiner Verwandten und nötigte sie, seinen Arm zu nehmen, so daß sie ungehört miteinander sprechen konnten.

»Welche Antwort soll ich dem edlen Sultan geben?« fragte Richard. »Die Könige und Fürsten fallen von mir ab, Edith – dieser neue Streit hat sie mir wieder entfremdet. Ich möchte etwas für das Heilige Grab durch einen Vertrag tun, wenn es durch einen Sieg nicht geschehen kann. Ach, das Gelingen meines Strebens hängt von der Laune eines Weibes ab. Ich wollte lieber meine Lanze gegen zehn der besten Ritter einlegen, als mit einem eigensinnigen Mädchen streiten, das sein Bestes nicht kennt. – Welche Antwort, Base, soll ich dem Sultan geben? Es muß eine entscheidende sein.«

»Sagt ihm, daß die Ärmste der Plantagenets sich eher mit dem Unglück als mit dem Unglauben verheiraten will.«

»Nicht mit der Sklaverei, Edith?« fragte der König. »Gewiß hast du eher daran gedacht.«

»Ihr habt keinen Grund zu dem Verdacht, womit Ihr mich so unzart belastet. Sklaverei des Körpers kann man bemitleiden, aber die der Seele nur verachten. Schäm dich, König vom lustigen England! Du hast den Körper und den Geist eines Ritters, der kaum weniger berühmt war als du, in Fesseln schlagen lassen.«

»War es mir zu verdenken, wenn ich, um meine Verwandte abzuhalten, einen Gifttrunk zu nehmen, das Gefäß beschmutzte, da es kein anderes Mittel gab, ihr den Trunk zu verleiden?«

»Im Gegenteil«, antwortete Edith, »du möchtest mich gern zwingen, Gift zu trinken, das man in einem goldenen Kelch darbietet.«

»Edith«, sagte Richard, »ich kann deinen Entschluß nicht erzwingen, aber hüte dich, daß du die Tür nicht zuwirfst, die der Himmel öffnet. Der Einsiedler von Engaddi, den Päpste und Konzilien als einen Propheten betrachten, hat in den Gestirnen gelesen, daß mich deine Heirat mit einem mächtigen Feind versöhnen und daß dein Gemahl ein Christ sein wird. Er hat uns somit den besten Grund zur Hoffnung gegeben, daß die Bekehrung des Sultans die Folge deiner Heirat mit Saladin sein wird. Komm, du mußt ein kleines Opfer bringen.«

»Man kann Widder und Ziegen opfern«, sagte Edith, »aber nicht Ehre und Gewissen. Ich habe gehört, daß es die Entehrung einer Christin war, was die Sarazenen nach Spanien brachte – die Schande einer anderen ist schwerlich das Mittel, sie aus Palästina zu vertreiben.«

»Nennst du es Schande, Kaiserin zu werden?« fragte der König.

»Ich nenne es Schimpf und Schande, daß ich, eine christliche Fürstentochter, freiwillig die erste in einem Harem werden soll.«

»Gut, Base«, sagte der König nach kurzem Schweigen. »Ich mag nicht mit dir zanken, obwohl ich glaube, daß deine abhängige Lage dir größere Nachgiebigkeit auferlegen dürfe.«

»Mein Fürst, Eure Majestät hat allen Reichtum, alle Würde und Herrlichkeit des Hauses Plantagenet geerbt – mißgönnt es darum nicht Eurer armen Base, wenn sie ein wenig von dem Stolz dieses Hauses hat.«

»Bei meiner Ehre, Kind«, sagte der König, »durch dieses einzige Wort hast du mich aus dem Sattel gehoben! Seien wir Freunde. Ich will sogleich deine Antwort an Saladin abschicken. Aber wäre es nicht besser, die Antwort zu verschieben, bis du ihn gesehen hast? Man sagt, daß er außerordentlich schön sei.«

»Es sieht nicht so aus, als würden wir je zusammentreffen, mein Fürst«, sagte Edith.

»Bei St. Georg, es kann sogar schon bald sein«, sagte der König, »denn Saladin wird uns ohne Zweifel einen neutralen Boden für den Kampf wegen der Standarte gewähren, und er wird bei dieser Gelegenheit selbst anwesend sein. Berengaria will unbedingt den Kampf sehen, und ich traue mich zu schwören, daß von ihrem Gefolge und ihrer Dienerschaft niemand zurückbleiben wird, am wenigsten du selbst, schöne Base. Aber sieh, wir haben das Zelt erreicht und müssen nun scheiden – nicht in Feindschaft jedoch – nein, du mußt mir das bestätigen.«

Er umarmte sie mit Ehrerbietung und Zärtlichkeit und kehrte durch das Lager zurück, in dem er einzelne Stellen aus Blondels Lied, die ihm gerade einfielen, vor sich her sang.

Bei seiner Heimkehr verlor er keine Zeit, die Depeschen an Saladin zu schreiben, und er übergab sie dem Nubier mit dem Befehl, bei Tagesanbruch zum Sultan zurückzureisen.

Siebenundzwanzigstes Kapitel

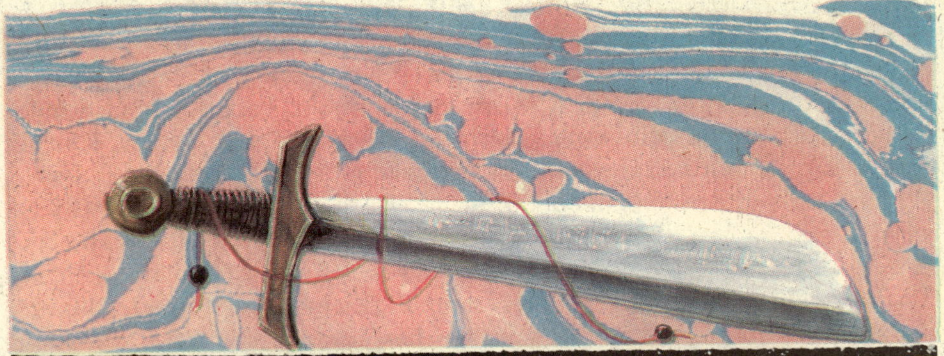

Am folgenden Morgen wurde Richard von Philipp von Frankreich zu einer Unterredung eingeladen, bei der dieser ihm die Mitteilung machte, daß er fest entschlossen sei, nach Europa und zu den Geschäften seines Königreichs zurückzukehren. Er sei vom Gelingen des Kreuzzugs bei den verringerten Streitkräften und der Zwietracht der Verbündeten nicht mehr überzeugt. Richard versuchte ihn umzustimmen, aber vergebens. Als die Unterredung beendet war, empfing er darüber hinaus ohne Befremden ein Manifest vom Herzog von Österreich und von verschiedenen anderen Fürsten, das einen ähnlichen Entschluß bekanntgab, aber unumwunden seinen Ehrgeiz und seine willkürliche Herrschgier als Grund nannte. Alle Hoffnung, den Krieg noch einigermaßen erfolgreich fortzusetzen, war nun dahin.

»Sie hätten es nicht gewagt, meinen Vater so im Stich zu lassen«, sagte er bitter zu de Vaux. »Alle Verleumdungen, die sie gegen einen so weisen König vorgebracht hätten, würden bei der Christenheit keinen Glauben gefunden haben. Und ich – der Tor, der ich war! – Ich habe ihnen sogar den Vorwand geliefert, mich im Stich zu lassen.«

Diese Gedanken peinigten den König so sehr, daß de Vaux froh war, als die Ankunft eines Gesandten von Saladin ihnen eine andere Richtung gab.

Dieser neue Gesandte war ein bei dem Sultan in hohem Ansehen stehender Emir, der Abdallah el Hadschi hieß. Er leitete seine Abstammung von der Familie des Propheten her und trug deshalb einen grünen Turban. Er hatte dreimal die Wallfahrt nach Mekka gemacht und daher seinen Beinamen el Hadschi, das heißt Pilger, erhalten. Trotz dieser verschiedenen Ansprüche auf Heiligkeit war Abdallah ein guter Gesellschafter. Eine lustige Erzählung konnte ihn erfreuen, und dann vergaß er seinen Ernst so weit, daß er heimlich eine gute Flasche austrank. Ebenso war er ein Staatsmann, dessen Fähigkeiten von Saladin in verschiedenen Unterhandlungen mit den christlichen Fürsten benutzt worden waren. Erfreut über die Bereitwilligkeit, womit der Gesandte Saladins einen Platz für den Kampf, sicheres Geleit für alle Personen und sich selbst als Pfand für alles Versprochene anbot, vergaß Richard bald seine getäuschten Hoffnungen, denn die Erörterungen, die dem Kampf vorausgingen, nahmen ihn ganz in Anspruch.

Der Ruheplatz »Diamant der Wüste« war für den Kampf ausgesucht worden, weil er fast gleich von dem Lager der Christen und dem der Sarazenen entfernt war. Es wurde festgesetzt, daß Conrad von Montserrat, der Beklagte, mit seinen Zeugen, dem Erzherzog von Österreich und dem Großmeister der Templer, an dem bestimmten Tag mit nicht mehr als hundert bewaffneten Begleitern erscheinen dürfe, daß Richard von England und sein Bruder Salisbury als Kläger mit derselben Zahl von Begleitern sich einfinden solle, um ihren Kämpfer schützen zu können, und daß Saladin eine ausgewählte Wache von fünfhundert Mann mitzubringen habe. Diejenigen Personen, die von beiden Seiten dem Kampf beiwohnen würden, sollten keine anderen Waffen als ihre Schwerter tragen. Der Sultan versprach, für ihre Erfrischung zu sorgen, und sein Schreiben drückte höflich das Vergnügen aus, das er sich von einer persönlichen und friedlichen Zusammenkunft mit Melech Ric verspreche, und den Wunsch, seinen Empfang so angenehm wie möglich zu machen.

Als alles festgesetzt und dem Beklagten nebst seinen Zeugen mitgeteilt war, wurde Abdallah el Hadschi in dem vertrauteren Kreis zugelassen, wo er mit Freude Blondels Spiel hörte. Nachdem der zuvor sorgfältig seinen grünen Turban abgelegt und dafür eine griechische Mütze aufgesetzt hatte, erwiderte er die Musik des normannischen Minstrels mit einem persischen Trinklied und leerte eine Flasche Zyperwein, um zu zeigen, daß er das Lied nicht umsonst gesungen habe. Am folgenden Tag beugte er ernst und nüchtern seine Stirn vor dem Fußschemel Saladins und erstattete dem Sultan Bericht.

Am Tag vor dem Kampf brach Conrad mit seinen Freunden bei Tagesanbruch auf, um zu dem bezeichneten Ort zu reiten, und Richard verließ das Lager in derselben Stunde. Er nahm aber einen anderen Weg – eine Vorsichtsmaßregel, die man für nötig erachtet hatte, um möglichen Streitigkeiten zwischen den bewaffneten Begleitern beider Parteien zu begegnen.

Der gute König selbst war nicht in der Laune, mit irgend jemandem Streit zu suchen. Nichts hätte ihm den Vorgenuß eines Kampfes in den Schranken vergrößern können, außer wenn er selbst einer der Kämpfenden gewesen wäre, und er hatte fast Mitleid mit Conrad von Montserrat. Leicht bewaffnet, reich gekleidet und fröhlich ritt Richard neben der Sänfte der Königin Berengaria und zeigte ihr die Gegend oder erheiterte ihr durch Gespräch und Gesang den Weg durch die unwirtliche Wüste. Die Königin aber fürchtete sich, als sie sich in der Wildnis sah mit einer Begleitung, die nur einem kleinen Punkt auf der ungeheuren Fläche glich, und als sie erkannte, nur so weit vom Lager Saladins entfernt zu sein, daß er sie leicht überfallen konnte. Aber als sie Richard dies sagte, antwortete er: »Es wäre mehr als Undankbarkeit, am Versprechen des edelmütigen Sultans zu zweifeln.«

Jedoch diese Zweifel verringerten sich nicht, bis sie gegen Abend einen arabischen Reiter mit Turban und langem Schwert bemerkten, der auf einer geringen Anhöhe lauerte und der beim Erscheinen des königlichen Zuges plötzlich davonritt.

»Wir müssen nah am Ziel sein«, sagte König Richard, »und jener Reiter ist einer von Saladins Vorposten – ich glaube, ich höre das Getön der maurischen Hörner und Zimbeln. Stellt euch in Ordnung, Kameraden, und nehmt die Damen in die Mitte.«

Als er so gesprochen hatte, nahm jeder Ritter, Knappe und Bogenschütze schnell seine Stelle ein, und sie bewegten sich nun in geschlossenen Reihen vorwärts, was ihre Anzahl noch kleiner erscheinen ließ. Obwohl sie ohne Furcht sein mochten, so war doch ihre Besorgnis in der Gespanntheit zu erkennen, womit sie auf die wilden Töne der maurischen Musik horchten, die sich immer deutlicher von dort vernehmen ließen, wo der arabische Reiter verschwunden war.

De Vaux sprach leise zum König: »Wäre es nicht gut, mein Fürst, einen Pagen auf jenen Sandhügel zu senden? Oder wünscht Ihr, daß ich nach vorn gehe, denn ich denke, wenn nicht mehr als fünfhundert Mann hinter jenen Sandhügeln stecken, so muß dem Klang nach die Hälfte vom Gefolge des Sultans aus Trommlern und Zimbelschlägern bestehen. – Soll ich hin?«

Der Baron hielt die Zügel an und wollte seinem Pferd die Sporen geben, als der König rief: »Nicht um die Welt. Solch eine Vorsicht würde Argwohn verraten und uns wenig vor einem Überfall sichern, den ich jedoch nicht voraussehe.«

Sie zogen also in fester, geschlossener Ordnung weiter, bis sie die Kette niedriger Sandhügel überstiegen hatten und die jenseitige Gegend sahen, wo sie ein prächtiges und zugleich schreckliches Schauspiel erwartete.

Der Diamant der Wüste, vor kurzem noch eine einsame Quelle mit einer kleinen Palmengruppe, war jetzt der Mittelpunkt eines Lagers geworden, dessen bunte Fahnen und Standarten weit zu sehen waren. Die großen Zelte waren von den lebhaftesten Farben, und die Spitzen der Zeltpfosten waren mit goldenen Granatäpfeln und kleinen seidenen Wimpeln verziert. Aber außer diesen Prachtzelten sah man eine große Zahl der gewöhnlichen schwarzen arabischen Zelte, die nach der Meinung von Thomas de Vaux ausreichten, ein Heer von fünftausend Mann auf morgenländische Art zu beherbergen. Eine der Ausdehnung des Lagers entsprechende Anzahl von Arabern und Kurden versammelte sich eilig. Jeder führte sein Pferd an der Hand, und ihr Aufgebot war von dem betäubenden Getöse der Kriegsmusik begleitet, die zu allen Zeiten die Araber zum Kampf angefeuert hat.

Sie bildeten eine dichte und ungeordnete Menge abgestiegener Reiter vor dem Lager, als auf einen gellenden Schrei, der die Musik weit überschallte, jeder Reiter in seinen Sattel sprang. Eine Staubwolke, die sich bei dieser Bewegung erhob, verbarg Richard und seinen Begleitern sowohl das Lager, die Palmbäume und die ferne Gebirgskette als auch die Krieger selbst. Ein zweiter gellender Schrei war aus der Mitte dieser Wolke zu hören. Er war für die Reiter das Zeichen, in vollem Galopp vorwärts zu eilen, indem sie sich zugleich von vorn, von den Seiten und von hinten an Richards Leibwache anschlossen, die so umringt und fast erstickt wurde. Von Zeit zu Zeit sah man in dem Dunst schreckliche Gestalten und wilde Gesichter der Sarazenen, die mit betäubendem Geschrei ihre Speere nach allen Richtungen schwangen und die ihre Pferde nur dann anhielten, wenn sie auf Speerwurf den Christen nahe gekommen waren, während die hinteren Reiter Pfeile über die Köpfe der vorderen sandten. Einer dieser Pfeile fiel auf die Sänfte der Königin, die laut aufschrie, und eine plötzliche Röte bedeckte Richards Gesicht.

»Ha! St. Georg«, rief er aus, »wir müssen diesen wilden Haufen zur Ordnung bringen!«

Aber Edith, die in der nächsten Sänfte war, steckte den Kopf heraus, und mit der Hand einen Schaft haltend, rief sie aus: »König Richard, bedenkt, was Ihr tut! Seht, diese Pfeile sind ohne Spitzen!«

»Edles, besonnenes Weib!« rief Richard aus. »Beim Himmel, deine Geistesgegenwart und dein richtiger Blick beschämen uns alle. – Verhaltet euch ruhig, Landsleute«, rief er seinen Begleitern zu. »Ihre Pfeile haben keine Spitzen und ihre Speere ebenfalls. Es ist nur ein kriegerisches Willkommen in ihrer wilden Art, und es würde ihnen Vergnügen machen, uns erschrocken und bestürzt zu sehen. Zieht langsam und ruhig weiter.«

Die kleine Kriegerschar ritt vorwärts, von allen Seiten von Arabern umgeben, die gellendes und durchdringendes Geschrei ausstießen. Die Bogenschützen zeigten ihre Geschicklichkeit, indem sie ihre Pfeile so nah wie möglich nach den Helmen der Christen schossen, ohne sie zu treffen, und die Lanzenträger teilten sich untereinander Stöße aus mit ihren derben Waffen, daß mehr als einer bei dem groben Spiel den Sattel und fast das Leben verloren. Obgleich durch dies alles nur eine Begrüßung ausgedrückt werden sollte, so hatte es doch in den Augen der Europäer einen zweideutigen Anschein.

Als sie halbwegs zum Lager gekommen waren, ertönte wieder ein Schrei, und bald machten alle, die vorn zu beiden Seiten die kleine europäische Schar umschwärmten, eine Schwenkung, und nachdem sie sich in Reihen geordnet hatten, folgten sie nun in Ordnung und Ruhe. Die Staubwolke, die Richards Schar umgab, begann sich zu legen, als sich ein anderer Reiterhaufen näherte, der dem stolzesten Herrscher des Morgenlandes zur Leibwache hätte dienen können. Diese glänzende Schar bestand aus fünfhundert Mann, und das Roß eines jeglichen Reiters war das Lösegeld eines Grafen wert. Die Reiter waren junge Sklaven. Ihre Helme und Harnische waren aus Stahlringen gearbeitet, die wie Silber glänzten, ihre Kleidung zeigte die lebhaftesten Farben, sie war zum Teil aus Gold- und Silberstoff, ihre Gürtel aus Seide und Gold. Ihre Turbane waren mit Federn und Edelsteinen verziert und ihre Säbel und Dolche aus Damaszener Stahl, an Griff und Scheide mit Gold und Juwelen geschmückt.

Diese glänzende Schar näherte sich unter dem Schall kriegerischer Musik, und als sie mit den Christen zusammentraf, öffnete sie sich, so daß sie die Europäer in ihre Mitte nahm. Richard stellte sich nun an die Spitze seiner Landsleute, da er bemerkte, daß Saladin selbst herankam. Es dauerte nicht lange, so sah man in der Mitte der Leibwache, umgeben von den Dienern des Serails und den Schwarzen, die den Harem bewachten, den Sultan erscheinen in der Haltung eines Mannes, auf dessen Stirn die Natur selbst geschrieben hat: Das ist ein König! In seinem Turban, seinem Kleid und seinen weiten Hosen von schneeweißer Farbe, mit seinem Gürtel von roter Seide, ohne allen anderen Schmuck, hätte Saladin unter seiner Leibwache als der am einfachsten Gekleidete angesehen werden können. Aber bei näherer Beobachtung bemerkte man an seinem Turban jenen unschätzbaren Edelstein, der von den Dichtern »Meer des Lichts« genannt wurde. Der diamantene Siegelring war vermutlich alle Juwelen der englischen Krone wert. Es muß noch bemerkt werden, daß der Sultan, um sich vor dem Staub zu schützen, der in der Nähe des Toten Meeres der feinsten Asche gleicht, eine Art Schleier an seinem Turban trug, der sein Gesicht zum Teil verhüllte. Er ritt einen milchweißen Araber, der ihn trug, als wenn er seine edle Bürde kannte und stolz darauf war.

Die beiden heldenmütigen Herrscher stiegen zugleich vom Pferd, und während die Truppen hielten und die Musik plötzlich schwieg, gingen sie einander schweigend entgegen, und nach einer höflichen Verbeugung umarmten sie sich wie Brüder. Der Glanz und der Aufwand von beiden Seiten wurden nicht mehr beachtet, man sah nur Richard und Saladin, und auch sie hatten nur einer für den anderen Augen. Die Blicke, womit Richard den Sultan betrachtete, drückten jedoch eine größere Neugier aus als die Saladins. Der Sultan unterbrach zuerst das Schweigen.

»Der Melech Ric ist Saladin willkommen, wie es das Wasser der Wüste ist! Ich hoffe, daß dieses zahlreiche Gefolge ihn nicht mißtrauisch gemacht hat. Die bewaffneten Sklaven meines Serails ausgenommen, sind alle anderen, die Euch staunend und begrüßend umringen, die edelsten Häupter meiner tausend Stämme. Denn wer, der irgendeinen Anspruch erheben konnte, dieser Zusammenkunft beizuwohnen, wäre gern zu Hause geblieben und hätte nicht einen Fürsten wie Richard gesehen, mit dessen schrecklichem Namen bis zu den Sandwüsten von Jemen die Amme ihr Kind ängstigt.«

»Und das sind arabische Edelleute?« fragte Richard und betrachtete die wilden Gestalten: die Gesichter von der Sonne verbrannt, die Zähne weiß wie Elfenbein und die im allgemeinen einfache Kleidung.

»Sie nehmen diesen Rang in Anspruch«, sagte Saladin. »Aber obgleich zahlreich, so sind sie doch dem Vertrag unterworfen und tragen keine Waffen außer ihren Säbeln – sogar das Eisen ihrer Lanzen haben sie zurückgelassen.«

»Ich fürchte«, sagte de Vaux leise auf englisch, »sie haben es an einem Ort gelassen, wo sie es bald finden können. – Eine recht blühende Pairskammer ist das, ich gesteh's, und Westminster Hall wäre für sie ein wenig zu eng.«

»Still, de Vaux«, sagte Richard, »ich befehle es dir. – Edler Saladin«, sagte er, »du und Argwohn gedeihen nicht auf demselben Boden. – Siehst du«, er deutete nach den Sänften, auch ich habe gegen den Vertrag einige bewaffnete Begleiterinnen mitgebracht.«

Der Sultan, nach den Sänften blickend, machte eine so tiefe Verbeugung, als sähe er gen Mekka, und küßte den Sand zum Beweis seiner Ehrfurcht.

»Oh«, sagte Richard, »sie fürchten keine Begrüßung aus der Nähe, Bruder; willst du nicht zu den Sänften gehen? Die Vorhänge werden dann zurückgezogen.«

»Allah behüte mich davor!« sagte Saladin, »denn jeder Araber, der es sähe, würde es als eine Schande für diese edlen Damen ansehen, wenn sie sich mit unbedecktem Gesicht betrachten ließen.«

»Dann sollst du sie im geheimen sehen, mein königlicher Bruder«, antwortete Richard.

»Wozu?« fragte Saladin traurig. »Dein letzter Brief war für die Hoffnung, die ich hegte, was Wasser für das Feuer ist; und warum sollte ich wieder eine Flamme anfachen, die mich nur verzehren, aber nicht wärmen kann? – Doch will sich mein Bruder nicht zu dem Zelt begeben, das sein Diener für ihn bereitet hat? Der oberste meiner schwarzen Sklaven hat Befehl, die Prinzessinnen zu empfangen. Die Diener meines Palastes werden deinem Gefolge aufwarten, und wir selbst wollen der Kämmerer des königlichen Richard sein.«

Hierauf führte er ihn zu einem prachtvollen Zelt, worin alles war, was königliche Verschwendung erdenken konnte. De Vaux, der gefolgt war, nahm den langen Reitermantel ab, den sein König trug, und Richard stand nun vor Saladin in seiner engen Kleidung, welche die Kraft und das Ebenmaß seiner Glieder zeigte und zu den weiten Gewändern, die die schlanke Gestalt des morgenländischen Herrschers umgaben, einen deutlichen Gegensatz bildete. Es war vor allem Richards zweihändiges Schwert, das die Aufmerksamkeit des Sarazenen auf sich zog. Die Klinge war gerade und breit, und ihre scheinbar unbequeme Länge reichte vom Boden bis fast zur Schulter des Trägers.

»Hätte ich«, sagte Saladin, »dies Schwert im Vordertreffen nicht blitzen sehen, so würde ich es kaum glauben, daß ein Menschenarm es schwingen kann. Darf ich den Melech Ric bitten, jetzt im Frieden und zu bloßer Prüfung der Stärke einen Streich damit zu tun?«

»Mit Freuden, edler Saladin«, antwortete Richard, und da er umherblickte, um etwas zu entdecken, woran er seine Stärke zeigen könnte, bemerkte er eine stählerne Axt, die einer der Begleiter hielt und die einen ebensolchen Stiel von eineinhalb Zoll Durchmesser hatte. Er legte sie auf einen Holzblock.

Die Besorgnis, die de Vaux für die Ehre seines Herrn hegte, verleitete ihn zu flüstern: »Bei der Heiligen Jungfrau, seht Euch vor, mein Fürst! Ihr habt Eure ganze Stärke noch nicht wieder – bereitet dem Ungläubigen keinen Triumph.«

»Ruhig, Tor!« sagte Richard, einen sicheren Stand einnehmend. »Glaubst du, daß mir's in seiner Gegenwart an Stärke fehlt?«

Das breite Schwert, mit beiden Händen geführt, hob sich blitzend zur linken Schulter des Königs, dann umflog es sein Haupt, stürzte, wie von einer Sturmmaschine geschleudert, herab, und die Eisenstange fiel auf den Boden, in zwei Stücke geteilt.

»Beim Haupte des Propheten, ein höchst wunderbarer Streich!« sagte der Sultan, indem er die zerschnittene Eisenstange genau untersuchte. Die Klinge war so gehärtet, daß nicht das geringste Merkmal von dem Hieb zu entdecken war. Darauf ergriff er die Hand des Königs, und nachdem er ihre Form und Muskelkraft betrachtet hatte, lächelte er, als er sie mit seiner eigenen schlanken und nervenreichen Hand verglich.

»Ja, schau nur«, sagte de Vaux auf englisch, »es wird lange dauern, bis deine Affenfinger einen solchen Streich tun mit deiner fein vergoldeten Sichel da.«

»Schweig, de Vaux«, sagte Richard, »bei der Heiligen Jungfrau, er versteht oder errät dich – sei nicht so vorlaut, ich bitte dich.«

In der Tat sagte der Sultan gleich darauf: »Ich möchte nun auch etwas zeigen. Doch wozu sollte der Schwache seine geringere Kraft vor dem Starken zeigen? Aber ein jedes Land hat seine eigenen Übungen, und dies mag für den Melech Ric etwas Neues sein.« Er nahm ein seidenes Flaumkissen vom Boden und stellte es aufrecht. »Kann dein Schwert, mein Bruder, dies Kissen zerteilen?« fragte er König Richard.

»Nein«, antwortete der König, »kein Schwert in der Welt kann es, und wäre es das von König Arthur.«

»Gib denn acht«, sagte Saladin, und nachdem er den Ärmel zurückgeschlagen hatte, zeigte er einen schmalen, aber durch beständige Übung gehärteten Arm. Er zog seinen Säbel, eine krumme und schmale Klinge, die nicht wie das Schwert des Franken glänzte, sondern von einer dunkelbraunen Farbe war. Als der Sultan diese im Vergleich zu Richards Schwert so schwache Waffe erhob, ruhte er mit seiner ganzen Schwere auf seinem vorgestreckten Fuß. Er blieb eine Zeitlang in dieser Stellung, wie um zu zielen. Dann schritt er plötzlich vorwärts und tat mit seinem Säbel einen Streich quer durch das Kissen, indem er die Schneide mit einer Geschicklichkeit und Leichtigkeit wirken ließ, daß das Kissen eher auseinanderzufallen als gewaltsam getrennt zu werden schien.

»Es ist Taschenspielerei«, sagte de Vaux, indem er vorwärts sprang und den abgeschnittenen Teil des Kissens aufraffte, um sich von der Wahrheit des Geschehenen zu überzeugen. »Da treibt der Teufel sein Spiel.«

Der Sultan schien ihn zu verstehen, denn er nahm den Schleier ab, den er bisher getragen hatte, legte ihn doppelt gefaltet auf die Schneide seines Säbels. Dann streckte er die Waffe geradeaus, und indem er plötzlich die Klinge durch den Schleier zog, teilte er ihn in zwei Teile, die nach verschiedenen Seiten des Zeltes flogen.

»Wahrlich, mein Bruder«, sagte Richard, »du bist unerreichbar in deinem Schwertstreich, und es wäre gefährlich, sich mit dir zu messen! Dennoch vertraue ich immer noch auf einen derben englischen Hieb, und was wir durch Kunst nicht vermögen, das ersetzen wir durch Kraft. Aber du bist so erfahren, Wunden zu schlagen, wie mein weiser Hakim, sie zu heilen. Ich hoffe, ich werde diesen gelehrten Arzt sehen – ich bin ihm großen Dank schuldig und habe ihm ein kleines Geschenk mitgebracht.«

Als er dies gesagt hatte, vertauschte Saladin seinen Turban gegen eine

Tartarenmütze. Kaum hatte er es getan, so riß de Vaux Mund und Augen auf, und Richard war nicht weniger überrascht, als der Sultan mit einer verstellten und ernsten Stimme sagte: »Der Kranke, sagt der Dichter, kennt, solange er krank ist, den Tritt seines Arztes, ist er aber genesen, so kennt er nicht einmal mehr dessen Gesicht.«

»Ein Wunder! – Ein Wunder!« rief Richard aus.

»Teufelswerk, ohne Zweifel!« sagte Thomas de Vaux.

»Daß ich meinen gelehrten Hakim nicht kannte«, sagte Richard, »bloß weil ihm Mütze und Kleid fehlten, und daß ich ihn nun in meinem königlichen Bruder Saladin wiedererkenne!«

»Das ist der Lauf der Dinge«, antwortete der Sultan, »der zerlumpte Rock macht nicht immer den Derwisch.«

»Und es geschah durch deine Vermittlung«, fragte Richard, »daß der Ritter vom Leoparden vom Tode gerettet wurde – und durch deine Kunst, daß er in das Lager verkleidet zurückkam?«

»So ist es«, versetzte Saladin, »ich war als Arzt überzeugt, daß, wenn nicht die Wunde seiner blutenden Ehre gestillt würde, seine Tage gezählt wären. Seine Verkleidung wurde leichter durchschaut, als ich nach dem Gelingen meiner eigenen erwarten konnte.«

»Ein Zufall«, sagte König Richard, »nämlich als ich seine Wunde aussaugte, bemerkte ich, daß seine Haut gefärbt war. Nach diesem Fingerzeig war die Entdeckung leicht, denn sein Gesicht und seine Gestalt sind nicht zu vergessen. Ich hoffe, daß er sich morgen als Kämpfer stellen wird.«

»Er ist dazu bereit und voll Zuversicht«, sagte der Sultan. »Ich habe ihn mit Waffen und einem Pferd versehen, da ich viel von ihm halte nach dem, was ich unter verschiedenen Verkleidungen gesehen habe.«

»Weiß er denn«, sagte Richard, »wem er so viel Dank schuldet?«

»Er weiß es«, antwortete der Sarazene. »Ich mußte mich ihm zu erkennen geben, als ich meinen Plan mitteilte.«

»Und hat er sich dir auch entdeckt?« fragte der König.

»Nicht völlig«, versetzte der Sultan, »aber nach allem, was zwischen uns vorging, folgere ich, daß seine Liebe zu hoch steht, als daß er einen glücklichen Erfolg erwarten darf.«

»Und du weißt, daß seine kecke und vermessene Neigung deine eigenen Wünsche durchkreuzt?«

»Ich vermute es«, sagte Saladin, »aber seine Neigung ist älter als mein Wunsch und, ich muß es hinzufügen, scheint diesen auch überleben zu wollen. Ich kann mich mit Ehren für meine Zurücksetzung nicht an dem rächen, der die Hand dabei nicht im Spiel hatte. Und wenn diese hochgeborene Dame ihn mehr liebt als mich, wer müßte dann nicht einsehen, wenn sie diesem Ritter, der von ihrer eigenen Religion und voll Adel ist, Gerechtigkeit erzeigt?«

»Doch er ist von zu geringer Familie, als daß er sich mit dem Blut der Plantagenets vermählen könnte«, sagte Richard stolz.

»Das mögen eure Ansichten in Frangistan sein«, entgegnete der Sultan. »Doch die Dichter des Morgenlandes sagen, daß ein wackerer Kameltreiber würdig ist, die Lippen der schönsten Königin zu küssen, während ein schlechter Prinz nicht würdig ist, nur den Saum ihres Gewandes zu berühren. – Doch erlaube mir, edler Bruder, daß ich mich jetzt bei dir beurlaube, um den Herzog von Österreich und jenen nazarenischen Ritter zu empfangen, die zwar der Gastfreundschaft weniger würdig sind, die aber dennoch anständig behandelt werden müssen – nicht um ihretwillen, sondern zu meiner eigenen Ehre.«

Der sarazenische Monarch verließ das Zelt König Richards, nachdem er ihm mehr mit Winken als mit Worten den Ort gezeigt hatte, wo das Zelt der Königin und ihres Gefolges aufgerichtet worden war, und ging den Marquis von Montserrat und sein Gefolge zu empfangen. Die reichlichsten Erfrischungen nach morgenländischem und europäischem Geschmack wurden den königlichen und fürstlichen Gästen Saladins in den verschiedenen Zelten gereicht. Der Sultan war so sehr auf den Geschmack und die Gewohnheit seiner Gäste bedacht, daß er griechische Sklaven bestellt hatte, die ihnen den Weinbecher – den Abscheu der Mohammedaner – reichen mußten. Ehe Richard sein Mahl beendet hatte, trat der alte Emir, der des Sultans Brief in das Christenlager gebracht hatte, mit einem Plan herein, der das bei dem morgigen Kampf zu beachtende Zeremoniell enthielt. Richard, der den Geschmack des Alten kannte, lud ihn ein, eine Flasche Schiraswein zu trinken, aber Abdallah gab ihm mit einer jämmerlichen Miene zu verstehen, daß Selbstverleugnung ihm in diesem Augenblick so lieb wie sein Leben sein müsse. Denn Saladin, der in anderer Rücksicht so duldsam war, beachtete selbst die Gesetze des Propheten und erzwang deren Einhaltung durch schwere Strafen.

»Nun«, sagte Richard, »wenn er den Wein nicht liebt, diesen Tröster des Menschenherzens, dann ist's mit seiner Bekehrung auch nichts, und die Weissagung des verrückten Pfaffen von Engaddi verfliegt wie Spreu vor dem Weizen.«

Hierauf setzte der König die Bestimmungen des Kampfes fest, was viel Zeit kostete, da wegen einiger Punkte die Gegenpartei so wie der Sultan befragt werden mußten.

Endlich war man zu einer Übereinkunft gekommen, und ein Protokoll wurde auf französisch und arabisch abgefaßt, unterzeichnet von Saladin als Oberkampfrichter und von Richard und Leopold als Gewährsmänner der zwei Kämpfer. Als der Emir von König Richard Abschied genommen hatte, trat de Vaux herein.

»Der gute Ritter«, sagte er, »der morgen kämpfen wird, verlangt zu wissen, ob er nicht diesen Abend seinem königlichen Herrn Huldigung darbringen darf?«

»Hast du ihn gesehen, de Vaux?« fragte der König lächelnd, »und hast du unseren alten Bekannten in ihm erkannt?«

»Bei Gott«, antwortete de Vaux, »in diesem Land begegnet man so vielen Überraschungen und Verwandlungen, daß mir der Kopf schwindelt. Ich erkannte Sir Kenneth von Schottland erst, als sein guter Hund, der einige Zeit unter meiner Pflege war, wedelnd auf mich zukam.«

»Du verstehst dich besser aufs Vieh als auf Menschen, de Vaux«, sagte der König.

»Ich leugne es nicht«, sagte de Vaux, »unter jenen habe ich zuweilen bessere Geschöpfe gefunden. Darum gefällt es auch manchmal Eurer Majestät, mich selbst als Vieh zu bezeichnen. Außerdem diene ich dem Löwen, den man als König der Tiere betrachtet.«

»Bei St. Georg, du hast deine Lanze brav an meiner Stirn zerbrochen«, sagte der König. »Ich hab's immer gesagt, daß du einen gewissen Witz hast, de Vaux – närrisch, daß man mit einem Schmiedehammer auf dich schlagen muß, ehe er Funken sprüht. Aber zur Sache – ist der Ritter gut bewaffnet und gerüstet?«

»Vollkommen, mein Fürst, und anständig«, antwortete de Vaux, »ich kenne die Rüstung wohl, es ist dieselbe, die der venetianische Abgeordnete Euch kurz vor Eurer Krankheit für fünfhundert Byzantiner anbot.«

»Und er hat sie dem ungläubigen Sultan verkauft, scheint's, für ein paar Dukaten mehr und gegen bare Bezahlung. Diese Venetianer wären imstande, das Heilige Grab zu verhandeln.«

»Die Rüstung kann nie zu einem besseren Kampf dienen«, sagte de Vaux.

»Dem Edelmut des Sarazenen sei's gedankt«, sagte der König, »nicht der Habsucht dieser Venetianer.«

»Ich wünschte, daß Eure Majestät vorsichtiger wäre. Wir sind jetzt von allen unseren Verbündeten verlassen für Beleidigungen, die wir ihnen zugefügt haben. Wir können nicht hoffen, daß es uns hierzulande gelingt, und wir hätten nur noch mit dieser Amphibienrepublik zu hadern, um den Rückzug zur See zu verlieren.«

»Ich will dafür sorgen«, sagte Richard ungeduldig, »aber predige mir nicht weiter. Sag mir lieber, denn das ist von Belang, hat der Ritter einen Beichtvater?«

»Ja«, antwortete de Vaux, »der Einsiedler von Engaddi, der ihm kürzlich diesen Dienst bei seiner Vorbereitung zum Tode erzeigte, steht ihm auch bei dieser Gelegenheit bei. Das Gerücht vom Zweikampf hat den Einsiedler hergezogen.«

»Gut«, sagte Richard, »und nun zum Gesuch des Ritters. Sag ihm, Richard werde ihn empfangen, sobald seine Pflichterfüllung am Diamant der Wüste seine Pflichtverletzung auf dem St.-Georg-Berg gutgemacht haben wird. Und bei deinem Gang durchs Lager laß die Königin wissen, daß ich ihr Zelt besuchen will, und sag Blondel, daß er mich dort trifft.«

De Vaux ging, und etwa eine Stunde darauf hüllte sich Richard in seinen Mantel, nahm seine Zither in die Hand und ging zum Zelt der Königin. Mehrere Araber begegneten ihm, aber sie wandten das Gesicht weg und blickten zu Boden. Er bemerkte jedoch, daß ihm alle scharf nachsahen, sobald er vorbei war. Er folgerte daraus, daß er ihnen bekannt war, aber daß der Befehl des Sultans oder ihre morgenländische Höflichkeit ihnen verbot, einen Fürsten, der unbekannt sein wollte, zu bemerken.

Als der König das Zelt seiner Gemahlin erreicht hatte, fand er es von jenen unglücklichen Sklaven umringt, mit denen morgenländische Eifersucht den Zenana umstellt. Blondel ging vor dem Eingang hin und her und griff von Zeit zu Zeit in die Saiten, was die Afrikaner veranlaßte, zu lachen und mit seltsamen Bewegungen und kreischenden Stimmen den Chor zu machen.

»Was treibst du mit diesen Schwarzen, Blondel?« fragte der König. »Warum gehst du nicht in das Zelt?«

»Weil ich zu meiner Kunst des Kopfes und der Finger bedarf«, sagte Blondel, »und diese ehrlichen Mohren drohen, mir Glied für Glied abzuhauen, wenn ich hineingehe.«

»Gut, dann komme mit mir«, sagte der König, »ich will dein Beschützer sein.«

Die Schwarzen neigten ihre Speere und Schwerter vor König Richard und sahen zu Boden, als wären sie unwürdig, ihn anzuschauen. In dem Zelt fanden sie Thomas de Vaux bei der Königin. Während Berengaria Blondel empfing, sprach König Richard heimlich mit seiner schönen Verwandten.

Endlich sagte er flüsternd zu ihr: »Sind wir immer noch Feinde, schöne Edith?«

»Nein, mein Fürst, wer könnte König Richards Feind sein, wenn er sich zeigt, wie er ist, großmütig und edel, tapfer und ehrenhaft.«

Sie reichte ihm die Hand. Der König küßte sie zum Zeichen der Versöhnung und fuhr dann fort: »Du glaubst, schöne Base, daß mein Zorn in dieser Sache verstellt gewesen ist; aber du irrst dich. Die Strafe, womit ich diesen Ritter belegte, war gerecht; denn er hatte das Vertrauen getäuscht, das ich ihm geschenkt hatte, mag die Verführung dazu auch noch so groß gewesen sein, schöne Base. Doch freut es mich und vielleicht so sehr wie dich, daß er morgen Gelegenheit hat, zu gewinnen und den Fleck, der ihm anhaftete, auf den wirklichen Dieb und Verräter zu werfen. Nein! Die Zukunft mag Richards törichte Hitze tadeln, aber sie soll von ihm sagen, daß er als Richter gerecht war, wenn er es sollte, und gnädig, wenn er konnte.«

»Lobe dich nicht selbst, königlicher Vetter«, sagte Edith. »Die Zukunft könnte deine Gerechtigkeit Grausamkeit nennen und deine Gnade Laune.«

»Und du sei nicht so stolz«, sagte der König, »als wenn der Ritter, der seine Rüstung noch nicht angeschnallt hat, sie schon siegreich abgelegt hätte. Conrad von Montserrat gilt als guter Kämpfer. Wenn nun der Schotte den Tag verlieren würde?«

»Das ist unmöglich!« sagte Edith bestimmt. »Mit meinen eigenen Augen habe ich diesen Conrad wie einen gemeinen Dieb zittern und die Farbe wechseln sehen. Er ist schuldig – und die Kampfprobe ist eine Anrufung der Gerechtigkeit Gottes – ich selbst würde mich in dieser Sache gegen ihn zum Kampf stellen ohne Furcht.«

»Bei der Messe, ich glaube, daß du es möchtest, Kind«, sagte der König, »und du würdest ihn obendrein schlagen, denn nie hat eine echtere Plantagenet gelebt, als du bist.«

Er hielt inne und fügte in einem sehr ernsten Ton hinzu: »Fahr fort, dich immer daran zu erinnern, was du deiner Herkunft schuldig bist.«

»Was soll dieser ernste Rat in diesem Augenblick«, sagte Edith. »Bin ich ein so leichtsinniges Geschöpf, meinen Namen und Stand zu vergessen?«

»Ich will offen sprechen, Edith«, antwortete der König, »und wie zu einem Freund. Was wird dir dieser Ritter sein, wenn er als Sieger aus den Schranken zurückkehrt?«

»Mir?« sagte Edith, vor Scham und Unwillen errötend. »Kann er mir mehr sein als ein ehrenhafter Ritter, der so viel Gunst verdient, wie die Königin Berengaria selbst gewähren könnte, wenn er sie zu seiner Dame ausersehen hätte, statt eine schlechtere Wahl getroffen zu haben? Der geringste Ritter kann einer Kaiserin seinen Dienst weihen, aber der Ruhm seiner Wahl«, sagte sie mit Stolz, »muß sein Lohn sein.«

»Doch er hat um deinetwillen viel getan und erduldet«, sagte der König.

»Ich habe seine Taten mit Ehre und Lob bezahlt und seine Leiden mit Tränen«, antwortete Edith. »Hätte er andern Lohn gewollt, so hätte er klug gehandelt, seine Liebe in den Schranken seines Standes zu halten.«

»Du möchtest also nicht das blutige Nachtkleid seinetwegen tragen?« sagte König Richard.

»Ebensowenig«, antwortete Edith, »wie ich von ihm verlangt haben würde, sein Leben auf eine Art aufs Spiel zu setzen, wobei mehr Tollkühnheit als Tapferkeit zu zeigen wäre.«

»So sprechen die Mädchen immer«, sagte der König, »aber wenn der Liebhaber dringend wird, so sagen sie mit einem Seufzer, daß es die Sterne anders beschlossen hätten.«

»Eure Majestät hat mich zum zweitenmal mit meinem Horoskop bedroht«, antwortete Edith mit Würde. »Glaubt mir, mein Fürst, was auch der Einfluß der Sterne sein mag, Eure arme Verwandte wird sich weder mit einem Ungläubigen noch mit einem fremden Abenteurer vermählen. – Erlaubt mir, auf Blondels Spiel zu horchen, denn Eure königlichen Ermahnungen sind kaum so ergötzlich für das Ohr.«

Achtundzwanzigstes Kapitel

Man war übereingekommen, daß der Kampf, der die gegenwärtige Versammlung so verschiedener Nationen veranlaßte, wegen der Hitze des Klimas eine Stunde nach Sonnenaufgang stattfinden sollte. Die weiten Schranken, die unter der Aufsicht des Ritters vom Leoparden errichtet worden waren, umschlossen einen Platz von hundertzwanzig Ellen Länge und vierzig Ellen Breite. Sie verliefen von Norden nach Süden, so daß beide Gegner die aufgehende Sonne von der Seite hatten. Saladins Thron befand sich auf der westlichen Seite der Schranken, gerade in der Mitte, wo man vermutete, daß die beiden Kämpfer zusammentreffen würden. Gegenüber war ein Balkon mit verschlossenen Läden, von wo die Damen dem Gefecht zusehen konnten, ohne selbst gesehen zu werden. An den beiden Enden der Schranken befanden sich Tore, die man nach Belieben öffnen und schließen konnte. Man hatte noch Throne errichtet. Als der Erzherzog bemerkte, daß sein Thron niedriger war als der König Richards, wollte er sich nicht setzen. Löwenherz, der nicht wollte, daß der Kampf um bloßer Formalitäten willen verzögert würde, stimmte deshalb zu, daß die Zeugen während des Kampfes zu Pferde bleiben sollten. An dem einen Ende der Schranken standen die Begleiter Richards, an dem anderen die des Beklagten. Um den für den Sultan errichteten Thron war die glänzende georgische Leibwache aufgestellt, und den übrigen Teil der Schranken umgaben christliche und mohammedanische Zuschauer. Als die Sonne aufging, ließ der Sultan selbst den tönenden Ruf »Zum Gebet – zum Gebet!« erschallen, und die Muezzin wiederholten ihn. Es war ein bemerkenswertes Schauspiel, als nun alle zur Verrichtung ihrer Andacht, das Gesicht gegen Mekka gerichtet, zu Boden fielen. Als sie wieder aufgestanden waren, schien die Sonne die gestrige Vermutung des Lords von Gilsland zu bestätigen. Ihre Strahlen spiegelten sich in vielen Lanzenspitzen. De Vaux zeigte dies seinem Herrn, der unwillig zur Antwort gab, daß er sich auf die Treue Saladins völlig verlasse, doch wenn de Vaux sich fürchte, so möge er sich zurückziehen.

Bald darauf hörte man Schellentrommeln, und bei diesen Lauten sprangen alle sarazenischen Reiter vom Pferd, um sich wie zu einem zweiten Morgengebet auf die Erde zu werfen. Dies geschah zur Ehre der Königin und ihres Gefolges, die von ihrem Zelt zu dem für sie errichteten Balkon gingen. Fünfzig Wächter aus Saladins Serail begleiteten sie mit Säbeln. Sie hatten den Befehl, jeden, Fürsten oder Bauern, in Stücke zu hauen, der es wagte, die vorübergehenden Damen anzusehen.

Diese abergläubische Ehrfurchtsbezeigung gegen das schöne Geschlecht veranlaßte die Königin Berengaria zu einigen für Saladin und sein Land ungünstigen Bemerkungen. Aber da ihre Höhle, wie die schöne Königin den Balkon nannte, von den Schwarzen völlig umringt und bewacht wurde, so mußte sie sich zufriedengeben und auf das größte Vergnügen, gesehen zu werden, für jetzt verzichten.

Unterdessen gingen die Zeugen der beiden Kämpfer, wie es ihre Pflicht war, um zu kontrollieren, ob diese richtig bewaffnet und vorbereitet seien. Der Erzherzog von Österreich beeilte sich damit nicht sehr. Ein außerordentliches Saufgelage mit Schiraswein am vergangenen Abend war ihm lieber gewesen. Aber der Großmeister der Templer, dem der Ausgang des Kampfes mehr am Herzen lag, stand früh vor dem Zelt Conrads von Montserrat. Zu seinem großen Erstaunen verweigerten ihm die Diener den Einlaß.

»Kennt ihr mich nicht, Buben?« fragte der Großmeister voll Zorn.

»Wir kennen Euch, höchst Tapferer und Ehrwürdiger«, antwortete Conrads Waffenträger, »aber selbst Ihr könnt jetzt nicht eintreten – der Marquis ist im Begriff zu beichten.«

»Zu beichten!« rief der Templer mit einem Ton, worin sich Unruhe, Erstaunen und Verachtung mischten, »und wem, wenn ich fragen darf?«

»Mein Herr hat mir befohlen, es geheimzuhalten«, sagte der Waffenträger, worauf der Großmeister ihn zur Seite drängte und fast mit Gewalt ins Zelt hineintrat.

Der Marquis von Montserrat kniete zu Füßen des Eremiten von Engaddi und wollte gerade seine Beichte beginnen.

»Was soll das, Marquis?« fragte der Großmeister. »Schäm dich und steh auf! Wenn du unbedingt beichten mußt, bin ich nicht hier?«

»Ich habe dir schon zu oft gebeichtet«, entgegnete Conrad mit blassem Gesicht und stockender Stimme. »Um Gottes willen, Großmeister, fort, und laß mich mein Gewissen diesem heiligen Mann eröffnen.«

»Worin ist er heiliger als ich?« fragte der Großmeister. »Einsiedler, Prophet, Narr, sag's, wenn du's wagst. Welchen Vorzug hast du vor mir?«

»Frecher und schlechter Mann«, sprach der Einsiedler, »wisse, daß ich dem Gitterfenster gleiche, durch das das Licht hindurchgeht, um anderen zu nützen, obwohl es leider mir selbst nichts hilft. Du aber gleichst der Eisenstange, die weder das Licht empfängt noch anderen mitteilt.«

»Schwatze nicht, sondern verlaß das Zelt«, sagte der Großmeister. »Der Marquis soll diesen Morgen nicht beichten, es sei denn mir. Ich gehe nicht von seiner Seite.«

»Ist das Euer Wille?« fragte der Einsiedler Conrad. »Denn glaubt nicht, daß ich diesem hochmütigen Mann gehorche, wenn Ihr meine Dienste weiter verlangt.«

»Ach«, sagte Conrad unentschlossen, »was soll ich Euch sagen? – Lebt wohl einstweilen – wir sprechen uns bald.«

»O Aufschub!« rief der Einsiedler, »du bist ein Seelenmörder! – Unglücklicher Mann, leb wohl – nicht für eine Weile, sondern bis wir uns wiedertreffen – keine Frage, wo. – Und du«, sagte er zum Großmeister, »zittere!«

»Zittern!« entgegnete der Templer verächtlich. »Ich könnte es nicht, auch wenn ich wollte!«

Der Einsiedler hörte diese Antwort nicht. Er hatte das Zelt schon verlassen.

»Komm, machen wir die Sache kurz«, sagte der Großmeister. »Wenn du durchaus auf der Straße der Schwachköpfe ziehen willst. – Höre, ich glaube den größten Teil deiner Gebrechen zu kennen, so überspringen wir die Einzelheiten, die ein wenig zu lang sein mögen, und fangen mit der Absolution an. Was sollen wir die Schmutzflecke zählen, die wir von unseren Händen wegwaschen werden?«

»Da du weißt, was du selbst bist«, sagte Conrad, »so ist es Lästerung, von Sündenvergebung zu sprechen.«

»Du sprichst nicht gläubig, Marquis«, sagte der Templer, »du bist eher ein Zweifler als orthodox. Die Absolution eines schlechten Priesters ist so kräftig wie die eines heiligen – wäre es anders, dann möge sich Gott der armen Sünder erbarmen! – Fragt ein Verwundeter, ob der Arzt, der ihn berührt, saubere Hände hat? – Schnell, sollen wir die Posse beginnen?«

»Nein«, sagte Conrad, »ich will lieber ohne Beichte sterben als das Sakrament verspotten.«

»Edler Marquis«, sagte der Templer, »erweckt Euren Mut und sprecht nicht so. In einer Stunde stehst du als Sieger in den Schranken, oder du beichtest in deinem Helm als ein wackerer Ritter.«

»Ach, Großmeister«, antwortete Conrad, »alle Vorbedeutungen verkünden Unheil. Diese sonderbare Entdeckung durch den Instinkt eines Hundes – die Wiederbelebung dieses schottischen Ritters, der wie ein Gespenst in den Schranken erscheint – alles bedeutet Schlimmes.«

»Unsinn«, sagte der Templer, »ich habe gesehen, daß du kühn deine Lanze mit seiner beim Spiel gemessen hast, und es war mit gleichem Glück. Bilde dir ein, du wärest bei einem Turnier. Und wer ist dir überlegen auf der Stechbahn? – Heda, Knappen und Wappner, rüstet euren Herrn zum Kampf.«

Die Diener traten ein und begannen den Marquis zu rüsten.

»Wie ist der Morgen draußen?« fragte Conrad.

»Die Sonne geht trübe auf«, antwortete ein Knappe.

»Du siehst, Großmeister«, sagte Conrad, »nichts lächelt uns.«

»Du wirst desto kühler fechten, mein Sohn«, antwortete der Templer. »Danke dem Himmel, daß er die Sonne von Palästina zu deinen Gunsten abgekühlt hat.«

So scherzte der Templer, aber seine Scherze hatten ihre Macht auf das beunruhigte Gemüt des Marquis verloren, und ungeachtet seiner Anstrengung, lustig zu erscheinen, teilte sich der Trübsinn des Marquis dem Templer mit.

Diese Memme, dachte er, wird in Angst und Feigheit den Kampf verlieren. Ich, den Vorbedeutungen nicht erschüttern – ich, der fest in seinem Vorhaben ist wie ein Fels – ich hätte den Kampf ausfechten sollen. – Wollte Gott, daß ihn der Schotte auf dem Platz tötet – es wäre, wenn er nicht als Sieger davongeht, das beste. Doch komme, was da wolle. Er darf keinen anderen Beichtvater haben als mich – unsere Sünden sind zu sehr verbunden, als daß er nicht mit seinen auch meine beichten würde.

Während er das dachte, half er dem Marquis, die Waffen anzulegen.

Die bestimmte Stunde kam, die Trompeten tönten, und die Ritter erschienen in vollständiger Rüstung wie Männer, die für die Ehre eines Königreichs kämpfen sollten. Sie trugen ihre Visiere offen, und indem sie dreimal ringsum an den Schranken entlangritten, zeigten sie sich den Zuschauern. Beide waren stattliche Männer und hatten ein edles Gesicht. Aber in dem des Schotten sah man Zuversicht und Hoffnung, während in dem Conrads, obwohl er aus Stolz seinen Mut zum Teil zurückgewonnen hatte, immer noch Hoffnungslosigkeit sichtbar war. Der Spruchsprecher schüttelte den Kopf, als er bemerkte, daß der Kläger von rechts nach links, der Beklagte aber andersherum die Schranken umritt.

Gerade unter dem Balkon der Königin war ein Altar errichtet worden, neben dem der Einsiedler in dem Ordenskleid der Karmeliter und andere Geistliche standen. Der Kläger und der Beklagte wurden nacheinander von ihren Zeugen dorthin geführt. Jeder der beiden Ritter beschwor hier durch einen feierlichen Eid die Gerechtigkeit seiner Sache und flehte im Gebet, daß die Entscheidung nach der Wahrheit oder Falschheit dieses Schwurs ausgehen möge. Sie schworen auch, daß sie zum Kampf in ritterlicher Rüstung und mit gewöhnlichen Waffen kämen und daß sie zum Sieg weder Zaubermittel noch Zauberformeln anwenden würden. Als diese Handlung beendet war, blickte der schottische Ritter zum Balkon und neigte den Kopf zur Erde, als wollte er den unsichtbaren Schönen seine Ehrfurcht bezeigen. Hierauf sprang er trotz seiner schweren Rüstung in den Sattel, ohne sich der Bügel zu bedienen, und ließ sein Roß in halben Wendungen bis zu seinem Standpunkt am östlichen Ende der Schranken sprengen. Als Conrad wieder zu Pferd gestiegen war, näherte sich ihm der Großmeister, wie um etwas an seinem Ringkragen zu ordnen, und flüsterte: »Memme – Narr! Nimm dich zusammen und kämpfe tapfer, oder, beim Himmel, wenn du ihm entgehst, mir entgehst du nicht!«

Der wilde Ton, in dem dies gesprochen wurde, vollendete die Verwirrung des Marquis, und er trat fehl, als er auf das Pferd stieg. Obgleich er sich halten konnte und dann zu seinem Ausgangspunkt eilte, so entging dieser Umstand doch denen nicht, die auf Vorbedeutungen achteten.

Die Priester zogen sich aus den Schranken zurück. Hierauf ertönten die Trompeten des Klägers, und ein Wappenherold am östlichen Ende der Schranken rief aus: »Hier hält ein guter Ritter, Sir Kenneth von Schottland, Kämpe für König Richard von England, und beschuldigt Conrad, Marquis von Montserrat, schnöden Verrat und Ehrenkränkung an besagtem König begangen zu haben.«

Als Name und Stand des Kämpen bekannt wurde, brach ein lautes Freudengeschrei unter den Begleitern König Richards aus, und obwohl wiederholt Stillschweigen geboten wurde, so konnte man doch die Erwiderung des Beklagten kaum hören. Dieser behauptete seine Unschuld und bot seinen Leib zum Kampf dar. Die Knappen der Kämpfenden traten nun herzu und übergaben beiden Schild und Lanze. Sie standen ihnen auch bei, den Schild um den Nacken zu hängen, damit beide Hände frei blieben, die eine für die Zügel, die andere für die Lanze.

Der Schild des Schotten zeigte sein altes Bild, den Leoparden, doch waren ein Halsband und eine zerbrochene Kette hinzugekommen, eine Anspielung auf seinen jüngsten Sklavenstand. Der Schild des Marquis zeigte einen zackigen Felsenberg. Beide schwangen ihre Lanzen in die Höhe, wie um das Gewicht der schweren Waffen zu prüfen, und legten sie dann erst ein. Die Zeugen, Herolde und Knappen zogen sich nun zu den Toren zurück. Die beiden Kämpfer standen einander gegenüber mit eingelegten Lanzen und geschlossenen Visieren, und ihre Körper waren so vollkommen von den Rüstungen bedeckt, daß sie eher Statuen von gegossenem Eisen als Wesen von Fleisch und Blut zu sein schienen. Die Stille der Erwartung herrschte nun allgemein. Sie hielt etwa drei Minuten lang, als auf ein Zeichen des Sultans hundert Instrumente mit schallendem Getöse die Luft erfüllten. Beide Kämpfer spornten ihre Pferde an und setzten sie in vollen Galopp. In der Mitte des Raums trafen die Ritter zusammen mit einem Schall, der wie ein Donnerschlag klang. Der Sieg war keinen Augenblick zweifelhaft: Conrad zeigte sich als geübter Fechter, denn er traf seinen Gegner ritterlich in die Mitte des Schildes, und seine Lanze war so gerade und richtig gelenkt worden, daß sie von der Spitze bis zum Handschuh in Splitter zersprang. Das Roß von Sir Kenneth prallte zwei oder drei Schritt zurück, doch sein Reiter konnte es halten. Aber für Conrad gab's kein Heil mehr. Die Lanze von Sir Kenneth hatte seinen Schild durchbohrt, ihn selbst tief in der Brust verwundet und aus dem Sattel geworfen. Der Lanzenschaft war in der Wunde steckengeblieben. Die Zeugen, die Herolde und Saladin selbst, der von seinem Thron herabgestiegen war, versammelten sich um den Verwundeten, während Sir Kenneth, der sein Schwert gezogen hatte, ohne zu bemerken, daß sein Gegner völlig hilflos war, ihn aufforderte, seine Schuld einzugestehen. Der Verwundete, dem man hastig den Helm abnahm, blickte mit verstörten Augen gen Himmel und versetzte: »Was wollt Ihr mehr? – Gott hat gerecht gerichtet – ich bin schuldig – aber es gibt im Lager noch schlechtere Verräter als mich. – Erbarmt Euch meiner Seele und gebt mir einen Beichtvater!«

Er erholte sich, als er diese Worte sprach.

»Den Talisman – die kräftige Arznei, königlicher Bruder!« sagte König Richard zu Saladin.

»Der Verräter«, antwortete der Sultan, »verdient eher bei den Fersen vom Kampfplatz zum Galgen geschleift zu werden, als aus jener Heilkraft Vorteil zu ziehen. Auch scheint er kaum zu retten.«

»Dennoch«, sagte Richard, »tue für ihn, was du kannst, damit er wenigstens Zeit zur Beichte hat. – Töte nicht Seele und Leib! Eine halbe Stunde muß ihm zehntausendmal mehr wert sein als das Leben des ältesten Patriarchen.«

»Der Wunsch meines königlichen Bruders soll erfüllt werden«, sagte Saladin. »Sklaven, tragt diesen Verwundeten zu unserem Zelt.«

»Tut es nicht«, sagte der Templer, der bisher, finster blickend und schweigend, dagestanden hatte. »Der königliche Herzog von Österreich und ich erlauben nicht, daß dieser unglückliche, christliche Fürst den Sarazenen überliefert wird, damit sie ihre Zauberkünste an ihm versuchen. Wir sind seine Zeugen, und wir verlangen, daß er unserer Pflege überlassen wird.«

»Das heißt, Ihr verschmäht das sichere Mittel, das ihn heilen kann?« fragte Richard.

»Das nicht«, sagte der Großmeister, sich besinnend. »Wenn der Sultan gesetzliche Heilmittel anwendet, so kann er den Verwundeten in meinem Zelt behandeln.«

»Tu es, ich bitte dich, guter Bruder«, sagte Richard zu Saladin, »wenn auch die Erlaubnis unfreundlich gewährt wird. – Aber jetzt zu einem freudigeren Werk. – Klingt, Trompeten, jubele, England – zu Ehren von Englands Kämpen!«

Pauken, Hörner und Trompeten sowie Zimbeln erklangen nun, und der feierliche Jubel mischte sich mit dem gellenden und unregelmäßigen Geschrei der Araber.

»Braver Ritter vom Leoparden«, begann Löwenherz wieder, »du hast bewiesen, daß der Äthiopier die Haut und der Leopard die Flecke ändern kann, obwohl die Gelehrten anderer Meinung sind. Ich habe dir noch mehr zu sagen, wenn dir erst die Damen deine Rittertaten gewürdigt und belohnt haben.«

Der Ritter vom Leoparden verbeugte sich.

»Und du, fürstlicher Saladin, wirst sie auch besuchen. Unsere Königin wird sich nicht für willkommen halten, wenn sie nicht Gelegenheit findet, ihrem Wirt für seinen höchst königlichen Empfang zu danken.«

Saladin neigte das Haupt, aber wies die Einladung zurück. »Ich muß bei dem Verwundeten sein«, sagte er. »Der Arzt verläßt seinen Kranken sowenig wie ein Streiter den Kampfplatz, auch wenn er in eine Laube des Paradieses eingeladen würde. Und außerdem, königlicher Richard, wisse, daß das Blut des Morgenländers nicht so ruhig in Gegenwart der Schönen fließt wie Eures. Was sagt der Koran? Ihr Auge wie die Schärfe des Schwertes des Propheten ist, wer mag darauf blicken? Wer nicht verbrannt sein will, hüte sich, auf heiße Asche zu treten – weise Leute breiten nicht den Flachs vor einer brennenden Fackel aus. Wer einen Schatz verloren hat, sagt der Weise, tut nicht klug, das Haupt danach zurückzuwenden.«

Richard würdigte die aus Zartgefühl kommenden Beweggründe.

»Um Mittag«, sagte der Sultan beim Weggehen, »hoffe ich, daß Ihr ein Mahl im Zelt von schwarzer Kamelhaut, dem eines Häuptlings von Kurdistan, annehmt.«

Die Einladung richtete sich an alle Christen, deren Rang hoch genug war, um ihnen einen Platz bei einem fürstlichen Mahl zu verschaffen.

»Horcht!« sagte Richard, »die Schellentrommeln verkünden, daß unsere Königin und ihr Gefolge den Balkon verlassen. – Seht, wie diese Turbane zu Boden sinken, als hätte man sie niedergeschmettert! Sie liegen hingestreckt, als wenn der Blick eines arabischen Auges unsere Damen erschrecken könnte! Kommt zu dem Zelt – begleiten wir unseren siegreichen Kämpfer im Triumph dahin. – Wie bedauere ich diesen edlen Sultan, der nicht viel von der Liebe weiß.«

Blondel spielte mit seiner Harfe die kriegerischsten Weisen, um die Einführung des Siegers in das Zelt der Königin Berengaria zu feiern. Dieser trat hinein, von seinen königlichen Zeugen Richard und Thomas Langschwert geführt, und ließ sich vor der Königin auf die Knie nieder, obwohl diese Huldigung größtenteils der Lady Edith galt, die an Berengarias rechter Seite saß.

»Entwaffnet ihn, meine Damen«, sagte der König, der an der Ausübung solcher ritterlichen Gebräuche Gefallen fand. »Laßt Schönheit die Ritterlichkeit verherrlichen! Nimm ihm die Sporen ab, Berengaria, denn obgleich du Königin bist, so bist du ihm doch jede Gunstbezeigung schuldig. – Löse ihm den Helm, Edith – mit dieser Hand sollst du es tun, wärst du auch die Stolzeste der Plantagenets und er der ärmste Ritter der Welt.«

Beide Damen gehorchten: Berengaria mit unruhiger Geschäftigkeit und besorgt, die Laune ihres Gemahls zu befriedigen, und Edith mit abwechselndem Erröten und Erbleichen, während sie langsam und linkisch die Schnallen löste, die den Helm am Ringkragen befestigten.

»Wer, glaubt ihr, der hinter dieser Eisenhülle gesteckt hat?« fragte Richard, als der abgelöste Helm die edlen Züge von Sir Kenneth' Gesicht sehen ließ. »Was haltet ihr von ihm, Ritter und Damen?« fragte Richard. »Gleicht er einem äthiopischen Sklaven, oder hat er das Aussehen eines unbekannten und namenlosen Abenteurers? Nein, bei meinem guten Schwert! – Hiermit haben seine verschiedenen Verkleidungen ein Ende. Er kniet vor euch, ohne durch etwas anderes als durch sein Verdienst bekannt zu sein. Der Abenteurer Kenneth steht auf als David, Graf von Huntingdon, königlicher Prinz von Schottland.«

Man hörte einen allgemeinen Ausruf des Erstaunens, und Edith ließ den Helm, den sie gerade gefaßt hatte, aus der Hand fallen.

»Ja, meine Edlen«, sagte der König, »es ist so. Ihr wißt, wie Schottland uns betrog, als es uns versprach, uns diesen tapferen Grafen mit einer Schar seiner besten und edlen Männer zu senden, und wie es seine Versprechungen unerfüllt ließ. Dieser edle junge Mann, unter dem die schottischen Kreuzfahrer ziehen sollten, hielt es für eine Schande, seinen Arm dem heiligen Krieg zu entziehen, und gesellte sich in Sizilien zu uns mit einem kleinen Gefolge treuer und ergebener Begleiter, an die sich andere seiner Landsleute anschlossen. Die Vertrauten des königlichen Prinzen waren alle, einen einzigen alten Begleiter ausgenommen, gestorben, als sein gutbewahrtes Geheimnis mich beinahe in Gefahr gebracht hätte, in einem schottischen Abenteurer eine der schönsten Hoffnungen von Europa zu vernichten. – Warum gabt Ihr, edler Huntingdon, Euren Rang nicht zu erkennen, als Ihr Euch durch mein rasches und leidenschaftliches Urteil in Gefahr befandet? – Glaubt Ihr, daß Richard fähig gewesen wäre, den Vorteil zu mißbrauchen, den er über den Erben eines Königs hatte?«

»Ich dachte nicht so ungerecht von Euch, königlicher Richard«, antwortete der Graf von Huntingdon, »aber mein Stolz erlaubte es nicht, daß ich mich als Prinz von Schottland zu erkennen gab, um mein Leben zu retten, das wegen einer Gesetzwidrigkeit in Gefahr war. Und außerdem hatte ich gelobt, meinen Rang bis zum Ende des Kreuzzuges verborgen zu halten, und ich erwähnte ihn nicht außer unter dem Siegel der Beichte vor jenem ehrwürdigen Einsiedler.«

»Es war also die Kenntnis jenes Geheimnisses, die den guten Mann veranlaßte, mir den Widerruf meines strengen Urteils abzuringen«, sagte Richard. »Und wie gut er daran getan hat! – Denn die Welt hätte gesagt, Richard habe die Lage mißbraucht, in die sich der Erbe von Schottland vertrauensvoll gesetzt hatte.«

»Aber dürfen wir nicht von Eurer Majestät erfahren, durch welchen sonderbaren und glücklichen Zufall dieses Rätsel gelöst wurde?« fragte die Königin Berengaria.

»Briefe, die wir von England erhielten«, sagte der König, »meldeten unter anderen unangenehmen Neuigkeiten, daß der König von Schottland drei unserer Edlen, die sich auf einer Wallfahrt nach St. Ninian befanden, aufgegriffen habe. Als Grund dafür gab er an, daß sein Erbe, von dem man geglaubt hatte, er sei bei den deutschen Rittern in Preußen, in unserem Lager und in unserer Gewalt wäre und daß darum Wilhelm jene drei Edlen als Geiseln behalten wollte. Dies war der erste Hinweis auf den wahren Rang des Ritters vom Leoparden. Meine Vermutung wurde bestätigt durch de Vaux, der bei seiner Rückkehr von Ascalon den einzigen Diener des Grafen von Huntingdon mitbrachte, der dreißig Meilen gelaufen war, um de Vaux ein Geheimnis zu entdecken, das er mir sagen sollte.«

»Der Strauchan ist zu entschuldigen«, sagte der Lord von Gilsland. »Er wußte, daß mein Herz weicher ist, als wenn ich Plantagenet hieße.«

»Dein Herz weich? Du Gemächlichkeit von altem Eisen!« rief der König aus. »Wir Plantagenets rühmen uns fühlender Herzen. – Edith«, er wandte sich zu seiner Base mit einem Blick, der ihr das Blut in die Wangen trieb, »gib mir deine Hand, schöne Base, und, Prinz von Schottland, du die deine.«

»Laßt das, mein König«, sagte Edith, sich sträubend und ihre Verlegenheit verbergend. »Erinnert Ihr Euch nicht, daß meine Hand das Zeichen geben sollte zur Bekehrung der Sarazenen und Araber, Saladins und seiner Turbanträger?«

»Ja, aber der Wind der Weissagung hat sich gewendet und bläst nun aus einer anderen Ecke«, antwortete Richard.

»Spottet nicht«, sagte der Einsiedler, indem er nach vorn trat. »Der Himmel schreibt nur Wahrheit in seine Urkunden, aber das menschliche Auge ist zu schwach, die Zeichen richtig zu lesen. Damals, als Saladin und Kenneth von Schottland in meiner Grotte schliefen, las ich in den Sternen, daß ein Prinz unter meinem Dach wäre, der ein natürlicher Feind von Richard sei und mit dem Edith Plantagenet verbunden werden müsse. Konnte ich zweifeln, daß der Sultan gemeint sei, dessen Rang ich gut kannte, da er oft meine Grotte besuchte, um mit mir über die veränderte Stellung der Himmelskörper zu sprechen? – Sterne verkündeten, daß dieser Prinz, der künftige Gemahl von Edith Plantagenet, ein Christ sein würde, und ich, ein schwacher und rascher Ausleger, schloß daraus auf die Bekehrung des edlen Saladins. Das Gefühl meiner Schwachheit hat mich bis zum Staub erniedrigt, aber im Staub habe ich Trost gefunden! Ich habe das Schicksal anderer nicht richtig gelesen. Wer sagt mir, ob ich nicht mein eigenes falsch berechnet habe? Wir müssen unsere Zeit verbringen mit Wachen und Beten, mit Furcht und Hoffnung. Ich kam hierher als ernster Seher, als stolzer Prophet, fähig, wie ich glaubte, Fürsten zu belehren, und begabt mit übernatürlichen Kräften, aber mit einer Last beschwert, die, wie ich meinte, nur meine Schultern tragen könnten. Doch meine Bande sind zerrissen! Ich gehe von hier weg, durch meine Unwissenheit gedemütigt, reuig und nicht hoffnungslos.«

Mit diesen Worten verließ er die Gesellschaft, und man sagt, daß sich von dieser Zeit an sein Wahnsinn seltener eingestellt hat und daß seine Bußübungen milder waren. Es ist unnötig, auf Einzelheiten einzugehen.

Die Mittagsstunde kam, und Saladin erwartete die christlichen Fürsten in einem Zelt, das sich, seine Größe ausgenommen, wenig von der gewöhnlichen Wohnung der Kurden oder der Araber unterschied. Doch hatte man unter diesem weiten schwarzen Dach ein morgenländisches Mahl der prächtigsten Art bereitet, das auf den schönsten Teppichen stand, die von Polstern für die Gäste umgeben waren. Doch wir können uns nicht aufhalten, die Gold- und Silberstoffe, die prächtigen Stickereien und Arabesken, die Kaschmirschals und den indischen Musselin, das alles hier im größten Überfluß zu sehen war, zu beschreiben. Noch weniger können wir all das Eingemachte, die mit vielfach gefärbtem Reis verbrämten Ragouts und die anderen Leckerbissen der morgenländischen Küche nennen. Ganze gebratene Lämmer, Wildbret und Geflügel waren in Schüsseln von Gold, Silber und Porzellan aufgetragen, und dazwischen standen große Gefäße mit Sorbet, abgekühlt mit Schnee und Eis aus den Höhlen des Libanon. Ein prächtiges Polsterlager war an dem einen Ende für den Herrn des Festes und seine vornehmsten Gäste zubereitet worden, und von allen Seiten der Decke, besonders aber über diesem Ehrenplatz, wehten viele Banner und Fahnen. Aber weit über alle hinaus ragte an einem langen Schaft ein Leichentuch, das Banner des Todes, mit der bedeutenden Inschrift: »Saladin, der König der Könige – Saladin, der Sieger der Sieger – Saladin muß sterben.« Die Sklaven, die das Mahl aufgetragen hatten, standen im Zelt mit gesenktem Kopf und gekreuzten Armen, stumm und starr wie Grabesbilder.

Der Sultan, der wie die meisten vom Aberglauben seiner Zeit angesteckt war, beschäftigte sich, während er die Ankunft seiner Gäste erwartete, mit einem Horoskop und einem Schreiben, das ihm der Einsiedler von Engaddi zugesandt hatte, als er das Lager verließ.

Seltsame und dunkle Wissenschaft, sprach er zu sich selbst, die, während sie den Vorhang von der Zukunft wegzuziehen verspricht, diejenigen mißleitet, die sie zu leiten verspricht, und die behauptete, daß ich jener höchst gefährliche Feind Richards sei, dessen Feindschaft durch eine Heirat mit seiner Verwandten beendigt werde. Und nun ist es klar, daß die Verbindung dieses tapferen Grafen mit Edith Freundschaft stiften wird zwischen England und Schottland. »Aber«, fuhr er laut fort, »die himmlischen Zeichen bedeuten, daß der Gemahl ein Christ sein würde. – Christ?« wiederholte er nach einer Pause. »Dies gab dem verrückten Sternseher Hoffnung, daß ich meinem Glauben entsagen würde, aber mich, den treuen Nachfolger des Propheten, hätte es nicht täuschen sollen. – Liege hier, rätselhaftes Schreiben«, sagte er, indem er es unter die Kissen legte, »deine Verkündigungen sind ebenso seltsam wie gefährlich. Denn wenn sie auch wahr sind, so haben sie doch bei denjenigen, die ihren Sinn entziffern wollen, nur die Wirkung der Lüge. – Ha, was ist das! Was soll dieses Eindringen?«

Er sagte dies zu dem Zwerg Nectabanus, der mit außerordentlicher Hast in das Zelt stürzte. Die seltsamen und mißgestalteten Züge wurden durch den Schreck noch häßlicher. Sein Mund war offen, seine Augen starrten, seine Hände mit den runzligen Fingern waren weit ausgestreckt.

»Was ist das?« fragte der Sultan streng.

»Accipe hoc!« stöhnte der Zwerg.

»Was sagst du?« entgegnete der Sultan.

»Accipe hoc!« versetzte der vom Schreck ergriffene Zwerg, vielleicht ohne zu wissen, daß er dieselben Worte wiederholte.

»Fort, ich bin in keiner Narrenlaune«, sagte der Sultan.

»Und ich bin nur insoweit ein Narr«, sagte der Zwerg, »als Narrheit meinem Witz hilft, mein Brot zu verdienen. Ich armer, elender Tropf! – Höre, höre mich, großer Sultan!«

»Ja, wenn du eine begründete Klage hast«, sagte Saladin, »dann sei Narr oder Weiser, und du hast ein Recht, von einem König gehört zu werden. – Komm mit mir hierher.« Er führte ihn in das innere Zelt.

Was auch der Inhalt dieser Unterhaltung sein mochte, sie wurde bald durch Trompetenstöße unterbrochen, die die Ankunft der verschiedenen christlichen Fürsten verkündeten. Saladin hieß sie ihrem Rang nach willkommen. Besonders aber begrüßte er den jungen Grafen von Huntingdon und wünschte ihm Glück.

»Aber glaube nicht«, sagte Saladin, »daß der Prinz von Schottland Saladin willkommener ist, als es Kenneth dem einsamen Ilderim bei der Begegnung in der Wüste war. Ein braves und edles Gemüt wie deins hat einen von Stand und Geburt unabhängigen Wert.«

Der Graf von Huntingdon gab eine angemessene Antwort, indem er dankbar der verschiedenen wichtigen Dienste gedachte, die ihm der edelmütige Sultan erwiesen hatte. Aber als er Saladin mit der Sorbetschale zugetrunken hatte, die ihm der Sultan gab, bemerkte er mit einem Lächeln: »Der tapfere Ritter Ilderim wußte nichts vom Eis, aber der freigebige Sultan kühlt sein Sorbet mit Schnee.«

»Willst du, daß ein Araber oder Kurde so weise ist wie ein Hakim?« fragte der Sultan. »Wer eine Verkleidung annimmt, muß die Gefühle seines Herzens und das Wissen seines Kopfes in Übereinstimmung mit ihr bringen. Ich wollte sehen, wie sich ein tapferer Ritter von Frangistan in einer Streitfrage benehmen würde. Deshalb stellte ich die Wahrheit einer bekannten Sache in Abrede, um zu sehen, mit welchen Gründen du deine Aussage behaupten würdest.«

Der Erzherzog von Österreich, der dabeistand, hörte über das eisgekühlte Sorbet sprechen, und mit Lust und etwas Plumpheit nahm er die große Schale, die der Graf von Huntingdon gerade niedersetzen wollte.

»Ganz vortrefflich!« rief er aus, nachdem er einen tüchtigen Zug getan hatte, der ihm bei der Hitze und nach dem Katzenjammer vom gestrigen Saufgelage doppelt guttat. Er seufzte, als er dem Großmeister der Templer die Schale reichte. Saladin winkte dem Zwerg und sagte: *»Accipe hoc!«* Der Templer prallte zurück, doch augenblicklich faßte er sich wieder. Um seine Verlegenheit zu verbergen, hob er die Schale, aber seine Lippen berührten ihren Rand nicht, denn wie ein Blitz fuhr der Säbel Saladins aus der Scheide, und der Kopf des Großmeisters rollte auf die andere Seite des Zeltes. Der Rumpf blieb eine Sekunde lang stehen, brach dann zusammen, wobei sich das Getränk mit dem Blut vermischte, das aus den Adern schoß.

Ringsum war der Schrei »Verrat!« zu hören, und der Erzherzog, dem

Saladin am nächsten stand, fuhr zurück, als fürchtete er, daß die Reihe nun an ihm wäre. Richard und andere legten die Hände ans Schwert.

»Fürchte nichts, edler Erzherzog«, sagte Saladin mit einer Gelassenheit, als wenn nichts vorgefallen wäre. »Auch du, königlicher Richard, zürne nicht über das, was du gesehen hast. Nicht wegen seines vielfachen Verrats, nicht wegen seines Mordversuchs gegen König Richard, nicht weil er den Prinzen von Schottland und mich in der Wüste verfolgte und uns gezwungen hat, unser Leben durch die Schnelligkeit unserer Pferde zu retten, nicht weil er die Maroniten aufgehetzt hat, uns bei der jetzigen Gelegenheit zu überfallen, was ich nur durch Aufbietung einer ausreichenden Zahl von Arabern vereiteln konnte – nicht für das eine oder das andere dieser Verbrechen und nicht für alle zusammen liegt er hier am Boden, sondern weil er eine halbe Stunde zuvor, ehe er unsere Gesellschaft durch seine Gegenwart verunreinigte, seinen Gesellen und Mitschuldigen, Conrad von Montserrat, erdolcht hat, damit er nicht die schändlichen Pläne beichten konnte, die sie gemeinsam geschmiedet hatten.«

»Wie! Conrad ermordet? Und das von dem Großmeister, seinem vertrautesten Freund!« rief Richard aus. »Edler Sultan, ich möchte dir glauben, aber dies muß bewiesen werden – sonst . . .«

»Hier ist der Beweis«, sagte der Sultan, auf den erschrockenen Zwerg deutend. »Allah, der die Feuerfliege sendet, um die Nacht zu erhellen, offenbart verborgene Verbrechen durch die unscheinbarsten Mittel.«

Der Sultan erzählte, was der Zwerg erlebt hatte. Es war etwa Folgendes: Aus Neugier war Nectabanus in das Zelt Conrads geraten, das von der gesamten Dienerschaft verlassen war. Der Verwundete schlief unter dem Einfluß von Saladins Talisman, so daß der Zwerg Gelegenheit hatte, alles nach Lust auszuspähen, bis er in seinem Versteck durch schwere Tritte erschreckt wurde. Er versteckte sich hinter einem Vorhang, wo er jedoch den Großmeister, der hereintrat und die Zeltdecke hinter sich sorgfältig niederließ, sehen und hören konnte. Der Marquis fuhr aus dem Schlaf auf, und es schien, als ob er die Absicht seines alten Genossen sogleich vermutet habe, denn er fragte ihn unruhig, warum er ihn geweckt habe.

»Ich komme, deine Beichte zu hören und dir die Absolution zu geben«, antwortete der Großmeister.

Von ihrem weiteren Gespräch hatte der Zwerg wenig behalten, außer daß Conrad den Großmeister bat, kein schwaches Rohr zu zerbrechen, und daß ihm der Templer einen türkischen Dolch in das Herz stieß mit den Worten: *»Accipe hoc!«*

»Ich überzeugte mich von der Wahrheit der Erzählung«, sagte Saladin, »und ließ den Leichnam untersuchen und ließ auch dieses unglückliche Geschöpf die Worte wiederholen, die der Mörder sprach. Ihr habt selbst gesehen, was sie für einen Eindruck auf ihn gemacht haben.«

Der Sultan schwieg, und der König von England sagte: »Wenn es so ist, so sind wir hier Zeugen der Gerechtigkeit gewesen. Aber warum an diesem Ort? Warum mit deiner eigenen Hand?«

»Ich hatte es anders bestimmt«, sagte Saladin, »aber hätte ich seine Strafe nicht beschleunigt, so wäre er ihr entgangen. Hätte ich ihn aus meiner Schale trinken lassen, wie er es tun wollte, wie konnte ich dann noch die gerechte Todesstrafe vollziehen lassen? Und hätte er meinen Vater ermordet und nachher an meiner Tafel gegessen und getrunken, ich hätte ihm kein Haar krümmen dürfen. Doch genug von ihm, sein Leichnam und sein Andenken verschwinden vor unseren Augen.«

Der Leichnam wurde weggeschleppt, und man beseitigte die Spuren.

Aber die christlichen Fürsten fühlten, daß der Auftritt, den sie erlebt hatten, eine niederdrückende Gewalt auf sie ausübte, und obwohl sie auf die höfliche Einladung des Sultans hin ihre Sitze einnahmen, so geschah es doch mit einem argwöhnischen und bestürzten Schweigen. Nur Richards Stimmung überwand allen Verdacht und alle Verlegenheit. Nachdem er in einem großen Zuge Wein getrunken hatte, wandte er sich an den Sultan und verlangte zu wissen, ob es wahr sei, daß er mit dem Grafen von Huntingdon gekämpft habe. Saladin antwortete lächelnd, daß er seine Waffen mit dem Erben von Schottland gemessen habe. Bescheiden fügte er hinzu, daß, obgleich der Kampf nicht entschieden worden war, er doch wenig Ursache habe, mit ihm zu prahlen. Der Schotte seinerseits lehnte ebenfalls den zugestandenen Vorrang ab.

»Der bloße Kampf bringt Ehre genug«, sagte Richard, »und ich beneide dich darum mehr als um die freundlichen Blicke der Edith Plantagenet. – Und was sagt ihr, edle Fürsten, wäre es anständig, von hier aufzubrechen, ohne etwas für die Zukunft getan zu haben? Was sind der Sturz und Tod eines Verräters gegen eine so ruhmreiche Versammlung wie unsere, die, bevor sie sich auflöst, etwas Sehenswürdigeres erlebt haben sollte. Wie wäre es, fürstlicher Sultan, wenn wir beide jetzt vor dieser edlen Gesellschaft die so lange strittige Frage um Palästina entschieden und damit diese langwierigen Kriege beendeten? Dort stehen noch die Schranken, und nie mehr können die Heiden einen besseren Kämpfer haben, als du bist. Ich, wenn sich kein Würdigerer zeigt, lege meinen Handschuh für die Christenheit hin, und in Ehre wollen wir bis zum letzten Blutstropfen um den Besitz von Jerusalem kämpfen!«

Schweigend erwartete man die Antwort des Sultans. Endlich sprach er: »Wenn ich um die Heilige Stadt gegen den kämpfte, den wir als Götzendiener, als Verehrer von hölzernen, steinernen und gemalten Bildern betrachten, so darf ich hoffen, daß Allah meinen Arm stärken wird –

oder wenn ich unter dem Schwert von Melech Ric fiele, so könnte ich durch keinen rühmlicheren Tod ins Paradies kommen. Aber Allah hat Jerusalem bereits den wahren Gläubigen gegeben, und es hieße, den Gott des Propheten zu versuchen, wenn ich das in Gefahr setzte, was ich durch meine überlegene Macht ruhig besitze.«

»Nun, wenn nicht um Jerusalem«, sagte Richard, »laß uns wenigstens um die Ehre drei Gänge mit scharfen Lanzen machen.«

»Auch das«, sagte der Sultan, indem er über Richards Kampfbegierde lächelte, »kann ich gesetzlich nicht tun. Der Herr gibt der Herde einen Hirten, nicht um des Hirten, sondern um der Herde willen. Hätte ich einen Sohn, der das Zepter halten könnte, wenn ich fiele, so stünde es mir frei, diesen kühnen Kampf anzunehmen, aber eure eigene Schrift sagt, daß, wenn der Hirte getötet wird, sich die Herde zerstreut.«

»Alles Glück ist auf deiner Seite«, sagte Richard, indem er sich mit einem Seufzer zum Grafen Huntingdon wandte. »Ich gäbe das beste Jahr meines Lebens für eine halbe Stunde am Diamant der Wüste!«

Die ritterliche Schwärmerei Richards erweckte die Heiterkeit der Gesellschaft, und als man endlich aufbrach, näherte sich Saladin dem löwenherzigen König und sagte zu ihm: »Edler König von England, wir scheiden jetzt und treffen uns nie wieder. Daß euer Bund aufgelöst ist und nicht mehr vereint werden kann und daß deine eigenen Streitkräfte nicht ausreichen, das Unternehmen fortzusetzen, ist mir so gut bekannt wie dir. Ich kann dir Jerusalem, das du so sehr besitzen möchtest, nicht geben. Es ist für uns wie für euch eine Heilige Stadt. Aber was Richard sonst von Saladin verlangen könnte, soll ihm gern gegeben werden.«

Am folgenden Tag reiste Richard zu seinem Lager ab, und kurze Zeit darauf vermählte sich der Graf von Huntingdon mit Edith Plantagenet. Der Sultan schickte als Hochzeitsgeschenk den berühmten Talisman, aber obgleich durch ihn viele Heilungen in Europa geschahen, so glich doch keine von ihnen dem Erfolg und der Berühmtheit des Sultans. Der Talisman existiert noch immer, da er von dem Grafen von Huntingdon an einen tapferen schottischen Ritter, Sir Simon of the Lee, vererbt wurde, in dessen alter und hochgeachteter Familie er nun bewahrt wird.

Unsere Geschichte schließt hier. Die Bedingungen, unter denen Richard seine Eroberungen räumte, finden sich in jedem beliebigen Geschichtsbuch.

Wort- und Sacherklärungen

Abraham – biblische Gestalt, Stammvater der Israeliten

Abubeker Alwakel – Abu Bakr al-Wakil (573–634), erster Kalif, Schwiegervater Mohammeds

Accipe hoc! – (lat.) „Nimm dies!"

Adept – (lat.) Eingeweihter, Meister seines Fachs

Apostat – (griech.) vom Glauben Abgefallener

Arthur – Artus, sagenhafter König der keltischen Briten, der gegen die sächsischen Eroberer kämpfte; auch bekannt durch seine legendäre „Tafelrunde"

Assise – (franz.) Schwurgericht

Astrolabium – (lat.) Gerät zur Ermittlung von Sterndaten

Ave Maria – (lat.) „Sei gegrüßt, Maria!", katholisches Gebet, sogenannter „Englischer Gruß"

Balsora – alte Bezeichnung für Basra, Hafenstadt im Irak

Benedicto Domini sid vobiscum! – (lat.) „Der Segen des Herrn sei mit dir!"

Berwick – Hafenstadt in England, nahe der schottischen Grenze

Confiteor! – (lat.) „Ich bekenne!"

Damaszener Stahl – berühmter, in Damaskus hergestellter Waffenstahl

Derwisch – Angehöriger eines islamischen Mönchsordens

Domäne – Grundstück unter unmittelbarer Verfügung des Landesherrn

Emir – (arab.) Titel eines arabischen Stammesfürsten

Eremit – (griech.) Einsiedler

Fakir – Asket bzw. religiöser Bettler; im allgemeinen eine in Indien gebräuchliche Bezeichnung

fouragieren – (franz.) Futter bzw. Lebensmittel beschaffen

Fraktionen – hier: Teilungen

Heiliges Grab – Grabstätte Jesu Christi in Jerusalem mit zugehöriger Grabkirche; Echtheit umstritten

Hostie – (lat.) im katholischen Gottesdienst verwendete Brotscheibe aus ungesäuertem Teig

Isaak – Sohn Abrahams

Ismael – Sohn Abrahams, gilt als Stammvater der nordarabischen Stämme

Issa Ben Mariam – (arab.) Jesus, Sohn Marias

Johanniter – Angehöriger eines geistlichen Ritterordens, gegründet 1070 in Jerusalem

Kaaba – Hauptheiligtum des Islam in Mekka

Kaftan – (türk.) langärmeliger, vorn offener Mantel

Kanon – (griech.) Vorschrift, Regel, Gesetz

Karmeliter – Angehöriger eines Bettelordens, 1155 auf dem Berg Karmel bei Haifa gegründet

Kebla – Qibla (arab.) Gebetsrichtung nach Mekka

Konzilium – (lat.) Versammlung der Bischöfe

Koran – das arabisch geschriebene heilige Buch des Islam; nach muslimischem Glauben das Mohammed geoffenbarte Wort Allahs

Kyrie eleison! – (griech.) „Herr, erbarme dich!"

Leopold, Erzherzog von Österreich – Leopold V. (1157–1194); anfangs Verbündeter Richards, nahm er diesen 1192 auf dessen Rückreise nach England gefangen und lieferte ihn Kaiser Heinrich VI. aus

Lingua franca – (lat.) verdorbenes Italienisch, seit dem Mittelalter Verkehrssprache an den Küsten des Mittelmeeres

Maroniten – Kirchengemeinschaft in Syrien, benannt nach dem Kloster des heiligen Maro

mea culpa – (lat.) „durch meine Schuld", Teil des Bußgebets

Merlin – Zauberer und Prophet aus dem altenglischen Sagenkreis um König Arthur

Minstrel – (engl.) Spielmann und Sänger im Dienst des Adels

Mohammed – Muhammad ibn Abdallah aus dem Stamm der Quraiš (um 570–632), Prophet, Stifter des monotheistischen Islam

Moses – biblische Gestalt, Schöpfer der jüdischen Religion

Muezzin – (arab.) Gebetsausrufer der Moschee

Muselman – von (arab.) Muslim, Angehöriger des Islam

Musselin – zartes, leichtes Baumwollgewebe

Nazarener – Beiname von Jesus Christus, dessen Vater aus Nazareth stammte; hier: Bezeichnung für Christen allgemein

Nubier – Bewohner von Nubien (Sudan), früher oft mit den Äthiopiern gleichgesetzt

Oriflamme – (franz.) Kriegsfahne der alten französischen Könige

Pair – Angehöriger eines politisch bevorrechteten Kreises des englischen Hochadels

Paternoster – (lat.) „Vater unser", Hauptgebet der christlichen Kirchen

Partisane – Stoßwaffe mit zweischneidiger Klinge

Prälat – höherer Geistlicher der katholischen Kardinalsversammlung (Kurie)

Potentat – (lat.) Machthaber

Profoß – Militärbeamter mit Polizeigewalt

Proveditor – Proveditore (ital.), in der Republik Venedig hoher Würdenträger, erster Verwaltungsbeamter einer Provinz

quod erat demonstrandum – (lat.) „was zu beweisen war"

Richard von England – genannt Löwenherz (1157–1199), zweiter König der Dynastie Plantagenet, zusammen mit Kaiser Friedrich I. Barbarossa und König Philipp II. August von Frankreich Anführer des dritten Kreuzzugs (1189–1192)

Robin Hood – sagenhafter englischer Freibeuter und Jäger des Mittelalters

Roxburgh – Grafschaft in Südschottland

Saladin – Salah ad-Din (1138–1193), Sultan von Ägypten und Syrien, schlug erfolgreich die Kreuzritter

Salomo – König von Israel (etwa 960–927 v. u. Z.)

Sarazene – mittelalterliche Bezeichnung für Araber

Sasse – Zinsbauer, Pächter

Seldschuken – türkische Dynastie aus Westturkestan, herrschte im 11. und 12. Jahrhundert u. a. in Syrien und Kleinasien

Siddim – gemeint: Sodom (und Gomorrha), Stadt am Toten Meer, die der Bibel zufolge vernichtet wurde

Sorbet – kühlendes Fruchtsaftgetränk

vera crux – (lat.) „wahres Kreuz"

Zenana – Frauengemach (Harem)

Zimbel – Musikinstrument aus kleinen Metallbecken

Zion – Berg in Jerusalem, später (religiöse) Bezeichnung für die ganze Stadt

ISBN 3-355-00713-7

3. Auflage, 1988
Lizenz Nr. 303 (305/258/88)
LSV 7721
Schutzumschlag und Einband: Uwe Häntsch
Typografie: Achim Kollwitz
Schrift: 11 p Baskerville
Lichtsatz und Offsetrotationsdruck:
(52) Nationales Druckhaus Berlin · Betrieb der VOB National
Buchbinderische Weiterverarbeitung:
INTERDRUCK Graphischer Großbetrieb Leipzig – III/18/97
Bestell-Nr. 643 499 8
01260